SIE SAGT, SIE IST MEINE TOCHTER

WEITERE TITEL VON LAUREN NORTH

In deutscher Sprache

Mein Wort gegen seins

Sie sagt, sie ist meine Tochter

In englischer Sprache

I'm Her Mother

The Teacher's Secret

She Says She's My Daughter

My Word Against His

All the Wicked Games

Safe at Home

One Step Behind

The Perfect Betrayal

LAUREN NORTH

SIE SAGT, SIE IST MEINE TOCHTER

Übersetzt von Alina Becker

bookouture

Die Originalausgabe erschien 2023 unter dem Titel
„She Says She's My Daughter"
bei Storyfire Ltd. trading as Bookouture.

Deutsche Erstausgabe herausgegeben von Bookouture, 2024
1. Auflage November 2024

Ein Imprint von Storyfire Ltd.
Carmelite House
50 Victoria Embankment
London EC4Y 0DZ

deutschland.bookouture.com

Storyfire Ltd ist gesetzlich vertreten in der EEA durch Hachette Ireland
8 Castlecourt Centre
Castleknock Road
Castleknock
Dublin 15, D15 YF6A
Ireland

ISBN: 978-1-83618-175-0
eBook ISBN: 978-1-83618-173-6

Für Andy

*

Bevor du diese Geschichte – meine Geschichte – liest, musst du drei Dinge wissen:

1. *Niemand außer mir weiß, was Abigail vor vierzehn Jahren wirklich zugestoßen ist, und niemand außer mir weiß, warum sie zurückgekehrt ist.*

2. *Es gab keinen Unfall. Alles, was ich getan habe, geschah mit Absicht.*

3. *Ich wollte nicht, dass irgendetwas von all dem passiert.*

Wenn du glaubst, dass sich die letzten beiden Punkte widersprechen, du mich für verrückt oder krank hältst, wie ich es laut einigen dieser Zeitungen sein soll; wenn du glaubst, dass es nicht möglich ist, etwas mit Absicht zu tun, ohne es zu wollen, dann blättere genau jetzt um. Lies weiter, Wort für Wort, bis zum Ende, und du wirst genau wie ich erkennen, dass sich im Bruchteil einer Sekunde alles ändern kann, woran du bisher geglaubt hast oder was du meintest zu wissen.

TEIL 1

PROLOG

SARAH

Die salzige Meeresluft trägt gellendes Kichern, kindische Freude mit sich. Kreischen und Lachen und »Hey, guck mal«. Das warme Gefühl in meinem Magen strahlt durch meinen ganzen Körper, bis in meine Zehenspitzen, die gerade im kühlen Sand vergraben sind.

»Woran denkst du?«, fragt Michael, dreht sich auf der Decke um und küsst mich in den Nacken. Seine Hand streicht über meinen Oberschenkel und flutet meinen Kopf mit Erinnerungen an die letzte Nacht und an die Hitze unserer Körper.

Ich stütze mich auf die Ellbogen und spüre, wie sich Sand und kleine Steinchen unter der Picknickdecke bewegen. Ich lächle Rebecca zu, die zu meinen Füßen auf einem Handtuch sitzt und vor sich hin brabbelt, während sie mit ein paar bunten Stapelbechern spielt.

Dann nicke ich zu Daniel und Abigail am Wasser hinüber. Daniel, barfüßig, ist sich mit seinen sechs Jahren voll und ganz der Verantwortung eines großen Bruders bewusst, hockt im seichten Wasser der Nordsee an der Küste von Suffolk und füllt einen gelben Eimer mit Wasser und matschigem Sand. Die vierjährige Abigail wartet in der Nähe und tritt von einem Fuß auf den anderen, während die Wellen den Sand überspülen und immer näher und näher rücken.

»Ich denke, wie gerne ich sie so zusammen spielen sehe. Und dass ich überhaupt keine Lust habe, morgen wieder in die Realität zurückzukehren.«

Wir befinden uns nur eine Stunde Fahrzeit von unserem Zuhause auf dem Land in Essex entfernt, aber hier fühlt man sich wie in einer anderen Welt. Hier läuft alles in seinem eigenen Tempo.

»Ich dachte, du grübelst vielleicht darüber nach, wie wir Abigail heute Abend dazu bringen, dass sie ihre Schuhe auszieht, bevor sie ins Bett geht«, sagt Michael und fährt sich durch sein dunkelblondes Haar. Dann hält er sich die Hand vor die Augen, um sie vor der Nachmittagssonne zu schützen, und beobachtet ebenfalls die Kinder.

»Das auch.« Mein Lachen klingt locker und unbeschwert. Ein Urlaubslachen. Ich nehme einen tiefen Atemzug von der frischen Luft und lehne den Kopf gegen Michaels Brust. Ich möchte nicht, dass dieses Gefühl jemals aufhört, aber schon schleichen sich To-do-Listen und Zeitpläne in meine Gedanken, wie eine Flut, die immer mehr herannaht.

»Wenn ich bedenke, wie oft diese Schuhe im Lauf der Woche im Meer waren, fallen sie wahrscheinlich auseinander, sobald wir wieder zu Hause sind.«

Ich beobachte Abigail dabei, wie sie den gelben Eimer von Daniel entgegennimmt und ihn mit überschwappendem Wasser ein Stück den Strand hinauf zu drei riesigen Felsen, eher Geröllbrocken, schleppt, die ein paar Meter vom Ufer entfernt liegen. Sie trägt ein rosafarbenes Sommerkleid unter einem alten Pullover mit einem Bild von *Thomas, die kleine Lokomotive*, der einmal Daniel gehört hat und den sie ebenso liebt wie die knallroten Turnschuhe aus dem Supermarkt, die Daniel letzten Monat zu ihrem Geburtstag ausgesucht hat.

»Wann kommt Janie?«, fragt Michael.

Ich höre ihm an, dass er den letzten Abend unseres Urlaubs lieber nicht mit meiner besten Freundin verbringen würde.

Ich schaue auf mein Handy. »In einer Stunde. Und bevor du irgendetwas sagst: Sie hat ihre Eltern hier an der Küste besucht, und außerdem ist sie die Patin unserer Kinder. Sie und Phil machen gerade eine schwierige Phase durch, und ich glaube, ein Abend mit uns würde ihr guttun. Vielleicht kommt Phil auch zum Essen.«

»Also, noch kein Glück bei der künstlichen Befruchtung?«, fragt Michael.

Ich schüttle den Kopf. »Deshalb braucht sie Ablenkung. Du weißt, dass sie die Kinder abgöttisch liebt.«

Mein Blick wandert zurück zu Daniel und Abigail und erneut durchströmt mich die Wärme der Erkenntnis, wie gut wir es haben. Ich beobachte Abigail, mit ihrem zerzausten braunen Haar, das Gesicht konzentriert verzogen, wie sie den Eimer auf einem der niedrigeren Steine absetzt, bevor Daniel den Inhalt ausschüttet und sie lachend dabei zusehen, wie klebriger, nasser Sand auf den Felsen platscht.

Ich lache auch. Der Klang schallt durch meine Ohren bis ins Gehirn, und dann fühlt er sich plötzlich ganz falsch an. Ein Klingeln in meinem Kopf. Fern und fremd.

Die Sonne zieht sich zurück. Der Sand zwischen meinen Zehen verschwindet. Ich weiß nicht, was vor sich geht, aber instinktiv kämpfe ich dagegen an.

»Mummy.« Abigail ruft mich von den Felsen aus, winkt mich zu sich. In jeder Zelle meines Körpers spüre ich den Drang, aufzuspringen und zu ihr zu laufen, sie in meine Arme zu ziehen und sie festzuhalten. Zu schützen. Für immer.

*

FREITAG

EINS

SARAH

Freitag, fünf Uhr

Ich schrecke aus dem Schlaf hoch, reiße die Augen auf, schnappe nach Luft. Eine wundervolle Sekunde lang hält das warme Gefühl in meiner Magengrube noch an. Dann verfliegt es – wie Sandkörner, die von der Realität, die mich mit voller Wucht trifft, einfach weggespült werden.

Meine Brust fühlt sich eng an, und mein erster Atemzug geht flach unter dem dumpfen Schmerz.

Dreizehn Jahre, zehn Monate und neun Tage.

In Gedanken wiederhole ich die Zahlen noch drei Mal. Dreizehn Jahre, zehn Monate und neun Tage, seit ich Abigail zuletzt gesehen habe, meine wunderschöne Tochter mit ihrem wilden braunen Haar und ihrem verschmitzten Lächeln.

Ganz am Anfang habe ich auch die Stunden gezählt.

Drei.

Zehn.

Vierundzwanzig.

Achtundvierzig.

Zweiundsiebzig.

Immer und immer weiter, während wir auf Neuigkeiten warteten, die niemals kamen. Auf Worte, die nie gesprochen wurden.

Gefunden. In Sicherheit. Unversehrt.

Einen Moment fühlt sich der Schmerz wie ein Messerstich im Herzen an, der droht, mich zu verschlingen, aber ich beiße die Zähne zusammen und zwänge das Gefühl wieder in seine übliche Schublade. Es sträubt sich, wie gewohnt, wie ein Kleinkind, das sich dagegen wehrt, in den Buggy gesetzt und festgeschnallt zu werden. Aber ich bin stärker als diese Qual, und ich werde nicht zulassen, dass sie mich heute in die Knie zwingt.

Ich schlage die Decke zurück und schlüpfe in dieselbe verblichene Jeans wie gestern und einen alten grünen Pullover, der schon ausgeleiert ist, aber zu gemütlich und vertraut, um ihn jemals auszusortieren. Jede Nacht, wenn ich die Augen schließe, beschwöre ich diesen Traum herbei, sehne mich verzweifelt danach, Abigail zu sehen, wünsche mich zurück in die Vergangenheit. Aber wenn er sich tatsächlich einstellt, wird der darauffolgende Tag nur umso härter.

Flieh, wispert es in meinen Gedanken. Ich muss hier raus.

»Barley«, flüstere ich mit einem Blick auf den Digitalwecker auf meinem Nachttisch. Es ist erst kurz nach fünf.

Seine langen Schlappohren zucken, aber er bewegt sich nicht vom Fußende des Bettes weg.

»Barley«, wiederhole ich.

Meine Stimme wirkt laut in der Stille. Nicht einmal der Heizkessel brummt. Michael wird nicht vor acht Uhr unser Schlafzimmer – was jetzt sein Schlafzimmer ist – verlassen. In etwa einer Stunde wird Rebecca aufstehen, um genug Zeit zu haben, sich die Haare zu stylen und für die Schulaufführung zu proben, bevor Michael sie zur Schule fährt. Fünfzehn Jahre alt ist sie, und es bleibt nur noch ein Jahr bis zu ihren Abschlussprüfungen.

Was Daniel anbelangt, der steht immer dann auf, wann es

ihm beliebt. Ich überlege, ob er heute Vorlesungen hat, aber irgendwie scheint sich sein Stundenplan ständig zu ändern. Wenn er nicht gerade mit seinem Informatikstudium an der hiesigen Universität beschäftigt ist, arbeitet er in einer Bar in der Stadt und kommt zu den unmöglichsten Uhrzeiten nach Hause. Es gibt Tage, an denen ich ihn überhaupt nicht zu Gesicht bekomme.

Es tut weh, dass er einen großen Teil seines Leben nicht mit mir teilt, ich nichts über seine Freunde und Beziehungen, sein Leben außerhalb dieses Hauses weiß. Ich kenne alle Freunde von Rebecca. Ich weiß, wohin sie geht und wann sie wieder nach Hause kommt. Aber Daniel mit seinen zwanzig Jahren erzählt uns nicht mehr viel. Das ist normal. Ich verstehe es, aber bedauernd denke ich an die Zeit zurück, als er mir von seinem Schultag erzählte, mir die Zeichnungen von einem Vogel, der ihm aufgefallen war, oder einem Auto, das ihm gefiel, zeigte.

Ich verdränge den Gedanken und wende mich Barley zu. »Ich weiß, es ist noch früh.«

Barley streckt die Vorderpfoten aus, weigert sich aber, die Augen zu öffnen. Sein weiches, apricotfarbenes Fell sieht im Halbdunkel des Schlafzimmers braun aus.

»Gassi.«

Das Wort bringt ihn in Bewegung. Er wirbelt herum, gerät leicht ins Taumeln, als er vom Bett springt, und ist noch schneller an der Tür als ich.

Eins, zwei, drei, vier … Barleys kleiner Körper schlängelt sich um meine Knöchel, während ich meine Schritte den Flur entlang und die Treppe hinunter zähle, durch die Küche und in den daran angrenzenden Haushaltsraum. Fünfundfünfzig.

Manchmal hilft mir das Zählen dabei, die Stille auszufüllen, die Gedanken, die ich nicht zu denken wage, in Schach zu halten. Ich frage mich, wie viele Schritte ich heute zählen werde, wie viele Zeitabschnitte, wie viele Badezimmerfliesen, wie viele hundert andere sinnlose Dinge. Manchmal hilft es, manchmal nicht, aber es ist dennoch zu einer Gewohnheit geworden.

Als ich die Hintertür öffne und in die morgendliche Dunkelheit hinaustrete, ist die Kiste in meinem Kopf fest verschlossen und meine Gedanken gehören wieder mir selbst. Ich hole tief Luft, lasse die kalte Frühlingsluft auf mich wirken und fühle mich bereit, allem zu trotzen, was dieser Tag im ländlichen Essex für mich bereithält.

Rückblickend eine lächerliche Überlegung. Selbst die Erfahrung aus tausend Leben hätte mich nicht auf das vorbereiten können, was mir bevorstand.

ZWEI

ABI

Freitag, 14 Uhr

Abi greift nach dem dunkelblauen Geländer und bleibt auf halbem Weg der vier Betonstufen stehen, die zu ihrem neuen Leben führen. Ihrem richtigen Leben. Von der Straße hinter ihr ist Motorengeräusch zu hören – die Londoner Busse, Lieferwagen, schwarze Taxis, Autos und Fahrräder schleichen die Straße entlang; die Luft ist von einem unaufhörlichen Brummen erfüllt.

Sie bewegt sich vorwärts. Noch eine Stufe. Bleibt wieder stehen. Die Tragweite ihres Vorhabens erscheint ihr plötzlich wie eine Backsteinmauer, wie eine verschlossene Tür. Eine Sackgasse. Bei ihm hat sich das alles so einfach angehört. Sie verdient es. Hier gehört sie hin. Und sie möchte das nur zu gern glauben, aber wenn ihr wirkliches Leben erst vor ihr liegt, was bedeutet das dann für ihre Vergangenheit? Wenn sie nicht der Mensch ist, für den sie sich bisher gehalten hat, wer ist sie dann?

Eine eiskalte Böe weht ihr die welligen braunen Haare aus dem Gesicht, die sich auf ihrem kleinen schwarzen Rucksack zu einem wirren Knäuel verknoten. Die Kälte dringt durch die lockeren Maschen ihres Strickpullovers und der Wind bläst die Fragen, die ihr durch den Kopf gehen, ebenso fort wie die leere Papiertüte auf dem Gehweg, die davontanzt, um irgendwo anders zur Ruhe zu kommen.

Abi zittert und wackelt mit den Zehen, die so verfroren sind, dass sie befürchtet, sie könnten ihr in den ehemals weißen Turnschuhen, die sie seit Ewigkeiten besitzt, abfallen. Der blonden Wetterfee zufolge, deren Wettervorhersage sie an diesem Morgen auf dem winzigen und unscharfen Fernsehbild in ihrem Hotelzimmer gesehen hat, soll es der kälteste Frühling seit Beginn der Wetteraufzeichnungen in England sein. Das glaubt Abi sofort. Warum hat er ihr eigentlich keine Jacke gegeben?

Sie zieht die Riemen ihres Rucksacks fester und starrt auf die Glastür und den silbernen Schriftzug, der an das Mauerwerk darüber geschraubt ist: Polizeistation Bethnal Green. Jetzt oder nie. Zum Abwägen bleibt keine Zeit mehr. Ihr sind das Geld und die Möglichkeiten ausgegangen.

Abi macht den letzten Schritt und betritt das Gebäude. Einen Moment später schließt sich die Tür hinter ihr mit einem leisen Klicken, und der Wind und das Brummen des Verkehrs werden augenblicklich ausgesperrt. Abis Finger pochen in der plötzlichen Wärme des leeren Wartebereichs.

Links und rechts von ihr reihen sich an jeder Wand über die gesamte Länge blaue Plastikstühle, die an eine Metallstange geschraubt sind, bis hin zu einem hohen Tresen. Auf dem Tresen liegen keine Stifte, keine Broschüren. Nichts, was man sich in einem hitzigen Moment schnappen und von sich schleudern könnte.

Etwas bewegt sich vor ihr. Ein Stuhl knarrt und dann steht ein Polizist auf und räuspert sich. Er hat graues, schütteres Haar, strähnige rötliche Koteletten, die sich kräuseln und in verschiedene Richtungen abstehen. Ein strahlend weißer Hemdkragen lugt aus seinem schwarzen Pullover.

»Guten Tag«, sagt er, seine Stimme ist tief und kratzig. »Kann ich Ihnen helfen?«

Die Frage jagt ihr einen plötzlichen Schauer der Angst durch die Adern. Ihr Körper erstarrt. Ihre Lunge, ihr Herz, ihr Verstand – sie alle sind hinter einer unbeweglichen Tür eingesperrt. Irgendwo tief in ihrem Inneren schrillt eine gedämpfte Alarmglocke.

Ist sie sich wirklich ganz sicher?

Der Moment vergeht, und sie setzt sich wieder in Bewegung, legt mit zitternden Beinen die letzten Schritte zum Tresen zurück. Sicher oder nicht, dies ist ihr Leben, ruft sich Abi in Erinnerung. Ihr wahres Leben.

Der Polizist lächelt, als sie sich ihm nähert. Ein sorgfältig einstudiertes Lächeln – freundlich, aber bestimmt. Geschäftsmäßig. Abi fragt sich, wie viele Jahre es gedauert haben muss, dieses Lächeln zu perfektionieren, wie viele Opfer und Verbrecher und alle möglichen Leute er bis dahin begrüßen musste, um es so meisterhaft hinzubekommen.

»Wie kann ich Ihnen helfen?« Der Polizist zieht die Augenbrauen hoch, die die gleiche Farbe wie seine Koteletten haben.

Keine Kohle, keine Wahl, ruft Abi sich ins Gedächtnis.

Die Worte steigen in ihr auf. Sie hat sie schon hundertmal oder öfter gegenüber ihrem Spiegelbild im rostigen Hotelspiegel gesagt, aber auf ihrer Zunge fühlen sie sich immer noch ungewohnt an. »Ich … ich bin Abigail Wick.« Die Worte purzeln schnell aus ihr heraus, als würde sie Spanisch sprechen, hastig aneinandergereihte Worte.

Stille. Dieser fassungslosen Art, für die es keine Worte gibt.

Abi beobachtet, wie sich die Lippen des Beamten teilen und seine Kinnlade herunterfällt. Sie beobachtet, wie sich seine Augen weiten, und fragt sich, ob er ebenso Gänsehaut bekommt wie sie, ob auch er sich fühlt, als würden ihm Ameisen über den Körper krabbeln.

Wie lange, fragt sich Abi, während sich die Stille immer mehr in die Länge zieht, wird es dauern, bis sie ihren eigenen Namen aussprechen kann, ohne dass sich ihr Puls beschleunigt und ihr der Atem in der Kehle stecken bleibt? *Hallo, ich bin Jane Smith, Elizabeth Jones, Katy Tomlin, Abigail Wick.* Es ist nur ein Name. Aber das stimmt natürlich nicht. Jeder auf der Welt kennt ihn, kennt sie, und indem sie ihren eigenen Namen zum ersten Mal jemand anderem nennt, lässt sie die Mutter aller Bomben platzen.

Der Polizist hustet. »Wie bitte?«, fragt er.

»Mein Name …« Abi spricht langsamer, ihr Akzent wird schwächer, während sie sich bemüht, die Worte deutlich auszusprechen. Und obwohl sich ihre Angst kein Stück gelegt hat, genießt ein kleiner Teil von ihr, dass sich der Beamte beinahe in die Hose macht. Vielleicht zögert sie auch nur die Detonation der Bombe hinaus, das Unvermeidbare, was folgen wird, wenn ihre Worte seinen Verstand erreichen. »Ich bin Abigail Rose Wick. Meine Eltern sind Sarah und Michael Wick, und ich wurde vor vierzehn Jahren als vermisst gemeldet.«

Ihr Herz rast. »Einatmen, blinzeln, ausatmen. Nicht wegsehen«, hat er ihr eingebläut. Sie stellt sich sein Gesicht vor, seine dunklen Augen, in denen etwas leuchtet, Verzweiflung, Liebe, Angst, und seinen durchdringenden Blick, während er spricht. Er wiederholte die Worte immer und immer wieder und forderte sie auf, ihm nachzusprechen. »Du kannst das. Du musst es tun. Nicht nur für dich oder für mich, sondern auch für sie – deine Familie. Bring sie dazu, dir zu glauben.«

Abi beobachtet, wie das pastellweiße Gesicht des Polizeibeamten puterrot anläuft, und sie stellt sich vor, wie seine Finger nach einem Knopf unter dem Schreibtisch tasten. Irgendwo im Gebäude einen stillen Alarm auslösen: *Hilfe im Wartebereich erbeten.*

Sie dreht sich um und wirft einen Blick zurück zur gläsernen Eingangstür. Ob es einen Verriegelungsmechanismus gibt, der mit demselben Knopf bedient wird? Ist sie gefangen?

Was für ein dummer Gedanke. Zu viele amerikanische Actionfilme, die die rege Fantasie eines einsamen Kindes anregten. Caroline war schuld, ihre Mutter – wenn Abi sie überhaupt noch so nennen kann. Eine blonde Amerikanerin, die in irgendeinem Vorort von Scheißhausen lebte, während Jhon die meiste Zeit auf Geschäftsreise war, oder wo auch immer. Caroline verschlang kitschige amerikanische Filme und Fernsehsendungen aus den Achtzigern und Neunzigern. *Lethal Weapon*, *Beverly Hills Cop*, Wiederholungen alter Folgen von *Columbo* und alles mit Harrison Ford.

Abi schiebt den Gedanken an diese Filme, an diese Zeit, an ihre Mutter beiseite, um keine Erinnerungen an die brütende, unausweichliche Hitze und den Geruch von Körperausdünstungen und abgestandenem Essen aufkommen zu lassen. An das Gefühl, zu ersticken, während man Tag für Tag, Monat für Monat in denselben vier Wänden gefangen ist.

Der Mund des Polizisten öffnet und schließt sich erneut, schließt sich, öffnet sich, wie dieser schrille singende Fisch an der Wand des Cafés, wo sie bis zum letzten Sommer gearbeitet hatte. Bis zu dem Moment, als sie Jhons Brief las.

Abi starrt auf den Beamten und kann das krächzende Lied hören, das ertönte, wenn ein Gast den Knopf für den Fisch betätigte und dessen Kopf und Mund damit in Bewegung setzte. Ständig drückte jemand auf diesen blöden Knopf.

Der Polizist führt eine Hand zum Mund und fährt sich mit einem Finger über die Lippen. Erst eine Seite, dann die andere. »Würden Sie bitte einen Moment Platz nehmen. Ich rufe einen Kollegen, der sich Ihrer annimmt.«

Abi nickt und setzt sich auf einen der Stühle im Wartebereich, wobei ihr Blick erneut auf die Glastüren fällt. Sie fragt sich, ob er noch da draußen ist. Ob er sie beobachtet. Sie würde ihm gerne mitteilen, dass sie es geschafft hat. Sie möchte sein Lächeln sehen und das Lob hören, das er nur sparsam einsetzt.

»Wenn ich es mir recht überlege«, sagt der Polizist jetzt, »wäre es für Sie vielleicht angenehmer, in einem unserer Vernehmungsräume zu warten.« Er verschwindet und einen Augenblick später öffnet sich eine Tür neben dem Tresen und er winkt sie zu sich.

Glaubt er, dass Fluchtgefahr besteht? Ein nervöses Lachen steigt wie eine Blase in Abis Körper auf, bleibt in ihrer Brust stecken und lässt ihre Lippen zucken. Sie kann nirgendwo hin. Alles, was sie besitzt, ist in ihrem Rucksack. Genau 89,61 Pfund – ihr gesamtes Barvermögen, alles, was von dem übrig ist, was er ihr gegeben hat – hat sie unter einem einzelnen Satz Wechselkleidung und dem kolumbianischen Pass versteckt, den sie nie wieder benutzen wird.

Wenn sie sich jetzt umdreht, wenn sie durch die Glastür hinausläuft, zurück in den beißenden Wind und die Abgase, wohin soll sie dann gehen? Sie hat kein Zuhause. Mit 89,61 Pfund würde sie nicht lange auskommen. Nicht einmal eine weitere Nacht in dem schmuddeligen Hotel drei Straßen weiter, dessen Wände so dünn sind, dass sie bis spät in die Nacht mitanhören kann, wie ihr Zimmernachbar Pornos schaut.

Nein. Jetzt gibt es kein Zurück mehr. Und so umklammert Abi die Träger ihres Rucksacks und folgt dem Beamten ins Innere des Polizeireviers, ihre Turnschuhe quietschen bei jedem Schritt über den grauen Linoleumboden.

Zum ersten Mal, seit sie die Wache betreten hat, denkt Abi an Sarah und Michael – ihre Eltern. Wie lange wird es dauern, bis man ihnen Bescheid sagt? Ihre Kehle schnürt sich zu und ihr bleibt ein paar Sekunden die Luft weg, während eine tiefe, quälende Angst in ihren Verstand sickert, und Fragen, die sie nicht beantworten kann. Werden diese Leute sie lieben? Sie akzeptieren? Ihr glauben?

DREI

ABI

Der Polizist führt sie in einen Raum mit einem Tisch und vier Stühlen. »Es kommt gleich jemand, der sich um Sie kümmert«, sagt er und starrt ihr noch eine lange Sekunde ins Gesicht, bevor er die Tür schließt und zu seinem Schreibtisch zurückeilt, um den Anruf zu tätigen.

Keine Fenster. Kein Einwegspiegel. Nur vier zementgraue Wände, die immer näher zu rücken scheinen, als Abi sich auf den Stuhl gegenüber der Tür setzt. Ihre Haut juckt und kribbelt und sie erinnert sich an eine Kindheit in verschlossenen Räumen.

Zwei Leuchtstoffröhren an der Decke verbreiten ein grelles Licht, in dem die Haut ihrer Hände schmutzig erscheint. Weniger als eine Woche ohne Sonne und schon ist ihre Bräune verblasst.

»Es ist gut, dass du blass bist«, bestärkte er sie gestern, aber das verbrauchte, angsterfüllte Gesicht, das sie heute Morgen aus dem rostigen Spiegel anstarrte, gefiel ihr nicht.

Das harte Plastik des Stuhls bohrt sich in Abis Wirbelsäule, während sie wartet. Sie spürt die spitzen Kanten ihres Handys, das in der Gesäßtasche ihrer Jeans steckt, und am liebsten würde sie es herausholen, die Nummer eintippen, die sie sich gemerkt, aber nicht abgespeichert hat, um ihm zu versichern, dass es ihr gutgeht. Sie hat es geschafft. Sie ist drin.

Aber in der oberen Ecke des Raums, über der Tür, ist ein unauffälliger, schwarzer, kuppelförmiger Gegenstand angebracht, und irgendwo im Gebäude, am Ende eines der grauen Flure mit den quietschenden Fußböden, befindet sich ein Raum mit Aufnahmegeräten. Und irgendwo in einem Computersystem wird jede ihrer Bewegungen aufgezeichnet, protokolliert und abgespeichert. Also lässt sie ihr Handy dort, wo es ist, und wartet einfach.

Erst nach zwanzig Minuten öffnet sich die Tür.

Als zwei Frauen den Raum betreten, kommt Abi ein Spruch in den Sinn, den Caroline oft zu sagen pflegte: »Vom Regen in die Traufe.« Sie kann Carolines nasalen amerikanischen Akzent buchstäblich hören. Erst jetzt wird ihr die volle Bedeutung dieser Worte bewusst.

»Hallo«, begrüßt die erste Frau sie und schenkt ihr ein ermutigendes Lächeln. Sie ist groß und kantig gebaut und hat dichte blonde Locken, die eng am Kopf liegen. Keine Uniform. Stattdessen trägt sie ein fliederfarbenes Baumwollshirt und eine enge schwarze Hose. Unter ihrem Arm klemmt ein Notizbuch, hinter ihrem Ohr ein Stift. »Ich bin Detective Constable Cara Swain.«

»Hi«, antwortet Abi, aber ihre Stimme geht im Kratzen der Stuhlbeine unter, als die beiden Beamtinnen sich setzen.

»Und das«, fährt Constable Swain fort und deutet mit einer Hand auf die Frau, die neben ihr Platz genommen hat, »ist Police Constable Robertson.«

Abi fühlt sich, als wäre ihr das Lächeln auf dem Gesicht festgefroren. Es fällt ihr schwer, den Blick nicht abzuwenden und den Kopf hochzuhalten, wie jemand, der nichts falsch gemacht hat.

»Möchten Sie ein Glas Wasser?«, fragt Constable Robertson. Sie ist jünger als Constable Swain, ihre zierliche Statur geht in einem unförmigen weißen Hemd und einer schwarzen Uniform unter.

Abi schüttelt den Kopf und lässt eine Strähne ihres Haares nach vorne fallen. »Nein, danke.«

»Es tut mir so leid, dass wir Sie haben warten lassen«, sagt Constable Swain, wobei sie das »so« derart in die Länge zieht, als müsste sie beweisen, wie ernst sie ihre Worte meint. »Wir mussten erst überprüfen, ob ein Vormund anwesend sein muss, bevor wir mit Ihnen sprechen konnten. Das hat ein bisschen gedauert.«

»Oh ... aha. Warum?«, fragt Abi und benutzt das Fragewort, das Caroline in den Wahnsinn trieb. Warum gehen wir heute nicht raus? Warum kann ich nicht zur Schule gehen wie die anderen Kinder? *Por qué*? Fragen und Jammern, bis Carolines Handfläche auf ihrer Wange landete.

»Darum, Abelia. Einfach darum«, antwortete Caroline immer.

Manchmal trieb Abi es absichtlich auf die Spitze, nur um diesen Klaps zu bekommen, nur um das Kribbeln auf ihrer Haut zu spüren, um den Tag, die Woche, den Monat, die Langeweile zu unterbrechen.

»Rechtlich gesehen«, sagt Constable Swain, schlägt das Notizbuch auf und blättert, bis sie eine freie Seite findet, »sollte bei polizeilichen Vernehmungen von Personen unter achtzehn Jahren ein Elternteil oder Erziehungsberechtigter anwesend sein. Das ist in Ihrem Fall schwierig, und wir halten es für das Beste, dass wir zuerst mit Ihnen sprechen sollten, bevor wir Mr und Mrs Wick benachrichtigen. Bevor wir loslegen, muss ich Ihnen daher erklären, dass dies ein informelles Gespräch ist. Es werden keine Aufnahmen gemacht. Sie haben jedoch das Recht, auf eigenen Wunsch einen von der Polizei bestellten Erwachsenen hinzuzuziehen.«

Abi schüttelt wieder den Kopf und kommt sich dumm vor.

Wie konnte sie vergessen, dass sie erst siebzehn ist? Panik steigt auf, wild, ungezähmt, und lässt die Wände des Zimmers um sie herum zusammenschrumpfen. Was hat sie noch vergessen?

»Möchten Sie, dass sich jemand neben Sie setzt und Ihnen beisteht?«, fragt Constable Robertson.

»Ich komme schon zurecht«, antwortet Abi. »Aber danke«, fügt sie hinzu und erinnert sich im letzten Moment daran, höflich zu bleiben. Das ist für sie nicht so selbstverständlich wie für andere Menschen. Sie hat zu viel Zeit allein verbracht. Niemand musste sie je daran erinnern, zu sich selbst bitte und danke zu sagen.

Eine Pause entsteht. Die einzigen Geräusche sind das Knarren von Constable Robertsons Stuhl und Abis Herzschlag, der ihr in den Ohren trommelt.

»Sie können sich bestimmt vorstellen, dass dies ein großer Schock für Mr und Mrs Wick sein wird«, fährt Constable Swain mitfühlend fort. Beruhigend. Und doch fühlt sich Abi ein wenig verunsichert. Warum sagt sie »Mr und Mrs Wick« und nicht »Ihre Eltern«? »Obwohl wir sie schnellstmöglich informieren möchten, ist es unsere Pflicht, erst die Richtigkeit Ihrer Aussage zu überprüfen, um den Beteiligten im Zweifelsfall unnötigen Kummer zu ersparen.«

»Falls ich lüge, meinen Sie?« Die Worte sprudeln nur so aus ihr heraus und fühlen sich heiß auf Abis Lippen an. Weniger kolumbianisch, mehr LA-Näseln, wie Carolines Tonfall, mit einem Hauch von irgendetwas anderem.

»Sie haben einen interessanten Akzent«, sagt Constable Swain. »Aber ich bin wirklich schlecht darin, an der Aussprache zu erkennen, woher jemand kommt. Ist das Spanisch?«

»Kolumbianisches Spanisch«, antwortet Abi und zwingt sich, sich zu beruhigen. Sie haben noch nicht einmal angefangen, ihr Fragen zu stellen. Sie wusste, dass es nicht einfach werden würde. Er hat sie jede Antwort, die sie geben muss, üben lassen. Nicht nur die Worte, sondern auch den Tonfall, damit sie überzeugend wirkt. »Dort bin ich aufgewachsen. In Buenaventura.«

Abi hebt das Gesicht und schaut Swain in die Augen. Sie haben die gleiche blassgraue Farbe wie die Wände. »Was möchten Sie noch wissen?«

Constable Swain tippt mit ihrem Stift auf das Notizbuch, aber bevor sie eine weitere Frage stellen kann, öffnet sich die Tür und der Beamte mit den rötlichen Koteletten erscheint mit einem Tablett, auf dem drei Tassen stehen. Er stellt es auf den Tisch und verschwindet wieder, ohne ein Wort zu sagen.

»Danke Jim«, ruft Constable Swain ihm hinterher, während Constable Robertson Abi eine Tasse reicht.

Es ist Tee. Mit Milch und dünn. Abi hätte Kaffee vorgezogen. Nicht das Gebräu aus diesen trockenen Instant-Krümeln in dem kleinen braunen Päckchen, das sie im Hotelzimmer getrunken hat, sondern den Kaffee aus dem aromatischen, erdigen Pulver, den Jhon von seinen langen Reisen mitbrachte und trank, als wäre er Wasser.

»Wir haben hier eine noch nie da gewesene Situation«, sagt Constable Swain und nimmt einen Schluck Tee. Eine kurze Pause, sie zieht eine Grimasse und stellt die Tasse dann wieder zurück auf das Tablett. »Momentan sind drei Aspekte von entscheidender Bedeutung, der wir – die Polizei – größte Priorität einräumen müssen.«

Der Stift tippt erneut auf die leere Seite des Notizbuchs. »Erstens: Wir müssen uns sicher sein, dass Sie diejenige sind, die Sie vorgeben zu sein. Zweitens: Wenn Sie Abigail Wick sind, dann wurden Sie Opfer eines schrecklichen Verbrechens und wir haben die Pflicht, dafür zu sorgen, dass es Ihnen gutgeht, sowohl psychisch als auch physisch. Und zu guter Letzt handelt es sich beim Verschwinden von Abigail Wick um einen ungelösten Fall von Kindesentführung. Wir müssen die Täter ausfindig machen, und wir brauchen viele Informationen von Ihnen, die uns bei der Ermittlung helfen. Sind Sie damit einverstanden?«

Abi nickt und führt die Tasse an ihre Lippen. Brühend heiße Flüssigkeit rinnt in ihren Mund. Sie schmeckt so gut, wie sie aussieht, aber Abi muss etwas tun, um dem stechenden Blick der Ermittlerin auszuweichen. In ihrem Kopf klingelt wieder eine Alarmglocke. Es ist noch keine Stunde vergangen und schon ist sie da – die klaffende Lücke in ihrem Plan, mit der sie nicht gerechnet hat. Natürlich will die Polizei die Täter aufspüren. Es ist ja nicht so, als hätte Abi sich verlaufen und wäre vierzehn Jahre lang verschollen gewesen, oder? Warum ist ihr das nicht in den Sinn gekommen? Warum nicht?

Ihr Mund wird trocken. Schwindelerregende Gedanken und Fragen kreisen in ihrem Kopf herum.

»Vielleicht erzählen Sie uns doch erst einmal ein bisschen von sich. Vierzehn Jahre sind eine lange Zeit. Abigail Wick war vier, als sie entführt wurde. Nicht viele Menschen erinnern sich an einen so frühen Zeitpunkt ihrer Kindheit. Wie sind Sie darauf gekommen, dass Sie Abigail sein könnten?«

In diesem Moment könnte Abi so viel erzählen. Sie könnte mit der ganzen Geschichte ihrer Kindheit, ihres Lebens beginnen. Aber sie ist diesen Raum jetzt schon leid, die Zeit schreitet schnell voran und sie weiß noch nicht einmal, wo sie diese Nacht schlafen wird. Also gibt sie ihnen, was sie wollen. Einen Beweis, dass sie Abigail ist.

»Ich … ich habe eine Windpockennarbe auf der rechten Brust.«

»Wie bitte?« Constable Swains Augen weiten sich ein wenig, aber dann scheint sie sich zu sammeln. »Eine Windpockennarbe?«

Abi nickt, ihre Zuversicht kehrt zurück. So ist es richtig. Sie hat recht. »Sie wollen sich davon überzeugen, dass ich Abigail Wick bin, richtig? Deswegen sage ich Ihnen, dass ich eine Windpockennarbe auf der rechten Brust habe, etwa zwei Zentimeter unterhalb der Brustwarze. Ich kann mich nicht daran erinnern, Windpocken gehabt zu haben, also muss ich sehr jung gewesen sein. Vielleicht war es schon vor meiner Entführung.«

Swains graue Augen fixieren Abi einen langen Moment, und dann, als hätte sie plötzlich einen Entschluss gefasst, krakelt sie eine Zeile auf den Notizblock.

Abi wirft einen Blick auf das Gekritzel. Sie hat keine Ahnung, was dort steht, und ist sich nicht sicher, ob sie die Wörter lesen könnte, wenn sie richtig herum und direkt vor ihrer Nase wären, aber Constable Robertson muss sie entziffern können, denn sie steht auf und verlässt mit einem erneuten Lächeln den Raum.

Abi fragt sich einen Augenblick, ob Swain sie bitten wird, die Narbe zu zeigen. Bei dem Gedanken an die runde, weiße Vertiefung dreht sich ihr der Magen um. Sie will nicht darüber nachdenken. Was sie will, wohin sie wirklich will, ist nach Hause. Aber Abi weiß nicht mehr, was dieses Wort bedeutet, oder ob sie es jemals herausfinden wird.

VIER

ABI

Damals

Abelias Magen knurrte, während sie sich im Türrahmen zum Wohnzimmer herumdrückte. Ein Streifen Nachmittagssonne fiel durch die verblichenen geblümten Vorhänge und warf einen Streifen auf die Rückseite des roten Sofas. Ein muffiger Geruch hing in der Luft, so wie ihre Bettwäsche manchmal nach einem Albtraum roch, wenn sie mit schweißnasser Haut aufwachte und ihr das Haar am Kopf klebte.

Plötzlich ratterte das Geräusch von Schüssen aus dem Fernseher durch den kleinen Raum.

Abelia schaute ihre Mutter an. Sie machte dieses Schlafding, wie so oft – aufrecht auf dem Sofa sitzend, die Augen offen, aber glasig, wach und zugleich doch nicht wach. Ihr Gesicht war verquollen vom Weinen und Tränen glänzten auf ihren Wangen.

»Mama?«, sagte Abelia, als das *Peng-Peng* der Pistolen verklungen war. Es war das erste Wort, das sie an diesem Tag sprach, und ihre Stimme war zu leise, als hätte sie das Reden verlernt.

»Mama, ich habe Hunger«, sagte sie, dieses Mal etwas lauter.

Sie beobachtete ihre Mutter und wartete darauf, dass die Worte in ihre Gehörgänge drangen und sie aufweckten. Manchmal klappte es, und manchmal konnte Abelia ihrer Mutter direkt ins Ohr schreien, ohne dass sie aufwachte.

Ihre Mutter blinzelte nicht, bewegte sich nicht und zeigte auch sonst keine Anzeichen, dass sie Abelia gehört hatte.

Abelia seufzte und umrundete das Sofa, den Blick starr vom Fernseher abgewandt, um nicht versehentlich eine Leiche zu sehen, die sie wochenlang in ihren Albträumen verfolgen würde. Die Geräusche machten ihr nichts mehr aus. Sie war jetzt sieben, und Siebenjährige hielten sich nicht mehr die Ohren zu, aber sie hasste die Leichen.

Ihre nackten Füße schlurften über den schmutzigen Boden, als sie geräuschlos Richtung Küche gehen wollte. Doch sie hielt plötzlich inne. Draußen konnte sie Kinder schreien hören. Wahrscheinlich war gerade Schulschluss, vermutete sie, während der nagende Schmerz des Hungers sich in ein Stechen verwandelte, das sie nicht einordnen konnte.

Sie sehnte sich danach, die Vorhänge aufzureißen, ihr Gesicht an das Glas zu pressen und den Kindern beim Spielen zuzusehen. Sie stellte sich zwei Mädchen vor, die ein Springseil hoch in die Luft schwangen und einen Reim sangen, während ein anderes Mädchen in der Mitte sprang. Und sie stellte sich Jungen vor, die ihre T-Shirts auf den staubigen Boden warfen und einem alten Ball hinterherjagten.

Abelia warf einen Blick zu ihrer Mutter, die immer noch auf den Fernseher starrte, bevor sie sich näher an das Fenster herantastete. Abelias Finger strichen über den groben Stoff der Vorhänge. Sie wollte unbedingt dort draußen sein, diejenige sein, die in der Mitte des Seils sprang. Was konnte es schaden, zuzusehen? Niemand würde sie bemerken.

Mit einer raschen Bewegung duckte sich Abelia und erhob

sich zwischen den Vorhängen und dem Fenster. Sie blinzelte in das grelle Sonnenlicht und lächelte, während sie darauf wartete, dass sich ihre Augen an das Licht gewöhnten und die Kinder in Sichtweite kamen.

»Weg vom Fenster.« Die Stimme ihrer Mutter klang heiser und kratzig und troff vor Angst, die Abelias Beine einknicken ließ. Sie ließ sich auf den Boden fallen, zurück in das Dämmerlicht.

»Es ist nicht sicher«, mahnte ihre Mutter.

Abelia zog die Beine enger an ihren Körper und seufzte. Wenigstens hatte sie ihre Mutter geweckt. »Ich habe Hunger, Mama«, sagte sie, steckte sich eine Haarsträhne in den Mund und saugte an dem Ende.

»Oh, Abelia, bitte, Mama ist heute so traurig. Du kannst dir doch selbst etwas machen, oder nicht? Es ist noch Brot da.«

Abelia machte sich nicht die Mühe, ihrer Mutter zu sagen, dass sie schon gestern beim Abendessen auf der letzten altbackenen Brotkruste herumgekaut hatte. Stattdessen stand sie auf und ging in die Küche. Sie stellte sich auf die Zehenspitzen und streckte sich, bis sie mit den Fingerspitzen an einen Teller heranreichte. Sie zog ihn näher zu sich heran, bis sie ihn sicher greifen konnte.

Der Käse war hart und roch komisch, wie das Wohnzimmer, wie ihre Bettbezüge, aber Abelia war zu hungrig, um sich darum zu kümmern.

»Komm, setz dich zu mir, Abelia. Mach mir eine Freude und knuddel mich«, rief ihre Mutter aus dem Wohnzimmer.

Abelia rutschte das Herz in die Hose, aber sie tat, was man ihr sagte. Wenn sie ihre Mutter glücklich machen konnte, dann würde sie vielleicht Essen kaufen.

Sie setzte sich neben ihre Mutter und ließ es zu, dass diese sie näher an sich heranzog, bis ihr Kopf auf der Brust ihrer Mutter ruhte. Hier roch es noch schlimmer. Abelia konnte den

Gestank schmecken, spürte, wie er sich an ihren Gaumen klebte.

Als der Abspann über den Bildschirm lief, hob Abelia den Kopf und hoffte, ihre Mutter lächeln zu sehen, aber sie schlief wieder mit offenen Augen.

Abelia schob den Arm ihrer Mutter weg. In ihrem Zimmer legte sich auf den kühlen Bezug ihres Bettes. Plötzlich fühlte sie sich müde und krank.

Wovor hast du solche Angst, Mama?

Warum gehen wir nie nach draußen?

Warum darf ich nicht wie die anderen Kinder zur Schule gehen?

Abelia verdrängte die Fragen aus ihren Gedanken. Sie hatte sie schon so oft gestellt, aber nicht ein einziges Mal eine Antwort bekommen. Sie schloss die Augen und wünschte sich, Jhon würde sich beeilen und zurückkommen. Sie hasste es, dass er so oft verreiste und nur alle zwei Wochen für eine Nacht blieb, um Einkaufstüten mit Lebensmitteln und neue Schulaufgaben für sie vorbeizubringen. Vielleicht würde er länger bleiben, wenn sie dieses Mal alles richtig machte; vielleicht würde er sie das nächste Mal mitnehmen.

FÜNF

ABI

Freitag, 15 Uhr

Die Atmosphäre im Raum hat sich spürbar verändert, seit sie die Narbe erwähnte. Zwar spürt Abi immer noch eine gewisse Vorsicht, umhüllt von einer freundlichen Professionalität – wie die zuckrige Süße der Kokosbällchen, die sie so sehr liebt. Aber jetzt ist da auch Aufregung. Ein Vielleicht. Ein *Was wäre wenn.*

Constable Swains Stift hört auf zu tippen und sie neigt den Kopf ein wenig, während sie Abi eindringlich mustert. »Würden Sie mir ein wenig über Ihre Kindheit erzählen? Wenn es Sie nicht zu sehr mitnimmt. Erinnern Sie sich an irgendetwas im Zusammenhang mit der Entführung?« Ihre Fragen sind jetzt zaghafter, ihr Tonfall sanfter.

Abi möchte sie gerne fragen, ob sie ihr glaubt, aber sie behält die Frage für sich und zwirbelt stattdessen ihre Haarspitzen zwischen den Fingern. »Nein«, sagt sie. »Ich erinnere mich nicht an meine richtigen Eltern – oder ich glaube es zumindest nicht. Ich habe immer von einem Ort geträumt, an dem ich noch nie war. Wo ich mit Leuten, die ich noch nie getroffen habe, Sandburgen am Strand gebaut habe. Ich kann mich nicht daran erinnern, dass ich jemals Angst hatte oder allein war«, lügt sie. »Oder dass ich als Kind jemanden vermisst habe. Obwohl ich das bestimmt habe, in Buenaventura ist es schließlich ganz anders als hier, aber ich erinnere mich nicht daran.«

Constable Swains Stift kratzt noch ein paar Sekunden lang auf dem Notizbuch, bevor sie aufblickt. »Bei wem sind Sie aufgewachsen?«

»Die Frau, die ich für meine Mutter hielt, hieß Caroline Pérez. Pérez ist ihr Ehename. Ihren Mädchennamen kenne ich nicht. Sie hat ihn mir nie gesagt. Sie war Amerikanerin. Aus Los Angeles, glaube ich, obwohl ich mich nicht erinnern kann, dass sie mir das jemals gesagt hat. Sie sprach nie über ihre Vergangenheit, aber ich hatte immer das Gefühl, dass in Amerika etwas passiert war und sie deswegen nicht zurückkehren konnte, obwohl sie es bestimmt wollte. Sie starb an Brustkrebs, als ich zwölf war.«

»Und ihr Mann?«

»Jhon Pérez. Er arbeitete für eine Kaffeebohnen-Exportfirma in Buenaventura. Er ist letztes Jahr an Darmkrebs gestorben.«

Trotz allem, was sie jetzt über den Mann weiß, der sie großgezogen hat, spürt sie immer noch einen Schmerz in der Kehle, wenn sie seinen Namen ausspricht. Aber Abi hört nicht auf, sich mitzuteilen. Es tut gut, zu reden. Nicht nur, weil sie seit Monaten mit niemandem außer ihm Kontakt hatte und er kein sonderlich gesprächiger Typ ist, sondern weil es sie erleichtert, endlich ihre Geschichte erzählen zu können.

»Sie waren nette Eltern«, fährt sie fort, »falls Sie mich das als Nächstes fragen wollen. Sie haben mich nicht in einen Kerker gesperrt oder zu schrecklichen Dingen gezwungen. Ich war ein normales Kind. Wir haben in einem Haus mit hohen Mauern und einem Tor gewohnt, das immer verschlossen war.« Abi schaut Constable Swain direkt in die Augen, während sie die Geschichte erzählt, die sie so intensiv einstudiert hat, dass sie ihr fast wahr vorkommt. »Als ich jünger war, durfte ich überhaupt nicht raus. Der Grund, den man mir dafür nannte und den ich natürlich glaubte, war, dass es in der Stadt nicht sicher sei. Das ist es übrigens immer noch nicht. Buenaventura ist eine der größten Hafenstädte in Kolumbien. Drogenhandel und Gewalt gehören dort zum täglichen Leben. Man gerät leicht ins Kreuzfeuer, vor allem, wenn man so aussieht wie meine … wenn man so aussieht wie Caroline, meine ich. Sie war blond und hellhäutig. Sie stach heraus. Ich auch, aber nicht so sehr, und Jhon machte sich Sorgen, dass uns etwas zustoßen könnte.«

»Wann haben Sie zum ersten Mal vermutet, dass Sie Abigail Wick sein könnten?«

»Als Jhon starb«, erwidert Abi.

Einatmen, blinzeln, ausatmen. Nicht wegsehen. Wahrheit, Lüge, Wahrheit, Lüge, Wahrheit – als würde man ein Rouletterad drehen.

»Er war lange Zeit krank«, fährt Abi fort. »Nach seinem Tod habe ich einen Haufen Unterlagen durchgesehen, und da war ein Brief, der an mich adressiert war. Ich habe ihn geöffnet und es war alles da. Die Wahrheit.« Abi steigen Tränen in die Augen, ob wegen Jhon oder wegen der Wahrheit in dem Brief, kann sie nicht genau sagen.

»Haben Sie diesen Brief dabei?« Constable Swain zieht die Augenbrauen hoch und schielt auf den Boden, wo Abis Rucksack liegt.

»Nein.« Abi schüttelt den Kopf und widersteht dem Drang, den Rucksack näher an sich heranzuziehen. »Ich war wütend. Ich konnte es nicht glauben. Jedenfalls nicht gleich. Ich wollte es nicht glauben. Ich habe den Brief zerrissen und weggeworfen. Aber dann ergab plötzlich alles einen Sinn. Dass ich nicht rausdurfte, dass es keine Fotos von mir als Baby oder Kleinkind gab. Der Brief war außerdem auf Spanisch. Wenn Sie wollen, kann ich Ihnen sagen, was drinstand.«

»Ja, bitte.« Constable Swain legt den Kopf ein wenig schief, den Stift auf dem Notizbuch balancierend.

»Da stand: ›Meine liebste Abelia …‹.«

»Abelia? Ist das ein kolumbianischer Name?«

»Eher amerikanisch. Sie haben mich immer Abi genannt, was bis letzten Monat nicht wirklich Sinn ergab. Ich dachte, es wäre einfach ein Spitzname, der irgendwie an mir hängen geblieben ist. Aber ich dachte ja auch, ich wäre ihr Kind. Ich wäre Kolumbianerin, jedenfalls zur Hälfte, mein Geburtstag wäre im Oktober und ich wäre achtzehn Jahre alt.«

In Abis Kopf dreht sich das Rouletterad weiter – schwarz, rot, schwarz, rot, Wahrheit, Lüge, Wahrheit, Lüge.

Constable Swain kritzelt eine weitere Notiz in ihr Buch, bevor sie Abi zunickt.

»›Meine liebste Abelia‹«, setzt Abi erneut an, »›es tut mir leid, dass ich diesen Brief schreibe, und noch mehr, wie traurig er dich machen wird. Zunächst muss ich dir sagen, wie viel du mir bedeutest und wie viel Freude du mir und deiner Mutter vom ersten Tag an bereitet hast, als wir dich erblickten. Deine Mutter und ich haben uns viele Jahre lang nach einem Kind gesehnt, aber wir haben uns erst spät in unserem Leben getroffen und Gott war uns nicht wohlgesonnen. Deine Mutter wurde depressiv. Während mir meine Liebe zu ihr genügte, wusste ich, dass ihr etwas fehlte. Sie brauchte ein Kind, aber Ereignisse aus ihrer Vergangenheit, die jetzt nicht wichtig sind, machten eine legale Adoption unmöglich.‹«

Sie hält inne, ein nervöses Zucken in den Augenwinkeln. Egal, wie oft sie an den Brief denkt, den Jhon ihr hinterlassen hat, wie oft sie zwischen den Worten nach Antworten sucht, es verursacht jedes Mal von Neuem einen Stich in ihrer Brust.

»Nehmen Sie sich Zeit«, sagt Constable Swain und ihr Gesicht wird weicher.

»Dann stand da: ›Ich musste geschäftlich nach England reisen. Ich wollte deine Mutter nicht alleine lassen und habe mir ständig Sorgen um sie gemacht. Mir war klar, dass wir nicht so weitermachen konnten wie bisher. Ich befand mich an der Ostküste, als ich dich allein an einem verlassenen Strand fand. Ich habe dich eine Zeit lang beobachtet, wollte aufpassen, dass du nicht ins Meer fällst, bevor deine Eltern merken, dass du verschwunden bist, aber als nach einer Weile niemand kam, erkannte ich, dass du nicht verloren, sondern gefunden warst. Gott hatte auf uns herabgelächelt.

Aber was ich getan habe, hat uns gleichzeitig verdorben. Deine Mutter hat ihren Preis bezahlt und ich zahle meinen. Dein richtiger Name ist Abigail Wick und du hast eine Familie in England. Es tut mir leid, dass ich deiner Familie so unglaublichen Schmerz zugefügt habe und dir nun zufügen muss, aber wir haben dich so sehr geliebt, wie es Eltern nur möglich ist. Dein dich liebender Vater, Jhon‹.«

Abi holt zittrig Luft. *Wir haben dich so sehr geliebt.* Sie wünschte, es wäre wahr.

»Mit der Zeit konnte ich diese Informationen sacken lassen und ich habe im Internet recherchiert. Ich habe sogar das Bild gesehen. Der Fremde auf dem Boot war Jhon.«

Constable Swain schaut wieder auf ihr Notizbuch, bevor sie sich wieder auf Abi konzentriert, und nur für eine Sekunde flackert hinter der Sympathie und der Freundlichkeit etwas anderes auf. Ein stählerner Blick, ein Verdacht, der Abi einen eiskalten Blitz durch die Blutbahnen jagt.

»Wie sind Sie nach London gekommen?«, fragt Swain.

Abi zwirbelt ihre Haarspitzen, bevor sie ihre Hände sinken lässt und sie zwischen ihre Schenkel presst. Er sagt ihr immer, sie solle nicht so viel herumzappeln. »Ich habe Jhons Auto verkauft und mir von dem Geld ein Flugticket gekauft. Das hat ein paar Wochen gedauert.«

»Wissen Sie die Flugnummer noch?«

Sie zuckt mit den Schultern. »Nein.« *Wer behält sich denn so was?*, will Abi fragen, behält es aber für sich. »Ich bin am Sonntagmorgen auf dem Londoner Flughafen angekommen.«

»Welcher Flughafen?«

»Wie bitte?«

»Welcher Londoner Flughafen? Es gibt mehrere«, erklärt Swain.

»Oh, verstehe. Er hieß He-irgendwas.«

»Heathrow.« Constable Swain schreibt eine weitere Zeile in ihr Notizbuch. »Heute ist Freitag. Warum haben Sie fünf Tage gewartet, bevor Sie hierhergekommen sind? Und warum genau diese Polizeistation?«

»Ich ... Ich hatte Angst«, offenbart Abi. »Ich wusste nicht, wie ich vorgehen sollte. Ich wusste nicht, ob ich selbst nach ihnen suchen oder direkt zur Polizei gehen sollte. Ich war mir nicht sicher, ob mir jemand glauben würde. So lange ich denken kann, bin ich Abi Pérez. Es ist nicht leicht, herauszufinden, dass das bisherige Leben eine Lüge war«, flüstert sie. Schwarz, rot, schwarz, rot, Wahrheit, Lüge, Wahrheit.

Die Tür geht wieder auf und Constable Robertson nimmt wieder auf demselben Stuhl Platz, die Wangen leicht gerötet, die Augen hellwach. Abi fragt sich, wo sie gewesen ist und was dieser Blick bedeutet.

Constable Swain klappt ihr Notizbuch zu und steckt den Stift zurück hinter ihr Ohr. »Danke, Abi. Es war bestimmt nicht leicht, mir das alles zu erzählen. Constable Robertson wird jetzt bei Ihnen bleiben, und ich werde die Polizei von Essex benachrichtigen und jemanden zum Haus von Mr und Mrs Wick schicken lassen.«

»Sie glauben mir?« Abi kann nicht verhindern, dass die Worte aus ihr herausplatzen.

Constable Swain steht auf und zupft ihr Shirt zurecht, das hochgerutscht ist. Sie scheint Abi abschätzend zu mustern, während sie ihr Notizbuch zur Hand nimmt und eine leere Seite sucht. »Ich glaube, der nächste Schritt ist, Mr und

Mrs Wick zu informieren. Zu einem späteren Zeitpunkt müssen Sie uns all dies noch einmal als offizielle Aussage zu Protokoll geben und uns so viele Details wie möglich über Ihre Zeit in Kolumbien erzählen. Möglicherweise waren mehr Personen an der Entführung beteiligt als nur das Ehepaar, das Sie aufgezogen hat. Wir werden uns außerdem an die kolumbianischen Behörden wenden, um Ihre Angaben zu überprüfen.«

Abi nickt. Erleichterung durchströmt sie. Sie hat es geschafft. Constable Swain kann jetzt planen, was sie will, aber Abi wird nicht mehr mit ihr sprechen. Das hat er ihr versprochen.

Constable Swain geht um den Tisch herum auf Abi zu, und einen Moment lang glaubt sie, die Polizeibeamtin würde ihr die Hand schütteln oder ihr beruhigend auf die Schulter klopfen, aber nichts davon passiert.

»Eine Sache noch«, sagt Swain und legt das Notizbuch und den Stift vor Abi hin. »Würden Sie mir bitte Ihre Adresse für uns aufschreiben?«

Die Erleichterung verschlingt sich zu einem Knoten des Grauens. Sie starrt Constable Swain an, nicht imstande, sich das plötzliche Gefühlschaos in ihrem Gesicht nicht anmerken zu lassen. »Sie meinen, das Hotel, in dem ich die letzten Tage verbracht habe?«

»Ja, und auch Ihre Adresse in Kolumbien. Das wird uns bei unseren Nachforschungen helfen, kein Grund zur Sorge.«

Abi lässt den Kopf hängen, sodass ihr wieder das Haar ins Gesicht fällt. Das Plastik des Kugelschreibers fühlt sich glitschig in ihrer schweißnassen Handfläche an, als sie an all die *Columbo*-Folgen denkt, die sie mit Caroline jeden Nachmittag anschauen musste. Abi fällt zwar kein einziger Handlungsstrang mehr ein, aber sie erinnert sich an den weiten braunen Regenmantel und die hart gekochten Eier und daran, wie Columbo immer wartete, bis er schon im Aufbruch begriffen war, bevor er dem Verdächtigen seine letzte Frage stellte, die entscheidende Frage für die Lösung des Falls.

Versucht Constable Swain genau das? Hat sie einen Verdacht?

Abi zwingt sich dazu, ruhig zu schreiben, als die Spitze des Stifts das Papier berührt.

Ich beobachte sie von der anderen Straßenseite aus, halb verdeckt von der Bushaltestelle und den beiden gleichmäßig befahrenen Straßenspuren. Ein Fremder. Ein Niemand.

Abigail erreicht die Stufen, und mein Herz klopft mir in der Brust wie der röhrende Motor des Busses, der mir gerade die Sicht versperrt.

Er fährt weiter, und ich erwarte, dass sich die Tür des Polizeireviers schließt und Abigail im Inneren nur noch als Silhouette zu erkennen ist.

Aber sie steht immer noch auf der Treppe. Vorgebeugt, zum Schutz gegen die Kälte, in Unentschlossenheit erstarrt. Stattdessen kommt die Wut. Wie kann sie sich nicht sicher sein? Nach all den Monaten des Zuredens und der Anleitung.

Ich habe ihr immer wieder eingebläut, dass sie es verdient. Dass sie sich nehmen muss, was ihr rechtmäßig zusteht. Sie hat keine Ahnung, wie ernst ich diese Worte meine.

Aber sie zögert immer noch.

Dummes kleines Mädchen.

Ich gebe mir Mühe, nicht in ihre Richtung zu stürmen und sie die letzten Schritte durch die Tür und in ihr neues Leben zu schieben.

Sie hat nichts zu verlieren, aber alles zu gewinnen. Wieso versteht sie das nicht?

Ich trete einen Schritt näher an die Straße heran, bereit, sie abzufangen, falls sie sich umdrehen und davonlaufen sollte. Ich schaue auf die Uhr und weiß, dass ich mich beeilen muss, wenn ich für den nächsten Teil des Plans bereit sein will.

Dann sieht Abigail noch einmal zur Tür und setzt sich schließlich in Bewegung, um einen kurzen Moment später zu verschwinden.

Ja, Abigail!

Braves Mädchen.

Du verdienst dieses Leben.

Aber natürlich ist es nicht nur Abigail, deren Welt sich verändern wird. Da sind auch noch ihre Eltern.

Was haben sie verdient?

Die Antwort: alles. Sie verdienen alles, was auf sie zukommen wird.

SECHS

SARAH

Freitag, 16 Uhr

Meine Finger trommeln auf das Lenkrad, während ich beobachte, wie die dunklen Holztore langsam zum Leben erwachen. Ich weiß, dass es sinnlos ist, aber ich drücke den schwarzen Klicker neben meinem Sitz noch ein, zwei, drei Mal, so wie immer. Und dessen ungeachtet ignorieren mich wie immer die Tore und öffnen sich weiter mit der vorgesehenen Geschwindigkeit.

Eine Handbreit meiner Einfahrt ist jetzt zu sehen, und ein vertrauter Drang zerrt an mir, will, dass ich aufs Gas trete und mich durch die Lücke quetsche, den Lack meines schwarzen Audis zerkratze, nur um das Knirschen der Räder auf dem Kies zu hören. Dieses Geräusch, das Mahlen Tausender Steinchen, löst etwas in mir aus. Einen pawlowschen Reflex, der mir signalisiert, dass der unsichtbare Panzer, der so eng geschnallt ist, dass ich mich nachts manchmal frage, ob er mich schützt oder tötet, gelöst wird.

Das Geräusch, das mir sagt, dass ich zu Hause bin. Das Geräusch, das ich höre, wenn ich gelobe, nie wieder wegzugehen. Ich weiß, wie töricht ich klinge, wenn ich mir dieses Versprechen zuflüstere, während ich die Make-up-Schichten von meinem Tag im Studio abdusche. In ein oder zwei Tagen werde ich wieder im Auto sitzen und mir wünschen, dass sich die Tore so schnell wie möglich öffnen, damit ich diesem Zuhause entkommen kann.

Ich atme den stechenden Geruch von Parfüm und Haarspray ein, der mich an die Debatte über Prinz Harrys Recht auf royale Sicherheitsmaßnahmen bei seinen Besuchen in Großbritannien erinnert, die wir heute in der Talkshow *Loose Women* führten. Manchmal fühlt es sich so bedeutungslos an – eigentlich die meiste Zeit. Wenn man das Schlimmste erlebt hat, was man sich vorstellen kann, und wenn man es jeden Tag wieder von Neuem durchlebt, ist es unmöglich, sich in etwas anderes hineinzusteigern.

Ich drehe meine wöchentliche Kochsendung und alle anderen Beiträge, die man mir aufdrückt. Nach Abigails Entführung hätte ich aufhören sollen. Ich war nicht mehr die strahlende Fernsehmoderatorin, eine aufstrebende Berühmtheit, die Großbritanniens beliebtestes Morgenmagazin moderierte.

Ich war toxisch. Das brauchte mir mein Agent Don nicht zu sagen, obwohl er es immer wieder tat. Niemand wollte die tragische Frau sehen, deren Kind entführt worden war. Und trotzdem blieb ich, kämpfte, nahm alles an, was man mir gab, und ignorierte die Kritiker und all die Angebote, doch lieber in die Produktion zu wechseln. Janie arbeitete bei der BBC in der Produktion, von daher wusste ich, was ein solcher Job erforderte, und dass das nichts für mich war.

Außerdem konnte ich nicht aufhören. Ich brauchte das Vertraute, die Routine. Ich konnte nichts anderes, als zu moderieren. Und ich hatte nie etwas anderes tun wollen, nachdem mein Traum, Nachrichtensprecherin zu werden, schon früh im Vorstellungsgespräch geplatzt war.

»Du bist zu hübsch, um die Nachrichten zu präsentieren«, sagte Don einmal zu mir. »Männer werden sich vorstellen, mit dir ins Bett zu gehen; Frauen werden dich hassen und umschalten. Wenn du unbedingt ins Fernsehen willst, musst du etwas Anspruchsloseres moderieren.«

Und das tat ich. Angefangen mit einer täglichen Quizshow, dann einer Neuauflage von *Blind Date*, dann *Big Brother*. Und nachdem ich mit Mitte zwanzig Daniel bekam und so »von heiß zu Heimchen am Herd« mutierte, wie Don es so nett ausdrückte, wurde ich Co-Moderatorin bei *This Morning*.

Nach Abigails Entführung hatte ich das Gefühl, als Mutter und Beschützerin meiner Kinder so spektakulär versagt zu haben, dass mir im Grunde nur noch das Moderieren übrig blieb. Eine Sache, in der ich gut war. Michael hatte sein Unternehmen verkauft, um sich in die Suche nach Abigail und später in die Leitung der Stiftung zu stürzen, also brauchten wir das Geld. Ein weiterer Grund, weshalb ich an meinem Job beim Fernsehen festgehalten habe, drängt sich flüsternd in meine Gedanken, aber ich reiße die Augen auf und zähle weiter.

Es dauert sechzig Sekunden, bis der elektrische Motor die Tore komplett geöffnet hat. Ich habe es schon tausendmal gezählt, vielleicht sogar häufiger. Heute habe ich die Schritte vom Parkplatz zum Studio gezählt: zweihundertfünfzig. Ich habe gezählt, wie viele Sekunden Laura, das Mädchen aus der Maske, benötigt, um mich vorzeigbar zu machen: zweitausendfünfhundertsechsundsechzig. Ich habe die Schritte von meiner Garderobe bis zu meinem Stuhl hinter dem *Loose Women*-Studiotisch gezählt: fünfzig. Und die Zeit, die es dauert, bis das Publikum aufhört zu klatschen und die Show beginnen kann: zwanzig Sekunden. Ich zähle weiter und frage mich, ob es sich genauso gut anfühlen würde, in unsere weitläufige Einfahrt zu fahren, wenn sie mit den grauen, rechteckigen Steinen gepflastert wäre, wie Michael im letzten Sommer vorschlug.

»Ich habe eine großartige Idee«, kündigte er an und lehnte

sich an unsere schwarze Granitkücheninsel, darauf wartend, dass ich ihn fragte, worum es gehe.

Noch eine?, wollte ich stattdessen fragen, während ich den Blick über die moderne Monstrosität schweifen ließ, die unsere neue Küche war. Glänzende schwarze Arbeitsplatten und weiße Hochglanzschränke ohne Griffe – Michaels Idee, zusammen mit dem niedrigen Glaswintergarten an der Seite der Küche, die zum Garten hinausgeht. Ein weiterer Raum, ein weiterer Esstisch und Stühle, die wir eigentlich nicht brauchen. Aber ich verkniff mir die Worte. Ich sagte nichts, drehte mich nur um und zog die Augenbrauen hoch.

»Daniel fährt jetzt Auto, und Rebecca wird es in ein paar Jahren auch tun. Wir sollten die Einfahrt pflastern lassen. Wir könnten die Blumenbeete und den lächerlichen Grasfleck loswerden. Das Mähen ist ein ziemliches Ärgernis, weißt du?«

Ich dachte an meinen geliebten Kies und wusste, dass ich das nicht zulassen konnte. »Warum gräbst du den Rasen nicht um und kaufst noch einen Sack Kies? Es ist ja nicht so, als hättest du keine Zeit dazu.«

Ich presste die Lippen aufeinander, aber es war zu spät.

Das war eine dumme Bemerkung gewesen. Zu harsch. Meine Worte hatten ihn verletzt, das erkannte ich daran, wie sich seine Augen ein wenig verdunkelten. Mir war nicht bewusst gewesen, dass Augen so etwas können, bis ich Michael kennenlernte. Damals, als wir beide jung und voller Leidenschaft und Liebe waren, lange bevor wir beide wussten, wie sich echter Schmerz anfühlt, hatte ich mich unter anderem in seine Augen verliebt. Sie sind von einem atemberaubenden Himmelblau, aber wie der Stimmungsring, den ich als Teenager besaß, verändern sie sich in Abhängigkeit von seinen Emotionen – Leidenschaft, Wut, Aufregung und Schmerz verdunkeln sie zu einem dunklen Meeresblau.

Michael schnaubte, ging in die Hocke und riss den Weinkühlschrank unter der Kücheninsel auf, um mit der Suche nach einer Flasche Chablis zu überdecken, wie verletzt er war. Ich machte mir nicht die Mühe, auf der Digitaluhr am Ofen zu überprüfen, wie weit der Nachmittag fortgeschritten war. Ein Streitthema nach dem anderen. In Wahrheit hatte ich schon vor einer Weile aufgehört, mich um seine Trinkgewohnheiten zu kümmern – nachdem die Affären öffentlich geworden waren und wir uns dem Scherbenhaufen unserer Ehe stellen mussten.

»Es geht nicht nur um den Platz, es geht um den verdammten Kies«, sagte er, den Kopf immer noch im Kühlschrank. Flaschen klirrten und stießen aneinander. Er zog eine heraus, um sie zu mustern, bevor er sie gegen eine andere austauschte, als ob der Jahrgang irgendeinen Unterschied machte – alles, was er wirklich wollte, war das Gefühl der Taubheit, das der Alkohol versprach. »Du und Daniel, ihr fahrt los, als wärt ihr auf der Flucht. Ihr habt ja keine Ahnung, wie die fliegenden Steine mir immer die Windschutzscheibe zerkratzen. Letzten Monat musste ich damit zweimal zur Reparatur.«

»Der Kies bleibt.« Ich schüttelte den Kopf, obwohl er nicht hinsah. »Ich mag ihn, und außerdem haben wir eine Doppelgarage voller Gerümpel, hauptsächlich altes Zeug von deiner Mutter. Räum sie aus und stell dein Auto dort hinein.«

Und das hatte er.

Es war eine dieser banalen und völlig sinnlosen Auseinandersetzungen gewesen, die ich so sehr hasse. Die Kunst des Überlebens besteht darin, zu wissen, welche Teile des gewöhnlichen Lebens man akzeptieren und welche man vermeiden sollte. Jeden Morgen aus dem Bett zu kommen, zu essen, zur Arbeit zu gehen: Das ist für mich überlebenswichtig. Mit Michael zu streiten, Selbsthilfegruppen zu besuchen, Freunde zu haben ist es nicht. Ich könnte ein Buch über die Überlebenskunst schreiben. Über die Bewältigungsmechanismen, die ich mir angeeignet habe. Über Dinge, die wichtig sind, und Dinge, die es nicht sind. Aber es geht noch um etwas anderes: Ich muss mich auf den Tag konzentrieren, der vor mir liegt. Sich den Kopf über das Warum oder das Wie zu zerbrechen, funktioniert einfach nicht.

Achtundfünfzig.

Neunundfünfzig.

Sechzig.

Ich öffne die Augen. Die Tore sind jetzt weit geöffnet und geben den Blick frei auf die kahlen gelben Mauern von Rose House, die längst nicht mehr mit den rosafarbenen Kletterrosen bewachsen sind, in die ich mich damals verliebt hatte. Ich ertrug die Rosen nicht mehr. Meine Geduld ist erschöpft, und als ich mit dem Fuß auf das Gaspedal trete, gerät der Wagen ins Schlingern. Das Geräusch der kleinen Steine, die unter den Rädern mahlen und rutschen, dröhnt in meinen Ohren und löst einen Teil der Anspannung, die meinen Kopf pochen lässt, seit ich das Studio verlassen habe.

Ohne nachzudenken, lenke nach rechts, steuere vorbei an den steinernen Stufen und den weißen Säulen der vorderen Veranda, vorbei an dem langen Fenster mit dem weißen Sims, hinter dem unser Wohnzimmer liegt, und an dem Rasenstück davor, das Michael nicht mähen will.

Erst jetzt bemerke ich, dass der Platz links neben der Garage, wo ich sonst mein Auto abstelle, besetzt ist. Ich trete auf die Bremse und komme einen halben Meter hinter einem roten Ford Focus zum Stehen. Daneben parkt ein anderes Auto, das ich nicht zuordnen kann: eine dunkelblaue Limousine.

Verdammt!

Die Spannung in meinem Kopf kehrt zurück, als würden sich unter der Schädeldecke Finger in mein Gehirn bohren. Das muss Michaels Selbsthilfegruppe sein. Diese Frauen und Männer mit feuchten Augen und zitternden Stimmen, die immer wieder dieselben Geschichten erzählen. Die ausgefranste Toilettenpapierstücke aus den Ärmeln ihrer Pullover ziehen, sich die Augen abtupfen und noch ein weiteres Stück Kuchen nehmen.

»Was bringt das?«, zischte ich Michael vor ein paar Monaten an, nachdem wieder mal ein Treffen ausgeufert war, wo Teekannen mehreren Weinflaschen gewichen waren, und vier Frauen und drei Männer sich alle gegenseitig ins Wort fielen, um auch ja gehört zu werden, und den gesamten Abend über meine Küche belagert hatten.

»Wir können nicht alle so sein wie du, Sarah«, antwortete Michael. »Manche Menschen müssen darüber reden. Diese Leute hier brauchen ...« Er sprach nicht weiter, aber ich wusste, was er sagen wollte: *mich*. Sie brauchten ihn, und ich brauchte ihn nicht. Michael ist ein Mann, der gebraucht werden will. Es liegt ihm im Blut, aber ich brauche ihn nicht mehr.

Bleiben oder gehen? Die Frage spielt Tauziehen in meinem Kopf.

Ich drehe mich auf meinem Sitz um und schaue zum Haus. Und dann zu den Toren hinter mir. Sie stehen noch offen. Ich kann zurück auf die Straße fahren und eine Runde drehen. Bei Waitrose durch die Gänge schlendern und die Zeit totschlagen. Aber ich habe Rebecca versprochen, dass ich ihr bei ihrem Text für die Schulaufführung helfe.

Ich stelle mir vor, wie sie auf ihrem Bett liegt und laut das Skript für *Fame – Der Weg zum Ruhm* liest, und mein Fluchtinstinkt verfliegt. Ich lege den Rückwärtsgang ein und manövriere mein Auto auf die andere Seite des roten Focus.

In der Einfahrt pfeift ein rauer Wind durch meine Bluse, der den Geruch von brennendem Kirschholz aus unserem roten Backsteinkamin mit sich trägt. Die Tore schließen sich bereits und sperren mich ein.

Ich drehe mich um, um einen Blick auf die beiden Autos zu werfen, und da bemerke ich den Aufkleber an der Heckscheibe. Panik steigt in mir auf. Mein Panzer, meine äußere Hülle, zersplittert, als bestünde sie aus billigem Spielzeugplastik und nicht aus dem Stahl, wie ich es mir immer ausmale.

Auf dem schwarzen Aufkleber stehen zwei Wörter in fetter weißer Schrift: Polizei Essex. Ich drehe mich zum Haus um, und obwohl ich das Gefühl habe, mein Herz wäre stehen geblieben, renne ich los. Bitte nicht schon wieder. Bitte lass nicht Daniel oder Rebecca etwas zugestoßen sein.

SIEBEN

SARAH

Meine Hände zittern, als ich den Schlüssel ins Schloss der Haustür stecke. Sie fliegt auf und kracht so hart gegen die Wand, dass sie eine Delle hinterlässt, aber das ist mir egal.

Bitte nicht Daniel oder Rebecca. Bitte nicht schon wieder.

»Michael?« Meine Stimme klingt laut. Schrill. »Michael?«

»Ich bin hier.« Er erscheint in der Küchentür. Ein Büschel seines graublonden Haars steht in einem merkwürdigen Winkel ab, vermutlich weil er mit den Händen hindurchgefahren ist und vergessen hat, es wieder zu glätten. »Ich habe dich auf dem Handy angerufen«, sagt er und kommt auf mich zu.

Barley springt herbei. Er wartet darauf, dass ich ihn streichle, wedelt mit dem Schwanz, tänzelt über den Holzboden, aber ich bin zu abgelenkt, um ihm mehr als ein kurzes Tätscheln zu geben. »Ich … saß am Steuer. Was ist hier los? Ist …«

»Die Polizei ist hier. Sie wollen mit uns reden«, unterbricht er mich.

Mein Blick schweift an Michael vorbei in die Küche und bleibt an einer unbekannten schwarzen Anzugjacke über einer Stuhllehne hängen.

»Geht es um … Daniel? Hat er etwas Dummes angestellt?«

Ich weiß nicht, warum ich das sage. Daniel stellt keinen Unsinn an. Zumindest glaube ich das, aber vielleicht ist dieses Szenario das einzige, das meine rasenden Gedanken gerade verarbeiten können. Ein nicht bezahltes Knöllchen oder eine andere Ordnungswidrigkeit.

»Es geht allen gut«, beruhigt mich Michael.

Unsere Blicke treffen sich, und dieser eine Blick reicht aus, um tausend unausgesprochene Wahrheiten auszutauschen.

»Sie sind vor zwanzig Minuten gekommen und möchten mit uns beiden sprechen.«

In seinen blauen Augen flackert etwas Ungewohntes auf. Hoffnung, wird mir klar.

Oh, Michael, möchte ich sagen, *nach all dieser Zeit? Wie kann man so verblendet sein?*

»Es ist noch jemand hier«, fügt er hinzu.

»Wer?«

Eine Bewegung in der Küchentür erregt meine Aufmerksamkeit. Barley wirbelt herum und stürzt sich auf den Mann, der sofort in die Hocke geht, um ihn zu streicheln.

»Hallo, Sarah.« Ryan lächelt, während er Barleys Fell krault.

Mit den verdrängten Erinnerungen kommt eine Sturzflut von Schmerzen einher, die meine Brust trifft und mir den Atem aus der Lunge presst. Ich schnappe nach Luft, aber es hilft nicht.

Plötzlich rutsche ich wieder aus, wie damals im Winter am schlammigen Flussufer, und meine Füße gleiten unter mir weg. Die salzige Meeresbrise und das Kreischen der Möwen benebeln meine Sinne.

Eine andere Küche, vor fast vierzehn Jahren. Als die Verleugnung aufhörte und der wahre Schmerz einsetzte. Als es nicht mehr um eine Vierjährige ging, die sich zu weit vom

Garten eines Ferienhauses entfernt hatte, und jeden Moment gefunden werden könnte.

Endlose Tage des Wartens auf neue Nachrichten, neue Sichtungen, die nie kamen. Ich erinnere mich an den sechsjährigen Daniel, der mürrisch und stumm auf dem Boden neben meinen Füßen malte, und an Rebecca, die auf meinem Schoß saß, brabbelnd und nichts ahnend, mit einer Plastikrassel auf den Tisch einschlagend. Ich erinnere mich an Michaels Stimme im Nebenzimmer, während er ein Telefonat nach dem anderen führte.

Und der junge Opferschutzbeauftragte in einem billigen Anzug und einem zerknitterten Hemd bei seinem ersten Einsatz, der Tee kochte und Käsesandwiches machte, die niemand anrührte, und dessen große Gestalt die Küche des Landhauses ebenso klein wirken ließ wie jetzt unsere Küchentür. Ich starre ihn an, wate durch die Erinnerungen und die Qualen der Vergangenheit, bis ich meine Stimme wiederfinde.

»Ryan, was machst du denn hier? Wo ist Becca?« Mein Herz rast, während mir immer mehr angsteinflößende Situationen in den Sinn kommen.

»Ich bin hier, Mum.« Rebeccas weißblondes Haar und ihr grinsendes Gesicht tauchen neben Ryan auf; er ist noch nicht wieder aufgestanden, sodass die beiden fast gleich groß wirken.

Ich stürme auf sie zu und ignoriere dabei, wie wackelig ich auf den Beinen bin.

Ein, zwei, drei, vier Schritte und ich stehe vor meiner Tochter, ziehe sie fest in die Arme und atme den Geruch ihres Deos ein – süß, zuckrig. »Wie war es heute in der Schule? Alles in Ordnung?«

»War ganz in Ordnung«, sagt Rebecca, löst sich aus meiner Umarmung und hinterlässt eine kalte Leere. »Mir geht's gut, Mum.«

»Was ist los?« Ich sehe Michael an. Zum ersten Mal seit

Jahren habe ich das Gefühl, einen winzigen Blick auf den Mann zu erhaschen, den ich geheiratet habe, den Mann, mit dem ich so glücklich war, mit dem ich lachte, mit dem ich scherzhaft plante, die Welt zu erobern – ich im Fernsehen und er im Marketing. Oh, wir glaubten wahrhaftig, alles haben zu können. Karriere, Geld, eine Familie, Liebe, Glück, die ganze Welt.

»Ich weiß es nicht«, sagt Michael. Das kurze Aufblitzen seines früheren Selbst ist verflogen und zurück bleibt nur der Mann, mit dem ich ein Haus und die Betreuung unserer Kinder teile. Eine Art von Partnerschaft, bei der ich mich manchmal frage, ob ich jemals den Mut aufbringen werde, sie zu beenden. In diesem Moment wird mir bewusst, dass Aufregung in seiner Stimme mitschwingt. Mir dreht sich der Magen um. Er kann doch nicht wirklich glauben …

»Mr und Mrs Wick«, ertönt eine andere Stimme aus dem Anbau neben der Küche. »Möchten Sie sich vielleicht einen Augenblick setzen?«

Ryan steht auf, die Spitzen seiner dunklen Haare streifen den Rand des Türrahmens. Ich nehme ihn kurz in Augenschein. Er ist gut gealtert, so wie es bei Männern üblich ist, und sieht mit Ende dreißig besser aus als damals in den Zwanzigern. Die überschüssigen Pfunde sind verschwunden, ebenso wie die billigen Anzüge, und er trägt mittlerweile einen kurzen, dunklen Bart, der seinem Gesicht eine neue Form gibt.

»Ich mache Tee«, sagt Ryan, als wäre es die normalste Sache der Welt, ein fremdes Haus zu betreten, Wasser aufzusetzen und die Schränke nach Teebeuteln zu durchwühlen.

Ein Duft nach Kräutern und Michaels Rindereintopf, der sanft im Schongarer brodelt, liegt in der Luft, als ich Ryan in die Küche folge. Mein Körper fühlt sich schwach und gleichzeitig schwer wie Blei an. Michael legt die Hand auf meinen Rücken und führt mich vorbei an der Kochinsel mit den vier hohen Hockern, auf denen wir selten sitzen, und dem Weinkühlschrank, den nur Michael benutzt.

Ich trete durch den weiten Bogen in den rechteckigen Glasanbau, von dem aus man über den Garten blicken kann. Ein Mann steht an dem langen Esstisch, ein Notebook und ein Telefon liegen neben ihm. Er hält mir die Hand hin.

»Mrs Wick, ich bin Detective Sergeant Howard von der Polizei Essex. Ich glaube, Ryan Goodchild, unseren leitenden Opferschutzbeauftragten, kennen Sie bereits.«

Ich nicke dem Polizeibeamten zu und ergreife seine Hand. Er ist etwa in meinem Alter, Mitte vierzig, vielleicht ein bisschen älter, hat eine Glatze und ein Auftreten, das Kompetenz und Ruhe ausstrahlt. Das ist kein junger Constable, der wegen eines übersehenen Stoppschilds oder der jüngsten Einbruchswelle im Dorf ermittelt. Am liebsten würde ich die Worte herausschreien, die mir im Kopf herumschwirren.

Warum sind Sie hier?

Sergeant Howard setzt sich und bittet uns, es ihm gleichzutun. Die Zeit dehnt sich unerträglich, als wären Michael und ich Kandidaten in einer von Rebeccas geliebten Castingshows, die darauf warten, dass der Moderator verkündet, wer in dieser Runde ausscheidet.

Ich setze mich auf einen Stuhl neben Michael und spüre einen Moment später, wie Barleys warmer Körper auf meine Füße plumpst. Über unseren Köpfen ziehen dunkle Wolken über den Himmel.

»Es tut mir leid, dass ich Sie so überfalle.« Sergeant Howard schaut beim Sprechen zwischen uns hin und her. »Aber ich muss Ihnen eine Frage zu Abigail stellen.«

Mein Blut gefriert, schießt eiskalt durch meine Adern und lässt mich am ganzen Körper zittern. Dreizehn Jahre, zehn Monate und neun Tage. Fluide Zeit, die mir wie Wasser durch die Finger rinnt.

Regentropfen trommeln über unseren Köpfen auf das Glas,

ziehen nasse Spuren über die Fenstertüren, die auf die Terrasse und den rechteckigen, von gepflegten Strauchrabatten gesäumten Rasen führen.

Unter dem Tisch legt Michael die Hand auf meine. Es ist fünf Jahre her, seit wir uns das letzte Mal mit irgendeiner Absicht angefasst haben, und seine Berührung fühlt sich fremd und vertraut zugleich an.

»Haben Sie irgendwelche Überreste gefunden?«, frage ich. Meine Stimme, ein zittriges Flüstern, kommt mir völlig unbekannt vor.

Michael verstärkt seinen Griff um meine Hand. Nicht aus dem Wunsch heraus, mich zu trösten, sondern angetrieben durch irgendetwas zwischen Hass und Schmerz, worüber wir nicht sprechen.

Ich spüre, wie Sergeant Howard mich mustert, während er fortfährt: »Wissen Sie noch, ob Abigail irgendwelche besonderen Merkmale hatte? Zum Beispiel eine Windpockennarbe?«

Mein Puls beschleunigt sich erneut und ich spüre einen Stich in der Brust. Ich möchte diesen Sergeant Howard fragen, ob er irgendeine Vorstellung davon hat, was seine Anwesenheit in unserem Haus mit uns anrichtet – ob er sich bewusst ist, welchen Schaden er anrichtet, indem er von mir verlangt, mich an etwas zu erinnern, was ich seit Jahren verdränge.

»Mrs Wick?«

Ein Kloß schwillt in meiner Kehle an und ich schluchze auf. Tränen trüben meine Sicht, während Erinnerungen an funkelnde Augen und schallendes Gelächter meinen Kopf füllen. Eine fremde Empfindung durchströmt meinen Körper. Ich habe es schon so lange nicht mehr gespürt, dass ich einen Moment brauche, um es einzuordnen: Hoffnung. Und jetzt bin ich es, die hasst. Ich hasse den Mann, der mir gegenübersitzt, weil er mir dieses Gefühl gibt.

Ich schließe die Augen und blende Michael und den

Sergeant aus, die auf meine Antwort warten. Ich will mich nicht erinnern, aber es ist zu spät.

Wir sind oben im großen Badezimmer. Ich weiß, dass es nicht lange nach unserem Umzug gewesen war, die Badezimmerausstattung ist immer noch lachsrosa, komplettiert durch pfirsichfarbene Wandfliesen. Die Erinnerung ist so klar, so lebendig – als würde ein Film in meinem Kopf ablaufen. Daniel sitzt in der Badewanne und wäscht seine Plastikdinosaurier. Sein blasses Gesicht ist von unzähligen roten Punkten gesprenkelt, kein Teil seines Körpers ist verschont geblieben. Bis auf wenige Ausnahmen sind alle Pocken bereits verschorft. Er hat das Schlimmste überstanden.

Ich sehe mich selbst auf der Badematte knien, noch mit langem Haar, das mir in kastanienbraunen Wellen über den Rücken fällt. Ich wickle Abigails pummeligen Kleinkindkörper in ein flauschiges weißes Handtuch und küsse ihr nasses Haar, während sie versucht, sich aus der Baumwolle zu winden. Abigail hat weniger Windpocken als Daniel, nur fünf oder sechs, aber sie jucken und stören und bringen sie schon den ganzen Tag immer wieder dazu, heftig zu schluchzen.

»Nein, nein, Schatz – wenn du kratzt, gibt es Narben«, höre ich mich gurren.

»Juckt«, jammert Abigail. Dicke Tränen tropfen aus ihren dunkelbraunen Augen.

»Wir schmieren sie mit Zinksalbe ein, dann wird es bald besser, versprochen.«

Ich tupfe die kühle, cremige Flüssigkeit auf die einzelnen Punkte und singe ein albernes Lied, das Abigail zum Kichern bringt. In diesem Moment sehe ich den Blutfleck, der sich leuchtend rot vom Weiß des Handtuchs abhebt, mit dem sie eine der Windpocken aufgerubbelt haben muss. Auch auf Abigails Brust ist ein roter Fleck zu sehen.

Ich öffne die Augen und starre Sergeant Howard an. »Sie hatte Windpocken, als sie zwei Jahre alt war. Nachts haben wir ihr Handschuhe angezogen, damit sie sich nicht kratzen kann, aber eine Narbe ist geblieben. Auf ihrer Brust, direkt über den Rippen.«

Er nickt und sieht sich etwas auf seinem Handy an. »Wissen Sie noch, auf welcher Seite?«

»Wie bitte?«

»Auf welcher Seite war die Narbe – links oder rechts?«

»Worum geht es hier eigentlich?«, krächzt Michael, sein Tonfall ist eine Mischung aus Ungeduld und Verzweiflung.

Ich rufe mir noch einmal die Bilder aus dem Badezimmer vor Augen. »Auf der rechten Seite. Ihrer rechten Seite.«

Weitere Erinnerungen brechen aus ihrem Versteck hervor und schwirren wie Geister um meinen Kopf. Ich kann beinahe Abigails Lachen an jenem Tag am Strand hören, vom Wind verweht, nur unerreichbar in meinen Erinnerungen.

Ich blinzle, als mir Tränen in den Augen brennen.

»Wissen Sie, ob die Narbe jemals bei einem der Berufungsverfahren öffentlich angesprochen wurde?«, fragt Sergeant Howard und sein Blick wandert zwischen uns hin und her.

Ich drehe mich zu Michael um. Die ganzen Kampagnen waren sein Ding gewesen, nicht meins, aber er schüttelt den Kopf.

»Nein. Ich glaube, ich wusste nicht einmal von der Narbe.« Er runzelt die Stirn und gräbt in seinen eigenen Erinnerungen.

»Sind Sie sicher?«, fragt Sergeant Howard.

Michael sieht mich an und zuckt mit den Schultern. »Wenn ich irgendwann davon wusste, muss ich sie wohl vergessen haben.«

Er wendet sich wieder Sergeant Howard zu und ein Anflug von Trauer huscht über sein Gesicht. »Als Abigail noch klein war, habe ich mein eigenes Unternehmen gegründet – eine Marketingfirma. Ich habe rund um die Uhr gearbeitet, war also nicht zu Hause, wenn sie gebadet wurde und so weiter. Vieles ihres typischen Kleinkindalltags ist an mir vorbeigegangen. Das bedaure ich jetzt natürlich sehr. Deshalb bin ich für Rebecca gerne zu Hause geblieben.«

Sergeant Howard nickt und scheint Michaels Erklärungen zu akzeptieren.

Michael hat recht. Er war nur selten anwesend, als die Kinder noch klein waren, und es überrascht mich nicht, dass er sich nicht an Abigails Windpockennarbe erinnert. Aber sein Bedauern – das Bedürfnis, für Rebecca zu Hause zu sein – anzusprechen, ist etwas zu dick aufgetragen. Ich verkneife mir eine spitze Bemerkung.

Michael ist heute zu Hause, weil er mit Abigails Engeln – der Stiftung, die er im Namen unserer Tochter gegründet hat – in Ungnade gefallen ist. Er ist zu Hause, weil er zu viel trinkt, um jemals wieder einen normalen Job zu finden.

»Ich schreibe ein Buch über Abigails Entführung«, fährt Michael fort. »Ich hätte die Narbe erwähnt, wenn ich davon gewusst hätte, aber das habe ich nicht.«

Bei der Erwähnung von Michaels Buch spannen sich alle meine Muskeln an. Ich hasse die Vorstellung, dass unsere Tragödie der ganzen Welt wie irgendein Promiklatsch präsentiert wird. All diesen naiven Eltern, die sich einreden, dass ihnen so etwas nicht passieren kann, dass sie alles ganz anders gemacht hätten als wir. Aber ich behalte meine Gedanken für mich. Jetzt ist nicht der richtige Zeitpunkt, das auszudiskutieren, und ob Michael sagt, dass er ein Buch schreibt oder ob er es tatsächlich tut, das Projekt wirklich zu Ende bringt, sind zwei verschiedene Dinge.

»Danke, Mrs Wick. Mr Wick.« Sergeant Howard nickt uns abwechselnd zu und rutscht auf seinem Stuhl hin und her. Mir schlägt das Herz bis zum Hals, und einen Moment befürchte ich, er würde aufstehen und uns ohne eine Erklärung verlassen, aber stattdessen beugt er sich vor.

»Ich habe Sie nach der Windpockennarbe gefragt, weil sich heute Nachmittag ein Mädchen bei einer Polizeistation in

East London gemeldet hat, das behauptet, Ihre Tochter zu sein.«

»Was? O Gott«, dringt Michaels Stimme an meine Ohren. Ein weit entferntes Geräusch, einen ganzen Ozean entfernt von dem Ort, an dem ich gerade sitze.

Ich kneife die Augen zusammen und kämpfe gegen den Drang an, den Kopf zu schütteln, zu schreien.

Das ist nicht möglich.

ACHT

SARAH

Dreizehn Jahre, zehn Monate und neun Tage ohne eine einzige Spur von meiner Tochter oder dem dunkelhaarigen Mann, der sie entführt hat – der Fremde auf dem Boot, wie die Zeitungen ihn nannten. Ich erinnere mich an den Anruf, den der Detective bekam, bevor er uns berichtete, dass eine Frau in Felixstowe, etwa eine Stunde entfernt, gesehen habe, wie ein kleines Mädchen mit roten Schuhen in einem Buggy zu einer Fähre geschoben wurde. Ich entsinne mich, wie Ryan sich bücken musste, um durch die Haustür einzutreten und sich vorzustellen, als unsere Welt aus den Fugen geriet.

»Sie ermitteln jetzt in einem Entführungsfall«, sagte der Detective. »Die Beamten vor Ort werden gerade informiert.«

Entführung.

Jemand hatte mein kleines Mädchen entführt.

Und dann warteten wir. Saßen in der winzigen Küche des Ferienhäuschens. Stunde um Stunde. Tag für Tag. Wochen vergingen, aber wir blieben. Wir warteten. Die Stille trieb uns fast in den Wahnsinn.

Es gab ein paar Meldungen aus der Bevölkerung – dafür sorgten Michaels ständige Aufrufe und Anfragen bei den

Medien. Abigails Gesicht und das Bild des Fremden auf dem Boot zierten wochenlang die Titelseiten aller britischen Zeitungen und vieler anderer in der westlichen Welt.

Die erste Sichtung meldete ein britischer Urlauber aus Spanien. Er rief die Hotline an, nachdem er gesehen hatte, wie ein Mädchen von einer Spanierin über den Strand gezerrt wurde. Dann meldete eine Reisegruppe, sie hätten in einem Bus in Sydney ein Mädchen gesehen, das wie Abigail aussehe. Und so ging es weiter. Jede Meldung wurde von der Polizei und von einem Privatdetektiv verfolgt, den Michael angeheuert hatte, in der Boulevardpresse veröffentlicht und ausführlich auf *Sky News* diskutiert.

Aber nichts davon hat uns zu Abigail geführt.

Mit jeder neuen Meldung zerbrach die zarte neue Existenz, die ich mir um mich selbst, um Daniel und Rebecca herum aufgebaut hatte, erneut. Aber in dreizehn Jahren, zehn Monaten und neun Tagen hat Michael nie aufgehört, an Abigails Rückkehr zu glauben und nach ihr zu suchen. Er hat nie die Hoffnung aufgegeben. Ich schon.

»Ist sie ...« Michael verstummt, räuspert sich und holt meine Gedanken in die Gegenwart zurück. Seine Schultern beginnen zu zittern. Seine Atemzüge werden kürzer, rasselnder, und als ich mich ihm zuwende, bemerke ich zwei feuchte Spuren, die sich über sein Gesicht ziehen.

Ein Anflug von Ärger bringt meine Wangen zum Glühen, verwandelt sich dann aber schnell in Schuldgefühle. Dies ist der Moment, auf den Michael all die Jahre gewartet hat. Natürlich ist er emotional. Ich weiß, dass ich es auch sein sollte, aber die Panik, die ich vorhin verspürte, als ich vorhin ins Haus stürmte, hat sich über alles andere gelegt, wie ein dicker, betäubender Schlamm.

»Michael«, ich berühre seinen Arm, »wir wissen nicht, ob sie es ist.« Das ist falscher Alarm, will ich ihm sagen. Ein wildes, sinnloses Unterfangen, das in Schmerz und Enttäuschung enden wird, wie all die anderen Male, nur noch schlimmer. Es ist schon so lange her, und doch ist die Wunde unter dem Verband, den Sergeant Howards Worte aufgerissen haben, noch immer nicht verheilt.

»Ich weiß.« Er nickt und wischt sich mit den Händen über das Gesicht. »Es ist trotzdem ein Schock. Geht es ihr gut?«, fragt er. »Hat man ihr etwas angetan?«

»Ich fürchte, ich kenne nicht alle Details, aber es klingt nicht so, als wäre sie verletzt worden«, antwortet Sergeant Howard.

Ich bemerke, dass zwei Tassen mit Tee aufgetaucht sind. Ich schaue auf und sehe, dass Ryan sich neben Sergeant Howard gesetzt hat. Unsere Blicke treffen sich. Ich sehe seine Besorgnis, sein unausgesprochenes »Geht es Ihnen gut?«, sein stummes »Kann ich etwas tun?« Ich zucke kaum merklich mit den Schultern.

Dann wende ich den Blick ab und beobachte, wie geisterhafte Dampfschwaden von der Teetasse aufsteigen, bevor ich meine Kräfte sammle und alle Bruchstücke zusammenkehre, wie die Hunderte winzigen Legosteine, die Daniel früher im ganzen Wohnzimmer verteilte.

Als ich Luft hole, fühlt es sich an, als hätte ich das erste Mal seit Minuten wieder geatmet. Ich habe so viele Fragen. Wer ist dieses Mädchen? Was hat sie vor? Was will sie von uns? Aber Sergeant Howard kann mir ohnehin keine Antworten darauf geben, also entscheide ich mich für eine Frage, die er hoffentlich beantworten kann. »Was wissen Sie über dieses Mädchen und ihren Hintergrund?«

»Sie ist in einer Stadt im Westen Kolumbiens von einem kolumbianischen Mann und einer amerikanischen Frau aufgezogen worden, die sie für ihre Eltern hielt. Den Kollegen aus Bethnal Green zufolge soll sie nach dem Tod ihres vermeintlichen Vaters ein schriftliches Geständnis gefunden haben, in dem stand, dass sie Abigail Wick sei und dass er sie entführt habe. Sie ist Anfang dieser Woche in London eingetroffen.«

»Haben Sie ein Foto von ihr?«, fragt Michael. Sergeant Howard tippt auf sein Handy. »Das ist ein Bild von der Überwachungskamera vor dem Polizeirevier in Bethnal Green.« Er legt das Smartphone auf den Tisch und schiebt es zu Michael und mir über den Tisch.

Das Bild ist so klar wie ein Foto, und ich muss unwillkürlich an das letzte Überwachungskamerabild von Abigail denken, das ich zu sehen bekam – eine komplett verschwommene Aufnahme vom Hafen in Felixstowe, eher ein Mosaik aus quadratischen Pixeln. Auf diesem Bild jedoch kann ich ein junges Mädchen erkennen. Ihr langes braunes Haar wird gerade von einem Windstoß in die Luft geblasen. Sie trägt eine enge Jeans und einen lockeren Pullover und scheint direkt in die Kamera zu schauen.

Michael schnappt nach Luft und schlägt sich eine Hand vor den Mund.

»Was?«, frage ich.

»Sie ... Findest du nicht auch, dass sie aussieht wie du? Sie sieht genauso aus wie du, Sarah.«

»Meinst du?« Ich runzle die Stirn und vergrößere das Bild, bis nur noch ihr Gesicht zu sehen ist.

»Glaube mir«, beharrt Michael mit etwas zu hoher Stimme. »Sie ähnelt dir auf den Fotos, die du nach deinem Abschluss hast machen lassen.«

Die Aufregung in seiner Stimme bohrt sich wie ein Messer in meine Brust, denn ich weiß, welche Fotos Michael meint, und er liegt falsch. Manche Eltern behaupten zwar, dass sie keine Ähnlichkeiten zwischen sich und ihren Kindern erkennen würden, aber zu dieser Sorte gehöre ich nicht. In Daniel sehe ich den Michael, den ich mit zwanzig Jahren kennengelernt habe – endlose, schlaksige Gliedmaßen und krauses Haar. Er hat meine dunklen Augen und Haare und

Michaels schlanken Körperbau. Rebecca hat Michaels helle Haut und glattes blondes Haar geerbt. Sie ist noch im Wachstum, aber mit ihren mittlerweile fünfzehn Jahren kann ich schon erkennen, wie sich meine eigenen leichten Kurven an ihr abzeichnen. Unsere Genetik hat sowohl bei Rebecca als auch bei Daniel ein deutliches Unentschieden hingelegt, aber bei diesem Mädchen sehe ich nichts davon.

Ich starre sie noch eine Weile an, verdränge meine Zweifel und versuche, mich selbst zu überzeugen. Vielleicht hat sie meine Farben geerbt: eine Haut, die nach wenigen Minuten in der Sonne goldbraun wird, und kastanienbraunes Haar, bevor ich meines abgeschnitten und blondiert habe, um die grauen Strähnen zu verbergen. Aber ihre Figur ... selbst unter ihrem weiten Pullover kann ich mehr Kurven an ihr ausmachen, als ich jemals hatte, selbst vor meinem Gewichtsverlust.

Es könnte an der Ernährung liegen, sagt eine Stimme in mir. Andere Kulturen, andere Essensgewohnheiten. Aber glaube ich das wirklich?

Mein Blick wandert zu den mandelförmigen Augen des Mädchens auf dem Foto. Könnte es an dem schwarzen Lidstrich liegen, dass ich die kugelrunden Augen des kleinen Mädchens, das mich mitten in der Nacht in den Arm nahm und mir mit tränenreichem Schluckauf von seinen Albträumen erzählte, nicht wiedererkenne?

Erneut keimt leise Hoffnung auf. Augen verändern sich, Gesichter verändern sich, besonders in den vierzehn Jahren zwischen früher Kindheit und Erwachsenenalter. Daran könnte es liegen.

»Wann erfahren wir, ob es wirklich Abigail ist?«, frage ich und blende die Stimmen in meinem Kopf aus.

Michael spannt sich neben mir an, aber er sagt nichts. Er mag vielleicht zugelassen haben, dass die Hoffnung alle Barrieren durchbricht, die er im Laufe der Jahre notgedrungen errichtet hat, aber selbst er weiß, dass dies ein Fehler sein könnte, wie er grausamer nicht sein könnte.

»Wir können einen DNA-Test veranlassen«, sagt Sergeant Howard. »Aber die Labore sind ziemlich überlastet. Es könnte eine Weile dauern. Selbst wenn wir Druck machen, wird es wahrscheinlich ein paar Wochen dauern.«

Ein paar Wochen? Das ist ein ganzes Leben. Ein Leben, das ich nicht leben will.

»Ihr könntet ein privates Unternehmen dafür bezahlen«, schlägt Ryan vor. »Die Polizei von Essex arbeitet manchmal mit einer solchen Firma zusammen. Die sind sehr effizient. Soll ich dort einmal anrufen? Ich weiß nicht, wie viel das kostet, aber ich schätze, je schneller, desto höher der Preis.«

»Wie schnell können wir die Ergebnisse bekommen?«, frage ich.

»Zweiundsiebzig Stunden für einen einfachen DNA-Vergleich ist die schnellste Zeitspanne, von der ich bis jetzt gehört habe.«

»Danke, Ryan. Bitte ruf dort an. Die Kosten sind mir egal. Ich will die Ergebnisse so schnell wie möglich.«

»Was ist denn jetzt mit der Narbe?« Michael fährt sich kurz durch die Haare. »Sie hat eine Windpockennarbe«, sagt er mit leiser Stimme, als würde er zu sich selbst sprechen, sich selbst überzeugen. »Woher sollte sie davon wissen, wenn sie es nicht ist? Selbst ich habe nichts davon gewusst.«

Und schon wieder sitzt mir ein Kloß im Hals. Ich möchte es glauben. Das will ich wirklich. Ich möchte erlöst losschluchzen, nach allem, was ich verloren habe und jetzt, wie es scheint, wiederfinden werde. Aber ich kann nicht.

»Was machen wir jetzt? Sollen wir sie in London besuchen? Wissen Sie, wo sie wohnt?«, fragt Michael.

Meine Gedanken springen zum morgigen Tag und einer möglichen Reise nach London. Eigenartig und emotionaler, als ich es ertragen könnte. Ich will gerade vorschlagen, dass wir auf die Ergebnisse des DNA-Tests warten sollten, bevor wir sie treffen, aber Sergeant Howard kommt mir zuvor.

»Die Kollegen in Bethnal Green versuchen, Abi für heute Nacht eine Unterkunft zu besorgen. Sie ist aus Südamerika angereist und hat offenbar nur wenig Geld. Ich bin mir sicher, dass sie etwas finden, aber was im Anschluss passiert, weiß ich nicht.«

»Sie könnte hierherkommen«, sagt Michael. »Wäre das eine Option?«

Ich schüttle den Kopf. »Oder wir könnten ihr ein Hotel in London bezahlen.«

»Sarah«, sagt Ryan zögerlich, »vielleicht wäre es besser, wenn sie hier wohnt, anstatt in einem Hotel. Ich denke, dass es so einfacher und schneller klappen wird, die Ergebnisse des DNA-Tests zu beschaffen, und das Risiko, dass die Zeitungen davon erfahren, ist auch geringer.«

Michael nickt bereits neben mir. »Gutes Argument, Ryan. Wir wollen nicht, dass irgendetwas an die Öffentlichkeit dringt, solange wir selbst noch nichts wissen.«

»Ich bin sicher, dass jemand aus Bethnal Green sie hierherfahren kann«, sagt Sergeant Howard und sein Blick wandert zu mir. »Wenn Sie dazu bereit wären, erübrigt sich die Frage, wo sie nach dem heutigen Abend untergebracht wird. Und wie Ryan sagt, würde es auch die Sache mit dem DNA-Test vereinfachen.«

»Ich bin mir nicht sicher, ob das die beste Entscheidung ist.« Ich denke an Daniel und Rebecca, daran, wie fragil unsere Familie ist.

»Immer dieser Pragmatismus«, murmelt Michael mit so leiser Stimme, dass nur ich ihn höre. »Ich brauche einen Drink.«

Das ist ja mal eine Überraschung.

»Gut, holen wir sie her«, sage ich seufzend, reibe mir mit der Hand über die Stirn und versuche, mich auf den DNA-Test zu konzentrieren. Je eher wir die Ergebnisse haben, desto besser. Das ist das Einzige, was zählt. »Ich muss das Gästezimmer herrichten.«

Ryans Argumente haben Hand und Fuß, und trotzdem bin ich mir sicher, dass es ein Fehler ist. Ich spüre, wie es innerlich in mir tobt. Aber ich sage nichts, denn ein Teil von mir, wenn auch nur ein winzig kleiner, möchte dieses Mädchen kennenlernen, einfach um die Bestätigung zu erhalten, was ich bereits weiß: dass es nicht Abigail ist. Auch wenn sie mir ein bisschen ähnlich sieht und die gleiche Windpockennarbe hat wie Abigail, dieses Mädchen, wer auch immer es ist, ist nicht meine Tochter.

Abigail ist tot.

NEUN

SARAH

Die Tür des Gefrierschranks öffnet sich und Eiswürfel fallen klirrend in ein Glas. Ich starre auf die Tasse Tee, die auf dem Tisch kalt wird. Völlig unangemessen. »Ich nehme auch einen«, rufe ich Michael zu.

»Was willst du?«, fragt er.

»Das, was du trinkst.«

»Ich habe einen Gin Tonic.«

»Das ist gut.«

»Mit Gin?«, fragt er.

»Ja, Michael, mit Gin«, seufze ich.

»Alles klar.« Michael reißt den Kühlschrank so kraftvoll auf, dass die Flaschen und Gläser in der Tür klappern. »Normalerweise trinkst du nichts.«

Er hat recht. All die Gründe, die Michael dazu bringen, mehr zu trinken, als er sollte – das Weglaufen, das Taubheitsgefühl – halten mich davon ab. Ich kann es mir nicht leisten, die Kontrolle zu verlieren, aber im Moment ist es mir egal. Im Moment sehne auch ich mich nach dem Nichts.

Sergeant Howard steht auf. »Wenn Sie mich kurz entschuldigen würden, gehe ich nach nebenan und rufe meine Kollegin in Bethnal Green an. Sie wird Abigail fragen, was ihr am liebsten ist.«

»Danke«, sage ich.

»Mum.«

Das Wort lässt mich zusammenzucken. Ich drehe mich um und erblicke Rebecca, die im Durchgang zwischen Küche und Anbau steht, die Arme um den Körper geschlungen.

Ich springe auf und schubse dabei Barley um. Er huscht um meine Füße herum, bevor er an Ryans Seite trottet. Ich nehme Rebecca in die Arme und streiche über ihr glattes Haar. Gerade habe ich nur an mich gedacht. An meine Gedanken, meinen Schmerz, meine Ängste. Ich hatte vergessen, dass Rebecca die ganze Zeit hinter uns stand.

»Wie geht es dir damit?«, frage ich.

»Das ist schon in Ordnung, Mum. Es ist ... seltsam, aber gut, oder nicht?« Sie legt den Kopf in den Nacken und grinst zu mir hoch, bevor sie sich wieder in meine Arme fallen lässt. »Du kannst eines meiner Harry-Styles-Poster im Gästezimmer aufhängen«, sagt sie.

Mich überkommt der Drang, einen Rückzieher zu machen. Wie soll ich meiner Tochter erklären, dass sie sich nicht zu sehr freuen soll? Dass die Schwester, die ihr ganzes Leben überschattet hat, nicht zurückkehren wird? Ich möchte ihr sagen, dass sie kein Happy End erwarten soll. Es wird keins geben.

»Wir müssen die Dinge langsam angehen, Becca. Wir wissen noch nichts über dieses Mädchen und ob sie die Wahrheit sagt.«

»Das weiß ich«, sagt sie. »Aber warum sollte sie behaupten, dass sie Abigail ist, wenn es nicht stimmt? Warum sollte jemand so etwas tun?«

Ich schüttle den Kopf. »Ich weiß es nicht, aber genau das ist das Problem. Wir wissen gar nichts.«

»Es wird schon alles gut gehen, Mum.«

Ich drücke sie fester an mich und wünschte, ich könnte es glauben.

Meine süße Rebecca. Die dichten, an Fliegenbeine erinnernden Wimpern – das Ergebnis von zu viel Mascara – auf ihrer Porzellanhaut und die langen weißblonden Haare geben meiner Tochter eine puppenhafte Erscheinung. Sie ist wunderschön. Sie ist der Typ Mensch, auf den Männer und Frauen gleichermaßen einen zweiten Blick werfen, schon mit ihren fünfzehn Jahren. Außerdem ist sie lieb und nett. In ihren Schulzeugnissen steht jedes Jahr die gleiche Beurteilung: *Rebecca ist immer freundlich und bereit, ihren Mitschülern zu helfen. Ihre unablässige Fröhlichkeit sorgt stets für eine positive Stimmung im Klassenzimmer.*

Rebecca hat nette Freundinnen, sie wird zu Pyjamapartys eingeladen, sie lernt fleißig für die Schule. Sie beschwert sich nie, wenn sie zwei Stunden früher als ihre Freunde daheim sein muss oder wenn ich darauf bestehe, dass einer von uns sie abholt, anstatt sie irgendwelchen Fahrgemeinschaften anzuvertrauen.

Aber wenn sie annimmt, dass niemand sie beachtet, bemerke ich die Anspannung in ihren blassblauen Augen. Ich sehe die körperliche Erschöpfung, die sich im Schlaf auf ihrem Gesicht abzeichnet. Rebecca mag zu jung gewesen sein, um sich an Abigail und das Ferienhaus zu erinnern, aber der ganze Vorfall hat dennoch seine Spuren bei ihr hinterlassen. Obwohl ich mich bemüht habe, für ein normales Familiengefühl zu sorgen, ist Rebecca in einer dichten Wolke der Trauer aufgewachsen, und ich bin mir sicher, dass sie sich deshalb so sehr bemüht, glücklich zu sein, als würde sie es für ihre Aufgabe halten, es uns allen recht zu machen.

Manchmal frage ich mich, ob es ein Fehler war, Rebecca nicht einmal zu Dr. Hall geschickt zu haben. Die Therapeutin hat bei Daniel wahre Wunder bewirkt, als er nach Abigails Entführung das Sprechen eingestellt hatte. Ein sechsjähriger

Junge, der seine Schwester so sehr vermisste, der so verwirrt und so traurig war, dass er ein ganzes Jahr lang kein Wort herausbrachte. Aber was hätte ich der Therapeutin in Rebeccas Fall schon sagen können? Meine Tochter ist zu glücklich?

Rebeccas Hände lösen sich von meinem Rücken und ich folge ihrem Blick auf das neonblaue Handy in ihrer Hand. Eine neue Woge der Angst überkommt mich.

»Becca?«

Meine Worte schaffen es nicht, Rebeccas Aufmerksamkeit zu erregen.

»Rebecca?« Ich lege meine Hand auf ihre.

»Ja.« Sie blickt auf.

»Mit wem schreibst du?«

»Daniel. Ich habe ihm gerade gesagt, er soll nach Hause kommen.«

»Oh.« Ich ziehe die Hand zurück und bemerke zum ersten Mal, dass sie zittert, so wie Michaels Hand morgens, wenn er glaubt, wir würden es nicht bemerken. »Hat er schon geantwortet?«

Sie hält mir einen Bildschirm mit grünen und weißen Sprechblasen hin. Mit dem Scrollbalken am rechten Rand zeigt sie mir das Gespräch. Trotz allem, was in den letzten zwanzig Minuten passiert ist, flammt irgendwo in mir ein kleiner Funke der Erleichterung auf. Es ist gleiche Gefühl, das ich verspüre, wenn ich Daniel dabei überrasche, wenn er sich in Rebeccas Zimmertür herumdrückt und mit ihr über die Lehrer an ihrer Schule spricht.

Ich liebe es, wie nahe sie sich stehen. Dass sie trotz allem, was unsere Familie durchgemacht hat, einander haben. Das ist ein wenig Normalität inmitten der Dunkelheit und der Trauer, der wir meistens keine Beachtung schenken. Ich gehe davon aus, dass Daniel irgendwann in der nächsten Zeit ausziehen wird und ich dann weniger von ihm zu sehen bekomme. Ich hoffe nur, dass seine Beziehung zu Becca weiterhin so innig bleibt. Er teilt so viel mehr mit ihr, Dinge, in die ich nicht eingeweiht bin.

Eine neue Nachricht erscheint, während ich auf den Bildschirm starre. Daniels Antwort besteht aus drei Buchstaben. *FML.*

»Heißt das, dass er nach Hause kommt?«

Rebecca lacht und verdreht die Augen. »Ja.«

»Danke, mein Schatz. Aber, Becca«, ich lege einen Finger unter ihr Kinn und hebe ihr Gesicht an, damit sie mich ansieht, »du weißt, dass du niemandem davon erzählen darfst?«

Rebeccas Blick fällt auf ihr Handy, bevor sie wieder zu mir aufblickt. »Nicht einmal Ellie? Sie ist meine beste Freundin – sie würde es niemandem weitersagen.«

»Nein.« Ich schüttle den Kopf und beiße mir auf die Lippe, um nicht zu drängend und panisch zu klingen. »Lass uns warten, bis wir mehr wissen.«

Rebecca nickt. »Okay, verstanden«, sagt sie. »Wir wollen nicht, dass die Zeitungen zu früh davon erfahren. Wir wollen die Kontrolle über die Geschichte behalten, das heißt, wir geben die Informationen weiter, wenn wir es wollen, wenn wir dazu bereit sind.«

Ich nicke und frage mich, wann meine Tochter eine solche Medienkompetenz erlangt hat. Wie sah mein eigenes Leben als Fünfzehnjährige aus? Ich las Chick-Lit-Romane von Marian Keyes, war heimlich in einen Jungen aus meiner Klasse verknallt und ging im Sommer mit meinem Vater zum Krabbenfischen. Ich hatte keine Ahnung von Politik oder den Medien. Ich wusste nur sehr wenig, abgesehen von dem, was wir in der Schule lernten oder was ich bei Gesprächen zwischen meinen Eltern aufschnappte.

Wäre ich so gut informiert gewesen wie Rebecca, wenn ich ihr Leben gelebt, den Kummer ihrer Eltern mitangesehen und den Skandal ihres Vaters durchgemacht hätte? Nicht nur durchgemacht, sondern überlebt, all die Hänseleien ihrer Klassenkameraden und die Schlagzeilen in den Boulevardzeitungen. Fünf Jahre ist es jetzt her, und ich erinnere mich noch an jede einzelne.

VERUNTREUUNG BEI ABIGAIL-WICK-STIFTUNG?

WOHLTÄTIGKEITSORGANISATION FÜR VERMISSTES MÄDCHEN EIN RIESENSCHWINDEL

MICHAEL *ICK

VATER DER VERMISSTEN ABIGAIL IN FLAGRANTI IM HOTEL ERTAPPT

ABIGAIL-WICK-STIFTUNG BLECHT FÜR AFFÄRE DES VATERS

Eine weitere Geschichte, die unser Leben überschattete und über die wir seither nie wieder sprachen. Die Affären waren schon schlimm genug, aber die Berichterstattung darüber war eine weitere Stufe der Demütigung, sowohl für mich, die jede Woche ihr Gesicht im Fernsehen zeigen musste, als auch für Rebecca und Daniel, der zu dieser Zeit drei Monate vor seinem Schulabschluss stand.

Ich konnte nicht einfach weggehen und unsere Familie auseinanderreißen, während Daniels Prüfungen so kurz bevorstanden. Also blieb ich und wartete auf den richtigen Zeitpunkt, um unserer Familie den Todesstoß zu versetzen. Und ich warte immer noch.

Michael klopft Rebecca auf die Schulter und drückt mir ein schweres Glas in die Hand; die Flüssigkeit darin sprudelt und winzige Tröpfchen spritzen auf meine Haut.

Ich genehmige mir einen großen Schluck. Die Bitterkeit von Tonic und Limette perlt auf meinen Geschmacksknospen, während das starke Aroma des Gins meine Gedanken zu vernebeln scheint, bevor die Flüssigkeit überhaupt durch meine Kehle geronnen ist.

»Mr und Mrs Wick.« Sergeant Howard kommt zurück in die Küche. »Ich habe mit der zuständigen Kollegin in Bethnal Green gesprochen. Sie schicken Abi mit einem Wagen hierher. Offenbar ist sie froh, hier unterzukommen.«

»Vielen Dank.« Michael hebt sein Glas. »Bleiben Sie noch auf einen Drink, Detective?«

»Danke, aber ich werde auf dem Revier erwartet. Ich finde selbst hinaus«, fügt er hinzu, als Ryan wieder in die Küche tritt.

»Ich habe ein privates DNA-Labor angerufen, mit dem ich schon zusammengearbeitet habe«, verkündet Ryan. »Sie schicken gleich morgen früh jemanden mit den DNA-Testkits hierher.«

»Danke, Ryan.« Ich erwidere seinen Blick, er lächelt und fragt mich erneut mit einer hochgezogenen Augenbraue, ob ich etwas brauche.

Michael hebt das Glas an die Lippen und nimmt einen großen Schluck. »Kann ich dir auch etwas zu trinken anbieten, Ryan?«, fragt er und streckt bereits die Hand nach dem Kühlschrank aus.

»Ich habe mir gerade eine Tasse Tee gemacht, aber danke«, antwortet Ryan. Er wendet sich wieder der Spüle und den Tassen zu, die er gerade spült. Ich überlege, ob ich ihn darauf hinweisen soll, dass wir eine Spülmaschine haben, halte mich aber zurück. Bei unserem ersten Treffen – als er zum ersten Mal den Kopf unter den niedrigen Balken des Ferienhauses einzog und mir die Hand schüttelte – erklärte er mir, dass seine Rolle als Opferschutzbeauftragter darin bestehe, Unterstützung anzubieten, ohne sich einzumischen. Mittlerweile beherrscht er das besser.

»Sarah?«, sagt Ryan.

»Hm?« Ich sehe auf und unsere Blicke treffen sich. Eine

Erinnerung flackert auf: Ich stehe im Halbdunkel der Landhausküche, lange nachdem ich aufgehört habe, bei jedem Klingeln des Telefons aufzuspringen. Lasse mich in Ryans Arme fallen, erlaube mir, die Wärme seines Körpers zu spüren, für einen Moment zu vergessen, dass ich in einem Albtraum lebe.

Ich wende mich ab und verdränge die Gedanken. *Nach vorn schauen, nicht zurück.*

»Soll ich dir helfen, das Gästezimmer vorzubereiten?«, fragt Ryan. »Wenn es so aussieht wie meins, wird es mit Kisten und Gerümpel vollgestopft sein.«

»Ich helfe auch mit«, wirft Rebecca ein.

»Äh ... ja, danke.« Ich bereue meine Worte in dem Moment, als sie meinen Mund verlassen. Das Gästezimmer ist nicht mit Kisten und Gerümpel vollgestopft. Sondern mit meinen Habseligkeiten. Ich muss meine Sachen zurück in das große Schlafzimmer bringen. Wieder bei Michael einziehen.

Ich gehe vor, die Treppe hinauf, auf wackeligen Beinen, nachdem ich auf nüchternen Magen Alkohol getrunken habe.

Das hier fühlt sich nicht real an.

Rebeccas Worte wirbeln durch meinen Kopf, während ich sauberes Bettzeug herauskrame und meine Kleidung aus den Schubladen auf die Arme lade. Warum sollte sie behaupten, dass sie Abigail ist, wenn es nicht stimmt? Warum sollte jemand so etwas tun?

Ich habe keine Antwort darauf, aber ich werde es herausfinden.

ZEHN

ABI

Freitag, 17 Uhr

Adrenalin peitscht durch Abis Adern, als sie Constable Swain durch einen grauen Korridor folgt, der noch tiefer in die Polizeistation führt. Endlich geht es voran. Endlich kommt sie hier raus.

Es ist Stunden her, seit sie durch die Glastüren getreten ist und ihre Bombe gezündet hat. Zu viele Stunden. Das hat sie nervös gemacht. Unberechenbar.

Warum hat es so viel länger gedauert, als er gesagt hat?

Der Keim des Zweifels, der während der Vernehmung spross, ist zu knorrigen, dicken Ranken herangewachsen, die sich um jeden ihrer Gedanken wickeln. Sie hatten sich so sehr auf den Moment vorbereitet, in dem sie diese Worte sagen würde: »Ich bin Abigail Rose Wick und ich wurde vor vierzehn Jahren als vermisst gemeldet.« Dann das Treffen mit Sarah und Michael – Abi hält inne und korrigiert sich, so wie er sie oft verbesserte – mit ihren Eltern. Sie hatten keinen Moment darüber nachgedacht, dass die Polizei wieder ermitteln würde, um herauszufinden, was vor all den Jahren passiert ist. Er hatte ihr auch nicht gesagt, dass sie nach ihrer Adresse in Buenaventura fragen würden. Und jetzt befürchtet Abi, dass es noch mehr gibt, was er nicht bedacht hat, mehr Fragen, mehr Probleme, denen sie sich allein stellen muss.

»Alles, was die Leute interessieren wird, ist, dass du wieder zu Hause bist«, hat er ihr mehr als einmal versichert. »Dort, wo du hingehörst. Das wird die Frohe Botschaft des Jahrhunderts. Alles andere spielt keine Rolle.«

Und doch spürte Abi in dem Vernehmungsraum einen dünnen Schweißfilm auf ihrer Haut. Erst heiß, dann kalt, der anschließend verdunstete und ein klammes Gefühl in ihren Kleidern hinterließ, die sie bereits den dritten Tag trug und die förmlich nach Waschmittel und einer Waschmaschine schrien – oder vielmehr nach einem Mülleimer.

Sie hätte ihm mehr Fragen stellen sollen. Nicht, dass sie jemals Antworten auf die bekam, die sie gestellt hatte. Es hieß immer nur: »Damit beschäftigen wir uns, wenn es so weit ist … falls es überhaupt so weit kommt.« Aber es gibt kein *Wir*, oder? Es gibt nur sie. Warum war ihr nicht von vornherein klar gewesen, wie allein sie sein würde? Genau wie in diesem Zimmer, in dieser staubigen Hitze. Stundenlange Seifenopern, nur unterbrochen von den gelegentlichen Rufen eines Autofahrers auf der Straße vor den vergitterten Fenstern.

»*Salid del camino!*«

»*Mira por dónde vas!*«

Sie erreichen eine dicke graue Tür am Ende des Korridors. Constable Swain hält einen Ausweis auf ein viereckiges Feld und drückt ihre Schulter gegen die Tür. Einen Moment später dringen die letzten Reste des dämmrigen Tageslichts an Abis Augen. Die Temperatur ist in den letzten Stunden noch um ein paar Grad gesunken, die Sonne hinter dem Gebäude verschwunden und die Reihen der geparkten Autos vor ihnen liegen komplett im Schatten. Die Kälte trifft sie mit voller

Wucht, aber jetzt ist Abi dankbar dafür. Endlich ist sie den vier grauen Wänden entkommen.

Constable Swain steuert auf eine kleine Treppe zu, und als Abi sich ihr anschließt, spürt sie Swains Hand an ihrem Ellbogen. Macht der Gewohnheit, sagt sich Abi, schließlich begleiten Detectives so oft Verbrecher in Handschellen zu ihren Gefängnistransporten. Und doch fühlt sich Constable Swains Berührung in diesem Moment wie ein eiserner Griff an. Ein Gedanke schießt Abi durch den Kopf. Die Polizei anzulügen ist eine strafbare Handlung. Sie ist jetzt eine Kriminelle.

Abi gerät ins Straucheln. Direkt vor ihnen steht ein Auto mit laufendem Motor. Die hintere Tür auf der Beifahrerseite steht bereits offen, und Abi sieht zwei Polizistinnen auf den Vordersitzen. Der Wagen ist, wie ein halbes Dutzend anderer auf dem Parkplatz, silberfarben mit einem blau-gelben Streifen im Schachbrettmuster und einer rechteckigen Sirene auf dem Dach.

Verbrecher werden auf die Rückbank gesetzt, denkt Abi.

»Alles in Ordnung?«, fragt Constable Swain, lässt Abis Ellbogen los und legt die Hand auf die offene Autotür, während sie Abi noch einmal von Kopf bis Fuß mustert.

Abi nickt und beschließt, sich zusammenzureißen. Sie lässt ihren Rucksack in den Fußraum fallen, bevor sie selbst auf die Ledersitze gleitet.

»Sie kennen Constable Robertson«, fährt Constable Swain fort, beugt sich hinunter und steckt den Kopf zu Abi in den Wagen. »Und das«, fügt sie hinzu und richtet ihren Blick auf die Fahrerin, »ist Police Constable Matthews. Sie wird Sie nach Essex fahren.«

»Danke.« Abi zwingt sich zu einem Lächeln.

Es folgt eine Pause. Stille. Die Ranken des Zweifels ziehen sich enger um Abis Gedanken. Worauf warten sie noch?

Constable Swain bewegt sich ein wenig, und einen Moment lang hat Abi den Eindruck, sie würde ebenfalls einsteigen, mit ihnen zum Haus der Wicks fahren und sie dort weiter mit Fragen löchern. Ihr Mund wird trocken bei der Vorstellung.

Es sind erst ein paar Stunden vergangen, und sie ist jetzt schon erschöpft davon, so genau überprüft zu werden. Von dem sich drehenden Rouletterad. Den Wahrheiten und Lügen. Er hat ihr gesagt, sie solle sich möglichst nah an der Wahrheit halten. So sei es einfacher, sich zu erinnern. Und auch zu lügen. Und so schuf sie sich in ihrem Kopf ein alternatives Leben, eines mit sauberen Böden und frisch gestrichenen weißen Wänden. Einem richtigen Haus mit einem großen Grundstück, auf dem sie Fahrrad fahren konnte. Ein Leben mit einer Mutter, die nachmittags mit ihr Brettspiele spielte und ihr abends Gutenachtgeschichten vorlas. Nur Jhon blieb unverändert.

Ein paar Sekunden verstreichen, bevor Constable Swain wieder das Wort ergreift. »Vergessen Sie nicht, was ich vorhin gesagt habe – wir müssen Sie noch einmal in Gegenwart eines Vormunds oder eines dafür befugten Erwachsenen befragen, um Ihre offizielle Aussage aufzunehmen.«

»Vielen Dank. Wir sehen uns bald wieder«, sagt Abi, während Constable Swain zurücktritt und die Autotür schließt. Und dann setzen sie sich in Bewegung und reihen sich in eine Reihe von Fahrzeugen ein, die langsam die Straße entlangkriechen. Erst allmählich wird ihr die Bedeutung von Constable Swains Worten bewusst. Ein Vormund oder anderer befugter Erwachsener. Sie hätte »Ihre Eltern« sagen können, aber das hat sie nicht. Und Abi versucht sich zu entsinnen, was genau sie geäußert oder nicht geäußert hat, welcher Gesichtsausdruck oder welche ihrer Handbewegungen auch in Constable Swains Kopf die Saat des Zweifels gepflanzt hat.

»Normalerweise würden wir um diese Zeit etwa anderthalb Stunden bis zur Grenze von Essex brauchen«, sagt Constable Matthews und lächelt Abi im Rückspiegel an. »Aber da heute Freitag ist, werden es wohl eher zwei Stunden sein.«

»Wir können jederzeit die Sirene einschalten, wenn es uns zu langsam vorangeht«, sagt Constable Robertson grinsend.

»Danke«, erwidert Abi, macht es sich auf ihrem Sitz bequem und starrt aus dem Fenster. Soweit sie es beurteilen kann, unterscheidet sich die Rushhour kaum von jeder anderen Stunde. Der Verkehr in London scheint nie zur Ruhe zu kommen. Selbst mitten in der Nacht rauschten die Busse am Fenster ihres Hotelzimmers im zweiten Stock vorbei und ließen die einfachverglaste Scheibe so laut in dem verrottenden Holzrahmen klirren, dass Abi aus ihrem tiefen Schlaf aufschreckte.

Ihr Magen knurrt, ein hohles Grummeln, das im Brummen des Motors untergeht. Abgesehen von einem Schokoriegel und einer Dose Sprite, die Constable Robertson ihr vor einer Stunde brachte, hat sie seit dem faden Gebäck aus dem Supermarkt am Morgen nichts mehr gegessen. Das vertraute Gefühl des Hungers löst einen nagenden Hass in ihr aus.

Was hat er ihr versprochen? »Nie wieder dreckige Böden, nie wieder Hunger.« Und Geld, aber trotzdem fühlt sie sich seit ihrer Ankunft in England ärmer als je zuvor.

In ihrem alten Leben hatte sie immerhin ein Einkommen durch das Kellnern, was man von ihrer jetzigen Situation nicht behaupten kann. Aber sie will nicht in ihr altes Leben zurück. Sie will das Leben, das ihr zusteht. Sie will Teil einer richtigen Familie sein. Ihrer Familie. Sie will geliebt werden. Aber jetzt, da sie auf dem Weg ist, ziehen sich die Ranken des Zweifels immer enger zusammen, und es fühlt sich an, als stünden ihr all ihre Lügen für jeden erkennbar ins Gesicht geschrieben.

ELF

ABI

Freitag, 19 Uhr

Er hat ihr erzählt, sie hätten Geld, aber erst als sich die großen schwarzen Tore zu einer weitläufigen Einfahrt öffnen, wird Abi bewusst, wie viel. Selbst im Dunkeln kann sie erkennen, wie riesig dieses Haus ist. Eine gottverdammte Villa im Vergleich zu dem quadratischen Klotz, in dem sie aufgewachsen ist. Sie spürt einen Stich im Magen – denselben stummen Schmerz, der sie hierhergetrieben hat, glaubt sie.

Mit steifen Gliedern steigt sie aus dem Auto. Die Luft riecht nach Rauch, aber mit einer süßen Note, die sie nicht kennt. Sie streckt sich, weil sie nach der Fahrt eingerostet ist, und wartet darauf, dass Constable Robertson ebenfalls aussteigt. Abi weiß nicht, wie lange die beiden Polizistinnen bleiben werden oder ob sie gleich wieder losfahren und sie selbst an die Tür klopfen muss. Obwohl sie es kaum erwarten konnte, von Constable Swain wegzukommen, wünscht sie sich jetzt, dass Constable Robertson ihr weiter zur Seite steht.

»Wir vergewissern uns, dass Sie gut ankommen, und dann fahren wir wieder los«, unterrichtet Constable Robertson sie und hält sich die Hand vor den Mund, um ihr Gähnen zu verbergen.

»Danke, dass Sie mich begleitet haben«, sagt Abi und bemerkt, wie stark ihre Stimme zittert. Vor Unsicherheit. So hatte sie sich das alles nicht vorgestellt. Unheimlich. Einsam.

»Geht es Ihnen gut?«, fragt die Polizeibeamtin und tätschelt ihren Arm.

Abi nickt. Sie atmet tief ein und sieht zu, wie sich die Rauchfahne aus dem Schornstein an der Seite des Hauses in der Dunkelheit auflöst. Das Licht, das aus den Fenstern dringt, erhellt das blassgelbe zweistöckige Haus. An beiden Seiten des Hauses befinden sich einstöckige Anbauten mit eigenen schrägen Ziegeldächern, die bestimmt nachträglich hinzugefügt wurden.

»Sind Sie bereit, Abigail?«, fragt Constable Robertson.

Der Name schwebt in der Luft, verstärkt die Ungeheuerlichkeit dessen, was sie nun tun wird, und jagt ihr einen Schauer über den Rücken. Sie ist die schmerzlich vermisste Tochter, die nach Hause zurückkehrt. Nicht nur ihr wurde das Leben gestohlen, sondern auch den anderen. Daran muss sie denken.

Als Abi ihren Rucksack schultert und einen Schritt auf das Haus zumacht, öffnet sich die Tür und ein Mädchen mit in der Dunkelheit weiß leuchtenden Haaren und heller Haut stürzt auf sie zu.

»O mein Gott, ich kann nicht glauben, dass du hier bist.« Sie hüpft nach vorne, schlingt ihre dünnen Arme um Abi und drückt sie fest an sich.

»Du musst Rebecca sein.« Abi lächelt und lässt sich von der ungestümen Art des jüngeren Mädchens mitreißen.

»Wo ist dein ganzes Zeug?«, fragt Rebecca mit einem Blick zum Polizeiauto.

»Hier drin.« Abi hebt eine Schulter und zeigt ihr den Rucksack, den sie in Buenaventura gepackt hat.

»Echt, das ist alles, was du hast? Dann müssen wir unbedingt shoppen gehen.« Sie lacht, packt Abi am Arm und zieht sie zum Haus. »Die anderen warten drinnen. Sie dachten, du würdest dich erschrecken, wenn wir alle rausgelaufen kommen, aber das war mir egal. Ich wusste, dass du keine Angst vor uns hast; wir sind ja deine Familie.«

Abi schluckt die Gefühle hinunter, die in ihr anschwellen, während ihre Schritte auf dem Kies knirschen. Ihre Familie. Ihre. Das ist ihr Zuhause.

»Ich lasse Sie dann mal allein«, ruft Constable Robertson hinter ihr, die sich bereits wieder zum Auto bewegt. »Wenn Sie etwas brauchen, wartet im Haus ein Opferschutzbeauftragter, der Ihnen helfen kann.«

Abi dreht sich um, nicht sicher, was sie jetzt sagen soll. »Danke«, ist alles, was sie herausbringt, und dann nimmt Rebecca ihre Hand und zieht sie die Treppe hinauf und durch die hölzerne Eingangstür in einen großen Eingangsbereich mit einer Decke, die sich bis ins Unendliche zu strecken scheint.

An der Seite hockt ein junger Mann auf der untersten Stufe einer breiten Treppe. Dunkles Haar fällt ihm ins Gesicht, und seine schwarze Combat-Kleidung schlackert um seinen Körper wie um ein Skelett. Er tippt auf einem Handy herum, sieht aber auf, lächelt und macht eine grüßende Geste, die an Salutieren erinnert. »Ich bin Daniel«, stellt er sich vor.

Seine Begrüßung ist so unkompliziert, so locker, dass Abi plötzlich den Wunsch verspürt, auf ihn zuzugehen und sich zu ihm auf die unterste Stufe zu setzen, aber sie kann es nicht. Zwei weitere Menschen stehen vor ihr. Starren sie an.

Michael und Sarah, Seite an Seite. Michael ist eine ältere Version von Daniel, mit grau-blondem Haar. Seine Augen sind blassblau und feucht. Er sieht aus, als stünde er unter Schock. Als hätte er einen Geist gesehen.

Abis Blick wandert zu Sarah. Sie ist ihr so vertraut wie jemand, dem man zwar zum ersten Mal begegnet, den man aber bereits von Fotos kennt, und Abi hat schon so viele Bilder gesehen. Sie hat sich auf YouTube stundenlang Ausschnitte aus Kochsendungen und einer Talkshow über Frauen angesehen, die Caroline gefallen hätten. Und doch ist Sarah ganz anders, als Abi erwartet hat. Sie ist winzig, etwa fünfzehn Zentimeter kleiner als Abi, und ihr Gesicht ist hager. Aber es ist der Blick in ihren Augen, der Abi am meisten beunruhigt – eine kühle Intensität, beängstigender als alle Fragen von Constable Swain.

»Das ist sehr seltsam für uns«, sagt Michael. »Ich bin mir sicher, dass es dir ähnlich gehen muss.« Seine Stimme bricht zum Ende hin ein wenig. »Aber wir sind froh, dass du hier bist.«

Das ist nicht die feste Umarmung, das »Unsere Abigail ist endlich zu Hause«-Gefühl, auf das sie gehofft hat, oder auch nur Rebeccas aufgekratzter Empfang, aber es ist ein Anfang.

Abi öffnet den Mund, um etwas zu erwidern, aber etwas in Sarahs Gesichtsausdruck verändert sich. Ihre Augen verengen sich, ihr Kiefer verkrampft. Abi macht unwillkürlich einen Schritt zurück und stößt dabei mit Rebecca zusammen.

»Ich weiß nicht, wer du bist«, sagt Sarah, hebt den Finger, zeigt auf Abi und zittert genauso wie ihre Stimme, »oder warum du hierhergekommen bist, aber du bist nicht meine Tochter. Du bist nicht Abigail.«

ZWÖLF

SARAH

Hoffnung ist etwas Schreckliches. Ein krankes Monstrum.

Wann hatte sie ihre Krallen in mir versenkt? War es, als Sergeant Howard zum ersten Mal Abigails Namen aussprach? Nein. Es war noch früher, als ich das Glitzern in Michaels Augen sah. Das wissen die meisten Leute nicht über die Hoffnung – sie ist ansteckend. Hochgradig ansteckend. Sie springt von einer Person auf die nächste über, infiziert sie, blendet sie, blendet mich.

Ich habe versucht, ihren Einflüsterungen keine Beachtung zu schenken. Ich habe die Ähnlichkeit des Fotos angezweifelt, von der Michael so überzeugt war. Ich habe auf den DNA-Test gedrängt, aber irgendwo zwischen dem Einsammeln meines Nachthemdes, meiner Kleidung und Cremes aus dem Gästezimmer und einer an Ryan gerichteten halbherzigen Rechtfertigung, die irgendetwas mit Michaels Schnarchen zu tun hatte, war die Hoffnung mit ihren Krallen in mich gefahren und hatte mich in ihre trügerische Wärme gehüllt. Und ich habe es zugelassen. Dann trat *sie* in unser Haus, und ich fragte mich, warum ausgerechnet ich diesen Wahnsinn in meine Gedanken gelassen hatte.

Eine Wahnvorstellung. So wie Rebecca, die sich als Kind *Supergirl* ansah und wünschte, sie könnte fliegen. Ein unmöglicher Wunsch.

Kein noch so großer Wunsch kann die Vergangenheit ungeschehen machen und die Ereignisse jenes Freitags im Mai ändern, an dem alles zusammenbrach. Aber dieses Mädchen, wer auch immer sie ist, was auch immer sie hier tut, ist nicht meine Tochter, und ich kann, am ganzen Körper zitternd, die Worte nicht zurückhalten.

»Ich weiß nicht, wer du bist oder warum du hierhergekommen bist, aber du bist nicht meine Tochter. Du bist nicht Abigail.«

Meine Bemerkung trifft sie wie ein Schlag ins Gesicht. Ihre Augen – mandelförmig, das ist jetzt nicht zu übersehen – weiten sich und ihre Wangen erröten.

Als ich einen Blick auf die Gesichter meiner Familie werfe – Rebecca, die einen Arm um das Mädchen gelegt hat, Daniel auf der Treppe, im Begriff aufzustehen, und Michael neben mir -, sehe ich, dass mein Kommentar auf sie dieselbe Wirkung hat.

Ich presse die Lippen aufeinander und beiße die Zähne zusammen, um nicht noch mehr zu sagen. Die kalte, harte Leere in meiner Brust lässt jeden Atemzug zu einem schwachen Keuchen abflachen.

Eine angespannte Stille verbreitet sich in der Eingangshalle. Das Mädchen wirft einen Blick über die Schulter zur geschlossenen Haustür und senkt dann den Blick.

»Was zum Teufel soll das, Mum?« Daniels Stimme hallt von den Wänden wider, laut, erzürnt.

Aus dem Augenwinkel sehe ich, dass Micheal die Kinnlade heruntergefallen ist. Vor Schreck über meine Worte runzelt er die Stirn, fängt sich dann aber wieder.

»Sarah.« Seine Stimme ist kaum mehr als ein zischendes

Flüstern. »Was ist los mit dir? Wir wissen doch noch gar nichts.«

Er weicht von mir zurück und tritt näher an das Mädchen heran. »Es tut mir so leid.«

Was mit mir los ist?, möchte ich verzweifelt schreien. *Sieh sie dir an. Was ist nur los mit* dir? *Unsere Tochter ist tot.*

»Ist schon gut«, sagt sie mit leiser Stimme und einem unvertrauten Akzent. Irgendwie spanisch, aber nicht ganz.

»Nein, ist es nicht«, sage ich und schüttle den Kopf. Nichts an dieser Sache ist gut. Ich schaue zu Michael, dann zu Daniel, der sich neben seinem Vater aufgebaut hat. Und schließlich zu Rebecca. Meine liebe Becca. Tränen glitzern in ihren Augen.

Der Kummer in Rebeccas Gesicht – Kummer, den ich verursacht habe – bricht mich, und ich sehe meinen Fehler ein.

Es wäre sowieso unangenehm gewesen – für sie genau wie für uns. Aber mit meinem schmerzerfüllten Ausbruch habe ich die Dynamik verändert. Es gibt nicht mehr sie und uns. Michael, Rebecca und Daniel haben Mitleid mit diesem Mädchen. Jetzt heißt es: sie alle gegen mich. Meine Familie und das Mädchen, das nicht dazugehört.

»Ich ... Es ...«

Mir fehlen die Worte. Stille legt sich schwer über uns. Sie warten darauf, dass ich etwas sage, aber ich habe meine Stimme nicht mehr unter Kontrolle.

Niemand spricht. Niemand bewegt sich.

Ich kann nicht sagen, wie viel Zeit vergeht, Sekunden oder Minuten, aber wir sind alle wie eingefroren. In der Zeit stehen geblieben.

Das schrille *Piep-Piep-Piep* des Schongarers schreckt uns alle wieder auf. Rebecca tupft sich die Augenlider ab, und mit einem Mal kehrt meine Kraft zurück. Ein Gefühl verschlingt den Rest. Der Schmerz, die Traurigkeit, die Verwirrung sind verschwunden und werden von einem allumfassenden Gefühl erstickt: Wut. Sie brennt sich in meine Gedanken und meinen Körper.

In meinem Leben war mir nur eine Sache wirklich wichtig – meine Kinder zu beschützen, sie vor Unheil zu bewahren. Und bei dieser einen Aufgabe habe ich spektakulär, episch versagt. Ich habe die Schuld für das, was Abigail passiert ist, und den Schaden, den es bei Rebecca und Daniel angerichtet hat, auf mich genommen. Welche Mutter würde das nicht tun? Ich gebe Michael genauso viel Schuld wie mir selbst, manchmal sogar mehr. Aber im Moment ist es dieses Mädchen, das versucht, meiner Familie zu schaden, und das lässt den Zorn in meinem Blut hochkochen.

Das Piepen hört auf, und dann tritt Ryan neben mich und legt mir eine Hand auf die Schulter.

»Warum essen wir nicht erst einmal etwas?«, schlägt er vor. »Das war ein großer Schock für alle. Michael, ich glaube, dein Eintopf ist fertig.«

Michael nickt, erst langsam, dann immer schneller. »Ja, gute Idee, danke, Ryan. Hast du Hunger, äh …«

»Abelia«, sagt sie. »Alle nennen mich Abi.«

Ich bin dankbar, dass Michael sie nicht Abigail genannt hat, aber Abi – Abelia – das ist so nah dran. Zu nahe.

»Du bist doch keine Vegetarierin, oder, Abi?«

Ein leichtes Lächeln umspielt ihre Lippen. »Nein.«

Ich starre die anderen an. Vier Augenpaare schauen zurück, aber ich konzentriere mich nur auf eines. *Hast du nicht gehört, was ich gesagt habe?*, möchte ich sie anschreien. *Hau ab. Hau ab. Hau ab.*

Aber ich schreie nicht. Ich bin wütend, wütender als je zuvor, aber ich bin auch Rebeccas und Daniels Mutter, und ich ertrage Rebeccas gekränkten Gesichtsausdruck nicht, wissend, dass ich die Ursache dafür bin. Und Daniel mag jetzt erwachsen sein, aber er ist immer noch mein Kind, und die ganze Situation dürfte ihm mehr zusetzen, als er mir je anvertrauen wird.

»Ich muss mal an die frische Luft«, ist alles, was ich herausbringe, bevor ich mich auf dem Absatz umdrehe und durch die Küche in den Haushaltsraum eile.

Barley schießt unter dem Tisch hervor und hüpft um meine Füße herum. Er war so klug, sich während der Szene in der Eingangshalle zu verstecken, aber zu einem Spaziergang würde er niemals Nein sagen, selbst wenn es draußen dunkel ist.

Ich schließe die Tür hinter uns und zwinge mich zu zählen.

Eins. Ich ziehe meine hochhackigen Schuhe aus, öffne den Reißverschluss meines Rocks und lasse ihn auf den Boden fallen.

Zwei. Ich ziehe meine Laufhose an.

Drei. Ich steige in meine Stiefel.

Vier. Ich schnappe mir Barleys Leine.

Fünf. Eine bitterkalte Böe schlägt mir ins Gesicht, als ich die Hintertür aufschließe und in den dunklen Garten trete. Es regnet nicht, aber der Wind trägt Tropfen mit sich, als würde es gleich anfangen oder gerade erst aufhören. Sie küssen mein Gesicht wie eisige Tränen und kühlen meine brennenden Wangen.

Sechs. Ich atme.

Das Zählen erfüllt seinen Zweck. Ich kann mich wieder konzentrieren. Meine Wut verlagert sich. Sie verschwindet nicht, o nein, ich bin immer noch aufgebracht, aber ich darf nicht zulassen, dass es mein Urteilsvermögen trübt. Nicht, wenn ich meine Familie vor diesem Mädchen schützen und sie so schnell wie möglich aus unserem Leben vertreiben will.

DREIZEHN

SARAH

Ich taste mich über die Betonplatten, die sich am Rande des Rasens entlangschlängeln. Sollte heute Nacht ein Mond sichtbar am Himmel stehen, versteckt er sich gerade hinter den Wolken. Es ist dunkel, stockdunkel dort, wo das Licht vom Haus nicht mehr hinreicht, aber das ist mir egal. Ich brauche die Luft und den Abstand, auf Helligkeit kann ich gut verzichten.

Hinter mir höre ich eine Tür schlagen und frage mich, ob ich in meiner Eile vergessen habe, sie richtig zu schließen. Eine Sekunde später höre ich Ryan meinen Namen rufen.

»Sarah, warte mal.« Seine Stimme kommt näher. »Du brauchst eine Taschenlampe.«

Ich bleibe stehen und drehe mich um, aber mein Blick bleibt nicht auf Ryans Silhouette hängen, er wird unweigerlich von meinem Haus angezogen. Ich erkenne die anderen im Anbau so deutlich, als würde ich die Nase an das Glas pressen. Rebecca lacht über etwas, das das Mädchen sagt. Es scheint, als hätte sie meine Mahnung, es langsam anzugehen, völlig vergessen und dieses Mädchen sofort in unser Leben integriert, wie sie es immer tut – mit unbändiger Energie und Liebreiz.

Ich mache mir erneut Sorgen um meine Tochter und darum, wie wichtig es ihr ist, anderen zu gefallen, unangenehme Situationen zu entschärfen und alle glücklich zu machen. Sie muss erst noch lernen, dass dies eine unmögliche Aufgabe ist. Ich bin mir sicher, dass es meine Schuld ist. All die Jahre, in denen wir so getan haben, als wäre alles in Ordnung – als wären wir eine normale Familie – fordern ihren Tribut.

Mein Blick wandert zu Daniel. Er deckt den Tisch, mit dem Rücken zu mir, sodass ich nicht sehen kann, ob auch er lächelt und sich genau wie Rebecca mit den Umständen abfindet. Michael streckt den Kopf aus der Küche. Er sagt etwas zu dem Mädchen, das mit einem Nicken reagiert. Ich beobachte, wie er sie ansieht; sein Blick ist verhalten, finde ich. Fragt er sich genau wie ich, wer dieses Mädchen wirklich ist und was sie hier will?

Sie streicht sich die Haare nach vorne und lässt sie über eine Schulter fallen. Sie ist zappelig, nervös. Ich mustere ihr Gesicht und warte darauf, dass sich nur der winzigste Hauch von Vertrautheit einstellt. Vergeblich. Alles, was ich sehe, ist eine Fremde. Mehr als eine Fremde: eine Hochstaplerin.

Ein Lichtschein fällt auf den Boden neben meinen Füßen und erhellt einen kleinen Teil meines Gartens. Ryan hält mir eine Taschenlampe hin – die dicke orangefarbene, die ich für den Fall eines Stromausfalls neben der Hintertür aufbewahre – aber ich nehme sie nicht an. Vor uns lässt Barley seine Ungeduld mit zwei schnellen Kläffern vermelden und treibt mich an. Der Lichtschein der Taschenlampe folgt.

»Sarah, wartest du bitte mal kurz?«

Ich erreiche das Tor und taste in der Dunkelheit nach den Riegeln. Sie öffnen sich klappernd, was Barley ein weiteres Fiepen entlockt. Ich streiche am Holz entlang, bis ich die Eisenklinke spüre, und stoße das Tor auf.

Barleys Körper peitscht um meine Beine, bevor er in die

Nacht hinausschießt. Neben mir berührt Ryan meinen Ellbogen. »Es ist zu dunkel. Du rutschst noch aus und fällst.«

»Ich musste da raus.« Ich blicke nach vorne ins Nichts. »Gib mir die Taschenlampe, wenn du willst, und geh wieder zurück.«

»Nein.« Er hält die Lampe aus meiner Reichweite und leuchtet nach vorne. »Ich begleite dich.«

»Ich brauche keinen Babysitter.« Die Wut von vorhin ist immer noch in meiner Stimme zu hören.

»Das habe ich auch nicht behauptet.« Seine Stimme klingt so ruhig neben meiner.

»Warum bist du hier, Ryan?«

»Ich dachte, ich könnte helfen.«

»Nein, ich meine hier, in Essex. Du hast früher für die Polizei von Suffolk gearbeitet ...« Meine Stimme versagt. Ich möchte nicht an diese Zeit zurückdenken. An das Ferienhaus. Die Verzweiflung. Den Kummer.

»Ich bin befördert worden und kannte außerdem die damalige Leiterin der Abteilung für Opferschutz in Essex. Sie war ein wirklich guter Mensch, klug und eine großartige Mentorin. Als sie in den Ruhestand ging, habe ich ihren Posten übernommen. Ich bin gut in meinem Job, Sarah.«

Ich zucke mit den Schultern und sage nichts. Ich habe nicht die Kraft zu streiten, ihn abzuweisen, wie ich es normalerweise tun würde, wenn mir jemand helfen will. Die traurige Wahrheit ist, dass ich alleine besser dran bin. In meinem Leben gibt es keinen Platz mehr für Freunde. Ich brauche einfach niemanden, mit dem ich über meine Probleme sprechen könnte, und ich habe ganz sicher keine Energie dafür, mir irgendjemandes Geschwafel von missglückten Diäten oder Eheproblemen anzuhören.

Alle Freunde, die ich vor Abigail hatte – die, die ich während meines Studiums kennengelernt hatte, und die Mütter aus der Gegend, mit denen ich nach Daniels Geburt in Kontakt war – ließ ich gehen. Die meisten waren froh darüber; ich konnte es in ihren Gesichtern ablesen. Es war nicht nur Mitleid, sondern auch Angst. *Was dir passiert ist, könnte mir auch passieren.*

Selbst Janie, meine beste Freundin, die Patin aller meiner drei Kinder, konnte mit Abigails Schicksal nicht umgehen. Janie war an diesem Tag im Ferienhaus dabei. Sie hat miterlebt, wie sich die Katastrophe entfaltete, und als die Polizei sie befragt hatte, ging sie weg. Lief davon. Sie hat nie wieder angerufen, um zu fragen, wie es mir geht, und in all den Jahren habe ich das weder verstanden noch verzeihen können.

Nach ein paar Metern erreichen wir den ausgetretenen Fußweg, der in einer Schleife um die Felder zurück ins Dorf führt oder direkt zur alten Mühle in Flatford. Nach dem jüngsten Regenguss ist der Pfad matschig. Mein Blick fällt auf den Boden und auf Ryans Füße. Im Schein der Taschenlampe kann ich gerade noch die Umrisse seiner Straßenschuhe erkennen, die zweifellos schon mit Schlamm verkrustet sein müssen, die Socken durchnässt.

Ein Windstoß dröhnt in meinen Ohren, und nur ein paar Schritte links von mir rauscht der Fluss Stour vorbei, nach einem langen, regenreichen Winter auf dem Höchststand.

Bei Tageslicht ist es wunderschön hier in Constable Country. Üppiges grünes Gras und Weiden, deren Äste träge über den Fluss hängen. Bei Tageslicht wimmelt es hier von Spaziergängern und Ruderbooten, Familien, Hunden und Joggern. Wie ausgestorben ist dieser Weg nur nachts, und dafür bin ich dankbar.

Als der Wind nachlässt, nimmt Ryan meinen Arm und zwingt mich dazu, stehen zu bleiben. »Sarah, lass uns kurz reden. Nur du und ich. Sag mir, was du denkst. Was macht dich so sicher, dass es nicht Abigail ist? Michael hat gesagt, das

Foto von Abi sehe genauso aus wie du, als du jünger warst. Was siehst du, was er nicht sieht?«

Ein Dutzend Wespenstiche bohren sich in mein Herz. »Wenn du damit andeutest, dass ich nicht will, dass dieses Mädchen Abigail ist, dann liegst du komplett daneben. Natürlich will ich, dass sie es ist. Ich wünsche mir meine Tochter mehr als alles andere auf dieser Welt zurück, aber das Mädchen da drinnen«, ich gestikuliere in die Dunkelheit in Richtung des Hauses, »ist es nicht.«

Ich setze mich wieder in Bewegung, stürme erzürnt über den glitschigen Boden.

»Für Michael war es immer anders«, sage ich, als Ryan zu mir aufschließt. »Ich musste auch an Daniel und Rebecca denken, aber Michael ... nun, du hast ihn in der ersten Woche erlebt. Er war wie besessen. Er hat es sogar geschafft, mit dem Premierminister zu sprechen.

Ich habe die meiste Zeit damit verbracht, Rebecca in den Schlaf zu wiegen und Daniel so gut es ging zu trösten. Die Polizei hat jede noch so kleine Spur verfolgt, und trotzdem gab es nichts Neues. Aber Michael hat in unserem Schlafzimmer gehockt und ein Telefonat nach dem anderen geführt. Mit der Presse, mit unserem Abgeordneten. Er hat einfach jeden angerufen, der ihm einfiel. Das ging wochenlang so weiter.

Und dann bist du wieder gegangen. Keine neuen Hinweise, nichts, womit wir weitermachen konnten. Andere Familien haben dich dringender gebraucht als wir. Statt täglich wurden wir nur noch wöchentlich auf den neuesten Stand gebracht, und irgendwann mussten wir nach Hause fahren. Daniel musste zur Schule und Rebecca brauchte einen geregelten Tagesablauf. Es hatte sich damals so angefühlt, als hätten wir aufgegeben.«

»Es war nicht ...«

»Ich weiß. Es war nicht so, als wäre Abigail zu diesem Zeitpunkt einfach irgendwann vom Spielen am Strand wieder zurückgekommen und hätte gefragt, wo wir die ganze Zeit waren. Aber es war trotzdem schwer.

Als wir wieder zu Hause waren, fiel Michael im Traum nicht ein, sich um sein Unternehmen zu kümmern. Er hat es verkauft, all seine harte Arbeit warf er einfach weg. Dieser Urlaub war der erste seit zwei Jahren gewesen. Ich musste ihn förmlich zwingen, sich die Zeit dafür zu nehmen. Und plötzlich war ihm nichts anderes mehr wichtig, als Abigail zu finden, als könnte er allein bewerkstelligen, was nicht einmal die Polizei schaffte.«

Ich höre auf zu reden, bevor der Schmerz mich überwältigt. *Nach vorn schauen, nicht zurück.*

»Sarah?« Ryans Stimme schneidet durch die Erinnerung. »Wie viele Leute wussten noch von der Windpockennarbe?«

»Ich dachte, Michael wüsste es, aber dem war anscheinend nicht so. Er war abends nicht da, wenn ich die Kinder badete, und es war nur eine kleine Narbe. Er hätte sie wahrscheinlich nicht bemerkt.« Ich weiß nicht, ob es der Wind ist oder die Erinnerungen an die Vergangenheit, die mir noch im Kopf herumschwirren, aber meine Stimme klingt weit weg.

»Nehmen wir einmal an, dass dieses Mädchen nicht Abigail ist …«

»Ich muss gar nichts annehmen«, unterbreche ich. »Ich weiß, dass es so ist.«

»Was glaubst du, wie Abelia Pérez zu der Narbe gekommen ist?«

»Ich weiß es nicht.«

»Ihr Vater war Jhon Pérez, und ihre Mutter hieß Caroline Pérez. Beide sind jetzt tot. Sie hat ihre Heimat in Kolumbien und alles Vertraute verlassen, um hierherzukommen. Unabhängig davon, wer sie ist, befindet sich in deinem Haus ein hilfsbedürftiges junges Mädchen, das keine andere Familie auf der Welt hat.«

Ich spüre, wie der Druck immer stärker wird, und ein

Geräusch entweicht meiner Kehle. Dann noch eins. Meine Beine geben nach und plötzlich falle ich. Ryan fängt mich mit seinem festen, starken Körper auf. Ich lasse mich in seine Umarmung sinken und weine, bis keine Tränen mehr übrig sind, genau wie vor all den Jahren in der Küche des Ferienhäuschens. Der Gedanke an diesen Moment und an das, was danach kam, lässt mich einen Schritt zurückweichen.

»Sie ist nicht Abigail«, sage ich mit belegter Stimme, als ich wieder sprechen kann.

»Wie kannst du dir da so sicher sein?«

Ich beiße mir auf die Lippe, um nicht mit der Wahrheit herauszuplatzen. Wenn ich Ryan sage, dass ich weiß, dass Abigail tot ist, wird er wieder wissen wollen, warum ich mir dessen so sicher bin, und das kann ich ihm nicht sagen. Ich lebe jetzt schon so lange mit diesem Geheimnis, dass ich es niemals aussprechen kann.

»Weil …«, sage ich, »weil ich Abigails Mutter bin. Ich würde es wissen, wenn sie meine Tochter wäre.« Ich zittere, und zum ersten Mal, seit ich das Haus verlassen habe, sticht die Kälte unangenehm im Gesicht, beißt in meine Haut, und mir wird klar, wie wahnsinnig es ist, so in der Finsternis draußen am Fluss herumzulaufen.

Mein Blick sucht das schwarze Nichts nach Barley ab. Ich nehme Ryan die Taschenlampe aus der Hand und leuchte in die Ferne vor uns, schwenke sie im Kreis, bis ich zwei helle Augen aufleuchten sehe, die bereits am Gartentor warten.

»Was auch immer ihre Absichten sind, was auch immer dieses Mädchen glaubt, es ist ein Sturm, der meine Familie zerstören wird.« Tränen steigen mir in die Augen. »Ich hätte niemals zulassen dürfen, dass sie hierherkommt.«

Wir kehren um und erreichen das Tor, dann treten wir in den Garten. Mein Blick fällt sofort auf den Anbau, wo meine Familie beim Essen versammelt ist.

»Vielleicht«, sagt Ryan, »hast du Angst davor, zu glauben, dass es Abigail sein könnte.«

Darüber denke ich einen Moment lang nach. Habe ich Angst?

Ja, ist die Antwort. Ich habe vor vielen Dingen Angst, aber vor allem davor, was all dies mit der fragilen Existenz unserer Familie machen könnte – die so sorgfältig aufgebaut und gestaltet wurde, wie aus Porzellan, das jeden Moment zerbrechen könnte. Ich habe Angst, dass uns dieses Mädchen am Ende zerstört, wenn ich sie in unser Leben lasse. Aber ich weiß auch, dass ich Michael, Daniel und Rebecca für immer verlieren könnte, wenn ich jetzt zurück ins Haus gehe und verlange, dass sie geht, noch bevor ein DNA-Test gemacht wurde, bevor wir die Wahrheit erfahren, die uns die Testergebnisse unweigerlich offenbaren werden. Und dieses Risiko werde ich nicht eingehen.

Ich wische mir über die Augen und sehe Ryan an. Ich bin froh, dass er mir gefolgt ist. Ich bin froh, dass er hier ist. »Was soll ich jetzt tun? Ich kann ja wohl kaum wieder reingehen, mich entschuldigen und mich zum Essen zu ihnen setzen.«

»Das ist genau das, was du jetzt tun solltest, Sarah.«

Ich spüre erneut, wie sich Druck in mir aufbaut und nicht mehr abschwillt. Beim Blick zurück in die schwarze Nacht möchte ich erneut schreien und toben. Die Ungerechtigkeit dessen, was Abigail, was uns allen widerfahren ist, fühlt sich noch so frisch an, als wäre ich wieder in der Hütte und würde verzweifelt auf Neuigkeiten warten. Aber ich schreie nicht. Stattdessen schließe ich die Augen und nicke. Was würde es schon bringen, herumzubrüllen? Die Zeiten, in denen ich mich von der Ungerechtigkeit überwältigen ließ, sind vorbei. Ich muss die Kontrolle behalten, mehr denn je.

Der Wind rauscht durch den Apfelbaum über meinem Kopf und lässt Regentropfen auf mein Haar prasseln, als wir auf die Tür zusteuern. »Gib mir eine Minute, okay?«

Ryan sieht mich einen langen Moment lang an, bevor er nickt und im Haus verschwindet.

Ich schließe die Augen und zähle bis zehn, konzentriere mich auf jede einzelne Zahl und lasse sie in meinem Kopf kreisen, bis kein anderer Gedanke mehr Platz findet. Dann öffne ich die Augen und beobachte meine Familie aus der Dunkelheit des Gartens heraus, und ich fühle mich so einsam wie nie zuvor.

Ich muss wieder an Janie denken, und obwohl es schon dreizehn Jahre, zehn Monate und neun Tage her ist, seit wir zuletzt miteinander gesprochen haben, ziehe ich mein Handy aus der Tasche und suche nach ihrer Nummer. Ich weiß noch nicht, was ich sagen werde oder warum ich anrufe. Aber Janie kannte Abigail. Sie liebte Abigail. Sie vergötterte sie. Michael ist vielleicht schon fast überzeugt, dass unsere Tochter wirklich zurückgekehrt ist, aber ich bin es nicht.

Einer von uns irrt sich, und jetzt gerade möchte ich mit jemandem sprechen, der Abigail nah war. Ich möchte Janie das Foto zeigen und mit ihr meine Gedanken teilen. Meine Ängste.

Es klingelt drei Mal, bevor ein Mann mit einem müden »Hallo?« das Gespräch annimmt.

»Hi«, sage ich. »Ähm ... bin ich da richtig bei Janie?«

»Wer sind Sie?«

»Hier ist Sarah. Phil? Bist du das?«

Es raschelt in der Leitung und dann höre ich nichts mehr. Er hat aufgelegt.

Ich nehme das Handy vom Ohr und starre auf den Startbildschirm, halb in der Erwartung, dass ein Anruf kommt, eine Entschuldigung. Das Telefon ist runtergefallen, mit den Wurstfingern versehentlich aufgelegt, aber ich warte vergeblich.

Wahrscheinlich ist das nicht einmal mehr Janies Nummer. Die Stimme habe ich nicht wiedererkannt, also war das bestimmt ein Fremder. Ich bin mir nicht mal sicher, ob Janie und Phil noch verheiratet sind. Nachdem ihr dritter Versuch der künstlichen Befruchtung fehlgeschlagen war, ein paar Monate vor unserem Urlaub an der Küste von Suffolk, steckten sie in einer Beziehungskrise.

Ich lasse das Telefon zurück in meine Jackentasche fallen und trete ins Haus. Janie anzurufen war sowieso eine dumme Idee. Was sollte sie mir schon sagen, was ich nicht schon längst weiß?

Vielleicht glaubt dieses Mädchen wirklich, dass sie Abigail ist. Oder vielleicht hat sie einen anderen Grund, hier zu sein. So oder so, die einzige Möglichkeit in diesem Moment ist es, die Situation unter Kontrolle zu halten. Ich werde alles tun, um meine Familie zu beschützen. Das habe ich bereits bewiesen, und ich werde es wieder tun.

Endlich ist sie im Spiel.

Ich halte mich zurück, beobachte nur aus dem Hintergrund, wie sie das Haus betritt, während Rebecca wie ein aufgeregter Welpe um sie herumhüpft.

Abigails Lächeln ist zaghaft, aber sie entspannt sich. Ich kann es daran erkennen, wie sich ihre Schultern zurückziehen, wie sich ihr Körper ein wenig strafft.

Eine schwindelerregende Aufregung ergreift Besitz von mir. Es war nicht leicht, das alles durchzuziehen, alle Dominosteine aneinanderzureihen. Tage und Wochen und Monate der Planung und jemandes Willen zu brechen. Aber ich habe es geschafft. Und jetzt liegt es an Abigail, den Rest zu erledigen. Ich muss darauf vertrauen, dass sie sich an den Plan hält und an alles denkt, was ich ihr beigebracht habe.

Aber was ist das?

Sarah geht schon. Stürmt aufgebracht nach draußen.

Tss-tss.

Sie hat es nicht einmal versucht.

Oh, Sarah. Verstehst du denn nicht? Wegzulaufen bringt nichts. Ich habe gerade erst angefangen.

Du hast keine Ahnung, was auf dich zukommt!

So oder so, wir werden uns der Wahrheit gemeinsam stellen. Auf die eine oder andere Weise werden wir alle dafür bezahlen.

Das Handy in meiner Hand vibriert. Ich schaue auf das Display und lächle. Alles ist bereit für den nächsten Teil meines Plans.

VIERZEHN

ABI

Du bist nicht meine Tochter. Sarahs Worte schwirren in Abis Kopf herum, während ein Stück weiches Rindfleisch in ihrem Mund schmilzt und ihre Kehle hinunterrutscht, woraufhin ihr Magen sofort nach mehr verlangt. Es ist eine Qual, die reichhaltigen Aromen von Wein und Kräutern und die weiche Textur des saftigen Fleischs nicht herunterzuschlingen, sondern langsam zu essen, einen Bissen nach dem anderen, als würde sie diese Art von Mahlzeit jeden verdammten Tag essen.

Sie kann nicht glauben, dass sie nach Sarahs Reaktion überhaupt hier sitzen und speisen, ohne dass jemand ein Wort darüber verliert. Nicht einmal Michael hat Abi ein beruhigendes »Mach dir nichts draus« angeboten. Abi muss offensichtlich noch viel in der Kunst des Verstellens lernen.

Sie sieht sich in dem gläsernen Raum um, der an die Seite der Küche angebaut wurde. Der rechteckige Tisch in der Mitte ist aus massivem Holz. Er ist dick und dunkel, mit helleren Astlöchern und einer wirbelnden Maserung, die sich über jedes Brett zieht. *Eiche*, denkt Abi, ohne zu wissen, warum. *Teuer*.

»Erzähl uns, wie es in Kolumbien war, Abi«, fordert Michael sie von seinem Platz an einem Ende des Tisches auf und trinkt einen Schluck dunkelroten Weins. »Wenn du kannst. Wenn es dich nicht zu sehr aufregt«, fügt er hinzu, schnell und unsicher.

Abi erkennt an der Art, wie er sie ansieht, dass er sie nicht so angenommen hat wie Rebecca. Sie spürt auch bei Daniel ein gewisses Misstrauen, aber wenigstens ist Michaels Verhalten nicht so feindselig wie das von Sarah.

»Sie werden dich mit offenen Armen empfangen«, hat er gesagt. Ja, richtig. Noch etwas, womit er falschlag.

Sie merkt, dass alle sie jetzt anstarren und auf eine Antwort warten. Sie versucht zu lächeln. »Ich weiß nicht, wo ich anfangen soll.«

»Ist es da gerade superheiß?«, mischt sich Rebecca neben ihr ein. »Ich habe dieses kalte Wetter so satt.«

Ein Bild der Erdgeschosswohnung schießt ihr durch den Kopf: stickige Hitze, die die leeren Räume vernebelt, Metallgitter vor den Fenstern, die quadratische Schattenmuster auf die schmutzigen Böden werfen, die Isolation und Einsamkeit, die sie fast in den Wahnsinn zu treiben drohte. Sie schiebt das Bild beiseite und erinnert sich an das, was er ihr gesagt hat. »Die Wahrheit wird ihnen nichts nützen. Warum es ihnen noch schwerer machen?«

Sie nickt. »Es ist dort gerade sehr warm. Ich habe in einer Stadt namens Buenaventura gelebt. Dort befindet sich der größte Schifffahrtshafen des Landes, was sie zu einer ziemlich gewalttätigen Stadt macht, aber wir wohnten in einem Haus entfernt vom Hafen und den wirklich schlechten Gegenden. Unser Haus war nicht sehr groß, nicht so wie das hier«, sie macht eine vage Geste, »aber es hatte einen eigenen Hof, wo ich mit dem Fahrrad fahren konnte. Es gab keine anderen Kinder, aber es war in Ordnung, denke ich, besser als die meisten Kindheiten dort. Caroline – die Person, die ich für meine Mutter hielt – hat mich auf Trab gehalten.«

Ein Schmerz lastet auf Abis Brust, als sie beobachtet, wie

sie die Halblügen und Halbwahrheiten ihrer Geschichte aufnehmen. Sie wünscht sich, alles wäre wahr, mit der gleichen Sehnsucht, die sie für dieses Leben empfindet – das Leben, das sie all die Jahre hätte leben sollen. Ein Haus mit einer Küche, die größer ist als ihre gesamte Wohnung, eine richtige Familie, Geschwister, die lachen und scherzen, Geld und Essen. Endlich kann sie es sich nehmen – nicht wahr?

»Also bist du«, sagt Rebecca, legt den Kopf schief und grinst Abi an, »zweisprachig aufgewachsen und so?«

»Ja.« Abi lächelt und spürt, wie sich die ansteckende Energie, die von Rebecca ausgeht, in ihr entzündet. Sie mag Rebecca jetzt schon. Eine Verbündete. Eine Freundin. Eine Schwester. »Caroline war Amerikanerin. Sie hat gerne Englisch gesprochen.«

»Denkst du dann auf Englisch oder auf Kolumbianisch?«

Daniel macht ein Geräusch von der anderen Seite des Tisches, lacht und verschluckt sich an einem Mundvoll Essen. »Ach, Schwesterherz.« Er grinst und schüttelt den Kopf. »Was ist das denn für eine Frage? Außerdem, wenn dann in Spanisch. Die Sprache Kolumbianisch gibt es nicht.«

Rebecca zuckt mit den Schultern, offensichtlich unbeeindruckt von der bissigen Bemerkung ihres Bruders. »Sie weiß, was ich meine, oder, Abi?«

Irgendwo im Haus knallt eine Tür zu und ein kalter Wind weht über ihre Köpfe hinweg, wie ein Geist, der jemanden sucht. Die zaghafte Heiterkeit des Abendessens entgleitet ihnen.

»Äh …«, versucht Abi fortzufahren, »ich weiß nicht genau. Beides, denke ich. Manche Wörter sind in einer Sprache griffiger als in einer anderen.«

Abis Puls beschleunigt sich. Sie hat immer noch Hunger, ihr Abendessen ist erst halb aufgegessen, aber sie ist sich nicht sicher, ob sie noch mehr schlucken kann. Was soll sie tun, wenn Sarah sie zwingt, sofort zu gehen? Sie hat keine Ahnung, wo sie ist. Aber das hier ist keine Stadt, so viel weiß sie. Das Panorama vor dem Fenster des Polizeiautos war schwarz. Eine endlose, dunkle Landschaft, keine Stadt. 89,61 Pfund. Sie muss es irgendwie schaffen.

Stille herrscht im Raum. Das einzige Geräusch ist das Klirren von Besteck auf Tellern – und das Glucksen von Wein, als Michael sein Glas nachschenkt.

Es dauert nicht lange, bis Sarah im Durchgang zur Küche auftaucht. Eine ihrer Wangen ist mit Schlamm verschmiert, und ihr kurzes blondes Haar klebt ihr in feuchten Strähnen am Kopf. Ihre Augen sind verquollen und rot umrandet. *Wikipedia* zufolge ist sie vierundvierzig Jahre alt, aber sie sieht eher wie vierundfünfzig aus.

Abi schluckt schwer, voller Mitgefühl und Mitleid. Hinter dem Ausbruch und der Schärfe von Sarahs Worten verbirgt sich eine Frau, die kämpft. Und doch ist Sarahs Gesichtsausdruck jetzt nicht entschuldigend oder traurig – er ist entschlossen, denkt Abi. Sie sieht bereit aus.

Aber für was? Abi ist sich nicht sicher.

Angst macht sich in Abi breit. Plötzlich versteht sie den Druck, der auf einem wilden Tier lastet, in dem Bruchteil einer Sekunde, in dem es wie erstarrt vor der Wahl zwischen Kämpfen oder Fliehen steht. Sie wünschte, sie könnte ihn fragen, was sie jetzt tun soll. Aber sie weiß, dass er ihr raten würde, zu kämpfen. Dass sie sich behaupten soll. Zu tun, was immer nötig ist.

Sie ist Abigail Rose Wick und dies ist ihr Zuhause. Sie muss sie davon überzeugen.

Sie legt Messer und Gabel vorsichtig auf ihren Teller und steht langsam auf, wobei der Stuhl über den gefliesten Boden schabt. Sie wendet sich Sarah zu und zwingt sich, mit gesenktem Kopf zu sprechen, wobei ihr die Haare nach vorn fallen und ihr den Blick auf die ehemals weißen Turnschuhe versperren, die sie seit Ewigkeiten trägt. »Ich ... ich kann auch wieder gehen.«

Es ist ein Glücksspiel. Ein Bluff. Erbärmlich. Sie meint es nicht so. Sie wartet – hofft – darauf, dass Michael oder Daniel oder sogar Rebecca aufspringt und sich neben sie stellt, aber niemand bewegt sich. Sie steht allein da und wartet wie ein Verbrecher auf das Urteil des Richters.

FÜNFZEHN

ABI

Als Abi die Stille keine Sekunde länger erträgt, löst sie sich vom Tisch und geht mit gesenktem Kopf auf den Rundbogen zu, wo das Esszimmer in die ausgedehnte, glänzende Küche der Wicks übergeht. Plötzlich steigen ihr die Tränen in die Augen. Es war dumm, zu bluffen, und jetzt ist sie gescheitert. Schmerz und Demütigung kämpfen in ihrem Körper gegeneinander, und dazu kommt eine schleichende Angst, die sie schon seit Monaten zu ignorieren versucht.

Was wird er tun, wenn sie es vermasselt? Er wird wütend sein. Rasend. Sein Plan funktioniert nur, wenn sie mit ihnen in diesem Haus lebt. Und sie hat bereits versagt, bevor sie überhaupt angefangen hat.

Ein weiterer Gedanke kommt ihr in den Sinn, und sie kann nicht glauben, dass sie bis zu diesem Moment gebraucht hat, um das zu begreifen: Wenn sie es nicht schafft, dann ist sie für ihn nutzlos. Überflüssig, ein Ballast, den er möglichst schnell abstoßen wird. Aber er wird sie niemals gehen lassen. Sie weiß zu viel. Der Gedanke dreht ihr mit dem Essen so sehr den Magen um, dass sie sich krank fühlt.

Am Anfang war er so nett zu ihr, so verständnisvoll. Es ging darum, wie sehr sie dieses Leben verdient hat, wie sehr ihr als Kind unrecht getan wurde, dass ihr das, was ihr hätte gehören sollen, entrissen wurde. Aber dann ging es um etwas anderes, das sie immer noch nicht versteht. Es gab so viele Lügen, an die sie sich erinnern musste, stundenlanges gemeinsames Wiederholen. Sie erinnert sich an die Wutausbrüche in dem Hotelzimmer, wenn sie eine falsche Antwort gab und über das Rouletterad aus Wahrheit und Lüge stolperte.

Als Abi feststellte, dass es um mehr ging als nur um ihre Heimkehr, steckte sie schon zu tief drin – war ein Spielball in einem Spiel geworden, das sie nicht durchschaute. Aber Abi weiß eines. Wenn sie jetzt dieses Haus verlässt, wenn sie versagt, wird er sie töten.

Aus dem Augenwinkel sieht sie Ryan am Spülbecken stehen, der sie beobachtet. Seine Füße sind nackt und der Boden seiner Anzughose ist nach seinem Spaziergang mit Sarah hochgekrempelt. Worüber haben sie gesprochen?, fragt sie sich. Was hat er gesagt, um sie zurückzulocken? Plötzlich verspürt sie den Drang, ihn anzuflehen, ihr beizustehen. Warum sonst ist er hier, wenn nicht, um zu helfen?

Abi schafft es bis zum Bogen, bevor Sarah sie entschlossen zurückruft. »Nein. Bleib. Es tut mir leid, was ich gesagt habe. Es war der Schock. Ich …«

Sarahs Worte verklingen und Abi hebt den Kopf, um zu sehen, ob sie wieder weint.

Das Mitgefühl kehrt zurück. In diesem Moment, als sich ihre Blicke treffen, entsinnt sich Abi, dass sie Wochen brauchte, um die Wahrheit von Jhons Brief zu verarbeiten, um zu akzeptieren, dass alles, was sie über ihr Leben zu wissen glaubte, falsch war. Es ist jetzt über ein Jahr her, dass sie den Umschlag öffnete und feststellte, dass sich ihr Leben von nun an für immer verändern würde, und doch verfolgen Jhons Worte sie noch immer in ihren Träumen.

Ich bin nicht dein Vater.

Kann Abi es Sarah wirklich verübeln, dass sie sie nicht mit offenen Armen empfängt, weniger als eine Stunde nachdem sie einander kennengelernt haben?

»Ich bin froh, dass du hier bist.« Sarah nickt, als wollte sie sich selbst oder vielleicht auch den Rest der Familie überzeugen. »Und ich fände es gut, wenn du erst einmal bleiben würdest.«

Augenblicklich verändert sich die Atmosphäre im Raum. Die Spannungsblase zerplatzt. Abi holt tief Luft und atmet langsam aus, und die Angst hat sie nicht mehr so fest im Griff. Sie bleibt da, wo sie hingehört. Sie ist in Sicherheit.

Rebecca springt als Erste auf, schlingt die Arme um ihre Mutter und führt sie auf den Platz gegenüber von Abi. Michael füllt sein Glas auf und schenkt Sarah ein, während Daniel einen Teller mit Eintopf füllt und ihn seiner Mutter reicht.

»Die Probe heute war gut«, sagt Rebecca, als sie alle wieder Platz nehmen.

Sie blickt von Sarah zu Michael, und Abi glaubt, hinter dem strahlenden Lächeln, das Rebeccas Gesicht erhellt, eine Anspannung zu erkennen, über die auch ihr gelassener Tonfall nicht hinwegtäuschen kann.

»Ich spiele bei der Schulaufführung mit«, erklärt sie Abi, bevor sie in eine Welt der Schule und der Proben eintaucht, von der Abi nicht wusste, dass sie außerhalb von Fernsehsendungen existiert.

Abi liebt Rebecca für den Eifer, den sie an den Tag legt, die ausschweifenden Details, das lächelnde Gesicht. Sie tut alles, was sie kann, um die Stimmung zu lockern, aber Abi hört nur mit halbem Ohr zu. Zwei Worte aus Sarahs Entschuldigung spulen sich in Abis Kopf immer wieder ab, wie eine zerkratzte CD, die an derselben Stelle hängen bleibt. *Ich fände es gut, wenn du erst einmal bleiben würdest.*

Erst einmal.

Also ist sie erst einmal in Sicherheit.

Plötzlich scheint Sarahs Entschuldigung mit einer Warnung verknüpft zu sein. So aufrichtig sie auch klang, sie hat ihre Meinung über Abi nicht geändert.

»Wo bist du zur Schule gegangen?«, fragt Sarah, nachdem der letzte Rest des Essens aufgegessen ist.

Bilder der grauen Wände im Verhörraum der Polizei gehen Abi durch den Kopf, aber sie zwingt sich zu einem Lächeln. »Erst einmal gar nicht. Caroline hat mich zu Hause unterrichtet. Sie starb, als ich zwölf war. Danach bin ich dann zur Schule gegangen.«

Die Wahrheit fühlt sich gut an. Leicht. Selbst wenn es nur ein winziges Stückchen ist. Abi erwähnt nicht, dass es Jhon war, der ihr jedes Mal Unterricht gab, bevor er ging. Sie erzählt nicht von den endlosen Wochen, in denen Caroline reglos auf der Couch lag, sich einen dummen Actionfilm nach dem anderen ansah, leise weinte und vor sich hinmurmelte.

»Ist Homeschooling in Kolumbien üblich?« Sarahs nächste Frage dringt in Abis Gedanken ein, ebenso wie die übernächste und die darauf folgenden.

Abi malt sich die Geschichte in ihrem Kopf aus, das Parallelleben, das sie sich auf seine Weisung hin ausmalen sollte. Sie beantwortet jede von Sarahs Fragen, ohne zu zögern, ohne nach unten oder links zu schauen, so wie er es ihr beigebracht hat. »Wie hieß die Schule, auf die du mit zwölf Jahren gegangen bist? Hast du über ein College nachgedacht? Hast du viele Freunde zurückgelassen?«

Es ist Daniel, der Abi rettet. »Mum«, sagt er und wirft Abi einen Blick zu, der irgendwo zwischen einem Augenrollen und einem Grinsen liegt, das sie dazu bringt, ihn zu mögen, »genug mit dem Verhör.«

»Habe ich dich verhört?« Sarah zieht die Augenbrauen hoch und blickt erst Daniel und dann Michael an. Sie sieht verletzt aus. »Tut mir leid, das war nicht meine Absicht. Es gibt einfach so viel, was wir nicht wissen, ich …«

»Schon in Ordnung«, mischt sich Abi ein und erspart Sarah eine weitere Entschuldigung. »Das macht mir nichts aus. Ich habe auch eine Menge Fragen, aber ich bin ziemlich müde.« Sie schiebt ihren Stuhl zurück und steht auf. »Wenn es wirklich in Ordnung ist, dass ich hierbleibe, können wir vielleicht morgen weiterreden?«

Sarah nickt. »Natürlich.«

Abi erkennt, wie sich immer noch Fragen in ihrem Kopf formen, aber zumindest hört sie auf, sie zu äußern.

Rebecca springt neben Abi auf. »Ich zeige dir alles.«

»Danke, Rebecca«, sagt Sarah, und ihr Blick wird weicher, als sie ihre jüngste Tochter anlächelt. Sie richtet ihren Blick auf Abi, und die Wärme verschwindet, sodass Abi ein Schauer über den Rücken läuft. »Sag uns Bescheid, wenn du etwas brauchst«, fügt sie hinzu, als wäre Abi ein unerwarteter Gast – jemand, zu dem man höflich sein muss und sonst nichts.

Eine Wucht von Emotionen trifft Abi. Tränen trüben ihre Sicht. So sollte es nicht sein.

Ich bin dein Kind, will Abi schreien, tut es aber nicht. »Danke für das Essen. Es war köstlich.« Sie lächelt Michael an. »Wenn das die Art von Essen ist, die du kochst, Michael, dann kann ich es kaum erwarten, auch mal dein Essen zu probieren, Sarah.«

Michael lacht, ein lautes Brüllen, dem jeder Anflug von Humor fehlt.

»Habe ich etwas Komisches gesagt?« Abi wirft einen Blick auf Rebecca.

»Sarah kocht nicht«, antwortet Michael und leert den letzten Rest Wein aus seinem Glas.

»Oh.« Abi runzelt die Stirn. »Es ist nur, ich dachte, wegen der Kochsendung ...«

Rebecca legt den Arm um Abi und zieht sie weg. »Ich erkläre dir morgen alles. Komm schon – dein Zimmer liegt direkt neben meinem.«

Rebecca führt sie zurück in die Halle, wo Abi ihren Rucksack einsammelt, bevor sie ihr die geschwungene Treppe hinauf folgt. Ihre Turnschuhe sinken in den weichen roten Teppich, der in der Mitte der Treppe verläuft. Sie schaut auf Rebeccas weiße Socken mit dem schwarzen Nike-Zeichen und denkt an Ryans nackte Füße in der Küche. Sie fragt sich, ob sie ihre Turnschuhe hätte ausziehen sollen.

Niemand hat sie darum gebeten. Aber wann hätten sie das auch tun sollen? Kaum war sie durch die Haustür getreten, warf Sarah ihr Vorwürfe an den Kopf, dann deckten sie den Tisch und aßen, und jetzt das. Bei allem, was sonst so los ist, sollte es keine Rolle spielen, aber das tut es.

Abis Gesicht glüht, als sie um die Ecke der Treppe biegen und die erste Etage erreichen. Es gibt kein Handbuch dafür, wie man sich in den Häusern anderer Leute zu verhalten hat, denkt sie. Das Wissen wird vorausgesetzt, in der Kindheit gelernt, von den Eltern vermittelt, aber Abi saß immer in diesem schrecklichen Zimmer mit Caroline fest. Keine Spielkameraden, keine Freunde, keine Besuche im Park. Keine Zeit, all die kleinen Dinge über gesellschaftliche Verhaltensregeln zu lernen, die jeder außer ihr zu kennen scheint.

Das Obergeschoss des Hauses ist genauso prächtig wie das Erdgeschoss. Es gibt einen breiten Flur mit zwei Türen auf jeder Seite und einen weiteren Korridor am Ende, der nach rechts führt.

Rebecca zeigt erst nach links, dann nach rechts. »Mein Zimmer, dein Zimmer, das Badezimmer, Daniels Zimmer. Mum und Dad schlafen um die Ecke und dort …«, Rebeccas Stimme verstummt.

Sie hält inne und fängt wieder an, als ob nichts passiert wäre. »Sie haben ihr eigenes Bad, was echt unfair ist. Ich hasse es, das Bad mit Daniel zu teilen. Er haart so unheimlich.«

Ein unerwarteter Lachanfall entweicht Abis Mund und Rebecca lacht ebenfalls.

»Entschuldigung«, sagt sie und grinst. »Zu viele Informationen, oder? Hier, da schläfst du.«

Rebecca öffnet die zweite Tür links, die in ein großes Schlafzimmer führt, das vom warmen gelben Schein einer Lampe erhellt wird. In der Mitte des Raumes steht ein Doppelbett mit einer hellblauen Tagesdecke, demselben Farbton wie die Tapete, auf der sich zarte Wildblumen und grüne Ranken schlängeln, die Abi an die Zweifel von vorhin denken lassen.

»Wenn du etwas brauchst, einen Föhn oder so, bin ich direkt nebenan. Wir haben dir ein paar Handtücher und Toilettenartikel bereitgelegt. Morgen besorgen wir dir noch jede Menge anderen Kram. Ich hoffe, du gehst gerne shoppen.«

Rebecca winkt albern, grinst, verschwindet und schließt die Tür hinter sich. Abi lässt sich auf die weiche Matratze sinken und tritt gegen die Turnschuhe, die sie hasst und immer noch trägt.

In ihrem Kopf dreht sich alles, was geschehen ist, seit sie das Polizeirevier betreten hat. Sie fühlt sich irgendwie abgekoppelt davon, als wäre sie eine Zuschauerin, die von außen beobachtet. So wie er.

Alles ist nach Plan verlaufen. Die Polizei hat ihr geglaubt, nicht wahr? Sie ist in ihrem neuen Zuhause, oder nicht? Mit ihrer Familie. Und doch fühlt sich alles so falsch an. Abi öffnet den Reißverschluss ihres Rucksacks und holt ihr Handy heraus.

Er sagte, kein Kontakt. »Wir müssen sie in dem Glauben lassen, dass alles von dir ausgeht. Und das geht am einfachsten, wenn du es allein durchziehst.« Aber sie sehnt sich nach Beruhigung. Abi entsperrt den Bildschirm, ihre Finger schweben über dem Nachrichtensymbol. Soll sie ihm eine SMS schreiben?

Bevor Abi sich entscheiden kann, öffnet sich ihre Schlafzimmertür. Sie springt auf, ihr Herz klopft in ihrer Brust, während sie versucht, das Telefon in ihrer Handfläche zu verbergen.

»Klopf, klopf«, sagt Michael von der Tür aus. Er schwankt ein wenig und umklammert den Türgriff. »Ich wollte nur sehen, ob du alles hast, was du brauchst.«

»Habe ich. Danke, Michael.«

Er starrt sie einen Moment lang an, die Augen glasig. Emotionen? Alkohol? Beides, vermutet Abi.

»Du kannst mich Dad nennen, weißt du. Wenn du willst.«

»Ich weiß. Das ist noch neu für mich.«

Abi starrt den Mann im Türrahmen an. Sie hat viel Zeit damit verbracht, sich die Begegnung mit ihnen vorzustellen. Manchmal war es vor ihrem geistigen Auge emotional – sie weinte und die anderen weinten. Andere Male war es fröhlicher, mit Lachen und Feiern. Obwohl es heute Abend Tränen und Lachen gab, kamen auch Spannungen und Konfrontationen auf. Nichts von alledem hatte sie sich in den einsamen Nächten in der Wohnung vorstellen können, nachdem sie Jhons Brief geöffnet hatte.

Tränen tropfen aus Michaels Augen und bleiben auf der weichen Haut unter den Augen hängen. Sie senkt den Blick, unsicher, wohin sie schauen oder wie sie auf seine Gefühle reagieren soll.

»Ich werde es versuchen ... Dad«, fügt sie hinzu, mehr um die Stille zu überbrücken als alles andere.

Michael lächelt und tritt vor, schlingt die Arme um sie und legt seinen Kopf auf den ihren. Der Geruch von Wein und Zwiebeln steigt ihr in die Nase, darunter liegt ein vertrautes Parfüm, das sie nicht zuordnen kann.

Er schnieft. »Es tut mir so leid. Du musst mich für ein absolutes Wrack halten. Es ist einfach so überwältigend. Dass du nach all der Zeit wieder zu Hause bist, Abigail.«

Abi verkrampft sich bei dem Namen. Es ist das erste Mal, dass ihn jemand benutzt, seit sie in diesem Haus ist. Sogar Rebecca mit all ihrer Freundlichkeit hat sich an Abi gehalten.

Sie fragt sich, wie viel von dem, was er ausspricht, auf den Wein zurückzuführen ist. Eine Menge, schätzt sie.

»Schon in Ordnung«, sagt sie, die Stimme an seiner Brust gedämpft. »Das verstehe ich.«

»Mach dir keine Sorgen wegen Sarah – sie wird schon wieder zu sich kommen.« Seine Stimme ist leise, die Worte schnell, dann tritt er zurück und schaut ihr ins Gesicht. »Ich freue mich, dass du wieder zu Hause bist«, fügt er hinzu, wieder mit normaler Stimme.

»Michael«, ertönt Sarahs Stimme aus dem Flur. »Lass sie sich ausruhen und komm ins Bett.«

»Ja, richtig, natürlich. Also, gute Nacht, Abigail.«

»Gute Nacht«, sagt sie, folgt ihm zur Tür und schließt sie, bevor Sarah eine weitere Fragerunde beginnt – oder schlimmer noch, das Telefon in ihrer Hand entdeckt und wissen will, wem sie eine Nachricht schickt.

Abi bleibt eine Minute lang an der Tür stehen und lauscht auf Bewegungen. Der Lichtschimmer unter ihrer Tür verschwindet und sie hört, wie sich weiter unten im Flur eine Tür schließt. Ein paar Minuten vergehen, in der Ferne hört sie das Geräusch von fließendem Wasser und einer Toilette, und dann wird es still im Haus.

Sie zieht sich ihr Ersatz-T-Shirt an und hebt die seidige Bettdecke an, wodurch der Geruch von blumigem Waschpulver in die Luft steigt. Die Bettdecke ist schwer, liegt wie ein riesiges Federkissen auf ihrem Körper. Abi schaltet die Nachttischlampe aus und taucht den Raum in Dunkelheit.

Sie holt das Handy hervor und entsperrt den Bildschirm noch einmal. Was würde er sagen, wenn sie ihn jetzt anrufen würde? Würde er abnehmen?

Bevor sie eine Entscheidung treffen kann, vibriert das Telefon in ihrer Hand. Natürlich ist er es. Er ist der Einzige, der ihre Nummer hat. Drei Nachrichten erscheinen in schneller Folge.

Halte dich an den Plan.

Kümmere dich um nichts anderes.

Lösch diese Nachrichten! Nicht antworten!!!!!

Ein Gewicht setzt sich in Abis Brust fest. Es ist nicht gerade die Bestätigung, nach der sie sich gesehnt hat, aber sie tut, was er ihr sagt, und löscht die Nachrichten, bevor sie ihr Telefon ausschaltet und es so weit unter die Matratze schiebt, wie ihre Hand reicht.

Sie legt sich auf das Kissen und schließt die Augen, erschöpft und doch wach. Sie muss sich ausruhen. Der heutige Tag mag ihr jedes Quäntchen Energie geraubt haben, aber das ist nichts im Vergleich zu dem, was er ihr für morgen prophezeit hat.

SECHZEHN

ABI

Damals

»Bitte, bitte, bitte, Jhon, geh nicht wieder.«

»Abelia, ich muss gehen.« Er lächelte, wobei sich die Haut um seine dunklen Augen runzelte.

»Warum? Du kommst doch nur zweimal im Monat. Wo gehst du hin, wenn du nicht hier bist?«

»Ich liebe dich sehr«, sagte er und ignorierte ihre Frage. »Aber es gibt noch andere Menschen, die sich auf mich verlassen.«

Tränen liefen ihr über das Gesicht. Sie trat an ihn heran und schlang die Arme um Jhons Bein. Ihre Fäuste krallten sich in den groben Stoff seiner Hose. »Mama hat mich nicht lieb«, schluchzte sie und rieb ihre Nase an seinem Bein.

Jhon hockte sich auf den Fußboden im Schlafzimmer und nahm sie in seine Arme. Er drückte ihr Gesicht an seins, sodass sein dichter Bart an ihrer Wange kratzte. »Sie ist krank, Abelia. Sie kann es nicht steuern.«

»Doch, Papa, das kann sie. Es ist immer schlimmer, wenn

du nicht da bist. Wirklich, viel schlimmer. Sie kümmert sich nicht um mich.«

»Ich rede mit ihr. Ich sage ihr, dass sie sich mehr anstrengen soll. Aber schau mal auf die Uhr da drüben. Wie viel Uhr ist es?«

Abelia wischte sich die Augen trocken und starrte auf die kleine runde Uhr, die auf ihrem Nachttisch stand. »Der große Zeiger steht auf sechs und der kleine Zeiger auf neun. Es ist halb zehn.«

»Und wann musst du ins Bett?«

»Um halb acht.«

»Also dann.« Jhon stand auf, trug sie mit Leichtigkeit und setzte sie sanft aufs Bett in der Ecke des Schlafzimmers, das sie mit ihrer Mutter teilte. »Geh jetzt schlafen. Ich habe genug Schularbeiten für dich. Für zwei Wochen.«

Abelia warf einen Blick auf den Stapel Papiere auf dem Fußboden. Es würde weniger als drei Tage dauern, bis sie fertig war.

»Denk auch an deine spanischen Märchenbücher«, sagte er und strich ihr das Haar aus dem Gesicht.

»Mach ich.«

»*Escúchalos todas las noches.*«

Sie nickte wieder, der Schlaf zerrte an den Rändern ihres Geistes, egal wie sehr sie dagegen ankämpfte.

»Was habe ich gesagt?«, fragte er mit einem Augenzwinkern.

»Ich soll sie mir jeden Abend anhören.«

»Gutes Mädchen. Und jetzt schlaf.«

Er beugte sich vor und küsste sie auf die Stirn. »Sei lieb zu deiner Mutter.«

Erneut rannen Tränen aus ihren Augen, aber sie nickte noch einmal, bevor sie sich zur Wand drehte.

»Abelia?«, sagte er von der Tür aus. »Die Welt ist ein gefährlicher Ort für ein kleines Mädchen. Deshalb musst du in dieser Wohnung bleiben. Deshalb darfst du niemals hinausgehen.«

Abelia lutschte an einer Haarsträhne und schloss die Augen. Sie stellte sich vor, morgens aufzuwachen, wenn es nach Frühstück roch und ihre Mutter sang. Es war eine Fantasie. Am Morgen würde Jhon weg sein, und ihre Mutter würde wieder in ihrer Traurigkeit versinken, und Abelia würde ganz allein sein. Aber ihre Vorstellungen halfen ihr beim Einschlafen und hielten die Albträume in Schach.

SIEBZEHN

SARAH

Freitag, 22 Uhr

Wut legt sich über mich, dick wie die ungewohnte Bettdecke. Da hilft es auch nicht, dass Michael wieder neben mir liegt.

Seit fünf Jahre schlafen wir getrennt. Fünf Jahre, in denen ich mir geschworen habe, nie wieder das Bett mit ihm zu teilen.

Mein Herz pocht, der Zorn auf das Mädchen verstärkt die Erinnerung an die Gefühle, die ich auch damals hatte. Fünf Jahre sind vergangen, aber ich erinnere mich noch immer an den Topf mit der Gesichtscreme in meiner Hand und an den Wunsch, ihn zu werfen. Aber ich tat es nicht. Sie war viel zu teuer, als dass ich sie für meine Wut auf Michael hätte verschwenden können.

»Wie kannst du dich immer noch an die Stiftung klammern, nachdem du uns alle durch den Dreck gezogen hast?«, zischte ich.

Der Skandal lag nun schon eine Woche zurück und die Zeitungen wurden immer einfallsreicher mit ihren Schlagzeilen. Die heutige Schlagzeile lautete *MICHAEL *ICK* und hatte den Skandal um Michaels Flugreisen und die Verwendung seiner Wohltätigkeitsgelder für die Bezahlung von Hotelzimmern weiter angeheizt. Ich hatte schon vor Tagen aufgehört, Zeitung zu lesen, aber diese hier hatte ich zu Gesicht bekommen. Eines der Kinder in Rebeccas Klasse hatte sie ihr gegeben. Ein grausamer Scherz von einem Zehnjährigen und, wie ich vermutete, von dessen Eltern.

»Es ist wichtig«, schnauzte Michael und fuhr sich mit den Fingern durch die Haare, einmal, zweimal, dreimal, bis sie büschelweise zu Berge standen. »Es hilft den Familien, und es hilft mir, wenn ich ihnen helfen kann. Ich werde das alles nicht wegen eines dummen Fehlers aufgeben.«

»Ein dummer Fehler?« Ich stieß ein kehliges Geräusch aus, irgendetwas zwischen Hohn und Lachen. Es war nicht lustig. Nichts davon. »So nennen wir Veruntreuung jetzt also? Du hast Abigails …« Meine Stimme stockte. »Du hast auch ihren Namen in den Dreck gezogen. Verstehst du das? Du musst die Stiftung aufgeben, Michael. Um Rebeccas und Daniels willen. Die Presse und die Wohltätigkeitskommission werden nicht aufhören, dich ins Visier zu nehmen, bis du den Vorsitz abgibst. Lass sie von einer der größeren Wohltätigkeitsorganisationen übernehmen. Wenn dir Abigails Stiftung und das, wofür sie steht, wirklich am Herzen liegt, dann solltest du das tun.«

»Ich wurde vom Vorwurf der Veruntreuung freigesprochen, Sarah. Das weißt du doch. Es war ein Buchhaltungsfehler, das ist alles. Ein Fehler.«

»Du hast deine Mittagessen mit all diesen verzweifelten Frauen über die Stiftung abgerechnet. Die Leute sind nicht gelaufen, gerannt, geschwommen oder wie auch immer sie sonst Spendengelder gesammelt haben, weil sie dir ein verdammtes Mittagessen im The Ivy spendieren wollten.«

»Ich habe Kontakte mit größeren Investoren geknüpft. Alle Stiftungen tun das. Keine Wohltätigkeitsorganisation überlebt allein vom Waffelverkaufen.«

Er ließ sich auf die Kante des Bettes fallen und rieb sich die

Stirn. »Du kannst dir das wahrscheinlich nur schwer vorstellen, aber nicht alle Menschen handeln so wie du, Sarah. Nicht alle von uns wachen eines Morgens auf und beschließen, einfach weiterzumachen. Die Frauen, von denen du sprichst, brauchten Unterstützung, und ich habe sie ihnen gegeben. Den Familien von Vermissten zu helfen ist ein wichtiger Teil der Stiftungsarbeit. Und nur allein das habe ich getan.«

Ich biss die Zähne zusammen und ignorierte die Stichelei und seinen Versuch, das, was er getan hatte, auf mich zu beziehen. Auf Abigail. Auf alles, was nichts damit zu tun hatte, davon abzulenken, dass er ein selbstsüchtiger, dummer Mistkerl war. »Sie sind nicht wie wir.«

»Doch, das sind sie.«

»Ich habe alles darüber in den Zeitungen gelesen, Michael. Das sind britische Frauen, die Männer aus anderen Ländern geheiratet haben und dann überrascht waren, als die Ehe in die Brüche ging und ihre Ehemänner die Kinder mit in ihr Herkunftsland nahmen. Ja, das ist tragisch und muss sehr, sehr schwer für sie sein, aber es ist nicht dasselbe wie das, was wir durchgemacht haben.«

»Sie haben trotzdem ihre Kinder verloren.«

»Und die Rechnung für das Hotelzimmer?« Die Worte waren raus, bevor ich sie stoppen konnte. Ich hasste es, dass ich mich so sehr sorgte, so verletzt war.

»Argh«, schrie er und warf die Arme wild in die Luft. »Wie oft soll ich das noch wiederholen? Ich habe dem Hotel gesagt, dass es mein Privatkonto belasten soll, aber das haben sie nicht getan, und dummerweise habe ich das nicht überprüft.«

»Ein Buchungsfehler. Der Grund, warum du meiner Karriere fast den Todesstoß versetzt und deine Kinder in den Mittelpunkt eines medialen Shitstorms gezerrt hast, ist, dass du die Hotelrechnung nicht überprüft hast, nachdem du irgendeine Frau gevögelt hattest.«

»Du bist doch diejenige, die sie zwingt, zur Schule zu

gehen. Lass sie doch eine Weile zu Hause bleiben«, zischte er zurück.

»Und was würde das bringen? Sich im Haus zu verstecken wird sie auch nicht schützen, nicht nachdem dieser Typ heute an unsere Tür geklopft hat.«

»Das ist unglücklich gelaufen«, sagte Michael.

»Unglücklich? Ich dachte, er würde uns beide umbringen.« Der Mann hörte nicht auf, davon zu faseln, dass seine Frau ihn verlassen habe und dass es unsere Schuld sei, dass er nichts mehr habe. »Weiß Gott, wie er darauf kam, mir die Schuld für deine Affäre mit seiner Frau in die Schuhe zu schieben. Zum Glück waren die Kinder nicht zu Hause.«

»Komm schon, Sarah. Ich nehme die Schuld für die Affäre gerne auf mich, aber was dieser Mann getan hat, kannst du mir nicht anlasten. Die Polizei hat mit ihm gesprochen und sie glauben nicht, dass er zurückkommt. Und tu bitte nicht so überheblich. Vergessen wir nicht, dass du in den Wochen nach Abigails Entführung …«

»*Wage* es nicht, den Kuss mit Ryan zu erwähnen«, grätschte ich dazwischen und versuchte, meine Stimme nicht zu dem Schrei ansteigen zu lassen, den ich eigentlich hinausbrüllen wollte. »Das war ein dummer Sekundenbruchteil, von dem ich dir sofort erzählt habe und der sich nie wiederholt hat.«

»Es tut mir leid«, flüsterte er. »Ich weiß, was ich getan habe, ist nicht dasselbe. Das war unfair.«

Meine Frustration verflüchtigte sich. Was war der Sinn dieses Streits? Was wollte ich damit erreichen? Die Antwort war: nichts. Es gab nichts, was Michael sagen konnte, was ich nicht schon wusste – worüber ich nicht schon in jeder britischen Boulevardzeitung gelesen hatte. Genauso wie es keine Worte gab, die ich ihm in meiner Wut an den Kopf werfen konnte, die irgendetwas an dem Ergebnis ändern würden.

Ich hatte die Augen davor verschlossen – die Abendessen, die erst um Mitternacht endeten. Die Übernachtungen in

London für irgendwelche frühen Meetings. Seine Affäre – oder seine Affären, wie sich herausstellte – nahm ich eine Zeit lang nur am Rande wahr, aber damit gab ich mich zufrieden. Michael brauchte es, gewollt, geschätzt und geliebt zu werden. Ich hatte ihm lange Zeit nichts von alledem gegeben. Eine Weile war er zu sehr damit beschäftigt gewesen, Abigail zu finden, als dass er sich um seine körperlichen Bedürfnisse gekümmert hätte, aber selbst er musste damit aufhören, als die wilden Verfolgungsjagden abebbten.

»Was machen wir jetzt?« Michaels Stimme wurde durch die Hände, die sein Gesicht bedeckten, gedämpft.

»Ich verlasse dich«, sagte ich. »Nein, eigentlich bist *du* derjenige, der gehen sollte.« Ich trat an den Kleiderschrank und riss die Türen auf, packte Michaels Hemden und warf sie auf den Boden. »Pack deine Sachen und verschwinde.«

»Sarah.« Michaels Stimme war voll von Emotionen. »Bitte. Was ist mit den Kindern? Sie haben schon so viel durchgemacht.«

»Und wessen Schuld ist das?«

»Ich weiß, schon klar. Ich weiß, was ich getan habe. Aber Daniels Abschlussprüfungen stehen bevor. Er wird sie sowieso schon schwer genug finden. Wir können unsere Ehe jetzt nicht beenden. Du willst doch nicht, dass er dadurch sein ganzes Leben verpfuscht, oder?«

Ich zögerte und hasste Michael dafür, dass er die Kinder jetzt vorschob. Ich setzte mich auf die Ecke des Bettes, biss die Zähne zusammen und unterdrückte meine Wut. »Gut. Dann bleib hier. Aber sobald er seine Prüfungen hinter sich hat, ist es aus.«

Michael nickte. »Danke.«

»Und glaub ja nicht, dass das hier noch eine Ehe ist. Es ist ... es ist nichts. Es ist eine Abmachung. Wir leben zusammen in diesem Haus und tun, was das Beste für die Kinder ist. Und das wars. Ich werde nie wieder neben dir schlafen.«

»Ich ziehe ins Gästezimmer«, sagte er.

»Nein. Das tu ich. Es liegt näher an den Zimmern der Kinder.«

Daniel lernte viel und bekam gute Zensuren. Seine Lese-Rechtschreibschwäche machte es ihm schwerer, aber er gab nicht auf. Die Jahre vergingen, und oft rief ich mir ins Gedächtnis, Michael an unsere Abmachung zu erinnern, dass er gehen solle, aber dann kam Rebecca in die Oberstufe und Daniel ins College, und selbst ich konnte erkennen, wie wichtig Stabilität für unsere Familie war. Und um Michael gegenüber fair zu sein, er stürzte sich in das Leben eines Hausmannes. Putzen, Kochen, Taxidienste. All die alltäglichen Arbeiten, die ich hasste.

Ich habe immer noch vor, ihm irgendwann zu sagen, dass er ausziehen soll. Ich stelle mir eine Zeit vor, in der Daniel eine eigene Wohnung hat und Rebecca die Universität besucht, und ich irgendwo ein kleines Haus finde. Drei, vier Zimmer für mich und Barley. Ich bin mir nicht sicher, wie viel Daniel und Rebecca von unserer Scheinehe mitbekommen. Ich bin sicher, Daniel ist alt genug, um die Wahrheit zu erkennen. Wenn er etwas ahnt, sagt er nichts – eine über uns schwebende verdunkelnde Wolke, die wir alle ignorieren. Rebecca ist unendlich optimistisch und zu lieb, um die Tatsachen wahrzunehmen, vermute ich. Oder vielleicht bin ich diejenige, die zu optimistisch ist, wenn es darum geht, wie viel Rebecca mitbekommt.

Jetzt holt Michael neben mir Luft, als wolle er etwas sagen, und atmet dann wortlos aus. Eins, zwei, drei, vier, fünf Mal macht er das – dann spricht er. »Geht es dir gut?«

Eine selten dämliche Frage. »Eigentlich nicht.«

»Es könnte wirklich sie sein …«

»Lass es«, sage ich.

»Kannst du nicht einfach versuchen, ihr eine Chance zu geben, Sarah? Um mehr bitte ich dich doch gar nicht.«

»Ich gebe ihr eine Chance. Sie ist doch noch hier, oder?«

»Ich meine nur … Ich weiß, dass du Vorbehalte hast, aber wenn du dich nur eine Minute lang beruhigen könntest …«

»Ach was, und du bist dir auf einmal so sicher, dass dieses Mädchen jetzt unsere Tochter ist?« Ich halte erneut inne. »Was ist mit dem Plan, auf den DNA-Test zu warten?«

Wieder ein Ausatmen. »Ich fange an, zu glauben, dass sie es sein könnte. Sie kommt mir so vertraut vor. Es ist weniger etwas, das ich sehe, sondern etwas, das ich fühle.«

»Du bist betrunken«, antworte ich.

»Das ist nicht fair.«

»Ich versuche nicht, gemein zu sein«, sage ich in die Dunkelheit. »Ich weiß, was ihr alle denkt. Dass ich herzlos bin, weil ich dieses Mädchen nicht so willkommen geheißen habe wie ihr, aber ich versuche, realistisch zu sein. Wie werdet ihr euch fühlen – wie werden Daniel und Rebecca sich fühlen –, wenn die DNA-Ergebnisse feststehen und sich herausstellt, dass sie nicht Abigail ist? Was dann? Davon werden wir uns nie wieder erholen.«

Michael verstummt neben mir. Ich kann sein Gesicht nicht sehen, aber ich spüre, wie sich die Rädchen in seinem Kopf drehen. »Warum überhaupt einen DNA-Test machen? Warum akzeptieren wir nicht einfach, dass sie Abigail *ist*?«

»Michael«, stöhne ich und schaffe es nicht, mir meinen Frust nicht anhören zu lassen. »Das kann doch nicht dein Ernst sein. Eine wildfremde Person will in unserem Haus wohnen und zu unserer Familie gehören und du willst ihr einfach glauben?«

»Gut, du hast ja recht.« Er passt sich meinem Tonfall an. »Mach den DNA-Test, wenn es dir so viel bedeutet, aber vergiss nicht, dass sie die Narbe hat, Sarah.«

Die Narbe. Es läuft immer wieder auf diese Windpockennarbe hinaus. Ryan hat auf dem Spaziergang das Gleiche gesagt. Abigail hatte Windpocken, als sie zwei Jahre alt war, und das hinterließ eine kreisförmige weiße Einbuchtung auf ihrer

Brust – das weiß ich. Die Polizei in London hat bestätigt, dass die Person, die in meinem Gästezimmer schläft, eine Narbe auf der Brust hat. Für Michael, Ryan, die Polizei und vielleicht auch für das Mädchen ist sie damit Abigail. Warum bin ich die Einzige, die ihren Denkfehler erkennt?

Mein Kopf und mein Herz toben, als ich die Möglichkeit in Betracht ziehe, dass ich falschliege.

Abigail ist tot. Ich wiederhole die Worte in meinem Kopf wieder und wieder und fange dann erneut an zu zählen. Eins … zwei … drei … vier … Ich bin mir nicht mehr sicher, was ich zähle, aber es hilft mir, die Fragen zu verdrängen, die ich nicht stellen, geschweige denn beantworten will. Ein Teil meines Verstandes zählt und gibt den anderen Teil zum Denken frei. Nicht nur denken, sondern analysieren.

»Michael«, sage ich, »hat einer der Privatdetektive, die du angeheuert hast, jemals die Vermutung geäußert, dass Abigail in Südamerika sein könnte?«

»Nein.« Er schweigt einen Moment. »Aber das heißt nicht, dass es nicht möglich wäre. Einer der Privatdetektive – das war ganz am Anfang, vielleicht ein Jahr nach der Tat – dachte, dass der Mann, der Abigail entführt hatte, in den Docks von Felixstowe an Bord eines Frachtschiffes gegangen sein könnte. Die Polizei ging auch eine Zeit lang von dieser Annahme aus. Diese großen Schiffe fahren in die ganze Welt, auch nach Kolumbien. Warum interessierst du dich plötzlich so sehr dafür?«

»Ich versuche zu verstehen …« Um es dir dann begreiflich zu machen. »Kommt es dir nicht seltsam vor, dass dieses Mädchen jetzt hier aufkreuzt, fast auf den Tag genau vierzehn Jahre, nachdem Abigail entführt wurde?«

»Es ist so, wie Sergeant Howard gesagt hat«, erwidert Michael. »Die Leute, die sie großgezogen haben, sind tot. Sie hat einen Brief gefunden. Was macht es für einen Unterschied, ob es kurz vor dem Jahrestag ist oder nicht?«

»Ich finde es nur seltsam, das ist alles.«

»Ich dachte, du wolltest nichts davon wissen«, sagt er.

Ich schüttle den Kopf. »Das wollte ich auch nicht. Aber du hast doch alle Berichte aufbewahrt, oder?«, frage ich und denke an die Reihe roter Aktenordner, die Michael in einem Aktenschrank in seinem Arbeitszimmer eingeschlossen hat. Alle Spuren, die Michael verfolgt hat, jede Ermittlung von jedem Privatdetektiv, den er beauftragt hat. Auf den Ordnern steht mit schwarzem Filzstift in Michaels verschlungener Handschrift die jeweilige Jahreszahl. Der Ordner 2009, das Jahr, in dem Abigail entführt wurde, ist dicker als die anderen und vollgestopft mit Unterlagen und Zeitungsberichten, die oben wahllos herausragen. Die anderen Ordner sind schmaler, wie die, in denen Rebecca ihre Schulessays abheftet, und es gibt kein äußerliches Anzeichen dafür, was oder wie viel sie enthalten. Ich habe die Ordner nie aufgeschlagen, um nachzusehen.

»Ja, natürlich, aber ich bezweifle, dass das irgendetwas bringt. Es gab nie irgendwelche eindeutigen Hinweise.«

»Bist du sicher, dass nichts dabei ist, was uns etwas über das Mädchen in unserem Haus sagen könnte?«

»Um Himmels willen, Sarah. Hör auf, sie *das Mädchen* zu nennen. Ihr Name ist Abelia oder vielleicht sogar Abigail. Jedenfalls hat sie sich als Abi vorgestellt. Du könntest ihr ruhig einen Vertrauensvorschuss geben. Im Zweifel für den Angeklagten und so.«

Er dreht sich von mir weg und klatscht seinen Kopf ins Kissen.

Der Frust schüttelt mich durch wie eine Stoffpuppe.

»Du tust es schon wieder – du tust so, als hätte ich unrecht«, sage ich und senke meine Stimme auf ein Flüstern. »Wir können uns nicht sicher sein. Wir wissen gar nichts. Morgen werde ich mich mit ihr zusammensetzen, ohne Rebecca und Daniel. Ich werde sie bitten, mir zu sagen, was sie der Polizei erzählt hat. Wenn sie Fragen hat, die sie uns stellen will, werde ich sie auch beantworten. Es ist nichts Falsches daran, ein paar Antworten zu wollen, und ich würde es begrüßen, wenn du aufhören würdest, mich hier als den Bösewicht hinzustellen.«

»Na schön«, sagt er. Auch die Bettdecke kann seinen messerscharfen Tonfall nicht komplett ersticken. »Aber ich will auch dabei sein.«

»Gut – dann machen wir es zusammen.«

»Schön.« Michael zieht die Bettdecke hoch, sodass sie seinen halben Kopf bedeckt. Ende der Diskussion.

Der Frust staut sich weiter auf und wütet wie ein Sturm in mir. Es gibt so viel mehr zu sagen, zu besprechen, aber Michael und ich sind nicht mehr das Team, das wir einmal waren. Vielleicht hat er auch recht. Sie »das Mädchen« zu nennen, hilft niemandem. *Abelia*. Ich sage im Stillen ihren Namen.

Michaels Stimme hallt in meinem Kopf wider. »Ich dachte, du wolltest nichts davon wissen.« Da liegt er falsch. Natürlich will ich es wissen. Nichts wünsche ich mir mehr, als zu wissen, was mit Abigail passiert ist, und sie wieder bei uns zu haben.

Ich erinnere mich an das höfliche Klopfen an der weißen Tür des Ferienhauses. An die Verzweiflung beim Warten auf Neuigkeiten, die in mir wütete und tobte. Ich erinnere mich, wie ich die Fingernägel in meine Handflächen grub, bis es wehtat, nur um meine Hände davon abzuhalten, den Detectives an die Gurgel zu gehen, damit sie mit dem höflichen *Wie geht es Ihnen?* und *Wie Sie wissen* ... aufhörten und mir einfach nur berichteten, was sie herausgefunden hatten. Wie immer nichts. Die Polizei fand nichts heraus.

Michael liegt falsch. Ich wollte es wissen.

Eine andere Erinnerung geht mir durch den Kopf. Sie ist so stark, dass ich den chemischen Geruch des Teppichgeschäfts noch in der Nase habe, und ich werde in die Vergangenheit zurückversetzt, in das leere Zimmer neben diesem hier, mit seinem neuen, rubinroten Teppich, das niemand mehr betritt.

ACHTZEHN

SARAH

Damals

Das Licht dringt durch die dünnen roten Vorhänge und tut in meinen Augen weh. Ich blinzle und stelle mit einem mulmigen Gefühl fest, dass ich geschlafen habe. Es gibt keinen Moment des Vergessens, keine Empfindung in den ersten wachen Sekunden, dass alles so ist, wie es sein sollte. Das Wissen ist da, es schwebt über mir wie eine Bestie. Mein kleines Mädchen ist fort. Ich prüfe die Zeit. Die Rechnung geht auf. Dreiundsiebzig Tage und zweiundzwanzig Stunden, seit Abigail entführt wurde.

Was für eine Mutter bin ich, wenn ich schlafen kann, während mein kleines Mädchen da draußen ist und nach ihrer Mum schreit?

Die Fragen überschlagen sich und verstärken meine Übelkeit.

Wo bist du, mein kleiner Schatz?

Bei wem bist du?

Hast du Albträume?

Hast du Hunger? Durst?

Es gibt keine Antworten.

Abigail ist spurlos verschwunden. Kein einziges Zeichen, keine Spur, kein Hinweis auf den Verbleib meines kleinen Mädchens – nicht seit der Frau, die sich bei der Notrufnummer gemeldet hat, weil ihr Bauchgefühl ihr dazu riet. Ein Alarm in ihrem Kopf, der sie darauf hinwies, dass mit dem dunkelhaarigen Mann, der eine tief ins Gesicht gezogene Baseballkappe trug und ein kleines Mädchen in einem Buggy mit ausgefahrenem Sonnenschutz in Richtung der Personenfähre am Hafen von Felixstowe schob, etwas nicht stimmte.

Seit den körnigen Aufnahmen der Überwachungskamera des Fish-and-Chips-Imbisses, auf denen ein Boot über die Wellen glitt und zwei dünne Beine in einem Kinderwagen zu sehen waren, gab es keine einzige Spur mehr. Dünne Beinchen, zu lang für einen Kinderwagen. Wohin hat er sie gebracht? Was hat er mit ihr gemacht? Übelkeit brennt in meiner Kehle.

Ich wende das Gesicht vom Tageslicht ab und spüre den Teppich, der weich wie ein Teddyfell ist, an meiner Wange. Er ist brandneu, verlegt am Tag, bevor wir in den Urlaub fuhren. Auf einer Seite stapeln sich Kisten mit Möbeln. Ein Bett, ein Kleiderschrank, ein kleiner Schminktisch, den Abigail sich so sehr gewünscht hat, damit sie sein kann wie ihre Mami in ihrem Erwachsenen-Zimmer und sie nicht mehr mit Daniel zusammen in einem Stockbett schlafen muss.

Irgendwo unter mir höre ich Rebeccas Brabbeln. Das Geräusch zerrt an den zerbrochenen Teilen meines Herzens. Rebecca und Daniel zu vermissen verstärkt den Schmerz noch, aber ich bin nicht in der Lage, ihnen zu begegnen. Ich warte, bis der Himmel schwarz und das Haus still ist, dann schleiche ich mich in ihre Zimmer und küsse sie auf die Stirn, so wie ich es jede Nacht in ihrem Leben getan habe.

Es klopft an der Tür.

»Sarah, bist du wach?«, fragt Michael.

Ich nicke und sehe ihn an. Sein Gesicht unter dem stoppeligen Bart ist blass. Seine Lippen sind rissig und wund, sein Haar unordentlich und ungekämmt. Das erinnert mich daran, dass wir beide diesen Albtraum durchleben. Ich möchte die Hand nach ihm ausstrecken, tu es aber nicht.

Ich bemerke das Tablett in seinen Händen. Er geht in die Hocke und schiebt es näher heran. Darauf stehen ein großes Glas Wasser und ein Teller mit einem Sandwich. Der fleischige Geruch des Schinkens steigt mir in die Nase und schlägt mir auf den Magen. Ich kann mich nicht erinnern, wann ich das letzte Mal etwas gegessen habe, aber ich bin nicht hungrig. Wie kann ich essen, wenn mein kleines Mädchen vielleicht hungrig ist?

»Willst du noch etwas?«, fragt er, wie jeden Tag.

Ich schüttle den Kopf.

»Mrs Dillinger von nebenan ist da. Sie hat angeboten, mit den Kindern in den Park zu gehen. Langsam drehen sie durch, sogar Rebecca ist gereizt. Ich dachte, etwas Normales zu tun, weg vom Haus, könnte helfen. Ich dachte, es könnte auch Daniel zum Reden bringen. Bist du einverstanden?«

Ich nicke und versuche, nicht an Daniel und Rebecca und an all die lauernden Gefahren zu denken, sobald sie das Haus verlassen. Die Autos, die Straße, Fremde, die sie mitnehmen könnten. Mir steigen Tränen in die Augen und ich verdränge die Gedanken. Mrs Dillinger ist eine pensionierte Lehrerin und Großmutter. Sie war immer so nett zu den Kindern; ich weiß, dass sie sich gut um sie kümmern wird.

So wie du es nicht getan hast. Die Stimme in meinem Kopf ist eine zischende Anschuldigung, die mir den Atem aus der Lunge stößt.

»Die Vikarin kam heute Morgen vorbei«, fährt Michael fort. »Ich habe ihr gesagt, dass du nicht gestört werden willst, aber sie hat ihre Karte hiergelassen, falls du reden willst. Sie wird im Gottesdienst für Abigail beten.« Er steht auf und geht zurück zur Tür. »Ich komme später wieder.«

Er zieht die Tür langsam hinter sich zu und nimmt den größten Teil des Lichts mit sich. Die Frage purzelt mir aus dem Mund, bevor ich mir überhaupt bewusst bin, dass ich sie gedacht habe. »Spricht Daniel immer noch nicht?«, frage ich und richte mich auf, um zu sitzen. Der Raum dreht sich und ein Hammer schlägt mir auf die Schädeldecke.

Michael schüttelt den Kopf. »Nein. Er hat kein einziges Wort mit mir geredet. Ich habe versucht, ihn dazu zu bringen, stattdessen etwas zu schreiben, aber auch das hat nicht funktioniert. Er kommt schon klar. Er braucht nur mehr Zeit.«

Die Tür schließt sich und ich tauche wieder in die Dunkelheit ein. Ich schiebe das Tablett weiter weg und lege den Kopf zurück auf den Teppich.

Am Anfang habe ich es nicht bemerkt – keiner von uns hat es bemerkt. In diesen ersten Tagen war so viel los, und Daniel war schon immer ein ruhiges Kind. Dann kam der Schock, wir ahnten es. Ich erinnere mich an ein geflüstertes Gespräch mit Michael und Ryan in der Küche, wobei Michael hin und her lief, als würde ich ihn gegen seinen Willen festhalten und ihn davon abhalten, Gott weiß wen noch anzurufen.

»Daniel spricht nicht mehr«, sagte ich. »Ich glaube, er hat kein Wort mehr gesagt seit ...« Ich konnte den Satz nicht beenden.

»Er hat Angst«, antwortete Michael. »Er steht unter Schock. Er ist alt genug, um zu verstehen, was passiert ist, nicht wahr? Gib ihm Zeit. Er wird sprechen, wenn er etwas unbedingt will«, fügte er hinzu.

Aber es sind dreiundsiebzig Tage vergangen, wir sind jetzt zu Hause und Daniel ist wieder in der Schule, und er hat immer noch kein einziges Wort gesagt.

Das Geräusch der zuschlagenden Haustür hallt durch das Haus. Dann klingelt Michaels Handy von irgendwo unten. Ich halte nicht länger die Luft an und warte darauf, dass er hochkommt, um mir etwas zu sagen.

Ich werfe einen Blick auf das Tablett und greife nach dem Wasser. Es ist angenehm kühl, aber ich schaffe nur einen einzigen Schluck.

Eine Träne rollt mir aus dem Auge.

Daniel spricht nicht. Seine Schwester, seine beste Freundin, ist weg, und er kann nicht darüber reden. Er kann nicht in meinen Armen weinen, weil ich hier oben bin, in diesem Raum, der Abigail gehören sollte, meinem Gefängnis, meinem Fegefeuer. Daniel spricht nicht. Rebecca ist gereizt. Sie brauchen ihre Mutter, so wie Abigail mich gebraucht hat. Sie habe ich im Stich gelassen, und jetzt lasse ich Rebecca und Daniel im Stich. Die Schuld legt sich wie eine Schlinge um meinen Hals, die sich immer fester zuzieht, bis ich nicht mehr atmen kann.

Ich ziehe das Tablett zu mir heran.

Abigail ist fort.

Ich bezwinge die Übelkeit und kaue jeden Bissen des Sandwichs gut durch, schlucke erst, wenn es zu geschmacklosem Brei geworden ist und meine Kehle hinuntergleiten kann, ohne dass ich würgen muss.

In diesem Zimmer zu liegen, mir zu wünschen, ich wäre da gewesen, zu beten, dass sie nach Hause kommt ... das hilft ihr nicht. Es hilft auch nicht Rebecca und Daniel. Dieser Raum ist nur für mich da.

Aber wie soll ich mit meinem Leben weitermachen, während meine Tochter irgendwo da draußen ist? Verängstigt und allein und nach mir weinend?

Tränen steigen mir in die Augen. Sie ist nicht da draußen. Sie wird nicht zurückkommen. Der Gedanke, der mir durch den Kopf geht, ist nicht neu. Er ist die ganze Zeit da, aber bis jetzt habe ich mich geweigert, ihn anzuerkennen.

Eins, zwei, drei, vier, fünf, sechs, sieben Bissen, bis das Sandwich weg ist. Ich greife nach dem Wasser. Drei Schlucke und das Glas ist leer.

Ich habe Abigail im Stich gelassen. Bei Rebecca und Daniel wird mir das nicht passieren.

Plötzlich überwältigt mich die Stille im Haus. Sie ist so absolut und bringt mich dazu, das Radio anzuschalten, nur um sie zu übertönen. Die Stimme meiner Mutter klingt mir in den Ohren, als ich aufstehe und mich zwinge, das Zimmer zu verlassen. »Ein lautes Zuhause ist ein glückliches Zuhause.«

Ich kann mich an keinen einzigen Moment in dem kleinen Reihenhaus, in dem ich aufgewachsen bin, erinnern, in dem nicht das Radio im Hintergrund lief und das Haus mit Lärm erfüllte, nach dem meine Mutter sich so sehr sehnte.

Zum ersten Mal in meinem Leben bin ich froh, dass ich ein Einzelkind bin. Und ich bin froh, dass meine Eltern tot sind. Sie sind innerhalb eines Jahres gestorben und haben meinen Schulabschluss nicht mehr miterlebt. Mein Vater am Herzen, meine Mutter an der Lunge. Sie hätten es geliebt, Großeltern zu sein. Sie hätten sich so gut um ihre Enkelkinder gekümmert. Ich habe mir immer vorgestellt, wie mein Vater in einem Paralleluniversum mit den Kindern Krabben fängt und Sandburgen baut und meine Mutter ihnen das Backen und Nähen beibringt. Aber jetzt bin ich froh, dass sie tot sind. Ich bin froh, dass ihnen das erspart bleibt.

Ich überwinde mich, gehe duschen und ziehe mich an, putze mir die Zähne und kämme mir die Haare. Als ich damit fertig bin, entdecke ich Michael im Wohnzimmer. Die Tür steht einen Spalt offen und knarrt, als ich sie aufstoße. Das Geräusch ist zu laut in der Stille. Er sitzt kerzengerade in dem Sessel, der normalerweise neben dem Kamin steht, aber vor den Fernseher geschoben wurde. Er sitzt so nah vor dem Gerät, dass er den Bildschirm berühren könnte, würde er die Hand ausstrecken.

Es ist das erste Mal, dass ich ihn reglos sehe, seit es passiert ist. Die Haut in seinem Gesicht ist fahl und fällt um seine Wangen herum ein. Er hat geweint. Nicht nur geweint, sondern geschluchzt. Seine Schultern sind nach vorne gebeugt, sein Gesicht ist nass und geschwollen.

Ist etwas passiert? Mir bleibt das Herz stehen. Ich lasse mich auf die Armlehne des Sessels sinken und starre auf den Bildschirm.

Er hat Sky News eingeschaltet, aber der Ton ist stumm. Mein Blick wandert über den Bildschirm und ich sehe eine Szene aus dem Unterhaus – Abgeordnete, die sich über eine europäische Währung streiten. Ich sehe Abigails Namen über das gelbe Banner am unteren Bildschirmrand laufen. *Polizei reduziert Personal im Entführungsfall Abigail Wick* steht dort. Das ist keine Neuigkeit. Zumindest nicht für uns. Sie sind gekommen und haben es uns persönlich gesagt. War das gestern? Oder vorgestern?

Ihnen sind die Hinweise ausgegangen. Es tut ihnen sehr leid, aber es gibt keine weiteren Ermittlungsansätze. Sie müssen ihre Bemühungen auf andere Fälle, andere vermisste Kinder, konzentrieren.

»Wir geben nicht auf, Sarah«, krächzt Michael. »Ich habe einen Privatdetektiv angeheuert. Den besten, den man kriegen kann. Ich verkaufe die Firma und gründe eine Stiftung für vermisste Kinder. Niemand sonst soll das durchmachen müssen, was wir erlebt haben. Wir können gleichzeitig anderen helfen. Wir geben nicht auf ...«

»Ich kann nicht.« Die Worte zittern, als sie meinen Mund verlassen.

»Haben wir denn eine Wahl? Wir müssen weiter nach ihr suchen.«

»Ich kann nicht«, sage ich erneut. »Ich kann nicht mehr auf Neuigkeiten warten. Es sind schon Monate vergangen. Sie ist fort. Ich spüre es.« Ich fasse mir an den Bauch, der sich vor Hunger wölbt. »Die Polizei hat nichts gefunden, weil es nichts zu finden gibt. Sie ist tot.«

Michael fällt die Kinnlade herunter und ein Geräusch

bleibt in seiner Kehle stecken. Ein erstickter Schrei. »Woher weißt du das?«

Ich schüttle den Kopf. Die Idee in meinem Kopf ist noch so fragil, dass sie jeden Moment in sich zusammenfallen könnte. Aber ich muss daran glauben. Ich muss überleben. »Ich kann Rebecca und Daniel nicht im Stich lassen, so wie ich Abigail im Stich gelassen habe.«

»Du hast sie nicht im Stich gelassen.« Michael steht auf und zieht mich in seine Arme. Es ist vertraut, aber ich finde keinen Trost in seiner Berührung und weiche zurück.

»Ich will nichts von den Spuren und den möglichen Sichtungen wissen«, sage ich. »Ich will nichts von einem Mädchen wissen, das wie Abigail aussieht, oder von Sackgassen und wilden Verfolgungsjagden. Erspare es mir einfach.«

»Aber, Sarah ...«

»Schon gut. Such weiter, wenn es das ist, was du tun musst, aber ich muss aufhören, oder ich gehe daran zugrunde. Das weiß ich. Und ich darf nicht sterben, denn dann haben Daniel und Rebecca keine Mutter mehr, und das kann ich ihnen nicht antun. Wenn also kein Mädchen auftaucht, das sich selbst Abigail nennt, dann lass mich einfach raus aus der Sache.«

Verwirrung und Schmerz zeichnen sich in seinen Gesichtszügen ab, aber er nickt. So machen wir weiter – Michael entscheidet sich für die Hoffnung und ich für das Überleben.

Die Haustür öffnet sich, und ich höre Mrs Dillinger ein hohes Gurren ausstoßen.

Wir starren uns noch eine Sekunde lang an, bevor ich dem Geräusch folge. Rebecca quiekt in Mrs Dillingers Armen, als ich in die Eingangshalle trete.

In Sekundenbruchteilen spüre ich, wie mir alles, was ich verloren habe und noch besitze, das Herz zerreißt. Daniel weicht zurück, als ich auf sie zulaufe und Rebecca aus den Armen meiner älteren Nachbarin nehme.

Ich kann nicht die Mutter sein, die meine Kinder brauchen,

und weiterhin hoffen, dass Abigail lebt. Ich kann nicht die Mutter sein, die sie brauchen, während ich mich an der Vergangenheit festklammere. Ich muss nach vorne blicken, und das geht nur, wenn ich glaube, dass Abigail tot ist. Mich davon überzeuge, trauere und ... weitermache. Es fühlt sich unmöglich an, unvorstellbar, aber habe ich denn eine Wahl? Ich werde alles tun, um Daniel und Rebecca zu schützen. Sogar das.

*

SAMSTAG

NEUNZEHN

SARAH

Samstag, 6 Uhr

Ich erwache durch das Geräusch, das bei jedem Einatmen in Michaels Hals stecken bleibt, und dem Pochen eines Kopfschmerzes, der bereits hinter meinen Augen drückt.

Ich bleibe einen Moment lang ruhig liegen, während sich die Gedanken in meinem Kopf hin und her bewegen und aneinanderstoßen. Ich habe wieder von dem Tag geträumt, an dem Abigail entführt wurde. Diesmal nicht am Strand, sondern später. Janie und ich rennen durch die Straßen des Küstendorfes und rufen Abigails Namen. Ich schlucke, und einen Moment lang spüre ich noch den Schmerz in meinem Hals von dem Geschrei.

Ich denke an Janie und den Anruf, den ich gestern Abend tätigen wollte. Zum ersten Mal seit Jahren frage ich mich, was sie jetzt macht, was aus ihrem Leben geworden ist.

Sie war so schnell verschwunden, nachdem Abigail entführt worden war. Kaum, dass die Polizei sie gehen ließ. Phil habe einen Autounfall gehabt, rechtfertigte sie sich. »Ich lasse dich nur ungern so zurück. Ich vergewissere mich, dass es ihm gut geht, und komme dann wieder.«

Ich nickte und hörte kaum zu.

Sie kam nie zurück. Rief nie an. Die Polizei sprach natürlich noch ein paar Mal mit ihr, aber ich nicht. Nach dem Schock und der Erschütterung, nachdem wir nach Hause zurückgekehrt waren, nachdem ich mich aufgerappelt und mich gezwungen hatte, für Daniel und Rebecca weiterzumachen, versuchte ich, sie anzurufen. Ich glaubte, dass ich ihre Anrufe vielleicht verpasst hatte oder dass sie mir Freiraum geben wollte und darauf wartete, dass ich den ersten Schritt machte. Vielleicht ging es Phil schlecht und sie hatte ihre eigenen Probleme. Es tat weh, dass sie nicht versuchte, mich zu kontaktieren. Janie war meine beste Freundin und ich brauchte sie mehr denn je.

Es schmerzte noch mehr, als sie auf keinen meiner Anrufe reagierte und auf keine einzige Nachricht antwortete. Nach einer Weile begann ich mir Sorgen zu machen, dass ihr etwas zugestoßen sein könnte, aber schließlich bekam ich eine SMS von Phil.

Janie will nicht mit dir reden. Bitte lass sie in Ruhe.

Ich verstand es nicht. Wir hatten uns an dem Tag gestritten, bevor uns Abigail weggenommen wurde. Es war ein dummer Streit gewesen. Gezanke. War das der Grund, warum sie nicht mehr mit mir reden wollte? Es schien belanglos, und Janie war eigentlich nicht nachtragend. Oder lag es daran, dass ich zu lange gewartet hatte, als ich erfuhr, dass Phil verunglückt war? Sicherlich hätte sie es verstanden. Ich erlebte gerade das Schlimmste, was man sich vorstellen kann.

Ich ärgerte mich eine Zeit lang über Janies Schweigen, aber schließlich gab ich auf. *Nach vorn schauen, niemals zurück.*

Fast vierzehn Jahre sind seither vergangen, aber der Drang,

mit ihr zu sprechen, ist wieder da. Ihre Handynummer scheint nicht mehr zu stimmen, aber ich bin mir sicher, dass ich ihre Festnetznummer irgendwo in einem alten Adressbuch habe. Ich werde sie später raussuchen.

Meine Gedanken wandern weiter. Ich denke darüber nach, was uns heute erwartet. Wir geben DNA-Proben ab – Michael, Abi und ich – und dann beginnt die zweiundsiebzigstündige Wartezeit. Drei Tage. Und was dann? Wie werden wir am Dienstag damit umgehen, wenn die Ergebnisse beweisen, dass sie nicht Abigail ist?

Ein Geräusch dringt durch meine Gedanken. Das Klirren der Besteckschublade in der Küche, die sich öffnet und wieder schließt.

Ist sie das? Schnüffelt sie in unserem Haus herum?

Gestern Abend habe ich Michael versprochen, dass wir gemeinsam mit Abelia sprechen würden, aber die Gelegenheit, sie allein zu erwischen, ist zu verlockend, und so steige ich schnell aus dem Bett und ziehe mir eine alte Fleecejacke über den Pyjama.

Ich zähle die Treppenstufen, obwohl ich genau weiß, wie viele es sind: achtzehn. Die Zahl schwirrt mir im Kopf herum, zusammen mit allen anderen, und ich wünschte, ich könnte sie so einfach wegkippen wie ein Glas Wasser in die Spüle.

Der Geruch des Eintopfs von gestern Abend liegt in der Luft, abgestanden und unangenehm, als Barley und ich die Küche betreten. Von dem Geruch und dem Gedanken an Essen wird mir schlecht. Irgendwann werde ich mich zum Essen zwingen, aber nicht jetzt.

Ich höre das Klopfen von Metall gegen Porzellan im Anbau und dann das unverwechselbare Klingeln von Rebeccas Handy. Also nicht Abelia.

Rebecca hebt den Kopf und strahlt mich an, als ich den Raum betrete. Barley stürmt auf sie zu, um sich die Ohren kraulen zu lassen und ein Cornflakesstück zu begutachten, das auf dem Tisch gelandet ist.

»Guten Morgen, mein Schatz«, sage ich und versuche, normal zu klingen. Normal zu sein.

»Du siehst furchtbar aus, Mum«, sagt sie und schlürft einen Löffel Milch.

Ich fahre mir mit den Fingern durchs Haar und zucke mit den Schultern. Das ist die geringste meiner Sorgen. »Du bist früh auf«, erwidere ich und drücke ihr einen Kuss auf den Kopf. Ihr Haar riecht nach dem Hafer-Honig-Shampoo, das ich ihr zum Geburtstag geschenkt habe.

»Konnte nicht schlafen«, antwortet Becca, bevor sie sich einen weiteren Haufen Cornflakes in den Mund schiebt.

Ich starre meine Tochter einen langen Moment lang an. Selbst ihr breites Grinsen kann nicht über die dunklen Ringe unter ihren Augen hinwegtäuschen. Ich wünschte, ich könnte etwas sagen. Ihr versichern, dass alles gut wird, und sie gleichzeitig warnen, dass es nicht so sein wird. Sie erwartet ein »und sie lebten glücklich bis ans Ende ihrer Tage«, aber das gibt es für uns nicht. Vielleicht kann Daniel sie beruhigen, wenn sie nicht auf mich hören will. Er wird noch eine ganze Weile schlafen, aber ich werde später mit ihm reden, um mich zu vergewissern, ob es ihm auch gut geht.

Ich muss aufpassen. Rebecca hat Konflikte immer gehasst. Als sie sechs oder sieben war, fragte ich sie einmal: »Wie war dein Tag?«

»Schrecklich«, antwortete sie. »Zwei große Jungs haben sich darum gestritten, wer das Tor geschossen hat, und wurden zum Schulleiter geschickt.« Rebecca war es egal, dass der Streit nichts mit ihr zu tun hatte; er hatte trotzdem Auswirkungen auf sie, genau wie die Spannung der letzten Nacht.

Barley trottet schwanzwedelnd auf die Glastüren zu und drückt seine Schnauze an die Scheiben. Ich öffne sie einen Spalt, gerade so weit, dass er hindurchschlüpfen und in den

Garten hüpfen kann. Ein kalter, taufeuchter Luftzug streicht durch den Raum. Ich kann noch immer die feuchten Abdrücke der Fußspuren auf dem von Tau bedeckten Gras erkennen – meine und Ryans. Der Himmel ist hell, aber grau.

»Kommst du mit spazieren?«, frage ich Rebecca, als der vertraute Drang zu fliehen meinen Körper überkommt. Wenn ich sie überreden kann, mit mir zu kommen, finde ich vielleicht die richtigen Worte, um sie vorzubereiten. Ich denke kurz darüber nach, Daniel zu wecken und ihn zu bitten, mitzukommen. Der Drang, meine Kinder in die Arme zu nehmen, als wären sie noch Babys, und sie von hier wegzubringen, ist überwältigend. Ich verwerfe den Gedanken. Daniel wird nur mürrisch sein und wieder einschlafen. Er mag zwanzig sein, aber das jugendliche Schlafbedürfnis hat er noch nicht abgelegt.

»Klar«, sagt sie achselzuckend. »Was ist mit Abi? Soll ich fragen, ob sie auch mitkommen will?«

Auf gar keinen Fall. Ich schüttle den Kopf. »Lass uns …«

»Wohin mitkommen?«, fragt Abelia aus der Küche. Ihr Akzent klingt immer noch ungewohnt. Sie beherrscht die englische Sprache perfekt, kein Wort ist fehl am Platz, aber alles klingt nuschelig und weich – ein spanisch anmutender Tonfall. Ich kann auch Amerikanisch darin hören, in den übertriebenen Betonungen am Ende eines jeden Satzes, die sich auch Rebecca immer wieder angewöhnt, wenn sie zu viele amerikanische Serien gesehen hat.

Du bist nicht meine Tochter. Du bist nicht Abigail.

Sie tritt durch den Bogen in die Küche, in derselben Jeans und demselben dunklen Pullover wie gestern Abend. Am Saum und an den Ärmeln ist der marineblaue Baumwollstoff ausgefranst. Ihre Hose ist in besserem Zustand, aber verblasst und an den Knien ausgebeult.

»Spazieren mit Barley«, zwitschert Rebecca neben mir. »Wir können dir auch das Dorf zeigen.«

Das Mädchen nickt. »Das wäre schön.« Sie sieht aus, als wolle sie noch etwas sagen und hält dann inne.

»Brauchst du irgendetwas?«, frage ich. »Du kannst auch gerne hierbleiben, wenn du möchtest.«

Das Mädchen runzelt die Stirn, als wüsste es nicht, was es antworten soll. »Äh ... nein, ich würde gerne mitkommen, aber ich habe mich gefragt ... Kann ich bitte eure Waschmaschine benutzen, Sarah?«

Ihre Wangen laufen rot an, als ihre braunen Augen in meine blicken, und zum ersten Mal, seit sie gestern unser Haus betreten hat, spüre ich, wie sich etwas in mir löst. Die Wut von gestern brodelt unter der Oberfläche, aber jetzt ist da noch etwas anderes. Gestern war ich mir sicher, dass sie uns austrickst, aber vielleicht gibt es einen anderen Grund. Laut Ryan hat Abi nach dem Tod ihres Vaters von ihrer wahren Identität erfahren. Sie hat keine andere Familie. Könnte der Tod ihres letzten verbliebenen Elternteils einen mentalen Zusammenbruch ausgelöst haben? Ist es möglich, dass sie sich selbst davon überzeugt hat, Abigail zu sein?

Ich verdränge den Gedanken. Es ist einfacher, wütend zu sein.

»Ist Abelia ein häufiger Name in Südamerika?«, frage ich plötzlich.

Sie lächelt und schüttelt den Kopf. »Ich wurde nach jemandem aus der Familie meiner Mutter benannt – aus Carolines Familie. Es ist ein amerikanischer Name. Er hat sich nie wirklich durchgesetzt. Die meisten Leute nennen mich Abi.«

»Du sprichst Spanisch, nehme ich an?«

»*Si.*« Das Mädchen grinst und spult einen Satz voller gerollter Rs und haufenweise Os ab.

Rebecca seufzt neben mir. »Jetzt wünschte ich, ich hätte Spanisch statt Französisch gewählt. Mit Nachhilfe von dir würde ich auf jeden Fall eine Eins bekommen.« Sie lacht. »Oh, Mum, da fällt mir ein, ich habe vergessen, dich gestern Abend zu fragen – können wir heute shoppen gehen? Abi braucht noch ein paar Klamotten, nicht wahr? Sie hat nur einen winzigen Rucksack dabei.«

»Ist schon gut.« Abi schüttelt den Kopf und verschleift die Wörter so sehr, dass sie wie ein einziges Wort klingen. *Ischongut*. »Mehr als eine Waschmaschine brauche ich nicht.«

Ich schaue wieder zu dem Mädchen – Abi – und plötzlich wirkt sie so viel jünger als gestern Abend. Eigentlich nicht viel älter als Rebecca.

»Mum?«, drängt mich Rebecca.

»Klar.« Ich nicke, den Blick immer noch auf Abi gerichtet. Sie starrt zurück, und ich glaube, ich sehe ihren eigenen stillen Kampf mit ihren Gedanken hinter ihren Augen toben. »Ich kann euch beide heute Nachmittag nach Ipswich fahren.« Meine Stimme klingt weit weg, als würde ich mir selbst im Nebenzimmer zuhören.

»Jepp.« Rebecca grinst und springt auf die Füße. »Komm, Abs, ich zeige dir, wo der Wäschekorb steht. Da kannst du deine schmutzigen Klamotten reinwerfen, und ich leihe dir so lange Leggins und einen Hoodie.«

»Danke, aber ich wasche meine Wäsche selbst.«

»Wieso? Das macht doch Dad. Komm mit.« Rebecca nimmt Abis Arm und zieht sie weg. Einen Moment später ertönt Rebeccas Kichern von der Treppe. Das Geräusch, das normalerweise meine Laune hebt, bereitet mir heute eine Gänsehaut. So viel zur Vorbereitung von Rebecca.

Ein Klappern ertönt hinter mir. Pfoten auf Glas. Ich drehe mich um und sehe Barley an der Tür, mit zwei braunen Pfotenabdrücken auf dem Glas und einem Abdruck von seiner Nase.

»Warte mal, Barley«, sage ich mehr zu mir selbst als zu dem Hund. Ich klaube durchweichte Cornflakes vom Rand von Rebeccas vergessener Schüssel und schiebe sie mir zwischen die Zähne. »Sieht aus, als würde es noch eine Weile dauern.«

Ich gehe in die Küche, um Kaffee zu kochen, und höre, wie

Rebecca und Abi oben plaudern. Das schraubstockartige Gefühl in meiner Brust verstärkt sich. Jede Sekunde, die Abi hier anwesend ist, erhöht den unvermeidlichen Schmerz, der Rebecca – und Daniel – treffen wird.

Meine Gedanken kreisen um Daniel. Er mag jetzt erwachsen sein, aber er ist immer noch mein Junge. Mein Kind. Egal, wie cool er sich gibt, aber das wird auch ihn verletzen. Ich muss Zeit finden, um auch mit ihm zu reden.

Ich schalte die Kaffeemaschine ein und denke wieder über die Motive dieses Mädchens nach. Ist sie psychisch krank? Verwirrt? Oder ist es etwas anderes? Will sie etwas von uns?

Ich halte die Waffe jetzt immer griffbereit. Wann immer ich die Gelegenheit habe, hole ich sie aus ihrem Versteck und spüre das Gewicht des kalten Metalls in meinen Händen.

Es ist schon eine Weile her, dass ich sie benutzt habe, aber ich weiß noch, wie.

Bald, sehr bald, werde ich ihnen nehmen, was sie mir vor all den Jahren genommen haben.

Liebe. Familie.

Das alles hat keine Bedeutung mehr.

ZWANZIG

SARAH

»Alles fertig, Mum?«, ruft Rebecca aus der Küche.

Mein Blick schweift zu ihr, bevor er auf die Tasse in meinen Händen fällt. Aus der schwarzen Flüssigkeit steigt kein heißer Dampf mehr, und das gewölbte Porzellan in meinen Händen fühlt sich kühl auf meiner Haut an. Ich habe noch nichts getrunken.

»Bist du so weit?«, fragt Rebecca erneut.

Ich nicke und nehme zwei lauwarme, bittere Schlucke.

Erst als ich in die Küche trete, sehe ich Abi, die neben Rebecca steht. Ihr Haar ist zu einem hohen Pferdeschwanz zusammengebunden und sie trägt ein Paar schwarze Leggings und einen von Rebeccas Kapuzenpullis von Abercrombie & Fitch. Die Arme des rosafarbenen Pullovers sind gestrafft, weil sie ihn über ihre Hände gezogen hat. Sie sieht jung und hübsch aus. Normal, wird mir bewusst. Ein normales Teenager-Mädchen.

»Hast du schon gegessen?«, frage ich sie aus Gewohnheit. In den letzten Jahren sind Rebeccas Freundinnen figurbewusster geworden, essen weniger und lassen Mahlzeiten aus, und ich achte immer darauf, dass sie etwas zu sich nehmen, wenn sie hier sind.

Abi lächelt. »Alles gut.« Und dann eine Sekunde später: »Danke.«

Wir drängen uns in den kleinen Haushaltsraum hinter der Küche. Es ist wirklich nicht genug Platz für drei Personen, und mein Arm streift sie; ein Geruch steigt auf und sticht mir in die Kehle, und ich bin froh, dass ich noch nichts gegessen habe.

Dieselben Fragen drängen sich wieder in meine Gedanken.

Warum bist du hier? Was willst du?

Ich stoße mit dem Knöchel gegen das verchromte Schuhregal an der Wand. Der Stoß verschiebt die fein ausbalancierten Stapel von Schuhen und Stiefeln und ein alter Ballettschuh von Rebecca landet auf einem Paar neuer Wanderschuhe, von denen ich annehme, dass sie Michael gehören.

Die Kleiderhaken an der gegenüberliegenden Wand sehen nicht geordneter aus. Ich strecke mich und nehme meine Laufjacke von einem der überladenen Haken, wodurch Michaels Fleecejacke und ein marineblauer Mantel von Daniel auf den Boden fallen.

»Hier.« Ich ignoriere den heruntergefallenen Kram und halte Abi eine Jacke hin.

Sie zögert, schaut erst auf das Kleidungsstück in meiner ausgestreckten Hand, dann auf mein Gesicht. Aus der Nähe kann ich den Bernsteinschimmer in ihren Augen sehen, und das lässt mein Herz rasen. Hämmern. Ich höre das Klopfen in meinen Ohren und spüre, wie mir das Blut in den Kopf schießt, als wüsste mein Körper etwas, was ich nicht weiß.

Ich atme scharf ein und wende meinen Blick ab. »Die ist über«, sage ich, trete zurück und greife nach Barleys Leine. »Ich habe sie für Daniel im Schlussverkauf besorgt, aber sie war ihm nicht schwarz genug.«

»Danke«, sagt Abi, zieht die Jacke an und den Reißverschluss bis zum Hals hinauf. Der Saum reicht ihr bis zu den Knien und ihre Hände werden von den Ärmeln verschluckt, aber sie wird sie vor dem Wind auf den Feldern schützen. Ich suche ihr auch ein paar Gummistiefel heraus und beeile mich dann, nach draußen zu kommen, um der Nähe und dem Wunsch zu entkommen, die Hände um ihr Gesicht zu legen und ihr noch einmal in die Augen zu sehen. Draußen im Garten huscht Barley um meine Beine und gibt ein Winseln von sich, das eher an einen jaulenden Fuchs als an einen Spaniel erinnert. Das Fell an seinen Beinen und seinem Bauch ist bereits vom taufrischen Gras durchnässt.

Er springt hoch und hinterlässt zwei pfotenförmige Schlammabdrücke auf meiner Jeans.

»Runter, Barley«, rufe ich und streiche mit einer Hand über seinen Rücken.

Barley lässt sich auf den Boden fallen und hüpft um Rebeccas und Abis Beine herum, sodass Abi zurück zur Tür taumelt. Sie hat die Arme in die Luft gehoben und die Augen vor Unsicherheit weit aufgerissen. Barley wimmert wieder und stupst mit seiner Nase die Beine des Mädchens an, bevor er wieder heftig mit dem Schwanz wedelt.

Rebecca lacht, zieht Barley zu sich heran und streicht mit den Händen über seinen Körper. »Er wird dir nicht wehtun. Er ist ein kuscheliger Teddy«, gurrt sie, als würde sie mit einem Kind sprechen. »Stimmt's, Barley-Bär?«

Ich sollte eingreifen und Barley an die Leine nehmen, tu es aber nicht. Ich erhole mich immer noch von dem, was im Haushaltsraum passiert ist, als ich in Abis Augen gesehen habe. Diese bernsteinfarbenen Tupfer, die mich wie ein elektrischer Schlag getroffen haben. So vertraut ... Und doch kann ich nicht ... ich will nicht ...

»Wir hätten ihn beinahe Teddy genannt, oder, Mum?«, erzählt Rebecca, als Barley ins Gras hechtet und sich auf den

Rücken rollt, damit Abi seinen Bauch streicheln kann. »Er sah aus wie ein kleiner Teddybär, als wir ihn bekamen.«

Ich lächle und erinnere mich an den Nachmittag, als ich Barley mit nach Hause brachte, sechs Monate nachdem Michaels Affäre ans Licht gekommen war. Barley war eine Ablenkung von unserer Ehe und eine weitere Möglichkeit, so zu tun, als wären wir eine normale Familie.

Die Erinnerung fühlt sich sicher an und hüllt mich in Wärme. Barley – ein kleines, zitterndes Fellknäuel, ängstlich und neugierig, alles in einem hechelnden Atemzug. Wir vier – Rebecca, Daniel, Michael und ich – saßen auf Kissen auf dem harten Holzboden des Wohnzimmers, während Barley, nicht größer als ein Meerschweinchen, zwischen uns herumhüpfte, sich auf den Rücken rollte, sobald er in Reichweite war, um sich den Bauch kraulen zu lassen, und gleichzeitig versuchte, mit seinen scharfen Welpenzähnen nach unseren Händen zu schnappen.

Wir alle lieben Barley. Er ist der Kitt, der die Risse in unserer Familie schließt, die jedes Jahr größer zu werden scheinen.

»Er ist süß«, sagt Abi. Ihre Stimme reißt mich wieder in die Gegenwart. »Ich ... Ich hatte nur noch nie mit Hunden zu tun. Wo ich gelebt habe, gab es zwei Arten von Hunden – Wachhunde und Streuner -, und beide waren auf ihre Art bissig.« Sie zuckt mit den Schultern und vergräbt die Hände in den tiefen Taschen ihrer Jacke.

In meinem Kopf schwirren Fragen herum, die gegen meinen Schädel drücken und unbedingt losgelassen werden wollen. Was waren das für Wachhunde? Haben sie deinem Vater gehört? Erinnerst du dich an Mrs Dillinger von nebenan? Und an ihren zotteligen Golden Retriever Willow, mit dem du in dem Jahr, in dem Daniel eingeschult wurde, stundenlang gespielt hast? Ich schlucke schwer und schüttle den Kopf, eine leichte Bewegung, aber genug, um die Fragen zu verdrängen.

Natürlich erinnert sich Abi nicht an Mrs Dillinger – wie denn auch?

Ich pfeife zweimal kurz und Barley huscht zum Tor.

»Hey«, ruft eine Stimme hinter mir. »Wartet mal.«

Ich drehe mich um und sehe Daniel, der auf uns zusprintet, als würde er auf dem federnden Turnboden laufen, auf dem Rebecca mit neun Jahren gelernt hat, Saltos zu schlagen. In den paar Sekunden, die Daniel braucht, um zu uns aufzuschließen, spulen sich die Erinnerungen vor meinem inneren Auge ab, als würde ich mir hundert Heimvideos im Schnelldurchlauf ansehen. Ich sehe den vierjährigen Daniel und die zweijährige Abigail, wie sie wie die dicksten Freunde alle Kissen im Haus einsammelten, sie im Wohnzimmer stapelten und mir zuriefen, ich solle schnell aus dem krokodilverseuchten Wasser springen – unserem Teppich –, als ich versuchte, ihnen etwas zu trinken und Kekse zu bringen.

»Bitte.« Daniels Lieblingswort, das stets mit einer Sekunde Verzögerung durch Abigails bemühtes »Bidde« wiederholt wurde.

»Bitte, bitte, bitte, kann ich ein Hochbett haben? Kann Abigail bitte in meinem Zimmer bleiben?«

»Bidde, bidde.«

Ich sehe den Daniel, der sich bei jeder Gelegenheit in meine Arme warf, der stundenlang mit Abigail und einem imaginären Freund namens Seth Fantasiespiele spielte. Ich spüre die Wärme von Daniels fünfjährigem Körper, der sich an mich schmiegte, während ich ihm Geschichten von Enid Blyton vorlas.

Ich sehe auch die Wutanfälle. Daniels mürrisches »Das ist ungefähr«, wie er eine ganze Weile lang sagte, bis ihm aufging, dass *unfair* das Wort war, dass er meinte. Ich habe noch diesen Vorfall bei Sainsbury's vor Augen, als ich mit Rebecca schwanger war und Daniel einen Spiderman-Comic wollte und mit Brötchen in der Backwarenabteilung um sich warf; sehe, wie er aus voller Kehle brüllte, als ich ihn davon abhalten wollte. Der darauffolgende Artikel aus einem Boulevardblatt steht mir noch klar vor Augen: KINDER VON *THIS MORNING*-MODERATORIN AUSSER RAND UND BAND.

Die Wut begann mit dem Schulanfang. Zunächst schoben wir es auf die neue Routine und darauf, wie unfair er es fand, dass Abigail nachmittags mit mir zu Hause war. Aber dann wurde es schlimmer. Schreikrämpfe. Faustschläge. Abigail, die um ein eigenes Zimmer bat.

Die Diagnose Lese-Rechtschreibschwäche bekamen wir ein paar Monate nach Rebeccas Geburt. Daniels Lehrerin schlug vor, ihn testen zu lassen, als er sich von Anfang an mit dem Lesen schwertat.

Und dann verbesserte sich alles. Daniel erhielt die Hilfe, die er brauchte. Er bekam mehr Unterstützung in der Schule und zu Hause, und er war nicht mehr frustriert oder wütend. Wir hatten den alten Daniel wieder. Er und Abigail wurden wieder »dicke« Freunde. Ein paar Monate später wurde sie entführt, und Daniel geriet wieder in eine Spirale. Diesmal war es Schweigen, nicht Wut.

Meine Kehle schnürt sich ein wenig zu, wenn ich die zwanzigjährige Version dieses Jungen sehe. Manchmal habe ich das Gefühl, dass ich an jenem warmen Tag im Mai nicht nur ein Kind verloren habe, sondern zwei. Alles, was Daniel zu dem gemacht hat, was er war, verschwand – die Verspieltheit, die erfundenen Geschichten, die Besessenheit von Dinosauriern. All das war weg, spurlos verschwunden. Genau wie Abigail.

Es brauchte ein Jahr mit Besuchen bei Dr. Hall, bevor er wieder die ersten Worte sprach. Selbst als er wieder zu artikulieren begann, bekamen wir unseren Jungen nur langsam zurück – er blieb stiller als vorher, aber nicht unglücklich.

»Wartet«, ruft Daniel wieder, als er mich erreicht, und seine Stimme dringt über mich hinweg zu Rebecca und Abi vor.

»Daniel«, sage ich. »Ich hätte nicht gedacht, dass du schon wach bist.«

Er dreht sich um und sieht mich an. »Ich schätze, dass keiner von uns viel Schlaf bekommen hat«, antwortet er. »Du siehst übrigens furchtbar aus.«

»Danke.« Ich seufze. Meine Kinder sind immer brutal ehrlich.

»Ein Spaziergang ist eine gute Idee«, fährt er fort. »Eine Gelegenheit, Abigail das Dorf zu zeigen und etwas frische Luft zu schnappen.« Er stockt und unsere Blicke kreuzen sich. Uns beiden ist der Ausrutscher nicht entgangen. »Abi«, korrigiert er sich. »Ich wollte nicht ... Ich weiß, dass es vielleicht nicht ...«

»Ist schon gut. Das verstehe ich.«

»Wo ist Dad?« Daniel streicht sich die Haare hinter die Ohren und schaut zurück zum Haus.

»Ich glaube nicht, dass er so bald auftauchen wird.«

»Warum muss er immer so viel trinken? Du weißt, dass er ein Alkoholproblem hat, oder?«

»Ich ...« Ja, sollte die Antwort lauten, aber ich bringe das Wort nicht über die Lippen. »Lass uns später darüber sprechen, Daniel.« Ich werfe einen Blick nach vorne zu Rebecca und Abi, die außer Hörweite sind und bereits durch das Gartentor schlendern. »Wie viel dein Vater trinkt, hat für mich im Moment keine Priorität.«

»Und sonst auch nie«, murmelt er, bevor er Tempo aufnimmt, um zu Rebecca und Abi aufzuschließen.

Daniel hat nicht ganz unrecht. Michaels Alkoholkonsum hat in den letzten Jahren, seit den Skandalen um seine Affäre und die Organisation, immer mehr zugenommen. Als er zuließ, dass Abigails Stiftung von einer der größeren Vermisstenorganisationen übernommen wurde, schien es, als hätte er seinen Lebenszweck verloren. Er spricht immer von dem Buch, das er über Abigail schreiben will, aber ich habe ihn noch nie am

Computer gesehen, und manchmal frage ich mich, ob er bisher auch nur einziges Wort geschrieben hat.

Aber Michael trinkt nie, wenn er Rebecca irgendwo hinfahren muss, und er verliert nie die Kontrolle. Bis auf gestern Abend. All der Wein. All die Emotionen. Die Tränen, die Abi mit Sicherheit ein mulmiges Gefühl gaben, und dann sein Vorschlag, wir sollten auf den DNA-Test pfeifen. Wie lächerlich.

Ich erreiche das Tor und nehme das Bild in mich auf, das sich mir bietet. Drei Teenager schlendern am Fluss entlang, Barley an ihrer Seite. Mir stockt der Atem, und ich merke, wie sich die Welt um mich herum dreht, wie die Emotionen in mir hochkochen – ein umgekehrtes Déjà-vu. Was sich vor meinen Augen abspielt, ist nichts, das ich schon einmal gesehen habe, sondern eine Szene aus meiner Zukunft, einer Zukunft, in der Abigail zu Hause ist.

Ich beiße mir auf die Unterlippe und zähle die Schritte. Eins, zwei, fünf, zehn, bis ich nur noch die Gegenwart sehe. Ich kann nett sein, ich kann dieses Mädchen behandeln, als wäre sie eine von Rebeccas Freundinnen, aber ich werde nichts vorspielen.

Ich ziehe mein Handy aus der Tasche und schreibe Ryan eine Nachricht, um ihn zu fragen, wann die DNA-Tests durchgeführt werden. Wir müssen die nächsten drei Tage überstehen und das Mädchen aus meinem Haus schaffen, bevor der Rest der Welt es herausfindet.

EINUNDZWANZIG

ABI

Samstag, 9.03 Uhr

Abis Gesicht ist taub. Ihre Ohren schmerzen von dem beißenden Wind. Ihre Zehen fühlen sich in den Gummistiefeln, die Sarah ihr geschenkt hat, wie Eis an. Sie sind eine Nummer zu groß, und bei jedem Schritt reibt ihre Ferse unangenehm am Gummi. Sie dachte, London wäre kalt, aber die offene grüne Landschaft, die sich zu beiden Seiten eines gewundenen Flusses erstreckt, ist etwas ganz anderes. Sie spürt ihr Gesicht nicht mehr, und das Einzige, was sie wärmt, ist der Raum in ihrer Brust, der durch die Geborgenheit zwischen Rebecca und Daniel entsteht, und das lockere Gespräch, das die beiden führen.

Sie spürt Sarahs Blick auf ihrem Rücken. Ein schmaler, prüfender Blick. All die Fragen, die sie stellen möchte, stauen sich in den paar Schritten Entfernung, die sie voneinander trennen.

»Dedham ist im Grunde der langweiligste Ort der Welt«, sagt Daniel neben ihr und winkt mit dem Arm in Richtung einer Reihe von Bäumen, deren Äste sich biegen und in das schwarze Wasser des Flusses hinabhängen.

Rebecca lacht. »So schlimm ist es gar nicht«, sagt sie und drückt Abis Arm. »Außerdem leben wir hier wirklich nicht irgendwo im Nirgendwo. Es gibt zwei große Städte, etwa fünfzehn Minuten entfernt.«

Daniel schüttelt den Kopf über Rebecca. »Die Leute hier ziehen ihre Köpfe nur dann aus dem Arsch, wenn sie ausspionieren wollen, was die Nachbarn so treiben – vor allem, was wir treiben.«

Rebecca verdreht die Augen. »Sie interessieren sich für das Dorf und die Leute, die hier wohnen, das ist alles.«

Abi kennt sich mit neugierigen Nachbarn nicht aus. In ihrer Welt gab es immer nur ein knappes Nicken und einen Blick, der schnell gen Boden wanderte, so schnell wie möglich. Wenn man auf der Straße zu viel sieht, hat das Konsequenzen, und sie bezweifelt, dass Rebeccas unschuldiger Verstand das erfassen kann.

Also lässt Abi sich von Rebeccas und Daniels Geplapper berieseln, während sie die Landschaft auf sich wirken lässt. Es ist genauso, wie Jhon es beschrieben hatte. »Grün, so weit das Auge reicht.« Sie wünschte, sie könnte es genießen, aber Abi ist sich bewusst, dass sie jedes Mal, wenn ihre Füße in den matschigen Schlamm sinken, der nächsten Phase seines Plans einen Schritt näherkommt. Allein dieser Gedanke reicht aus, um eine nervöse, herzzerreißende Panik in ihr auszulösen.

Das Gesprächsthema wechselt zu der Shoppingtour, die Rebecca für den Nachmittag geplant hat, und die unzähligen Geschäfte, die sie besuchen will. »Du brauchst alles«, sagt sie mit dem fröhlichen Blick von jemandem, der sich noch nie Sorgen um Geld machen musste.

Abi beißt die Zähne zusammen, um den plötzlich aufflammenden Ärger herunterzuschlucken. Es ist nicht Rebeccas Schuld. Ihr ganzes Leben wurde sie von einer Welt voller Geld und Komfort abgefedert. Aber es ist mehr als nur Rebeccas Arglosigkeit, die an Abi nagt. Dies ist das Leben, das Abi hätte haben sollen, das ihr aber nicht vergönnt war. Aber wie kann sie Rebeccas Unschuld einen Dämpfer verpassen – wie kann sie diesem netten, freundlichen Mädchen klarmachen, dass sie nicht mit ihr einkaufen gehen kann? Dass sie kein Geld für Klamotten hat und auch nie hatte. Allein bei dem Gedanken, Kleidung zu shoppen, wird ihr leicht übel.

Rebecca redet weiter über die Schule und ihre Freunde, und Daniel scheint sich damit zufriedenzugeben, sie reden zu lassen. Abi hört Rebecca gerne zu. Sie spricht schnell, ein Wort geht in das nächste über, wie bei Jhon und den wenigen Leuten, die sie in der Vergangenheit kannte. Es scheint, als würde Rebecca jeden Gedanken und jede Erinnerung in ihrem Kopf vor ihr ausbreiten, um die Distanz zwischen ihnen zu überbrücken, die Zeit, die sie voneinander getrennt waren, und die großen Unterschiede in ihrer Erziehung. Es ist eine unglaubliche Kluft, aber Abi liebt Rebecca für diesen Versuch.

Irgendwann wird der Schlamm unter Abis Füßen härter und sie gehen einen Pfad entlang, der von einem Baldachin aus spindeldürren Ästen überspannt wird. Die roten Backsteingebäude des Dorfes kommen in Sicht, was Abis Puls in die Höhe treibt. Ihr ist schwindelig, sie ist nervös.

Bald ist es so weit.

Dedham ist genau so, wie Abi sich ein malerisches englisches Dorf vorgestellt hat. Alte, in Pastellrosa und Gelb gestrichene Häuser säumen beide Seiten der Hauptstraße. An einem Ende wirbt ein kirchenähnliches Gebäude aus rotem Backstein für Teppiche und Haushaltswaren. Am anderen Ende der Straße befindet sich die eigentliche Kirche – ein riesiger Steinbau, der über die Handvoll Geschenkeläden und Cafés wacht.

Ein ständiger Strom von Autos bewegt sich langsam um sie herum und parkt wahllos vor einem kleinen Supermarkt mit dunkelgrünen Markisen und großen Töpfen mit Blumen.

Rebecca lenkt Abi in eine Straße mit einem alten Pub auf der einen und einem Café auf der anderen Seite. Abi entdeckt ein Paar, das an einem der Tische des Cafés sitzt, eingehüllt in Hüte und Mäntel, die Hände um dampfende Becher gelegt. Die Frau wirft einen Blick auf Abi und dann hinter ihr auf Sarah, bevor sie schnell wegschaut und ihrem Partner etwas zuflüstert. Er dreht sich um und starrt sie an, bevor er sein Handy zückt und es hochhält, als würde er sie fotografieren.

Abi bleibt die Luft weg, als sie ihren Blick auf den Bürgersteig senkt und so tut, als würde sie es nicht mitbekommen.

»Du hast dich schon zu lange im Schatten versteckt«, hat er ihr gesagt. »Es ist an der Zeit, dass die Wicks ihre Tochter wiedersehen. Es ist Zeit, dass die Welt dich kennenlernt.«

»Wir haben im Grunde eine große Schleife gedreht«, sagt Rebecca neben ihr, ohne das Paar mit ihren Handys oder das Gefühl von Vorfreude und Angst, das jetzt durch Abis Körper schießt, zu bemerken. »Zum Haupteingang unseres Hauses geht es gleich hier hinauf.«

Der Bürgersteig verengt sich und die Straße geht in eine Fahrspur über. Rebecca geht voraus, es folgen Abi, Daniel und zum Schluss Sarah und der Hund. Überall sind Autos zu sehen. Einige parken mit den Reifen auf dem Seitenstreifen, andere bewegen sich langsam, um sich einen Weg durch das Gewusel zu bahnen, auf der Suche nach einem Parkplatz oder nur auf der Durchfahrt, da ist sich Abi nicht sicher. »Wartet mal«, ruft Sarah ihnen zu, als sie sich zwischen einem geparkten Auto und einer Hecke hindurchzwängen. »Hier stimmt etwas nicht.«

»Das sind nur die üblichen Wochenendtouristen«, ruft Rebecca zurück.

Sie gehen weiter und biegen um eine Kurve. Abis Füße fühlen sich in ihren Stiefeln wie Betonklötze an, jeder Schritt ist schwerer als der letzte. Es ist so weit, denkt sie. Genau wie er gesagt hat.

»Oh, mein Handy klingelt.« Rebecca greift in die Tasche

ihres Mantels und zieht ein iPhone in einer himmelblauen Hülle heraus. »Wow, einhundertachtzig WhatsApp-Nachrichten, und Dad ruft an«, sagt sie und hält sich das Telefon ans Ohr. »Er fragt sich bestimmt, wo wir alle sind.«

Das rote Dach und die gelben Wände des Hauses tauchen auf. Bei Tageslicht sieht es noch größer aus, aber Abi nimmt es kaum wahr. Sie wiederholt die Worte in ihrem Kopf wieder und wieder.

Ich bin Abigail Wick.

Ich bin Abigail.

»Ich kann dich nicht verstehen, Dad«, sagt Rebecca, die einen Schritt vor Abi steht und sich das freie Ohr mit der Hand zuhält. »Hier ist irgendwas los.«

Noch ein Schritt um die Ecke und Abi sieht das schwarze Tor und die dichten grünen Büsche, die das Anwesen der Wicks umgeben. Aber es ist die große Gruppe von Männern und Frauen vor dem Tor, die Abis Blick auf sich zieht.

Es sind so viele. Ein Dutzend oder mehr. Kameras werden in die Luft gehalten, über das Tor auf das Haus gerichtet. Auf der einen Seite steht eine Reihe größerer Kameras auf Stativen, vor denen Menschen posieren, die besser gekleidet sind als die anderen und Mikrofone in den Händen halten.

»Nein«, ruft Sarah, drängt sich an Abi vorbei und legt den Arm um Rebecca.

Die Geste ist so beschützend, eine Mutter, die sich um ihr Kind kümmert, dass es Abi aus Gründen, über die sie nicht nachzudenken wagt, einen Stich ins Herz versetzt.

»Dreht sofort um – wir müssen zurück.«

Einen kurzen Moment laufen sie alle ineinander – Sarah schiebt Rebecca zurück, Abi versucht auszuweichen, Daniel steht direkt hinter ihr. Und zwischen ihnen springt Barley herum, der an der Leine in Sarahs Hand zerrt.

Er bellt. Ein lautes Kläffen, das bis zu der Menschengruppe dringt, und plötzlich drehen sich alle um. Starren.

»Wir müssen zurück«, sagt Sarah wieder und hebt die Hand, um ihr Gesicht zu bedecken. Aber Daniel tritt vor, nimmt Barleys Leine in die eine Hand und hält mit der anderen Abis Arm fest.

»Ist es dafür nicht zu spät?«, fragt er, während er die Gruppe von Reportern beobachtet. »Sie filmen schon, Mum. Es würde komisch aussehen, wenn wir umkehren.«

Sarah hält inne, ihr Blick huscht hin und her, als die Rufe der Fotografen und Journalisten zu ihnen herüberschwappen. »Keiner sagt ein Wort«, sagt sie mit leiser Stimme. »Sie können noch gar nicht wissen, wer sie ist.«

Sie. Sie?

Sie setzen sich wieder in Bewegung, jetzt schneller. Daniel und Barley voraus, dann Abi, dann Sarah und Rebecca.

»Köpfe runter«, zischt Sarah, je näher sie den Reportern kommen.

»Sarah«, ruft eine Frau aus der Gruppe, »ist Abigail zu Hause?«

Weitere Fragen prasseln wie Geschosse auf sie ein.

»Wer ist das Mädchen?«, ruft ein Mann über das Stimmgewirr hinweg, tritt vor und richtet seine Kamera auf Abi.

Jetzt oder nie. Sie muss es tun, aber die Worte kommen ihr nicht über die Lippen. Sie hätte nicht gedacht, dass es so sein würde. Laut und schroff. Beängstigend.

»Warum halten Sie Abigails Heimkehr geheim?«

»Wann geben Sie eine offizielle Erklärung ab?«

»Abigail, wo warst du?«

»Wer hat dich gefangen gehalten, Abigail?«

»Wie lange bist du schon zu Hause?«

Auf einmal hört alles auf. Sie sind jetzt bei der Gruppe angekommen, draußen vor dem Tor. Alle Blicke richten sich auf sie, und sie hebt den Kopf. Neben ihr bewegt sich etwas, sie hört ein hölzernes Klopfen, und plötzlich spürt sie nicht mehr die Gruppe, die sie anstarrt, sondern ihn – seine Augen, sein Blick, der sie zum Handeln auffordert.

»Ich …«, setzt sie an, mit zitternder, aber klarer Stimme. »Ich bin …«

Aber plötzlich gerät sie in Bewegung, wird zurückgezogen, stolpert in den blöden Stiefeln. Der Rest ihrer Worte geht unter.

Abigail Wick.

Ich bin Abigail Wick.

Es ist zu spät. Sie wird gezogen und dann geschoben, als Rebecca und Sarah ihr durch ein kleines schwarzes Tor, seitlich von dem, durch das gestern der Polizeiwagen gefahren ist, folgen. Sarah knallt das Tor zu, um die Gesichter auszusperren, nicht aber den Lärm – ein Gebrüll von Fragen und Verärgerung.

Abi wirbelt herum. Daniel und Ryan stehen Seite an Seite. Sie hat keine Ahnung, wer sie zurückgezogen hat oder warum Ryan überhaupt hier in der Einfahrt steht. Sie weicht zurück und ein Schauer der Angst durchrieselt sie. Sie hat versagt. Sie hätte nichts weiter tun müssen, als den Reportern ihren Namen zuzurufen, aber dafür ist es jetzt zu spät.

Was zum Teufel soll sie jetzt tun?

ZWEIUNDZWANZIG

ABI

Damals

Irgendwo hinter ihr ertönten Schritte auf Beton. Sie wurden schneller, lauter, kamen näher – da war sie sich sicher. Die Nacht kam zu schnell näher. Zum Laden und zurück, das war alles, was sie vorhatte. Etwas Brot besorgen und was das Kleingeld, das sie aus dem Portemonnaie ihrer Mutter genommen hatte, sonst noch hergab. Aber die Luft fühlte sich so herrlich frisch auf ihrer Haut an. Es war das erste Mal seit Wochen, dass sie draußen war. Sie hatte weder im ersten noch im zweiten Laden angehalten. Sie war einfach weitergelaufen. Und jetzt war der Himmel lila und schwarz, und sie hielt sich schon zu lange draußen auf.

Die Schritte hinter ihr hielten nicht an.

Abelia fing an zu joggen, die Tasche in ihrer Hand stieß bei jedem Schritt gegen ihr Bein.

Jhons Stimme ertönte wieder in ihrem Kopf. »Die Welt ist ein gefährlicher Ort für ein kleines Mädchen. Geh niemals nach draußen. Egal, was passiert.«

»Aber ich musste es tun, Papa«, stellte sie sich ihre Antwort vor. »Es war kein Essen mehr da und Mama wollte nicht aufstehen. Ich musste rausgehen. Ich musste essen.« Abelia ertrug den Hunger nicht mehr. Und sie war sich auch nicht sicher, ob sie ihm noch glaubte.

Letzte Woche hatte ihre Mutter sie gezwungen, eine Folge *Columbo* mit ihr anzuschauen. Ein Mann führte ein Doppelleben. Er hatte zwei Familien. Als sie an diesem Abend ins Bett ging, erinnerte sie sich an Jhons Worte. »Es gibt noch andere Menschen, die sich auf mich verlassen.«

Sie hatte immer angenommen, dass es seine Arbeit war, die ihn fernhielt, aber früher war er häufiger nach Hause gekommen. Wöchentlich. Jetzt nur noch alle zwei Wochen. Und manchmal auch erst nach drei Wochen. Er blieb auch nicht mehr über Nacht. Abelia wollte glauben, dass es die Arbeit war, die ihn von ihnen fernhielt, aber sie tat es nicht.

Sie erreichte die Haustür und stellte sich auf die Zehenspitzen, um das Türschloss zu erreichen. Die Schritte schienen von überall um sie herum widerzuhallen. Sie war sich nicht mehr sicher, in welche Richtung sie schauen und wohin sie rennen sollte.

Ein Schluchzen drang aus ihrer Kehle. Sie kam nicht an das Schloss der Eingangstür heran. Es war zu hoch. Sie war zu klein. Nein, nein, nein, nein, nein. Der Schlüssel kratzte an der Unterseite des Schlosses, aber sie konnte ihn nicht im richtigen Winkel hineinstecken. Sie war ausgesperrt.

Abelia klopfte mit der Faust an die Tür. »Mama«, flüsterte sie so laut, wie sie sich traute. »Mama, lass mich rein.«

Abelia hielt den Atem an und lauschte auf das Rauschen des Fernsehers in der Wohnung, aber es war nicht zu hören, ob sich etwas regte.

Sie schrie auf, als weitere Schritte um sie herum erklangen. Ihr Blick schweifte in die düstere Nacht, aber sie sah nur Schatten. Sie biss sich auf die Innenseite ihrer Wange und streckte den Arm so weit wie möglich nach oben. Ihre Muskeln schrien vor Schmerz, aber sie hörte nicht auf.

»Hey, du«, rief eine Frauenstimme, die von den Betonwänden widerhallte.

Der Schlüssel in Abelias Hand bewegte sich und glitt ins Schloss. Sie hatte es geschafft.

»Du hast deinen Käse fallen lassen«, sagte die Stimme, diesmal aus nächster Nähe.

Abelia drehte sich um, und ihr Blick fiel auf eine Frau in einem blassgrauen Regenmantel. Sie war alt. Älter als Abelias Mutter, sogar älter als Jhon. Ihr Haar war weiß wie Schnee, und um ihren Mund gruben sich Hunderte winziger Fältchen. Die Frau kniff ihre kleinen Augen zusammen, aber ihre Stimme klang freundlich.

»Ich hätte nicht gedacht, dass ich dich noch erwische«, sagte sie. »Das hast du fallen lassen«, fügte sie hinzu und reichte ihr ein kleines in Wachspapier eingewickeltes Stück Käse.

»Danke«, murmelte Abelia.

»Wo ist deine Mutter?«

»Drinnen.

»Wie alt bist du, meine Kleine?«

»Sieben. Und wie alt sind Sie?«

Die Frau lachte, ein kehliges Röcheln, das in einen Hustenanfall überging. »Alt genug, um allein unterwegs zu sein.«

»Mama schläft. Sie ist krank. Ich musste Essen besorgen«, sagte Abelia, als ob sie mit Jhon sprechen würde.

Die Frau betrachtete die Tasche in Abelias Händen und nickte. »Sie schläft viel, nicht wahr?«

Abelia zuckte mit den Schultern. Die Haut unter ihrer Kleidung war heiß und juckte. Sie musste unbedingt ins Haus, weg von der neugierigen Frau, aber ihre Füße wollten sich nicht bewegen. Ihre Mutter hatte schon seit Tagen nicht mehr mit ihr gesprochen.

»Wie heißt du?«, fragte die Frau.

»Abelia.«

»Ist das nicht eine Blume? Das ist ein komischer Name für ein kleines Mädchen mit einem komischen Akzent. Woher kommst du?«

»Von hier.«

»Du kommst mir bekannt vor. Kennen wir uns?«

Abelia schüttelte den Kopf.

»Ich werde dich Abi nennen, und du kannst mich Flo nennen. Wer bringt dich zur Schule?«

Abelias Blick wanderte zum nackten Betonboden. Sie konzentrierte sich auf die Schuhe der Frau – schwarz und klobig, mit dicken Schnürsenkeln. Abelias Zehen drückten vorne in ihren Turnschuhen. Nächstes Mal würde sie ein Paar Schuhe von ihrer Mutter anziehen.

»Lernst du zu Hause? Mathe und Englisch?«

Abelia nickte verstohlen und rutschte zur Tür. Sie hatte plötzlich das Gefühl, wegen irgendetwas in Schwierigkeiten zu geraten, obwohl sie sich nicht ganz sicher war, was sie falsch machte.

»Vier-zwei-drei. Kannst du dir diese Zahl merken? Sag sie mir noch einmal.«

»Vier-zwei-drei.«

»Die Tochter meiner Nachbarin ist ein bisschen älter als du. Ich wette, sie hat ein paar Kleider, die du haben kannst. Vier-zwei-drei. Hast du das im Kopf? Ich wohne eine Etage weiter oben. Komm morgen Nachmittag vorbei. Erwarte aber nicht, dass ich dich füttere oder so, verstanden? Ich habe meine eigenen Probleme.«

Abelia nickte und griff nach dem Schlüssel. Ihre Finger schmerzten von der Anstrengung, den Schlüssel zu greifen und zu drehen, aber nun drehte er sich, die Tür schwang nach innen auf, und Abelia wurde von Gewehrsalven und Schreien aus dem Fernseher empfangen.

Die Augen ihrer Mutter waren geschlossen. Fettige, blonde

Haarsträhnen breiteten sich über das Sofa aus. Ein Arm baumelte herunter. Abelia griff nach der Fernbedienung; sie war glitschig vom Griff ihrer Mutter. Abelia hatte vorgehabt, den Fernseher auszuschalten, aber im letzten Moment schaltete sie auf die Lokalnachrichten um.

Sie setzte sich mit einem Teller Brot und Käse im Schneidersitz auf den Boden und lauschte der Stimme des Nachrichtensprechers.

»Ein komischer Name für ein kleines Mädchen mit einem komischen Akzent«, hatte die Frau gesagt, und Abelias Wangen fühlten sich heiß an.

Sie konzentrierte sich auf die Stimmen aus dem Fernseher und wiederholte alles, was sie hörte, bis ihre Worte so klangen wie bei den Leuten in den Nachrichten.

DREIUNDZWANZIG

ABI

Schlammspuren und Fußabdrücke bedecken den Boden der Eingangshalle. Auf Abi macht es den Eindruck, als wäre gerade die Reporter-Meute durchs Haus gelaufen, nicht nur Rebecca, Sarah, Daniel und der Hund.

Auch den Wänden beim Durchgang zur Küche zeichnen sich braune Spritzer ab. Abi schlüpft aus den Stiefeln und bleibt einen Moment lang stehen. Unsicher. Verloren. Soll sie Sarah, Rebecca und Daniel in die Küche folgen oder ihnen aus dem Weg gehen? Soll sie sich umdrehen, die Vordertür öffnen, die Ryan gerade geschlossen hat, und aus voller Kehle schreien, wie es eigentlich abgemacht war? »JA. ICH BIN ES. ICH BIN ABIGAIL WICK.«

Einmal fragte sie ihn, warum es wichtig sei, dass die Welt es wisse, und er antwortete ihr: »Wir dürfen nicht zulassen, dass sie dich verstecken. Es muss in der Öffentlichkeit stattfinden. Wir müssen die Kontrolle behalten.«

Abi nickte und tat so, als würde sie es verstehen. Er sprach immer so. So sicher und sachlich, als wäre sie eine Idiotin, wenn sie es nicht verstehen würde. Jetzt wünschte sie, sie hätte mehr Fragen gestellt.

»Geht es dir gut?«, fragt Ryan neben ihr, die Stimme leise an ihrem Ohr.

Sie zuckt mit den Schultern. »Das ist meine Schuld.«

»Das wird schon wieder«, sagt er. »Komm mit. Holen wir dir etwas Heißes zu trinken.«

Ryan betritt die Küche mit der Selbstsicherheit von jemandem, der hierhergehört. Er ist dabei, die Kaffeemaschine einzuschalten, als Abi die Tür erreicht und sich die Szene ansieht. Rebecca sitzt auf einem Hocker an der Kochinsel in der Mitte der Küche und ist in ihr Handy vertieft. Daniel lehnt an der Anrichte und fährt sich mit der Hand durch die Haare. Sarah geht an der Spüle auf und ab und wirft mit der gleichen Wucht Fragen und Erklärungen in den Raum wie die Journalisten vor ein paar Minuten: »Wer hat das getan?«, und dann: »Jemand muss sie informiert haben. Das ist völlig außer Kontrolle geraten. Ich ahnte, das würde passieren. Ich wusste, dass es ein Fehler war.«

»Gut gemacht«, sagt Michael, wobei der Sarkasmus aus jedem Wort tropft. »Wen interessiert es schon, wie wir uns jetzt alle fühlen? Das Wichtigste ist, dass Sarah recht hat.«

»Das habe ich nicht gemeint, und das weißt du auch«, feuert Sarah zurück.

»Ach nein?«

Sarah zieht sich zurück, ein verletztes Funkeln in den Augen. Es entsteht eine Pause, in der niemand etwas sagt. Spannung knistert in der Luft.

Es ist Michael, der als Erster das Wort ergreift.

»Es tut mir leid. Das war unangebracht.« Er seufzt. »Wir müssen uns einen Plan zurechtlegen, und zwar schnell.« Er schaut zuerst zu Sarah, bevor er sich umdreht und Abi in der Tür stehen sieht. Er mustert sie, ein ganz anderer Mann als der, den sie gestern Abend getroffen hat. Sein Gesicht ist blassgrau und die Haut unter seinen Augen ist schlaff und hängt an den Wangen.

»Komm rein, Abi«, sagt er und nickt in Richtung Hocker neben Rebecca.

Abi weiß nicht, ob es ein Angebot oder ein Befehl ist, aber sie tut, wie ihr geheißen.

»Da draußen war es echt gruselig«, sagt Abi und lehnt sich so dicht an Rebecca, dass sich ihre Arme berühren.

»Ja.«

Schuldgefühle schwärmen wie wütende Bienen in Abis Bauch aus. Sie hat das zu verantworten.

»Rebecca?«, fragt Sarah vom anderen Ende des Raumes. »Geht es dir gut?«

»Ja«, sagt sie noch einmal und hält ihr Handy hoch. »Ellie ruft mich an.« Sie steht auf, schlüpft aus ihren Stiefeln und nimmt bereits den Anruf entgegen, während sie aus dem Zimmer eilt.

»Voll irre«, hört Abi Rebecca sagen und wünscht sich, sie könnte auch gehen.

»Was glaubt ihr, wie sie es herausgefunden haben?«, fragt Sarah, wobei ihr Blick von Michael zu Abi wandert, aber es ist Ryan, der ihr eine Antwort gibt.

»Wir sind uns nicht sicher«, sagt er, stellt drei blau-weiß gestreifte Tassen mit Kaffee auf die Kücheninsel und schiebt Abi eine davon zu. Der Kaffee ist schwarz und duftet stark, genau wie sie es mag. Als Nächstes kommt ein Krug Milch, aber Abi umschließt den Becher mit den Händen und nimmt einen Schluck.

Daniel nimmt Rebeccas freien Platz neben Abi ein und ruft auf seinem Handy eine Nachrichtenseite auf. Sarah und Michael schauen ihm über die Schulter, als sich ein Reporter mit einem Mikrofon vor einer Kamera aufbaut, hinter ihm ist das kleine, schwarze Tor zu sehen.

»Kannst du uns sagen, wie die Stimmung dort ist, James?«, fragt eine Frauenstimme.

»Es ist aufregend, Sian, so viel steht fest. Vor ein paar

Minuten haben wir gesehen, wie die Familie Wick das Haus durch dieses Tor betreten hat« – er geht ein paar Schritte nach rechts, die Kamera folgt ihm – »und es war ein junges Mädchen dabei.«

»Wir spielen die Aufnahmen jetzt für die Zuschauer ab, James.«

Er nickt und schrumpft zu einem Miniaturbild in der Ecke des Bildschirms zusammen, während die Aufnahmen von ihrer Flucht zum Tor erneut abgespielt werden. Abi hält den Atem an, überwältigt von dem Bild, das sie sieht. In ihren großen Augen spiegeln sich Schreck und Unschuld. Wenigstens damit wird er zufrieden sein.

»Bis jetzt«, fährt der Reporter fort und wird wieder im Vollbild gezeigt, »haben wir noch keine Bestätigung von der Familie Wick, dass ihre Tochter Abigail Wick zurückgekehrt ist, die vor fast vierzehn Jahren aus einem Ferienhaus an der Küste von Suffolk entführt wurde. Aber das Mädchen, das wir gerade gesehen haben, hat eine verblüffende Ähnlichkeit mit Daniel und Rebecca Wick, Abigails Geschwister, die wir auch auf den Aufnahmen sehen konnten.«

Abi hält für einen Moment die Luft an. Sie finden, dass sie wie Daniel und Rebecca aussieht. Sie glauben ihr. Dann wird ihr bewusst, warum es wichtig wäre, es der Presse mitzuteilen. Sie alle erkennen die Verbindung, und jetzt wird es vielleicht auch ihre Familie.

»Die Nachricht von Abigails möglicher Rückkehr wurde in den frühen Morgenstunden sowohl von der *Sun* als auch von der *Daily Mail* online verbreitet, und die Polizei von Suffolk hat bestätigt, dass die Ermittlungen im Fall Abigail Wick neue Informationen erhalten haben. Dies ist natürlich der erste neue Beweis seit den Überwachungskamerabildern von Abis Entführer aus dem Jahr 2009. Wir spielen dieses Material jetzt ebenfalls ab.«

Abi stockt der Atem, als sie das körnige Schwarz-Weiß-

Video sieht. Es fällt ihr schwer, nicht nach Daniels Handy zu greifen, es sich zu schnappen und heranzuzoomen. Die Ungeheuerlichkeit dessen, was damals geschah und jetzt, vierzehn Jahre später, geschieht, trifft Abi mit einer Flutwelle des Grauens und der Klarheit.

Sie ist zu Hause. Sie ist dort, wo sie sein sollte, aber es gibt so viel, was diese Menschen – ihre Familie – nicht wissen, so viel, was falsch ist, und als sie das Video auf dem Bildschirm vor sich sieht, ist sie sich nicht sicher, ob es jemals richtig sein wird. Zum ersten Mal offenbart sich Abi, wie angeschlagen diese Menschen sind. Ihr Leben war verzweifelt und leer und tragisch, aber das war das Leben der anderen auch.

»Gibt es eine Stellungnahme der Familie?«, fragt die Frau im Studio und zieht Abi zurück in die Gegenwart.

»Noch nicht, Sian.« Der Reporter berührt sein Ohr beim Sprechen. »Spannend ist die Frage, ob wir Michael Wick, Abigails Vater, heute Morgen hier draußen sehen werden. Wie Sie sich sicher erinnern, leitete er bis vor fünf Jahren unermüdlich die Kampagne zur Rettung von Abigail, zog sich dann aber aus dem Rampenlicht zurück, nachdem die von ihm gegründete Wohltätigkeitsorganisation Abigails Engel in den Fokus eines Finanzskandals geriet …«

»Schaltet um.« Michaels Ton ist scharf, sofort schließt Daniel die Website und steckt sein Handy in die Tasche.

Abi trinkt ihren Kaffee aus. Es ist das erste halbwegs anständige Getränk, das sie seit ihrer Landung in England getrunken hat, und das Koffein in ihrem Blut gibt ihr den Mut zu fragen: »Was passiert jetzt?«

»Mach dir keine Sorgen«, sagt Daniel achselzuckend. »Sie werden sich schon etwas einfallen lassen. Komm mit. Ich zeige dir das Wohnzimmer, da sich sonst niemand die Mühe gemacht hat.«

Sie sieht Daniel an, diesen Mann, ihren Bruder, und eine Idee beginnt sich in ihrem Kopf zu formen. Abi fragt sich, ob es eine andere Möglichkeit gibt, der Welt zu sagen, dass sie Abigail Wick ist. Einen besseren Weg.

Die arme Sarah. Dachtest du wirklich, niemand würde es herausfinden? Dachtest du, ich lasse dich das vor der Welt verstecken?

Du glaubst, du hättest alles unter Kontrolle. Du hältst dich für so schlau.

All die Geheimnisse, die du hinter deinem stählernen Blick versteckst.

Du glaubst, niemand würde die Wahrheit kennen.

Aber ich weiß Bescheid.

Ich weiß, was du getan hast!

Es ist fast lustig, dass du immer noch glaubst, es gäbe einen Ausweg.

Es gibt keinen. Zumindest keinen, der dir gefallen würde.

Das hier kann nur auf eine Weise enden. Mit dem Tod und der Wahrheit. Und es ist mir wirklich egal, in welcher Reihenfolge.

VIERUNDZWANZIG

SARAH

Eins, zwei, drei, zähle ich, während ich in der Küche auf und ab gehe. Vier, fünf, sechs. Bis hin zu acht. Die Zahl rollt in meinem Kopf herum wie eine dieser weißen Lottokugeln, nur dass heute niemand gewinnt.

Acht.

Acht Möglichkeiten, wie die Presse an meiner Türschwelle von dem Mädchen erfahren hat. Abi, korrigiere ich mich, hasse es wiederum, dass ihr Name fast wie Abigail klingt.

Ich war so dumm. Natürlich ist die Nachricht durchgesickert. Acht Möglichkeiten. Acht!

Was habe ich mir nur dabei gedacht? Die Wahrheit ist, ich war es nicht. Ich habe seit dem Schock nach Sergeant Howards Mitteilung, dem Auftauchen von Abi und dem Zusammenprall von Hoffnung und Realität in meinem Kopf nicht mehr klar denken können. Das Urteilsvermögen konnte damit nicht mithalten.

Rebecca, Daniel, Michael, Ryan, die Polizei von Essex, Suffolk oder London und ich.

Acht.

»Hier, trink das«, sagt Ryan, drückt mir eine Tasse Kaffee in die Hand und hält mich auf, als Michael losstürmt, um zu duschen, um »den Kopf freizubekommen«. Mein Magen verkrampft sich bei der Aussicht, jetzt etwas zu essen oder zu trinken.

»Das wird dir guttun«, fügt er hinzu, als hätte er meine Gedanken gelesen.

»Danke. Und danke, dass du wieder da bist. Ich war mir nicht sicher, ob du zurückkommst.«

Er zuckt mit den Schultern. »Ich war mir auch nicht sicher, ob ich wiederkommen sollte. Es gibt nicht gerade eine schriftliche Anleitung für diese Situation, aber ich dachte, es kann nicht schaden, hier vor Ort zu sein.«

»Ich bin froh, dass du es getan hast. Ich wünschte nur, ich wüsste, wie es herausgekommen ist«, sage ich seufzend, während die Frustration noch immer jeden Muskel in meinem Körper anspannt.

Acht Möglichkeiten.

War es Rebecca oder Daniel? Hätte ich ihnen gestern Abend die Handys wegnehmen sollen? Hat einer von ihnen es einem Freund verraten, der es einem anderen Freund weitererzählt hat, der es wiederum einem anderen erzählt hat? Ich weiß, es ist plausibel, mehr als plausibel, aber die Menge der Männer und Frauen vor den Toren ist nicht das Ergebnis eines Teenagers, der einen Tipp an die Boulevard-Hotline weitergegeben hat.

Meine Stiefel klopfen auf den Boden, meine Beine drängen mich dazu, weiterzugehen, aber Ryan steht mir immer noch im Weg. Ich blicke zu ihm auf, und die Worte verlassen meinen Mund, ohne dass ich sie zurückhalten kann. »Warst du es?«

»Sarah.« In seinem Gesicht ist keine Wut zu sehen, nur Besorgnis.

»Ich weiß, tut mir leid«, sage ich. »Ich verliere hier den Verstand. Das ist das Letzte, womit wir uns heute beschäftigen sollten.« Ich schüttle den Kopf und hasse den Kloß, der sich in meiner Kehle festgesetzt hat. »Ich dachte nur, wenn du deiner Frau oder Freundin gegenüber etwas erwähnt hast, macht mir das nichts aus. Ich verstehe das. Ich muss nur wissen ...«

»Ich bin geschieden«, schneidet Ryan mir das Wort ab. »Und ich habe keine Freundin. Aber ich habe einen Sohn – Jack. Er ist neun, aber dieses Wochenende ist er bei seiner Mutter. Ich bin gestern Abend gegen zehn Uhr gegangen. Bin nach Hause gefahren. Schlafen gegangen. Aufgewacht, wieder hierhergefahren.«

»Oh. Hast du schon gegessen?«, ist alles, was mir dazu einfällt.

Irgendwo in meinem Kopf registriere ich seine Bemerkung und stelle fest, dass ich nichts über den Mann in meiner Küche weiß. In meinem Kopf ist er immer noch der hoch aufgeschossene junge Beamte, der mir in den schlimmsten Tagen meines Lebens im Ferienhaus beigestanden hat. Irgendwie kam es mir nicht in den Sinn, dass sein Leben weiterging, nachdem er gegangen war, um einer anderen Familie zu helfen. Dass er heiraten und ein eigenes Kind haben würde.

»Ja, jetzt rede mit mir, Sarah. Woran denkst du?«

Ich schaue mich in der nun leeren Küche um. »Ich denke, dass das jemand mit Absicht gemacht hat, um mich zu verunsichern.«

Na, was habe ich gesagt?

Ryan runzelt die Stirn und ich weiß, was er denkt – Paranoia. Ich bin paranoid.

»Ich weiß, wie verrückt das klingt«, füge ich hinzu, »aber ich fühle mich so ... so ...«

»Als hättest du die Kontrolle verloren.« Er nickt. »Das ist in Ordnung, Sarah. Wir können nicht alles kontrollieren, was in unserem Leben passiert.«

Ich beiße mir auf die Lippe. *Ich kann das.* Die Tränen steigen mir in die Augen und ich weiß, dass ich sie nicht mehr aufhalten kann, wenn ich ihn wieder ansehe oder versuche zu sprechen.

»Mach weiter«, fordert er mich auf. »Was denkst du noch?«

Acht. Ich konzentriere mich auf die Zahl und warte auf die Ruhe, die sie bringt.

Rebecca, Daniel, Michael, Ryan, die Polizei von Essex, Suffolk, London und ich.

Michael kann ich von der Liste der Schuldigen streichen. Früher hätte ich ihm so etwas zugetraut, aber nach dem, was mit seiner Stiftung passiert ist, ist sein Hass auf die Medien unbändig und absolut. Über sie ist er genauso wütend wie ich.

»Wer tut so etwas? Wie konnte die Presse so schnell davon erfahren?« Meine Stimme wird leiser.

Neun. Nicht acht, sondern neun, wird mir klar. Abi ist die Nummer neun. Steckt sie dahinter? Verzweiflung durchströmt meinen Körper. Ich werde das Gefühl nicht los, dass ich gegen meinen Willen von einer Situation in die andere verfrachtet werde.

Sie hat ihr Zuhause und alles Vertraute zurückgelassen. Sie ist siebzehn. Sie hat niemanden. Ich versuche, diese Gedanken zu verdrängen und vernünftig zu sein, aber trotzdem frage ich mich, ob sie die Zeitungen angerufen hat. Ich denke an Daniels Ausrutscher, als er sie Abigail nannte, und an Michaels betrunkenen Vorschlag, dass wir uns nicht um den DNA-Test kümmern sollten. Auch Rebecca behandelt Abi bereits wie eine Schwester. Und jetzt fängt nicht nur meine Familie an, ihr zu glauben. Die ganze Welt wird es tun. Ich bin allein mit meinem Misstrauen.

Ich schluchze auf und schaffe es nicht, den darauffolgenden Sturzbach zu stoppen. Die Tränen laufen mir schnell und heiß über die Wangen, während mich Erschöpfung und Emotionen übermannen.

Ryan kommt näher, streckt die Arme aus, als wolle er mich wieder auffangen, aber er bleibt stehen und tritt zurück. Die

Szene kommt mir unheimlich bekannt vor: Tränen in der Küche und Ryan, eine Schulter zum Ausweinen. Sein Körper, der mich an sich zog, seine Lippen, die meine berührten. Ich küsste ihn mit dem verzweifelten Bedürfnis, den Albtraum zu vergessen, in dem ich lebte. Ein Moment des Wahnsinns.

Ich wische mir über die Augen und lehne mich gegen die Kücheninsel, um den Abstand zwischen uns zu vergrößern und mich aufzurichten.

»Ich gebe es nur ungern zu, aber wahrscheinlich hat eine der Polizeibehörden etwas durchsickern lassen. Ich bin mir sicher, dass es nicht aus bösem Willen geschehen ist, und kann mir nicht vorstellen, dass jemand Informationen an eine Zeitung verkauft hat. Wahrscheinlich waren es nur ein paar Drinks in der Kneipe und der Reiz, etwas zu verraten, was sonst niemand weiß.«

Ich nicke.

»Was hast du jetzt vor?«, fragt er.

»Ich bin mir nicht sicher«, sage ich, aber die Frage erdet mich. Sich über das Wer oder das Warum den Kopf zu zerbrechen, wird nichts bewirken. Ich muss es kontrollieren. *Nach vorn schauen, niemals zurück.*

»Kannst du einen Streifenwagen hierher beordern?«, frage ich. »Damit sie die Reporter vor den Toren vertreiben? Außerdem blockieren sie die Straße, und wenn sie keine gute Sicht mehr auf das Haus haben, lungern sie vielleicht nicht mehr so lange hier herum.« Ich wische mir mit den Fingern über die feuchten Wangen und fühle mich wieder wie ich selbst.

Eine Bewegung in der Tür erregt meine Aufmerksamkeit. Ich erwarte Michael, aber es ist Daniel.

»Iih, Mum, weißt du, dass hier alles voller Schlamm ist?«

Er hat recht, stelle ich fest, als ich zum ersten Mal die braunen Schmutzflecken und die dunklen Stiefelabdrücke auf den Fliesen wahrnehme. Am schlimmsten ist es neben dem Spülbecken, wo ich auf und ab gegangen bin. Ich suche nach Barley und finde ihn im Anbau unter dem Tisch, wo er mit dem Schwanz fröhlich Tropfen von flüssigem Schlamm auf dem Boden verteilt.

Ich beiße die Zähne zusammen. Es ist unbedeutend und doch habe ich sofort wieder das Gefühl, dass alles meiner Kontrolle entgleitet. »Ich bringe das in Ordnung«, murmle ich und hocke mich hin, um meine Wanderstiefel aufzuschnüren.

»Du hast schon genug um die Ohren. Ich mache das«, sagt Daniel und geht über den größten Schmutz hinweg zu den Reinigungsmitteln unter der Spüle. Er schnappt sich eine Sprühflasche und einen Lappen, pfeift nach Barley und führt ihn in den Garten.

»Wo ist Becca?«, frage ich.

»In ihrem Zimmer«, sagt er, ohne sich umzudrehen. »Abi ist auch da oben, falls du dich fragst. Becca zeigt ihr gerade ein paar Fotoalben.«

Falls du dich fragst.

Die Spitze in seiner Bemerkung war nicht zu überhören, denke ich. Ein weiteres Zeichen dafür, dass er dieses Mädchen als seine Schwester ansieht. Sie alle gegen mich. Ich mache ihm keinen Vorwurf. Er und Abigail standen sich so nahe. Und doch ist es eine weitere Mahnung an den Kampf, der vor mir liegt, und die Zerstörung, die dieses Mädchen verursachen wird.

»Daniel, ich …«

Bevor ich eine Antwort formulieren kann, erscheint Michael in der Tür. Er trägt Jeans und das rote Poloshirt, das ich ihm zu Weihnachten geschenkt habe. Sein Haar ist nass von der Dusche und er ist nicht mehr so blass im Gesicht wie vorhin.

»Wie wäre es, wenn Ryan ein Statement abgibt?« Michael nickt beim Sprechen, als würde er sich selbst zustimmen. »So verhindern wir, ihnen noch mehr Munition zu geben. Das würde dir doch nichts ausmachen, Ryan, oder?«

»Seit wann braucht die Presse Munition?«, frage ich. »Und was soll Ryan genau sagen? Ja, es wohnt ein Mädchen bei uns, das unsere Tochter sein könnte, aber wir warten auf einen DNA-Test, um sicher zu sein?«

Michael wirft mir wieder diesen Blick zu, eine Mischung aus Schmerz und Hass. Ich nehme es ihm nicht übel. Ich muss mich und die Situation in den Griff bekommen, und ihn weiter zu entfremden, ist nicht hilfreich.

Ich schlucke und spreche sanfter weiter. »Es wird so aussehen, als würden wir uns verstecken, wenn wir Ryan da rausschicken. Mal ganz abgesehen von der Tatsache, dass es nicht sein Job ist.«

»Ich schätze ... vielleicht ...«, Michael schluckt, »... könnte ich mir ein bisschen mehr Mut antrinken und dann da rausgehen.«

»Das ist vielleicht keine schlechte Idee«, sagt Ryan von hinten.

»Nein.« Ich schüttle den Kopf und ignoriere das Wort »mehr« in Michaels Satz.

»Ich werde mit Don sprechen«, sage ich und wende mich erklärend an Ryan. »Er ist mein Agent. Wir lassen uns etwas einfallen – irgendetwas. Er kann eine Erklärung an alle notwendigen Stellen weiterleiten, und das verschafft uns vielleicht etwas Zeit und etwas Ruhe.«

»Warum gehst du nicht raus, Mum?«, fragt Daniel, und wir drehen uns alle zu ihm um. »Das ist es doch, was sie wollen. Du und Abi, Seite an Seite.«

»Sei nicht so naiv.« Ich bereue die Worte in dem Moment, in dem ich sie ausspreche. »Wenn wir zusammen rausgehen, dann bestätigen wir, dass das Mädchen Abigail ist. Das werde ich ohne den DNA-Test nicht tun.«

Ohne ein weiteres Wort stellt Daniel den Lappen und die

Flasche, die er benutzt hat, auf die Kücheninsel, und mit einem Kopfschütteln und einem »Wie du meinst« geht er hinaus.

»Daniel!«, rufe ich ihm hinterher. Er dreht sich nicht um.

»Sarah, vielleicht hat Daniel recht«, sagt Michael plötzlich. »Vielleicht sehen wir das alles falsch. Wäre es denn so schlimm, wenn wir alle da rausgehen würden? Gemeinsam sind wir stark und so.«

»Nein, ich rufe Don an.« Ich schnappe mir mein Handy von der Anrichte und verlasse den Raum mit schnellen Schritten.

In meinem Kopf formt sich ein Plan. Er ist einfach, aber effektiv. Wir werden die nächsten zweiundsiebzig Stunden im Haus bleiben. Wir können Ryan einkaufen schicken und wir werden auf die DNA-Ergebnisse warten, und dann kehren wir die Scherben unseres Lebens zusammen. Der Zirkus draußen vor den Toren wird schon weiterziehen, wenn wir sie ignorieren. Falls.

FÜNFUNDZWANZIG

SARAH

Das Wohnzimmer ist kühl und riecht schwach nach dem Kirschholzscheit, das Michael gestern in den Kamin gelegt hat. Das verkohlte Holzscheit liegt noch im Rost, umgeben von einer Schicht staubiger Asche. Ich schließe die Tür und stelle fest, wie eng der Raum im Vergleich zur Weitläufigkeit der Küche und des Anbaus ist. Eine dünne Staubschicht bedeckt den Fernsehtisch in der Ecke und den Marmorkamin. Auf dem Couchtisch liegt ein Stapel von Rebeccas Klatschzeitschriften. Zwei cremefarbene Sofas stehen in einer L-Form vor dem Fernseher. Die türkisfarbenen Kissen auf beiden Sofas sind zerknautscht und aus der Form geraten.

Ich lasse mich auf den Fußhocker fallen und bleibe eine Weile sitzen, um die Stille auf mich wirken zu lassen. In meinem Kopf dreht sich alles. Die Sicht vor meinen Augen verschwimmt. Ich muss für Daniel und Rebecca stark sein. Ich muss diejenige sein, die die Kontrolle behält. Aber es ist still in diesem Raum, und so erlaube ich mir einen Moment, mich gehen zu lassen, mein Gesicht mit meinen Händen zu bedecken und zu weinen.

Erst als mich die Leere zu übermannen droht, entsperre ich mein Handy und rufe Don an.

Eins, zwei, drei, der Anruf geht durch. Ein stotterndes Klingeln – der Bruchteil einer Sekunde, bevor Don abnimmt.

»Don, ich bin's, Sarah«, sage ich, obwohl er das bestimmt schon weiß; ich bin mir sicher, dass er meinen Namen auf dem Display seines Handys gesehen hat, genauso wie ich mir sicher bin, dass er wie üblich ein frisches weißes Hemd trägt und einen vollen Arbeitstag vor der Nase hat, obwohl es Wochenende ist.

»Sarah, was zum Teufel ist da los? Ist das wahr?«

Erleichterung und Unsicherheit kämpfen in meinem Kopf um Platz. Don ist so etwas wie ein Freund für mich. Abgesehen von Michael und den Kindern ist er der Einzige, der mich vor Abigails Entführung kannte und den ich auch danach nicht aus meinem Leben verbannt habe. Wenn ich seine Stimme höre, entsinne ich mich unserer gemeinsamen Zeiten in den über zwanzig Jahren, die wir uns kennen, an die langen Mittagessen, als ich gerade beim Fernsehen anfing, und an die alkoholgeschwängerten Versprechungen meiner blühenden Karriere als Fernsehmoderatorin.

Aber trotz der gemeinsamen Jahre ist Don letzten Endes nicht mein Freund, sondern mein Agent. Im Endeffekt bin ich ein Kunde wie jeder andere. Es war naiv von mir, zu glauben, Abis Auftritt würde unter dem Radar der britischen Presse bleiben. Ich werde jetzt nicht denselben Fehler machen. Don ist niemand, dem ich meine dunkelsten Gedanken anvertrauen kann.

»Ich ... es ist kompliziert«, sage ich. »Gestern Abend ist ein Mädchen aufgetaucht, das behauptet, Abigail zu sein.« Meine Worte klingen dumpf, emotionslos.

»Das ist verrückt. Ihr müsst überglücklich sein.«

Don hat mir nicht zugehört. Wie Michael, Daniel und

Rebecca, wie die Reporter vor meinem Haus und jeder Mensch im Land, der auf seinem Handy durch die Schlagzeilen scrollt. Er geht gleich in die Vollen.

»Was kann ich tun?«, fragt er.

»Wir warten auf einen DNA-Abgleich, um sicher zu sein. Ich möchte, dass du eine Erklärung abgibst. Etwas Vages, wobei du um Privatsphäre bittest. Das ist ganz wichtig. Wir brauchen etwas Freiraum, um das zu verarbeiten. Ich werde mich am Freitag mit jedem einzelnen Reporter zusammensetzen, wenn es sein muss, aber bis dahin müssen sie uns etwas Freiraum geben.«

»Sarah, Schätzchen, ich würde alles für dich tun, das weißt du. Aber nicht einmal ich kann sie dazu bringen, euch in Ruhe zu lassen. Das ist eine Nummer zu groß.«

Erschöpfung knetet sich in mein Gehirn. »Dann biete ihnen den Deal an und sag ihnen nur, sie sollen sich von Rebecca und Daniel fernhalten. Keine Fotos von ihnen, keine Nebengeschichten. Nichts. Ist das klar? Je mehr sie uns in Ruhe lassen, desto entgegenkommender werde ich am Freitag sein.«

Ich reibe mir mit den Handflächen über die Stirn und versuche, nicht an die stundenlangen Interviews zu denken, die mir bevorstehen, oder daran, was ich sagen werde. Freitag scheint eine Ewigkeit entfernt zu sein, aber bevor die nächsten sechs Tage um sind, weiß ich mehr – ich werde die Wahrheit wissen. Der Gedanke verknotet meinen Magen und ich knirsche mit den Zähnen gegen eine weitere Welle der Frustration an, die mich durchströmt. Warum passiert das alles? Wer ist dieses Mädchen? Was will sie?

»Verstanden. Sie werden die Interviews so schnell wie möglich planen wollen. Willst du, dass sie nach Essex kommen?«

»Nein. Ich will sie nicht im Haus haben. Machen wir es in London. Alle direkt nacheinander. Ich will nicht länger als nötig bleiben müssen.«

»Ich werde sie zum Kaffee ins Landmark oder vielleicht ins Savoy einladen«, kommt er mir entgegen.

Ich höre Dons Finger auf der Tastatur klappern und stelle mir vor, wie er in seinem Zweizimmerbüro in der Nähe vom Marble Arch über seinen Schreibtisch gebeugt sitzt. Ich habe immer gedacht, dass Don mit seiner Bulldoggenstatur und seiner Glatze für eine Karriere als Türsteher prädestiniert wäre, aber sein messerscharfer Verstand hat ihn auf einen anderen Weg geführt. Don ist der einzige Mensch, den ich kenne, der die Welt für eine Reihe komplizierter Spiele hält. Wie Schach, aber mit ständig wechselnden Regeln. Ein Sieg an einem Tag bedeutet einen Verlust am nächsten. Don ist der Großmeister des Spiels, der immer fünf Züge voraussieht, wenn der Rest von uns keinen einzigen sehen kann. Ob an seinem Schreibtisch oder bei einem Kundenessen, er hat immer ein Auge auf die Nachrichten und die sozialen Medien und ein Auge auf den Raum und die Menschen darin.

»Genau. Ein Statement. Etwas Vages. Schieß los«, sagt er.

»Ich bin mir nicht sicher, wie ich es formulieren soll. Ein Mädchen behauptet, meine Tochter zu sein, aber ich warte auf einen DNA-Test, weil ich ihr nicht glaube. Ich will das Medieninteresse abschwächen und nicht noch verstärken.«

Dons Tastatur klappert wieder. »Gestern um etwa – die genauen Details fügen wir nachher ein – haben wir uns mit einer Siebzehnjährigen getroffen, von der wir glauben, dass es sich um unsere Tochter Abigail Wick handeln könnte. Dies ist eine überwältigende Zeit für uns alle, laber Rhabarber –an dem Teil feile ich nachher noch ein bisschen. Wir bitten die Öffentlichkeit und alle Vertreter der Presse, uns in dieser glücklichen Zeit etwas Privatsphäre zu gewähren. Vielen Dank. Ist alles dabei?«

Glückliche Zeit?

»Ich denke schon. Kein Hinweis auf einen DNA-Test?«

»Wir wollen ja nicht, dass sie mit angehaltenem Atem auf

eine weitere Ankündigung geiern. Du wolltest eine vage Aussage – vager gehts nicht.«

»Du hast recht. Danke. Kannst du das fertig stellen und heute Morgen noch abschicken?«

»Natürlich. Schätzchen, du klingst so komisch. Geht es dir gut?«

Ich schlucke die Emotionen hinunter, die mich wieder zu überwältigen drohen. Ich kann nicht immer wieder zusammenbrechen, aber Don kennt mich zu gut. Er hat alles mit mir durchgestanden – Abigails Entführung, meine Rückkehr zur Arbeit, Michaels Skandal.

»Sarah?«, hallt Dons Stimme in meinem Ohr wider.

»Hm?«

»Hast du mir zugehört? Jemand gibt gerade eine Erklärung ab. Live im Fernsehen.«

»Was? Das kann nicht sein. Wir waren uns alle einig, dass du eine schriftliche Erklärung abgibst.«

Ich stehe auf und trete ans Fenster, aber alles, was ich sehen kann, ist die Kiesauffahrt, die schwarzen Tore und die Blitzlichter der Kameras auf der anderen Seite.

»Tja, Sky News sendet in diesem Moment live vor deinem Haus.«

»Was?« Ich greife nach der Fernbedienung und schalte den Fernseher ein. Ein, zwei, drei, vier quälende Sekunden vergehen, bis der Kasten zum Leben erwacht und Sky News auf dem Bildschirm erscheint. Don hat recht. Das Bild auf dem Bildschirm zeigt die dunklen Tore und das Grün der Lorbeerbüsche auf beiden Seiten.

»Ich rufe dich zurück.« Ich weiß nicht, ob er das gehört hat, so leise wie meine Stimme klingt, aber ich lege trotzdem auf.

Die Journalistenschar wird still, die Zwischenrufe verstummen. Das einzige Geräusch aus dem Fernseher ist das Knacken der Kamera, die auf meine Familie gerichtet ist – Michael und Rebecca zu beiden Seiten von Daniel und dem Mädchen.

Ich bin hin- und hergerissen, wie hypnotisiert vom Bildschirm und förmlich erstarrt, während mein Verstand mir zuruft, etwas zu tun, vor den Karren zu springen, der sich bereits in Bewegung gesetzt hat. Aber es ist zu spät. Ich kann es nicht mehr aufhalten.

Ich erwarte, dass Michael etwas sagt, aber es ist Daniel, der den Kopf hebt und direkt in die Linse und, wie es scheint, auch direkt zu mir schaut. Er hat die Schultern auf eine Weise zurückgezogen, wie ich es noch nie bei ihm gesehen habe. Er sieht Michael so ähnlich, dass mich die Erinnerung an eine andere Zeit, eine andere Presseerklärung überfällt. Keine schwarzen Tore hinter uns, sondern die schmale Tür des Ferienhauses, und Michael, der sich bei den Versammelten bedankt.

Ich fühle mich in die Zeit nach Abigails Tod zurückversetzt – Rebecca und Daniel im Haus mit Ryan, ich und Michael auf der Treppe, die geschlossene Haustür hinter uns, Michaels Hand in meiner, was nichts von der Einsamkeit milderte, die ich empfand. Ich erinnere mich, wie ich mir wünschte, Janie wäre auch bei uns, und wie sehr es mich verletzte, dass sie es nicht war.

»Vor vier Wochen«, begann Michael, »reisten wir als glückliche Familie an; heute fahren wir als eine zerrissene Familie. Unsere Entscheidung, nach Hause zurückzukehren, ist kein Eingeständnis einer Niederlage; wir geben die Suche nach unserer Tochter Abigail nicht auf. Wir fahren nach Hause, weil wir glauben, dass es das Beste für unsere Kinder ist.

Wir möchten der Polizei von Suffolk für ihre anhaltenden Bemühungen bei der Suche nach Abigail danken. Und wir möchten uns bei allen bedanken, die unsere Plakate von Abigail verteilt und uns auf jede erdenkliche Weise unterstützt haben, sie zu finden.«

Er holte zitternd Luft, bevor er weitersprach. »Ich habe eine Botschaft für den Fremden auf dem Boot. Wo immer du dich versteckst, wir werden dich aufspüren. Ich werde nie aufhören, nach meiner Tochter zu suchen. Wir werden sie finden.«

Ich erinnere mich an die darauffolgende Pause, an die Stille, die nur durch die Fotokameras unterbrochen wurde, die unaufhörlich weiterblitzten, und an den Schmerz in meiner Brust – betäubend, alles aufzehrend.

SECHSUNDZWANZIG

ABI

Samstag, 10.40 Uhr

Abis Herz hämmert in ihrer Brust. Ein pochendes, rhythmisches »Tu es. Tu es. Tu es.« Sie vergräbt ihre Hände in den Kapuzenpulli, den sie sich von Rebecca geliehen hat, und wünscht sich, genau wie gestern auf den Stufen des Polizeireviers, einen Mantel zu tragen. Einen dicken und teuer aussehenden grünen Parka, wie Rebecca ihn trägt. Etwas Kuscheliges und Warmes gegen die kalten, grauen Tage.

Sie mustert die Menge der Männer und Frauen, die vor ihr stehen. Auch sie sehen verfroren und zerzaust aus, aber deren Augen strahlen vor Vorfreude. Plan B, denkt sie und versucht, das Lächeln zu verbergen, das ihre Lippen umspielt. Besser als sein Plan. Besser, als einfach mit »Ja, ich bin Abigail« herauszuplatzen.

Auf diese Weise tritt sie es nicht selbst los, sondern die anderen. Ihre Familie. Und Sarah kann nichts dagegen tun.

Daniel räuspert sich, es wird still um sie herum. »Für diejenigen, die mich nicht kennen: Ich bin Daniel Wick, das älteste Kind von Sarah und Michael Wick, und ich möchte eine Erklärung vorlesen.« Seine Stimme ist unaufgeregt und deutlich, als würde er schon sein ganzes Leben lang in der Öffentlichkeit Reden halten. »Gestern Nachmittag haben meine Eltern, meine Schwester Rebecca und ich die Nachricht erhalten, auf die wir fast vierzehn Jahre gewartet haben. Meine Schwester, Abigail, ist am Leben.

Ich war sechs Jahre alt und Abigail war vier, als sie während eines Urlaubs in Suffolk von einem Mann entführt wurde. Die vergangenen vierzehn Jahre waren für uns alle ein Albtraum, aus dem wir jetzt dankbar erwachen. Mit Worten lässt sich nicht beschreiben, wie sehr wir uns freuen, dass Abigail wieder zu Hause ist, wo sie hingehört.

Wir möchten uns bei der Öffentlichkeit für die Unterstützung bedanken, die uns im Laufe der Jahre entgegengebracht wurde, und bitten nun um ein wenig Privatsphäre, damit wir Abigail den Empfang bereiten können, den sie verdient. Vielen Dank.«

Die Stille dauert einige Sekunden an, dann explodiert der Lärm um sie herum, Fragen prasseln aus allen Richtungen auf sie ein. Alle richten sich an Abi. Sie hebt den Kopf und schenkt ihm ein nervöses Lächeln. Sie will ihn nicht enttäuschen.

»Wo bist du gewesen, Abigail?«

Sie holt tief Luft. Eine Sekunde, um sich zu sammeln, um die Worte richtig zu formulieren. »Ich habe bei einem Paar in Kolumbien gelebt. Ich …« Dann hält sie inne, schluckt, als würden ihre Gefühle sie überwältigen. Daniels Arm legt sich um ihre Schulter.

»Entschuldigung«, sagt sie. »Das ist alles noch so neu für mich. Ich habe meine wahre Identität erst vor Kurzem herausgefunden.«

»Wurdest du gefangen gehalten, Abigail? Wer war der Fremde auf dem Boot? Wer ist der Mann, der dich entführt hat?«

»Nein, ich wurde nicht gefangen gehalten. Ich wurde von zwei Menschen aufgezogen, die ich für meine Eltern hielt.«

Eine plötzliche Anspannung ergreift ihren Körper. Eltern. Was bedeutet dieses Wort wirklich? Nicht das, was sie hatte, so viel steht fest. Abi sieht sich selbst als kleines Mädchen, gefangen in diesem Zimmer, allein und ignoriert von der einen Person, die sie nicht ignorieren sollte.

Es kommen noch mehr Fragen, aber jetzt ist es Daniel, der sich ihnen stellt. Abi hört kaum zu. Sie denkt stattdessen an die ersten Nachrichten, vor all den Geheimnissen und Lügen, vor den Tricksereien und dem sich drehenden Rouletterad, als es allein um die Wahrheit ging.

Ich schwöre dir, dass ich das in Ordnung bringe.

Du verdienst etwas viel Besseres.

Sie wünschte, es wäre so. Er machte ihr deutlich, dass dies der einzige Weg sei. Manchmal glaubte sie ihm, und manchmal zweifelte sie, ob das alles so ungerecht ist. Was auch immer als Nächstes passiert, sie ist jetzt in ihrem Lügengeflecht gefangen.

Daniels Arm löst sich von ihrer Schulter und Abi wird in die Gegenwart zurückgeholt.

»Abigail, wie hießen die Leute, bei denen du gelebt hast?«

»Ich fürchte«, antwortet Daniel an ihrer Stelle, »dass wir im Moment keine Auskünfte über Abigails Leben in Kolumbien geben können. Die Entführung meiner Schwester ist Teil einer laufenden Ermittlung und wir möchten nichts tun, was die Arbeit der Polizei behindern könnte. Die Leute, die uns meine Schwester genommen haben, müssen zur Rechenschaft gezogen werden.«

»Abigail«, ruft eine Stimme aus der Gruppe, »wie fühlt es sich an, wieder zurück in England zu sein?«

»Ich fühle mich endlich zu Hause.« Tränen kullern über

ihre Wangen. Sie wünschte, es wäre wahr, und sie fragt sich, ob es sich jemals tatsächlich so anfühlen wird. Das muss es, beschließt sie. Oder wofür soll das sonst alles gut sein?

»Was hast du jetzt vor, wo du wieder zu Hause bist?«

»Im Moment«, sagt Abi, »möchte ich nur Zeit mit meiner Familie verbringen und sie neu kennenlernen.«

»Michael, wie fühlt es sich an, dass Ihre Tochter wieder zu Hause ist?« Michael hustet, bevor er mit vor Rührung belegter Stimme sagt: »Wie ein wahrgewordener Traum.«

»Wo ist Sarah? Warum ist sie nicht bei Ihnen?«

»Wie Sie sich sicher vorstellen können«, sagt Daniel, »war Abigails Heimkehr für uns alle ein großer Schock. Meine Mutter ist sehr aufgewühlt und wurde von ihrem Arzt angewiesen, sich auszuruhen. Sie hat unsere Familie die ganze Zeit über zusammengehalten, und ich kann gar nicht beschreiben, wie hart sie gearbeitet hat, um uns allen den Rücken zu stärken. Sie dankt Ihnen von ganzem Herzen für Ihre Unterstützung. Wir planen für nächste Woche ein Fernsehinterview als Familie. Nochmals vielen Dank, aber wenn es Ihnen nichts ausmacht, würde ich meine Schwester jetzt gerne mit dem Genuss eines ordentlichen englischen Frühstücks bekanntmachen.«

Die Menge bricht in Gelächter aus.

Daniel lächelt, winkt und wendet sich dem Tor zu. »Es wird keine weiteren Erklärungen geben. Bitte respektieren Sie die Privatsphäre meiner Familie.«

»Willkommen zurück, Abigail«, ruft jemand, als sie wieder die Auffahrt hinaufmarschieren. Michael schließt das Tor mit einem dumpfen Schlag, sperrt die Kameras aus, und Abi seufzt. Wenn es sein Plan war, der Welt von ihrer Existenz zu erzählen und ihre Position in der Wick-Familie zu festigen, dann hat sie jetzt genau das geschafft. Trotzdem wird sie das Gefühl des Unbehagens nicht los, das sich in ihrem Körper ausbreitet.

Wenn das hier der Ort ist, an dem sie sein sollte, warum fühlt sie sich dann immer noch so allein?

»Du warst brillant, Abigail«, lobt Daniel.

»Du warst das Genie«, antwortet Abi. »Ohne dich hätte ich das nicht geschafft. Du musst mir beibringen, wie man so in der Öffentlichkeit spricht. Es war unglaublich.« Die Worte purzeln nur so aus ihr heraus. Sie versucht, ihre Atmung zu verlangsamen, klar zu denken.

»Ich muss dir gar nichts beibringen.« Er lächelt. »Es liegt uns im Blut.«

»Ich finde, ihr wart beide großartig.« Rebecca grinst, schiebt eine kalte Hand in Abis und drückt sie fest. »Geht es dir gut?«, fügt sie hinzu.

Abi nickt, ihr Blick wandert zum Haus. Im Fenster des Wohnzimmers sieht Abi Sarah, die Arme vor der Brust verschränkt. Selbst durch die Glasscheibe von der anderen Seite der Einfahrt kann Abi Sarahs Wut spüren. »Ich bin mir nicht sicher, ob Sarah über das, was wir gerade getan haben, glücklich sein wird.«

Michael schnaubt. »Mach dir keine Sorgen wegen Sarah. Ich werde ihr sagen, dass es meine Idee war. Es war das Richtige. Das versteht sie schon, wenn sie sich wieder eingekriegt hat.«

Abi ist sich da nicht so sicher, aber sie ist froh, dass Michael die Schuld auf sich nimmt. Sie hält sich ein wenig im Hintergrund, als sie auf die Haustür zugehen, und positioniert sich dann neben Rebecca, in der Hoffnung, dass Sarahs unübersehbare Liebe zu ihrer Tochter sie aus der Schusslinie bringen wird.

Sie betreten das Haus, Abi nimmt den zitronigen Geruch von Reinigungsmitteln wahr. Von dem Schlamm, durch den sie vor einer Stunde gelaufen sind, ist nichts mehr zu sehen. Abi sieht Ryan in der Küchentür stehen, den Lappen noch in der Hand.

»Ryan«, sagt Michael, »wie haben wir uns geschlagen?« Seine Stimme hüpft vor falscher Freude.

Ryan öffnet den Mund, um zu antworten, hält aber inne, als er sieht, wie Sarah aus dem Wohnzimmer stürmt.

»Was zur Hölle sollte ...«

Sarahs Worte sind laut, aber ihr Wutausbruch wird durch das Klingeln ihres Handys unterbrochen.

»Keiner bewegt sich«, zischt sie und hält sich das Telefon ans Ohr.

»Ich bin's«, sagt sie. Es folgt eine Weile Stille. Michael zeigt auf die Küche, und mit Rebecca und Daniel verschwindet er dorthin. Einen Moment später klappern Teller und der Wasserkocher surrt. Abi bleibt, wo sie ist.

»Ich weiß, Don, ich weiß«, seufzt Sarah. »Wir müssen es tun. Wir müssen es am Freitag machen, vor den anderen ... Nein, es sollte bei *This Morning* sein. Sie haben mir beigestanden, als ...«

Ihr Blick fällt auf Abi. Unter Sarahs durchdringendem Blick steigt Hitze in ihren Wangen auf. In diesem Augenblick scheint es, als ob Sarah durch jede Lüge, jede Halbwahrheit bis in Abis Innerstes schauen könnte.

Schuldgefühle verdichten sich in Abi, und obwohl sie sich in den Sekunden, die vergehen, wünscht, sie könnte alles ungeschehen machen und in ihr armseliges Leben zurückkehren, drängt sich ein anderer Gedanke in ihren Kopf. Eigentlich eine Frage – etwas, das ihr gerade erst in den Sinn gekommen ist.

Hier ist eine Mutter, die an der Entführung ihrer Tochter und der Last eines gebrochenen Herzens, die sie seit vierzehn Jahren mit sich herumträgt, zerbrochen ist. Und auf der anderen Seite steht Abi mit der runden Windpockennarbe auf der rechten unteren Brust, mit dem gleichen Haar und der gleichen Augenfarbe und erzählt ihr, dass sie Abigail ist. Dass sie zu dieser Familie gehört.

Wie kann Sarah sich so sicher sein, dass sie nicht Abigail ist? Was weiß sie, was sonst niemand weiß?

SIEBENUNDZWANZIG

SARAH

Ich lege auf, während eine schwindelerregende Wut in meinem Kopf herumwirbelt, das Produkt aus meinem pochenden Herz und dem Blut, das jetzt mit Volldampf in mein Gehirn strömt. Ich streiche mit der Hand über den glatten Putz der Wand im Flur und verankere ihn so in meinem Blickfeld, während sich vor meinen Augen der Rest der Eingangshalle wie in einem Karussell dreht.

Neben der Wut sind es die unwillkommenen Erinnerungen, die durch die Risse meines Panzers sickern und meine Gedanken vernebeln.

Ich muss etwas essen. Das ist mir klar. Ich habe meine Überlebenskunst ganz vernachlässigt – essen, schlafen, arbeiten, nach vorne schauen, niemals zurück. Und wenn ich nicht überlebe, dann ertrinke ich. Im Kummer. In der Verzweiflung. In allem, was ich verloren habe.

Ich schaffe es in die Küche und bin mir der Blicke bewusst, die sich auf mich richten – Rebeccas und Michaels und der des Mädchens, das mir in die Küche gefolgt ist. Sie alle stehen wie erstarrt da und warten auf meinen nächsten Ausbruch.

Ryan berührt meinen Arm, als ich vorbeigehe, die Stirn

besorgt gerunzelt, aber ich konzentriere mich auf Daniel. Er steht am offenen Kühlschrank, mustert dessen Inhalt und knabbert an einer halben Scheibe gebutterten Toast. Ohne zu fragen, schnappe ich mir die andere Hälfte des zerrupften Rechtecks von seinem Teller und zwinge mich, zu essen.

Ich kaue, als würde ich einen Marathon laufen. Der Toast schmeckt wie Pappe, aber ich schlucke ihn hinunter.

»Ich hätte dir einen Toast gemacht, wenn du gefragt hättest«, sagt Daniel.

Seine Stimme, seine ganze Art ist entspannt, und plötzlich weiß ich nicht, ob ich ihn umarmen oder anschreien soll.

Dons Worte hallen in meinem Kopf nach. »Dein Junge ist ein Naturtalent, weißt du das? Das war großartig. Nicht so vage, wie du wolltest, aber er hat deine Abwesenheit wie ein Profi begründet.«

»Soll ich Sandwiches mit Bacon machen?«, zwitschert Michael jetzt beschwingt.

»Was sollte das da draußen?«, frage ich ihn und zwinge mich, Besonnenheit in meine Stimme zu legen, die ich nicht spüre, aber ich will Antworten bekommen und nicht einfach herumschreien.

»Na ja, ich …« Michaels Blick schweift durch den Raum, bevor er verlegen wieder bei mir landet. »Die Erklärung war gut, dachte ich. Gut gemacht, Daniel.«

»Danke«, sagt Daniel, zieht die Augenbrauen hoch und verzieht das Gesicht, lässt dieses eine Wort irgendwo zwischen Aussage und Frage schweben, wie es nur junge Menschen können.

»Ich habe dir gesagt, dass ich Don bitten werde, eine Erklärung abzugeben. Bis wir mehr wissen …«

»Eine einfache Erklärung hätte nie ausgereicht«, unterbricht mich Michael. »Komm schon, Sarah, du kennst diese Branche besser als jeder andere. Das ist eine zu große Sache. Daniel hat da draußen einen tollen Job gemacht.«

»Dem will ich gar nicht widersprechen; was ich meine, wir müssen als Familie entscheiden, was wir tun. Wir müssen uns einig sein. Wann habt ihr das geplant? Wessen Idee war das überhaupt? Und warum hat mir niemand etwas gesagt?«

Michael räuspert sich. »Du hast gehört, was Ryan gesagt hat. Er hielt es für eine gute Idee und ich war einverstanden.«

Ich schaue zu Ryan. Hat er Michael etwas vorgeschlagen, während ich nicht im Zimmer war? Er holt Luft, um etwas zu sagen, aber Daniel unterbricht ihn.

»Was ist denn schon dabei?« Er schließt den Kühlschrank und wendet sich mir zu. »Die Nachricht ging doch sowieso schon überall herum. Sie haben ein Bild von Abigail, wie sie das Polizeirevier in Bethnal Green betritt, sie haben Aussagen der Polizei, die bestätigen, dass es neue Informationen gibt …«

»Du hast keine Ahnung, wie die Medien ticken, Daniel. Du hättest vorher mit mir reden sollen …«

»Woher willst du das wissen?« Seine Stimme ist scharf, und obwohl er sich so betont lässig gegen die Kücheninsel lehnt, bemerke ich, dass die Muskeln in seinem Nacken angespannt sind. »Woher willst du wissen, was ich weiß und was nicht? Weißt du, dass ich von Informatik zu Medienwissenschaften gewechselt habe? Nein, weißt du nicht.«

Seine Bemerkung trifft mich hart und weckt meine Schuldgefühle.

»Du hast recht«, sage ich und nicke. Jetzt bin ich diejenige, die ruhig ist – ich befinde mich jetzt im Auge des Sturms. »Ich weiß nicht viel über dich, Daniel. Aber wessen Schuld ist das? Du erzählst uns nichts. Du kommst und gehst, Tag und Nacht, als wäre dieses Haus ein Hotel.« Die Gefühle gehen mit mir durch. An der Farbe, die aus Daniels Gesicht weicht, kann ich erkennen, dass auch ich einen Nerv getroffen habe.

Er stößt sich von der Kücheninsel ab, richtet sich auf und wirft mir einen finsteren Blick zu. Auf seinen Lippen liegt ein leichtes Lächeln, als wollte er sagen: »Touché«, und dass es ihm leidtue, aber dass er trotzdem recht habe. Vielleicht interpretiere ich da zu viel hinein. Aber als er die Küche verlässt, halte ich ihn nicht auf.

»Sarah«, setzt Ryan an, »es tut mir leid …«

»Schon gut«, sage ich und wende mich ebenfalls zum Gehen. Ich brauche einen Moment Zeit für mich.

In der Stille des Wohnzimmers senkt sich Einsamkeit über mich wie der Nebel, der an einem Frühlingsmorgen über die Felder zieht. Ich bin jetzt nicht einsamer als in den letzten fünf Jahren, den letzten dreizehn Jahren, zehn Monaten und zehn Tagen, und doch fühlt es sich anders an. Ich werde von dieser Familie verstoßen, und auch wenn es kleinlich sein mag, verletzt es mich, dass sie die Erklärung ohne mich abgegeben haben. Aber habe ich ihnen überhaupt eine Wahl gelassen?

Ich überlege, ob ich Don zurückrufen soll, aber er ist sicher gerade damit beschäftigt, Interviews zu arrangieren. Mein Blick fällt auf das Bücherregal – aus massiven Holz mit einer ungewöhnlichen Maserung mit natürlichen Astlöchern, das die Hälfte einer Wand einnimmt und mit einer Mischung aus Büchern, Fotorahmen und klobigen Silberschmuckstücken bestückt ist. Ein Herz auf dem einen Regal. Ein Vogel auf einem anderen. Und dort ganz unten, vergessen und kaum benutzt, zwischen den Kochbüchern aus Rebeccas Backphase, liegt mein altes Adressbuch.

Ich ziehe es aus dem Regal. Der Einband ist gepunktet und an den Rändern abgegriffen. Ich schlage es auf und suche die Adresse von Janie und Phil. Vor vierzehn Jahren haben sie in der Nähe von Ascot in West London gelebt. Damals arbeitete Phil mit Rennpferden, aber jetzt könnten sie überall wohnen.

Ich frage mich wieder, warum Janie den Kontakt abgebrochen hat. Warum wir am Tag von Abigails Entführung das letzte Mal miteinander gesprochen haben. Noch eine Stunde vor der Entführung lachten wir zusammen und liefen an der Strandpromenade entlang, um in letzter Minute den Berg von

Pommes abzutrainieren, den ich in der Woche verschlungen hatte.

Und dann wurde unser Gespräch ernst. Ich machte mir Sorgen um ihre Ehe und darüber, wie unglücklich sie war. Es führte zu einem dummen Streit, der angesichts all dessen, was bald darauf folgte, bedeutungslos war.

»Verlass ihn einfach, Janie«, riet ich ihr, und mein Atem ging schnell, während wir nebeneinander herliefen, ohne zu ahnen, dass mein Leben in Kürze zerstört werden würde. Dass weniger als eine Stunde, nachdem diese Worte meinen Mund verlassen hatten, meine Tochter weg sein und ich sie nie wiedersehen würde. »Er macht dich unglücklich. Sieh das doch ein.«

»Wir machen eine schwere Zeit durch, das ist alles. Die Hormonbehandlungen haben mich verrückt gemacht. Ich war eine total blöde Kuh.«

»Dafür sollte er Verständnis haben«, sagte ich, als wir einen Vater mit einem kleinen Sohn auf einem Fahrrad umrundeten.

»Das hat er doch. Er will es nur nicht weiter versuchen. Ich schon.«

»Er ist unfair.«

Sie schnaubte und warf mir einen so bösen Blick zu, dass ich mein Tempo verlangsamte und mich zurückfallen ließ.

»Es ist schön leicht, wenn man du ist, nicht wahr, Sarah?«, sagte sie, und die stürmische Meeresbrise trug die Wut in ihrer Stimme mit sich. Der Vater mit dem Jungen auf dem Fahrrad sah zu uns auf. »Du sagst mir, ich soll meinen Mann verlassen und meine Träume aufgeben, während du dasitzt und alles hast. Die kleine Miss Perfect, mit ihrem perfekten Ehemann und ihren drei perfekten Kindern.«

Ein Schluchzen durchfuhr sie, ich blieb stehen und versuchte, sie in den Arm zu nehmen.

»Lass«, sagte sie und wich mir aus. »Lass mich einfach wütend sein. Lauf weiter. Ich gehe zurück.«

»Janie, es tut mir leid. Ich wollte dich nicht verärgern«, rief ich ihr zu, als sie sich umdrehte und sich auf den Weg zurück nach Thorpeness zu unserem Ferienhaus machte. Ich sah ihr noch einen Moment lang nach, bevor ich meinen Weg fortsetzte. Es war sinnlos, ihr hinterherzulaufen, wenn sie sich abreagieren wollte.

Ich fühlte mich schlecht, weil ich so auf sie eingeredet hatte, aber andererseits kannte ich Janie lange genug. Sie würde sich beruhigen, und wir würden später bei einem Glas Wein darüber lachen.

Aber das taten wir nicht.

Das nächste Mal, als ich sie sah, rannte ich durch die Straßen und rief Abigails Namen.

»Sarah, was ist passiert?«, fragte Janie, packte mich an den Schultern und hielt mich fest.

»Abigail ist weg. Sie hat im Garten gespielt. Michael hat sie nur kurz aus den Augen gelassen und …«

»Sie wird schon irgendwo sein«, sagte Janie, und wir suchten gemeinsam, bis es nichts mehr zu suchen gab und wir zurück zum Haus liefen, um auf Neuigkeiten zu warten.

Mein Blick fällt auf die Festnetznummer unter der Adresse. Ich tippe sie in mein Handy und warte, bis es klingelt.

Eine Frau meldet sich mit einem forschen »Hallo?«, und ich merke sofort, dass es nicht Janie ist.

»Oh, hallo«, sage ich. »Es tut mir leid, dass ich Sie störe. Ich versuche, eine alte Freundin ausfindig zu machen. Sie hat in der Winchester Road 247 gewohnt, und das war ihre Nummer.«

»Ja, da sind sie zumindest bei der richtigen Adresse gelandet. Nach wem suchen Sie denn?«

»Janie Franklin.«

»Die Franklins, ja – die haben hier vor meinen Eltern gewohnt.«

»Sie haben nicht zufällig eine Adresse von ihnen, oder?«

Stille in der Leitung. »Ich glaube nicht, tut mir leid. Ich bin selbst auch nur zu Besuch. Meiner Mutter geht es nicht gut. Das muss auch schon lange her sein. Sie müssten 2010 umgezogen sein, schätze ich. Damals war ich auf der Uni. Ich glaube, meine Mutter hat gesagt, sie wären aus beruflichen Gründen ins Ausland gezogen. Ich kann Mutter gerne fragen, wenn sie aufwacht, aber sie hat Demenz, also bin ich mir nicht sicher, ob sie eine große Hilfe ist.«

»Ich danke Ihnen. Wenn es nicht zu viel Mühe macht, würde ich es zu schätzen wissen.«

»Sie könnten es bei Facebook versuchen. Wenn Ihre Freundin dort kein Profil hat, dann vielleicht ihre Tochter.«

»Tochter?« Ich stolpere über das Wort.

Wieder eine Pause. »Ja. Ich bin mir sicher, dass Mum gesagt hat, sie hätten ein Kind gehabt. Außerdem war mein Zimmer rosa gestrichen, als wir hier einzogen, und im Garten stand eine Schaukel. Tut mir leid, ich muss jetzt los. Ich höre, dass meine Mutter aufsteht.«

Sie legt auf und ich starre ins Leere und versuche, mir einen Reim darauf zu machen, was die Frau eben gesagt hat. Janie und Phil sind ein Jahr, nachdem Abigail entführt wurde, mit einer Tochter ins Ausland gezogen, die sie 2009 nicht hatten. Kein Baby. Sondern ein Kind. Ein kleines Mädchen, das alt genug war, um eine Schaukel zu benutzen. Adoption wäre die offensichtliche Erklärung oder ein Missverständnis seitens der Frau, mit der ich gesprochen habe. Und dennoch läuft mir ein Schauer über den Rücken, den ich nicht ganz verstehe.

ACHTUNDZWANZIG

SARAH

Samstagmittag

Der Vormittag vergeht mit gestelzten Worten, höflichen Bitten und Fragen. »Wer will noch einen Kaffee? Hat jemand Hunger? Gib mir mal bitte die Milch.«

Meine Familie sieht mich an, als wäre ich eine Granate mit herausgezogenem Stift. Ich kann mich nicht beruhigen. Meine Gedanken kreisen ständig um Janie und Phil und ihre Tochter und das Mädchen in meinem Haus. Ich pendle zwischen Küche und Wohnzimmer hin und her und sehe zu, wie die Nachrichtenportale Daniels Erklärung wieder und wieder ausstrahlen. Es wird nichts Neues gesagt, es gibt keine Moderatoren mehr, die von außerhalb des Hauses berichten.

Irgendwann verschwindet Daniel im Obergeschoss. Rebecca und Abi unterhalten sich in der Küche, während sie abwechselnd ein Spiel auf Rebeccas Handy spielen. Ich halte mich im Hintergrund, in der Hoffnung, Abi endlich allein zu erwischen und sie zum Reden zu bringen. Aber wenn ich sie zu diesem Gespräch auffordere, weiß ich, dass sich meine Familie wieder um sie scharen wird und ich nicht weiterkommen werde. Ich muss den Zeitpunkt abpassen, bis sie allein ist.

Ryan spült Geschirr und macht Sandwiches, ein Geschirrtuch über der Schulter. Er wirft mir immer wieder besorgte Blicke zu, die ich aber ignoriere. Ich bin nicht wütend auf ihn, und doch ärgert es mich, dass er Michael den letzten Anstoß zu der Aktion mit der Presse gegeben hat. Ich möchte ihn fragen, ob sein Motto weiterhin ist, sich nicht einzumischen, aber auch diese Frage behalte ich für mich.

Als ich es nicht mehr aushalte, werfe ich mir meinen Mantel über und gehe mit Barley in den Garten, wo ich ihn endlos lange apportieren zu lassen, ohne dass er müde wird. Ich versuche erneut, Janies Handynummer zu erreichen, aber diesmal geht niemand ran.

Irgendwann öffnet sich die Hintertür und Ryan erscheint. »Nicht jetzt.« Ich schüttle den Kopf. »Mir gehts gut.« Ich will weder sein Mitgefühl noch sein Mitleid oder seine Ruhe. Ich will nicht, dass man mir sagt, ich sei übermäßig emotional, ein Wrack. Ich will auch nicht hören, dass Daniel das Richtige getan hat.

»Der Mitarbeiter vom Labor mit den DNA-Tests ist hier«, erklärt Ryan. Ich springe auf, die Wut ist vergessen, und ich schreite mit Barley an den Fersen zum Haus.

Sieben, acht, neun Schritte, bis ich im Haushaltsraum stehe. Ich sehe Abis Turnschuhe, als ich aus meinen Stiefeln schlüpfe. Alte No-Name-Turnschuhe, die vorne an der Kappe abblättern. Ich schaue weg, plötzlich unruhig. Unsicher. Dieses Aufblitzen in ihren Augen – diese bernsteinfarbenen Flecken. Dieselben Fragen tauchen wieder auf. Ist sie unschuldig? Oder ist da mehr? Ich werde das Gefühl nicht los, dass es das Letztere ist.

Ich wende den Blick ab und denke stattdessen an die roten Turnschuhe, die Abigail so geliebt hat.

Alle sind in der Küche versammelt und mich beschleicht wieder das Gefühl, dass ich ausgeschlossen werde. Dass man über mich redet. Da steht ein Mann neben Ryan. Er hat eine Hakennase und kleine Augen unter einem Schopf lockiger schwarzer Haare. Er ist etwa fünfzehn Zentimeter kleiner als Ryan, also etwa so groß wie Michael, und trägt ein dunkles Poloshirt, auf dem in hellblauer Schrift der Name Bio Data Clinic steht.

»Ist Ihr Lieferwagen auch mit diesem Logo bedruckt?«, frage ich und zeige auf sein Hemd. Mein Tonfall ist harscher als beabsichtigt, aber ich habe keine Energie für Nettigkeiten oder Begrüßungen.

Er schaut auf sein T-Shirt hinunter und schüttelt den Kopf. »Der ist einfach weiß. Sieht aus wie ein ganz normaler Lieferwagen«, antwortet er. »Als ich angekommen bin, haben zwei Polizisten gerade die Fotografen abgewimmelt, falls Sie sich deswegen Sorgen machen, Mrs Wick. Die meisten von ihnen sahen aus, als würden sie zusammenpacken und nach Hause gehen.«

Meine Wut verfliegt. Die schiere Ungeheuerlichkeit der letzten vierundzwanzig Stunden prasselt auf mich ein. Ich möchte dem Mädchen, der Polizei, Michael und mir selbst so viele Fragen stellen. Es gibt so viele Dinge, die ich nicht weiß.

»Entschuldigung.« Das Wort sprudelt aus meinem Mund. »Ich wollte nicht so schroff klingen.« Ich starre den Mitarbeiter des Labors an, der in meiner Küche steht, denke aber an Daniel. »Es ist nur …« Mir fehlen die Worte.

»Sie müssen sich für nichts entschuldigen, Mrs Wick.«

Ich lächle wohlwollend, als Michael auf den Mann zugeht und ihm die Hand schüttelt. »Danke, dass Sie zurückgekommen sind, Bob. Tut mir leid, dass ich heute Morgen so unpassend gekleidet war.«

»In diesem Beruf bekomme ich alles Mögliche zu sehen«, antwortet Bob mit einem Lächeln, das sich um seine Nase zu kringeln scheint.

»Sie waren vorhin schon hier?«, frage ich und schaue von Bob zu Michael.

Michael nickt. »Als ihr spazieren wart.«

»Kein Problem«, wirft Bob ein. »Ich hatte noch andere Lieferungen, deswegen habe ich zugesagt, später noch einmal wiederzukommen.«

»Wie lange dauert es, bis die Proben im Labor sind?«

»Das ist mein nächster Halt.« Bob schaut auf die Uhr. Wenn alles gut geht, liegen die Ergebnisse in zweiundsiebzig Stunden vor.

»Danke.« Zweiundsiebzig Stunden. Dienstagnachmittag. Bis dahin überlebe ich.

Und dann? Die Frage setzt sich in meinen Gedanken fest, ohne dass ich es verhindern kann. Letzte Nacht habe ich mich an den Glauben geklammert, dass mit den DNA-Ergebnissen alles wieder in Ordnung kommen würde. Meine Familie würde erkennen, dass ich recht hatte, das Mädchen würde verschwinden, und wir würden unser Leben weiterführen. Aber selbst in all dem Chaos kann ich erkennen, dass es dafür viel zu spät ist. Hätten wir, hätte ich das Mädchen vom Haus ferngehalten, sie für drei Tage in ein Hotel eingecheckt, dann wäre vielleicht alles anders gekommen. Ich denke an Daniel und Rebecca. Wenn es nach ihnen geht, haben sie ihre Schwester wieder. Das Bild der drei, wie sie lachend am Fluss spazieren gehen, schießt mir durch den Kopf.

»Also, sollen wir es angehen? Wo sind die Tests?«, frage ich und schaue von Michael zu Ryan und schließlich zu Bob.

»Ich habe sie hier bei Ihnen gelassen, Mr Wick«, sagt Bob.

»Ach wirklich?« Michaels Blick wandert durch die Küche. »Ich dachte, Sie hätten sie mitgenommen.« Er tätschelt die Taschen seiner Jeans, als würde er nach einem verlorenen Schlüsselbund suchen. »Ich bin sicher, sie sind hier irgendwo. Ich war heute Morgen nicht ganz bei der Sache. Hatte nicht genug Schlaf letzte Nacht.«

Zu viel Wein. Die Bemerkung behalte ich für mich.

»Ryan, hast du sie irgendwo hingelegt?«, fragt Michael.

Ryan schüttelt den Kopf. »Nicht, dass ich wüsste.«

»Tut mir leid, Bob«, sagt Michael. »Sie müssen hier irgendwo sein.«

»Haben Sie noch mehr Kits?«, frage ich.

Bob schüttelt den Kopf. »Tut mir leid. Es sind keine mehr übrig. Normalerweise hätte ich noch mehr, aber es ist Samstag und das ist mein letzter Halt an diesem Tag.«

»Sie können ja nicht weit sein«, sage ich und versuche, mir den Frust nicht anhören zu lassen.

»Ich weiß, Sarah«, murmelt Michael, während er die Küche in Augenschein nimmt. »Ich schwöre, dass ich sie …« Er dreht sich einmal um die eigene Achse. »Ryan, bist du sicher …«

»Oh, um Himmels willen«, zische ich und reiße den nächstbesten Schrank auf.

»Ich glaube, ich habe sie auf der Anrichte liegen gelassen.« Michael verzieht das Gesicht und starrt auf den langen Holzschrank am Ende der Küche. Er ist übersät mit Briefen von Rebeccas Schule, und ein Stapel Pullover und Bücher, den ich vor zwei Tagen dort abgelegt habe, wartet darauf, nach oben gebracht und weggeräumt zu werden. Michael und ich erreichen die Anrichte zeitgleich. Unsere Hände tanzen übereinander, um das Durcheinander zu sortieren.

Ich reiße die oberste Schublade auf, aber etwas bleibt an der Schiene hängen und die Schublade knallt wieder zu, wobei ich mir fast die Finger klemme. Vorsichtig taste ich mit der Hand in den Spalt und schiebe das Hindernis aus dem Weg. Die Schublade gleitet auf, und auf den Speisekarten verschiedener Imbisse und einem Gewirr von Handy-Ladegeräten finde ich drei kleine weiße Schachteln mit demselben hellblauen Logo auf der Vorderseite.

»Warum hast du sie versteckt?«, frage ich.

»Ich habe sie nicht *versteckt*, Sarah«, blafft Michael.

»Jemand anderes muss sie dort hineingelegt haben, oder ich weiß nicht, vielleicht habe ich sie dort hineingelegt, während ich versucht habe, euch alle anzurufen und euch vor der Presse zu warnen, die vor unserer Tür stand.«

Nach seinem gestrigen Vorschlag, den DNA-Test gar nicht erst zu machen, bin ich mir nicht sicher, ob ich ihm glauben kann.

Ich nehme die Schachteln und reiche Michael eine davon. Die Testergebnisse werden meiner Familie unfassbaren Schmerz zufügen, aber sie werden auch die Wahrheit ans Licht bringen, und das sollte doch ein gewisser Trost sein. Ich klammere mich an den Gedanken und drehe mich auf der Suche nach dem Mädchen um.

Abi steht neben Rebecca. Sie hat die Ärmel ihres Pullovers über ihre Hände gezogen und mir fällt wieder auf, wie jung sie ist.

»Hier«, sage ich. »Es tut mir leid, dass ich das von dir verlange«, ist alles, was mir einfällt.

»Das ist schon in Ordnung«, sagt sie. »Ich will auch die Wahrheit wissen.«

Wir stehen uns an der Kücheninsel mit dem gläsernen Weinkühlschrank und den Schubladen voller Geschirrtücher und unbenutzter Utensilien gegenüber. Plötzlich erhellt ein Sonnenstrahl den Raum und bringt die Flecken auf der schwarzen Granitarbeitsplatte zum Vorschein, die Michael unbedingt haben wollte.

Michael gesellt sich zu uns, und eine Sekunde später stellt Bob eine silberne gefütterte Transporttasche in die Mitte der Arbeitsplatte.

»In Ihrer Schachtel finden Sie ein durchsichtiges Röhrchen«, sagt er. »Schreiben Sie Ihren Namen in das dafür vorgesehene Feld auf dem Röhrchen und verschließen Sie Ihre Probe darin. Dann legen Sie alle drei Proben in diese Tasche. Das ist schon alles.«

Ich reiße die Schachtel auf und finde ein Informationsblatt, das um den Inhalt gefaltet ist und mich mit einem Stich der Traurigkeit an einen Schwangerschaftstest erinnert. Dieses Ergebnis wird eindeutig sein. Das Mädchen ist nicht meine Tochter.

Zweifel, der hässliche kleine Bruder der Hoffnung, überkommt mich. Ich überfliege die Anleitung und die einfachen Piktogramme, die die einzelnen Schritte erklären. Erstens: den Tupfer an der Innenseite der Wange reiben. Zweitens: in das Röhrchen einführen. Drittens: das Röhrchen in den Beutel stecken. Viertens: den Beutel verschließen.

Meine Hände zittern. Ich schaue mich in der Küche nach meiner Familie um. Wäre es denn so schlimm, wenn wir den Test ausfallen lassen würden? Wäre es so schlimm, so zu tun, als ob? Ist es nicht das, was wir seit fast vierzehn Jahren tun? So zu tun, als wären wir eine normale Familie? Wäre es so schlimm, die Fragen, die ich habe, einfach zu vergessen und mich auf ein Leben mit unseren drei Kindern zu freuen?

Die Schachtel und die Anleitung fallen mir aus der Hand und landen auf der Arbeitsfläche. Die Worte formen sich in meinem Kopf, und für eine Sekunde sehe ich mich selbst, wie ich sie ausspreche. Ich kann die Zukunft sehen, die Michael vermutlich schon seit Langem sieht. Aber Abi kommt mir zuvor.

»Ist schon okay«, sagt sie, kaum hörbar über das Rascheln von Papier und das Klappern des Inhalts von Michaels Schachtel, die er auf die Granitfläche kippt, hinweg. Aber ich höre es. Da ist etwas in ihrer Stimme, das sich in meinem Kopf festsetzt. Ich nehme sie sofort in Augenschein. Ihr Gesicht ist leer, unleserlich. Habe ich es mir eingebildet oder hat sich der Akzent des Mädchens gerade verändert? Da war kein spanischer Akzent in diesen Worten, kein amerikanisches Englisch. Die Worte klangen abgehackt, britisch.

Mein Blick wandert von dem Mädchen zu Michael. Er

reibt bereits den Tupfer in seinem Mund. *Habt ihr das gehört?*, möchte ich sie alle anschreien – Rebecca, Daniel, Michael. Sogar Bob. *Habt ihr gehört, wie sich ihr Akzent verändert hat?* Ich möchte sie alle anschreien, und das Mädchen ganz besonders. Aber ich tue es nicht. Niemand sonst hat zugehört. Niemand sonst hat es bemerkt. Drei Worte, mehr war es nicht, aber das war genug. Genug für mich, um mich daran zu erinnern, dass dieses Mädchen eine Fremde ist. Darüber kann nichts hinwegtäuschen. Ich muss herausfinden, wer sie ist und warum sie hier ist. Aber zuallererst muss meine Familie hinter mir stehen, und dazu bringe ich sie nur, wenn wir diesen Test machen.

»Soll ich ihn gleich hier machen?«, fragt sie mit lauter Stimme, rollt das R und hebt die Stimme am Ende, eine exotische Mischung aus Spanisch und Amerikanisch. Sie schaut zwischen Michael und Bob hin und her, und dann fällt ihr Blick auf mich, und ich erkenne keine Unschuld oder Jugendlichkeit in ihren Augen. Ich sehe Entschlossenheit. Ich sehe Ärger.

Ich nehme meine Schachtel und zähle die Schritte, während ich sie durchführe. DNA lügt nicht, und in zweiundsiebzig Stunden wird sie verschwunden sein.

NEUNUNDZWANZIG

ABI

Abi wartet, bis sich Sarah wieder auf das Testkit konzentriert, bevor sie aufzuatmen wagt. Den Akzent wegzulassen war ein Risiko, aber kein Fehler. Sie konnte sehen, wie Sarah ins Wanken geriet und sich fragte, ob sie den Test brauchten.

Abi wusste, dass Sarah diesen Moment der Schwäche bereuen würde. Es ist unmöglich, dass eine Frau, die an einem Tag so darauf beharrt, dass Abi nicht ihre Tochter ist, am nächsten Tag einfach aufhört, Fragen zu stellen.

Nein. Es ist besser, alles hinter sich zu bringen. Und außerdem braucht Abi diesen DNA-Test. Sie muss Sarah und allen anderen beweisen, dass sie ein Teil dieser Familie ist. Vielleicht hat sie dann das Gefühl, dazuzugehören, wie er es ihr prophezeit hat.

Abi öffnet die Schachtel und tut so, als würde sie die Anweisungen auf dem Zettel lesen. Das ist nur Show. Es ist nicht ihr erster DNA-Test. Er hat sie üben lassen. Sie mussten sicher sein, dass der Plan aufgeht. Es stand zu viel auf dem Spiel. Das tut es immer noch.

Plötzlich flammt Angst in ihr auf. Sie braucht einen Moment, um das Gefühl zu verarbeiten und es einem der

Dutzenden von Gedanken zuzuordnen, die in ihrem Kopf um Aufmerksamkeit ringen. Ist es die Angst vor dem Versagen? Zu wissen, dass sie außerhalb dieses Hauses nur ein Leben auf der Straße erwartet, mit 89,61 Pfund in der Tasche. Kein Bankkonto, keine Qualifikationen. Im Café wurde sie immer bar ausgezahlt, und obwohl Abi weiß, dass sie klug genug ist, um das Wechselgeld für einen Gast auszurechnen, ohne es in die Kasse eingeben zu müssen, reicht das eben nicht aus.

Das ist beängstigend, aber nicht der Grund für die Furcht, die durch ihren Körper schießt, als sie den Tupfer herausnimmt und ihn an der Innenseite ihrer Wange reibt. Er ist es. Die Frage ist, wie viel noch schiefgehen kann. Sie hat so viel zu verlieren, aber er genauso. Es gibt für keinen von ihnen ein Zurück. Er hat alles für sie aufs Spiel gesetzt, und Abi ist sich immer noch nicht sicher, warum und was er sich von dieser ganzen Situation verspricht. Sie weiß nur, dass sie ihn nicht enttäuschen darf.

War es wirklich erst letzte Woche, als sie in diesem Hotelzimmer saß und ihn fragte, wie sie die Sache mit dem DNA-Test händeln sollte? Sie erinnert sich, wie sie auf dem Bett saß und wie sich die Decke unter ihren Händen anfühlte, klamm, so wie sich Stoff anfühlt, wenn das Zimmer so kalt ist. Sie wünschte sich, ihn einfach im Sessel sitzen zu lassen und durch London zu streifen, die Stadt, von der sie so viel gehört hatte, wo sie zuvor aber nie gewesen war.

Sie sehnte sich nach der frischen Luft, dem Lärm, den Menschen.

»Du hörst mir gar nicht zu«, sagte er, strich sich mit der Hand über den Nacken und kramte kurz in seiner Tasche, bevor er eine halb aufgegessene Packung Minzbonbons herauszog. Sie waren schon seit Stunden zugange. Jedes Detail ihres Privatlebens hatten sie durchgekaut, jede Frage, die die Polizei stellen könnte, und welche Antwort sie darauf geben musste.

Die Erschöpfung zerrte an ihrem Geist.

»Du musst dich konzentrieren«, ermahnte er sie. »Wir haben nicht viel Zeit. Ich habe dir doch gesagt, dass Sarah auf einem DNA-Test bestehen wird.«

»Hast du nicht gesagt, sie würden mich mit offenen Armen empfangen?«

»Das werden sie«, antwortete er mit einem schiefen Lächeln. »Aber Sarah ist sehr pragmatisch. Sie wird einen Test wollen.«

»Und?« Sie warf einen Blick auf den Heizkörper unter dem einzigen Fenster, das bei jedem vorbeifahrenden Bus klapperte. Es war ein altes, klobiges, cremefarbenes Ding mit orangebraunen Roststellen an den Seiten. Sie hatte schon ein paar Mal vergeblich versucht, den Drehknopf zu bewegen, aber er gab kein Stück nach. Sie hatte nicht geglaubt, dass sie jemals die stickige, drückende Hitze von Buenaventura vermissen würde, aber in diesem Moment sehnte sie sich nach ihr.

Es war noch nicht einmal sechs Uhr, und schon war es draußen dämmrig, das Zimmer in Dunkelheit gehüllt. Sie vermisste auch das Tageslicht. Die ewig scheinende Sonne.

Er seufzte erneut und schüttelte den Kopf. »Das haben wir doch schon besprochen. Der DNA-Test, die Befragung durch die Polizei, das ist alles gut. Das wollen wir genau so.«

»Aber die Ergebnisse, ich meine …«

»Vertrau mir«, unterbrach er sie und stand auf. »Ich habe das geplant. Ich habe jedes Detail seit Monaten geplant.«

Du *hast das geplant. Und was ist mit mir?*, wollte sie fragen. Was hatte sie all die Monate getan?

Sie seufzte und wählte eine andere Frage. »Warum machen wir es auf diese Weise? Warum klopfe ich nicht einfach an ihre Haustür und erzähle ihnen alles? Die ganze Wahrheit, nicht nur einen Teil davon. Das fühlt sich so verdreht an. Ich kann mir keinen Reim auf das alles machen. Warum hilfst du mir? Ich wünschte, du würdest mir alles sagen.«

Wie aus dem Nichts stand er auf, warf sich neben sie aufs

Bett, sein Gesicht dem ihren so nah, dass sie die scharfe Minze in seinem Atem riechen konnte. Abis Herz setzte einen Schlag aus und pochte dann schneller als zuvor.

»Es ist der einzige Weg.« Er sprach tief und schnell und seine Stimme ließ ihr die Haare auf den Armen zu Berge stehen. »Ich habe dir eine Zukunft versprochen. Ich habe dir eine richtige Familie versprochen, mit netten Eltern und einem Bruder und einer Schwester. Sie haben sogar einen Hund. Du musst verstehen, dass die Wahrheit hier nicht helfen wird. Die Wahrheit wird diese kostbare Familie in Stücke reißen. Dann hast du nichts mehr.«

Und du auch nicht, dachte sie.

»Sie sind angeschlagen.« Seine Stimme wurde weicher, als er sprach. »Das Grauen, das sie in der Vergangenheit durchgemacht haben, hat sie fast zerstört.«

Abi hob den Blick und sah in sein Gesicht, das nur Zentimeter von ihrem eigenen entfernt war. Es war von Trauer und Schuldgefühlen gezeichnet, und sie fragte sich, was er getan hatte.

»Sarah wird dich niemals akzeptieren. Sie ist zu sehr auf ihre beiden Kinder fixiert. Aber du kannst ihnen ihre Tochter zurückgeben«, sagte er, »und du kannst das Leben haben, das dir zusteht. Denk nur daran, was das für sie und für dich bedeutet. Du kannst aufs College gehen. Du kannst werden, was immer du willst – Ärztin oder Fernsehstar. Du kannst den ganzen Tag rumsitzen und nichts tun, wenn du willst, und sie werden dich trotzdem lieben.«

Tränen brannten in Abis Augen. Ein Gewicht drückte auf ihre Brust. Liebe. Ein abstraktes Gefühl. Sie hatte sie gesehen und darüber gelesen, aber nie erfahren. Caroline hatte sie nicht geliebt, nicht so, wie eine Mutter ihre Tochter lieben sollte. Caroline hatte es versucht, aber die Depression hatte alles verschlungen, was ihr in die Quere kam, wie ein Tornado. Was Jhon anging, so hatte Abi geglaubt, dass sie ihn liebte und er sie, aber nach den Lügen, die er ihr aufgetischt, und der Wahrheit, die er ihr erst nach seinem Tod offenbart hatte, fühlte es sich nicht mehr wie Liebe an. Jhon war ein Feigling gewesen.

Wie würde es sich anfühlen, zu lieben und von einer Familie geliebt zu werden? Nicht nur von irgendeiner Familie, sondern von *ihrer* Familie. Wie würde es sich anfühlen, in einem schönen Haus zu leben und schöne Kleider zu haben? Wie würde es sich anfühlen, sich nicht jede Sekunde des Tages um Geld sorgen zu müssen und darum, ob sie an diesem Tag etwas zu essen hatte?

»Du kannst das Leben haben, das dir zusteht«, betonte er noch einmal nachdrücklich.

Ist das so?, fragt sie sich jetzt, während sie den Tupfer an ihrer Wange reibt.

DREISSIG

ABI

Damals

Jhons Hand lag auf ihrem Rücken, als sie den Schlüssel ins Schloss steckte und die leere Wohnung betrat. Leer, endlich.

Abi atmete durch den Mund, eine Angewohnheit, von der sie nicht so schnell ablassen konnte. Ihre Mutter mochte weg sein, aber ihr Geruch lag noch in der Luft. Falls sie erwartet hatte, dass sich die Wohnung ohne den geschwollenen Körper ihrer Mutter größer anfühlen würde, so war das nicht der Fall. Allerdings umgab sie eine Ruhe. Es gab kein röchelndes Schnappen nach Luft oder keuchendes Husten, keine Schüsse oder Explosionen aus dem Fernseher. Nur Stille.

Sie trat ans Fenster und spielte mit den geöffneten Vorhängen, schob sie ein Stück zurück und ließ einen weiteren Zentimeter Licht in den Raum.

»Das mit deiner Mutter tut mir leid«, sagte Jhon. »Was soll ich damit machen?«, fragte er nach einer Pause und hielt die kleine Holzkiste hoch, die der Mann aus dem Krematorium ihnen mitgegeben hatte.

Abi zuckte mit den Schultern.

»Ich könnte sie ins Meer werfen?«

»Okay.«

Etwas regte sich in Abi, aber es war keine Traurigkeit. Es war ihr egal. Die Asche war ihr egal. Es war ihr egal, dass ihre Mutter tot war. Warum auch nicht? Ihre Mutter hatte sie ihr ganzes Leben lang weggesperrt. Zwölf Jahre in dieser stinkenden Wohnung, nur mit ihrer Mutter und der Depression, die wie eine Bestie mit ihnen und dem Fernseher zusammengelebt hatte. Es war wie das blöde *Rapunzel*-Märchen in dem Märchenbuch, das Jhon ihr vor Jahren geschenkt hatte, nur dass nie ein Prinz gekommen war, um Abi zu retten.

Erst im letzten Jahr hatte sie den Mut aufgebracht, ihre Mutter zu provozieren und die Wohnung für längere Zeit allein zu verlassen. Den ganzen Weg entlang der Hauptstraße lief sie in die Stadt und bummelte in den Geschäften herum, in denen sie nichts kaufen konnte. Dann, gerade als Abi einen Hauch dieser Freiheit für sich entdeckte, nach der sie sich immer so gesehnt hatte, erkrankte ihre Mutter und zwang Abi zurück aufs Sofa, wo sie diese verdammten Filme anschauten, während ihr der Geruch von Körperausdünstungen und Tod in die Nase stieg.

Krebs, teilte der Arzt ihnen mit, nachdem Abi und Jhon Caroline endlich davon überzeugt hatten, zum Arzt zu gehen. Brust und Lunge und auch andere Stellen. Eine Chemotherapie hätte ihr vielleicht ein paar Monate mehr verschafft, aber was hätte das gebracht?

Nein, Abi empfand keine Traurigkeit. Sondern etwas anderes. Erleichterung? Schuldgefühle? Vielleicht beides.

Jhon ging zum Sofa. Die Federn hatten schon vor Jahren den Geist aufgegeben und gaben ein ärgerliches Knarren von sich, als er sich setzte. Das Geräusch kitzelte Abis Nackenhaare. Einen Moment lang hatte sie das Gefühl, dass ihre Mutter immer noch wie in Trance dasaß und auf den Fernseher starrte.

Abi krallte sich an den Vorhängen fest und verdrängte den Gedanken. Ihre Mutter war tot.

Eine Last drückte auf ihre Schultern. Sie wollte keine weitere Minute in dieser Wohnung, in ihrem Gefängnis verbringen. Endlich war sie frei.

»Was soll ich jetzt tun?«, fragte sie, obwohl sie eigentlich sagen wollte: *Kann ich mit dir mitkommen?* Die Antwort darauf kannte sie bereits. Nein.

Abi war sich nicht sicher, wann sie es herausgefunden oder wann Jhon aufgehört hatte, so zu tun, als würde er diesen Ort nur verlassen, um zu arbeiten und zu reisen, aber es war schon lange her. Sie hatte genug Puzzleteile zusammengesetzt. Genug Kommentare von ihrer Mutter wie »Dann geh doch zurück zu ihr« ließen ihr ein Licht aufgehen. Sie hatte keine Ahnung, wo seine andere Familie lebte – seine wirkliche Familie – oder wie viele Kinder er hatte, aber sie wusste, dass sie existierten, so wie sie verstand, dass ihre Mutter im Sterben lag, bevor es ihr jemand erklärt hatte.

»Komm, setz dich einen Moment zu mir, Abelia.« Jhon tätschelte das Kissen neben sich.

Abi bekam eine Gänsehaut bei dem Gedanken, sich auf dieses ekelhafte Ding zu setzen, aber sie tat, wie ihr geheißen.

»Ich würde dich mitnehmen, wenn ich könnte«, sagte er mit sanfter Stimme, als wäre sie ein streunender Hund, der ihm nach Hause folgen wollte. »Aber meine Familie weiß nichts von dir, und es ist schwer zu erklären. Es tut mir leid.«

»Ich dachte, ich wäre eine Familie. Du hast gesagt ... wenn ich mich um Mama kümmere, dann kümmerst du dich auch um mich. Du hast es versprochen.« Tränen trübten ihre Sicht. Sie sah auf und beobachtete, wie die schwarzen Schimmelflecken in den Ecken wie Spinnen über ihre Augen krabbelten.

»Es tut mir leid, Abelia. Ich werde dich besuchen kommen. Es wird so sein, wie es immer war.«

»Aber ich bin erst zwölf ... Ich kann nicht allein leben.«

Jhon seufzte und Abi spürte, wie sich seine Geduld dem Ende zuneigte.

»Du hast dich jahrelang um dich selbst gekümmert. Du hast dich sogar um deine Mutter gekümmert. Jetzt wird es leichter werden. Du kannst zur Schule gehen, wenn du willst. Ich helfe dir, eine zu finden, und ich gebe dir weiterhin ein wenig Taschengeld für Essen und Rechnungen. Es wird sich nichts ändern.«

Er stand auf und beendete das Gespräch.

»Du hast ja meine Nummer. Du kannst das Handy deiner Mutter benutzen. Wenn es Probleme gibt, bin ich nur fünfzehn Minuten entfernt. Wir sehen uns nächste Woche. Donnerstag. Okay?«

Abi nickte und wartete darauf, dass die Haustür zufiel, bevor sie auf den Boden rutschte und die Knie an ihre Brust zog.

Fünfzehn Minuten entfernt. All die Jahre hatte sie sich vorgestellt, wie er durch die Welt reiste, und jetzt saß er nur die Straße hinunter auf einem anderen Sofa und gab einem anderen Kind einen Gutenachtkuss.

Dumm. Dumm. Dumm.

Jhons Worte gingen ihr durch den Kopf. »Es wird sich nichts ändern.« Abi war nicht frei von all dem – der beschissenen Wohnung, der Einsamkeit. Sie würde nie frei sein.

EINUNDDREISSIG

ABI

»Entschuldigt mich.«

Abi springt auf und erwartet, die roten, abblätternden Wände des Hotelzimmers vor sich zu haben, aber vor ihr befinden sich nur die glatten weißen Schränke und die glänzenden schwarzen Arbeitsflächen der Küche.

»Du musst die Kappe schnell wieder verschließen und den Wangenabstrich in dem Beutel versiegeln.« Bob nickt auf Abis Hand. »Damit die Probe gut erhalten bleibt.«

»Oh, Entschuldigung«, sagt sie und spürt, dass alle Augen auf sie gerichtet sind. Sie ist die Letzte, die ihren Abstrich abgibt.

»Schon gut, Kleines«, sagt Michael und reicht ihr die silberne Tasche, in der sich bereits seine und Sarahs Proben befinden. Das Lächeln, das über sein Gesicht huscht, ist verhalten, aber seine Stimme klingt freundlich.

»Möchte jemand einen Drink?«, fragt Daniel von der anderen Seite der Küche.

Michael klopft Abi auf die Schulter und geht zur Spüle. Einen Moment später beginnt der Wasserkocher zu blubbern.

»Was ist mit dem Mittagessen?«, fragt Ryan. »Möchte jemand ein …«

»Sag jetzt bloß nicht Sandwich«, stöhnt Rebecca. »Das ist so langweilig. Wir besorgen uns etwas, wenn wir shoppen gehen.«

Abi stockt und versucht, dem Gespräch zu folgen; sie versucht, sich auf den Gedanken an einen Einkaufsbummel zu konzentrieren, während ihr unter ihrem Pullover der Schweiß auf der Haut klebt. Er hat sie das alles üben lassen. Sie weiß, was sie jetzt zu tun hat.

Tu es. Tu es. Tu es. Ihr Puls hämmert in ihren Ohren.

»Nur noch ein Kästchen ankreuzen«, sagt der Mitarbeiter und faltet ein Stück rosafarbenes Papier auf. »Wie ich verstanden habe, stellen wir Ihnen den Test in Rechnung, aber der Anruf kam von einem … Sergeant Howard von der Polizei Essex. Sollen wir ihm auch eine Kopie der DNA-Ergebnisse schicken?«

»Ja, danke«, sagt Sarah. Ihr brennender Blick wendet sich von Abis Gesicht ab.

Abi nimmt die silberne Tasche und schiebt ihre Probe hinein. Ihre Bewegungen sind unbeholfen, aber wenigstens zittern ihre Hände nicht. Sie hält den Atem an, in der Erwartung, dass jemand etwas sagt, ein »Hey« ruft und ihre Hand ergreift. Sie reißt das Klebeband ab und versiegelt ihre Probe.

Eine Sekunde später tritt sie zurück und lehnt sich gegen die Kücheninsel. Sie wartet einen Moment, bevor sie aufblickt, aber dank Rebecca beobachtet sie niemand.

Sarah berührt Rebeccas Arm. »Tut mir leid, Becca, Schatz, ich glaube nicht, dass das eine gute Idee ist. Ich will nicht, dass ihr von Journalisten durch die Stadt verfolgt werdet. Gönnen wir uns die nächsten paar Tage ein bisschen Ruhe.«

»Wie jetzt?«, empört sich Rebecca. »Dürfen wir jetzt nicht mehr aus dem Haus? Mum, im Ernst, hör auf, so einen Stress zu machen. Ich wollte gar nicht mit den Journalisten sprechen.

Und ich habe überhaupt nichts gesagt. Ich habe nur neben Papa gestanden. Deswegen sehe ich nicht ein, warum wir nicht einkaufen gehen können. Abi hat doch gar keine Klamotten.« Sie verschränkt die Arme vor dem Körper. »Das ist so unfair.« Ihren letzten Satz beendet sie mit einem kurzen, fast komischen Schnaufen. Trotz steht ihr nicht so gut wie Freundlichkeit, denkt Abi.

»Könnt ihr nicht einfach ein paar Dinge online bestellen?«, fragt Sarah jetzt mit flehender Stimme.

Es gibt eine Pause, dann umspielt ein schelmisches Lächeln Rebeccas Mundwinkel. »Bekomme ich dann deine Kreditkarte?«

Sarahs Schultern sinken herab. Dann lacht sie. Ein kurzes, humorvolles Ausatmen – das erste Mal, das Abi sie lachen sieht.

»Warum habe ich das Gefühl, dass ich gerade über den Tisch gezogen werde?« Sarah greift in eine Schublade und zieht eine lilafarbene Karte heraus.

Rebeccas Grinsen wird breiter. Sie springt vor, nimmt Sarah die Karte ab und umarmt ihre Mutter kurz.

Sarah wendet sich an Abi. »Ist Online-Shopping für dich in Ordnung? Sagen wir fünfhundert Pfund für den Anfang. Und Becca, bitte nur ein paar Sachen für dich – du hast mehr als genug Klamotten.«

»Ich weiß, ich weiß, keine Sorge. Das ist alles für Abi.«

Becca umarmt ihre Mutter noch einmal, und Abi steht mit offenem Mund da, während Sarahs Worte in ihrem Kopf nachhallen.

Fünfhundert Pfund. Für Kleidung? Für sie? Abi möchte über die Absurdität dieser Situation lachen. Sie ist sich ziemlich sicher, würde sie alle Kleidungsstücke zusammenzählen, die sie jemals gekauft, geschenkt bekommen, gefunden oder gestohlen hat, betrüge die Gesamtsumme nicht annähernd fünfhundert Pfund.

»Komm schon«, fordert Rebecca Abi auf. »Lass uns shoppen.«

Sie packt Abi an der Hand, sodass der Gegenstand in ihrem Ärmel raschelt. Abi verkrampft sich, weil sie darauf wartet, dass Rebecca etwas bemerkt, aber sie redet immer noch von einer Jeans mit weiten Beinen, die sie unbedingt haben will. Abis Puls rast immer noch. Sie braucht wirklich einen Moment für sich.

»Das wird ein Spaß«, sagt Rebecca. »Übermorgen um diese Zeit haben wir eine ganz neue Garderobe für dich. Wonach gucken wir zuerst?«

Abi lässt den Blick auf ihre nackten Füße fallen und erinnert sich an das Scheuern der zu großen Stiefel und ihrer alten Turnschuhe. »Schuhe«, antwortet sie und spürt wieder, wie ihr Leben aussehen könnte. »Ich weiß nicht, ob das in Ordnung ist, aber ich wollte schon immer ein Paar Chucks haben.«

»Natürlich ist das in Ordnung. Die liebe ich auch. Es gibt diesen Schuhladen, der wirklich coole Chucks mit vielen verschiedenen Mustern herstellt. Regenbögen, Bonbons. Glitzer. Oh, und letztens in der Stadt habe ich ein sommerliches Wickelkleid gesehen.«

Abi spürt wieder diese Wärme in ihrer Brust, als Rebecca sich auf ihr Bett fallen lässt und einen flachen roten Laptop aufklappt, aber dieses Mal vor Verzweiflung, die sie zu ersticken droht.

Ich bin Abigail Wick. Sie wiederholt die Worte in ihrem Kopf, genau wie er es ihr gesagt hat. Wieder und wieder.

Das Päckchen in ihrem Ärmel fühlt sich schwer an, wie ein Stein, der sie nach unten zieht. Sie muss es verstecken. Wenn jemand es findet, ist alles vorbei.

»Ich gehe nur mal schnell auf die Toilette«, sagt sie zu Rebecca, dreht sich um und stößt mit einem »Uff« direkt mit Ryan zusammen. Sie nimmt den Geruch von Kaffee und Minze in seinem Atem wahr.

»Tut mir leid«, murmelt sie und verschränkt die Hände hinter dem Rücken.

»Ebenso«, sagt er in freundlichem Tonfall, aber etwas in seinem Gesichtsausdruck lässt ein Unbehagen durch ihren Körper rieseln. »Ich wollte euch nur fragen, ob ihr nicht doch zu Mittag essen wollt? Ich bin gerade dabei, Sandwiches zu machen.«

»Danke, ich esse später«, ruft Rebecca und scrollt bereits durch die Reihen der bunten Schuhe.

»Ähm …« Abis Magen knurrt. »Ja. Ich meine, ja, gern. Vielen Dank.«

Er sieht sie einen langen Moment lang an, bevor er nickt und Abi in ihr Schlafzimmer huschen lässt. Sie geht zu dem Spiegel an der Wand, der in einen dicken silbernen Rahmen eingefasst ist. Mit ihrem zurückgebundenen Haar erkennt sie sich fast nicht wieder. Eigentlich trägt sie ihr Haar lieber offen. Um sich dahinter zu verstecken. Aus dem Spiegel starren große Augen zurück. Erschrocken. Das Gesicht blass. Sie sieht verängstigt aus. Panisch.

»Ich bin Abigail Wick«, sagt sie zu ihrem Spiegelbild. Dann schüttelt sie den Kopf, lässt ihren Pferdeschwanz hin und her schwingen. Egal, wie oft sie den Namen sagt, irgendwie hakt es jedes Mal. Egal, wie oft sie versucht, sich selbst davon zu überzeugen, sie wird es nie fühlen. Sie wird die Lüge nie wirklich glauben.

Und genau das ist es. Eine Lüge.

Alles, was er ihr über Familie, Gerechtigkeit und Zugehörigkeitsgefühl erzählt hat, ist eine Lüge. Sie ist so einiges, aber sie ist nicht Abigail Wick. Das Rouletterad in ihrem Kopf hört auf, sich zu drehen. Abi holt den in ihrem Ärmel versteckten DNA-Test heraus und steckt ihn zusammen mit ihrem Handy unter die Matratze, bevor sie sich auf den Weg zurück zu Rebecca macht.

Es gibt einen Unterschied zwischen schuldig sein und sich schuldig fühlen.

Sie sind schuldig.

Ich bin schuldig.

Ich fühle mich schuldig.

Sie tun es nicht.

Vierzehn Jahre sind eine lange Zeit, um mit Schuldgefühlen zu leben – mit dieser Art giftiger Bösartigkeit, die sich in die Seele eines Menschen frisst. Glaub mir, ich weiß das.

Ich frage mich, was sie jetzt fühlen.

Hast du Angst, Sarah? Das solltest du.

Und jetzt warten wir auf die Wahrheit.

Es heißt, die Wahrheit wird uns frei machen, aber ich glaube nicht, dass es so funktioniert. Ich glaube, sie kann nur zerstören. Und das ist mein Plan.

Ich werde sie zerstören.

Ich werde das beenden.

TEIL 2

MONTAG

ZWEIUNDDREISSIG

SARAH

Montag, 16 Uhr

Das Warten ist quälend. Ich lege das Handy nie aus der Hand. Der Bildschirm bleibt auf unerträgliche Weise dunkel.

Ich zähle die Stunden, so wie ich meine Schritte zähle.

Eine weitere Nacht, sage ich mir.

Morgen um diese Zeit.

Mantras, die nichts bedeuten, denn kaum, dass sie mir durch den Kopf gehen, folgt die immer gleiche, nicht zu beantwortende Frage. Was dann?

Ein schwacher Strahl der Nachmittagssonne fällt durch die Glasscheiben des Anbaus. Seit gestern zeigt sich die Sonne wieder, und sie bringt Osterglocken und blauen Himmel mit sich – und die Touristen, die sich mit der Presse um Parkplätze balgen. Es sind weniger geworden, aber die Hartgesottenen stehen immer noch vor den Toren und hoffen, ein Familienfoto von uns allen zusammen zu ergattern.

Trotz der Sonne hängt immer noch eine dunkle Wolke über uns. Es ist das Warten. Eine halb ausgetrunkene Tasse Kaffee steht vor mir auf dem Tisch. Er ist kalt geworden. Die andere

Hälfte schwappt in meinem leeren Magen und macht mich noch nervöser. Ich weiß nicht mehr, ob ich den Kaffee selbst gemacht habe oder ob es der ist, den Ryan mir vor einer Stunde gegeben hat, als er versuchte, mich aus meinem roboterhaften Zustand herauszuholen und mich wieder zum Reden zu bringen. Ich kann wirklich nicht reden.

Was gibt es auch schon zu sagen? Wie soll ich das erklären?

Mein Geist ist wie ein Pendel, das mal in die eine, mal in die andere Richtung schwingt. Mitten in der Nacht, wenn ich in die Dunkelheit starre, Michael neben mir schnarcht und Barley zu meinen Füßen schläft, schießen mir Fragen durch den Kopf, bis ich den Wunsch verspüre, Abi wachzurütteln und sie zu fragen: *Wer bist du wirklich? Warum bist du hier?* Aber wenn die Morgendämmerung anbricht und ich mich nach unten schleppe, wo ich meiner Familie und ihr gegenüberstehe, sind die Gewissheit und die Fragen verschwunden, erstorben wie ein dahinziehender Windhauch.

Ich glaube nicht, dass Abelia meine Tochter ist, aber ich kann das Strahlen auf Rebeccas Wangen oder das Lachen von Michael und Daniel, das durch die Räume schallt, nicht ignorieren. Sie ist auch nicht länger eine Fremde.

Ich bin dankbar, dass Ryan noch hier ist. Er ist die einzige Person im Haus, die mich nicht für verrückt hält. Oder vielleicht auch nur der Einzige, der es gut versteckt. Ich habe ihm am Samstag gesagt, dass er nicht zurückzukommen braucht, dass wir schon klarkommen. Er hat die Lüge durchschaut und ich habe nicht protestiert, als er darauf bestand, uns weiter zu unterstützen.

Eine Bewegung lässt mich aufschrecken. Ich blinzle, und da steht sie im Durchgang zur Küche, in einer engen Jeans und einem roten Oberteil, von dem ein Träger von einer Schulter gerutscht ist. Ihr langes braunes Haar ist offen und fällt in Wellen über ihre Schultern.

»Entschuldigung«, sagt sie und blickt hinter sich. Ich frage mich, ob sie auf der Suche nach jemandem ist, der sie rettet. »Ich habe Stimmen gehört und dachte, Becca wäre zurück.«

»Michael ist nur kurz raus, um sie abzuholen. Ryan ist auch schon weg. Und wo Daniel ist, weiß ich nicht.« Ich tippe auf mein Handy und lese die Uhrzeit – 16.16 Uhr. »Becca wird nicht lange brauchen.«

»Oh, okay.« Sie macht Anstalten, sich umzudrehen, und ich erkenne, dass die Gelegenheit zum Reden, die ich schon am Samstag wahrnehmen wollte, sich nun anbietet.

»Abi?«, frage ich. »Können wir kurz miteinander reden?«

Ihr Blick schweift zur Küchentür, als würde sie hoffen, dass jemand sie aus dieser Situation befreit, aber dann nickt sie und ein, zwei, drei Schritte später setzt sie sich auf den Stuhl mir gegenüber. Ihre Augen sind groß und ängstlich. Sie fürchtet sich vor mir, stelle ich fest, und wer könnte ihr das verdenken?

»Es tut mir leid, wie wir angefangen haben. Ich weiß, ich war keine gute …« Meine Stimme versagt. Ich suche nach dem richtigen Wort. Gastgeberin ist zu förmlich, aber Mutter ist auch falsch.

»Ich verstehe«, sagt sie. »Ihr wart alle sehr nett. Danke für die neue Kleidung.«

Ich schüttle den Kopf. »Du musst nicht ständig Danke sagen. Das ist für keinen von uns eine einfache Situation, aber egal, was passiert, wir werden versuchen, dir zu helfen.« Ich halte inne, unsicher, ob ich die Worte ernst meine oder nicht. Das Pendel in meinen Gedanken schlägt wieder aus. Ist sie hier, um uns zu schaden, oder glaubt sie wirklich, dass sie Abigail ist? »Vielleicht können wir darüber reden …«

Die Haustür öffnet sich und Rebeccas Stimme ruft laut: »Hallo.«

»Hier drin«, ruft das Mädchen und springt auf, und ich glaube, wir sind beide erleichtert. Wozu sind Fragen überhaupt gut? Die einzige Antwort, die zählt, ist die, auf die wir alle warten.

Ich denke an Michaels Ungläubigkeit heute Morgen zurück. »Du schickst Becca doch nicht wirklich in die Schule, oder?«

»Es wird ihr guttun, ihre Freunde zu treffen, und zu viel Unterricht zu verpassen ist keine gute Idee«, sage ich.

Ich bin mir nicht sicher, ob es die richtige Entscheidung war. Es waren nicht nur die Schularbeiten oder das Bedürfnis, Rebecca etwas Normalität zu gönnen, weg vom Haus und dem Mädchen, was zu meiner Entscheidung beigetragen hat. Ich wollte den Tag und das Warten mit etwas unterbrechen, und alles, was mir einfiel, war, Rebecca zur Schule zu schicken und da zu sein, wenn sie zurückkommt.

Außerdem konnte ich keinen weiteren Tag mit Michaels falschen Feierlichkeiten ertragen. Den gestrigen Sonntag hat er wie Weihnachten aufgezogen. Champagner und Wein ab Mittag. Entweder bemerkte er nicht, oder es war ihm egal, dass er der Einzige war, der trank. Er überredete Daniel, Rebecca und Abi dazu, Brettspiele zu spielen, die er aus irgendeinem Schrank gegraben hatte – staubige Relikte aus seiner eigenen Kindheit. Zuerst *Monopoly*, dann *Cluedo*. Ich habe mich mit Barley in der Küche oder im Garten versteckt und zu viel Kaffee getrunken – eine Außenseiterin, die nur aus der Ferne zuschaut.

Rebecca taucht vor uns auf und lässt ihre Schultasche mit einem dumpfen Schlag auf den Boden fallen.

»Was habe ich verpasst?«, fragt sie. Sie lächelt breit, aber ihr Blick wandert zwischen mir und dem Mädchen hin und her und verrät ihre Besorgnis.

»Überhaupt nichts.« Ich zwinge mich zu einem Lächeln. »Wie war dein Tag?«

»Schrecklich. Alle haben mich angestarrt. Ich konnte mich auf nichts konzentrieren. Muss ich morgen wieder zur Schule?«

»Ich weiß noch nicht«, sage ich und schüttle schon den Kopf.

»Ich möchte da sein, wenn die Ergebnisse kommen«, sagt sie. »Bitte.«

Rebeccas Augen werden glasig und ich zucke mit den Schultern.

»Na gut.«

Die drohenden Tränen weichen einem breiten Grinsen und Rebecca und Abi machen sich daran, in der Küche Snacks zuzubereiten, bevor sie die Treppe hinauf verschwinden. Träge greife ich nach meinem Handy und rufe Janies Nummer erneut an. Seit dem ersten Anruf, als dieser Mann das Gespräch annahm, habe ich bestimmt ein Dutzend Mal angerufen. Jedes Mal klingelt und klingelt es. Aber heute nimmt endlich jemand ab.

»Hallo?«, sage ich in die Stille hinein. »Hallo? Janie, bist du das?«

Ich höre etwas. Kleiderrascheln, einen Atemzug. Da ist jemand.

Ich stehe auf und trete durch die Gartentür nach draußen. Die Sonne scheint immer noch hell, aber die Wärme des Tages ist bereits verflogen, und eine kühle Brise dringt durch meinen Wollpullover.

»Hallo?« Meine Stimme klingt ungeduldig, aber noch immer antwortet niemand. Ich spüre jemanden am anderen Ende des Telefons. Lauschend. Wartend. Aber warum?

»Janie, ich weiß, dass du da bist.« Das ist eine Lüge. Ich weiß nicht, ob es Janie oder ein Fremder ist, aber irgendetwas lässt die Worte aus mir heraussprudeln. Warum spricht die Person am anderen Ende der Leitung nicht mit mir?

Ich warte und weigere mich, aufzulegen. Und dann ertönt eine Stimme, ein entferntes: »Mama, ich finde meine Turnschuhe nicht.« Es ist eine Mädchenstimme, die von irgendwo in der Nähe ruft, dann ertönt ein Klappern, ein gezischtes Schimpfwort, und dann wird die Verbindung getrennt.

Einen Moment lang starre ich nur auf mein Telefon und

versuche, zu verstehen, was ich gerade gehört habe. Ich rufe diese Nummer schon seit Tagen an, ohne wirklich zu wissen, warum. Und jetzt hat jemand geantwortet, jemand mit einer Tochter, die wie ein Teenager klang. Und das geflüsterte Schimpfwort ganz am Ende, das war Janie, da bin ich mir ganz sicher. Es mag vierzehn Jahre her sein, seit wir das letzte Mal miteinander gesprochen haben, aber ich würde ihre Stimme jederzeit wiedererkennen. Trotzdem kann ich nicht verstehen, warum sie nichts gesagt hat.

Mein Mund wird trocken, als ich in Gedanken den Versuch unternehme, eins und eins zusammenzuzählen. Janie war an dem Tag da, als Abigail verschwand. Janie, die keine eigenen Kinder haben konnte, aber die meine von ganzem Herzen liebte, besonders Abigail.

Fragen schießen mir durch den Kopf, bis es anfängt, wehzutun. Es fühlt sich an, als hätten diese Überlegungen die ganze Zeit irgendwo in mir gesteckt, und jetzt, wo ich sie entfesselt habe, sind sie plötzlich laut und deutlich zu hören. Könnte Janie nach unserem Streit zurück zum Ferienhaus gelaufen sein, Abigail weggelockt, sie irgendwo versteckt haben, um und dann zurückzukommen und uns bei der Suche zu helfen?

Das ist doch absurd. Die Polizei hat Janie mehr als einmal befragt. Sie hätten etwas gefunden, wenn sie etwas damit zu tun gehabt hätte. Trotzdem lösen die Worte des Mädchens am Telefon – dieses ferne Rufen – eine weitere Welle der Unsicherheit in mir aus.

Ich atme tief durch. Verbanne die Fragen wieder in die dunkelste Ecke meines Geistes. Ich habe mich von Janie und der Vergangenheit ablenken lassen, aber ich muss mich jetzt auf Abi konzentrieren, das Mädchen in meinem Haus.

Ich muss über den morgigen Tag hinausdenken, an den nächsten Tag und die weitere Zukunft, aber ich weiß nicht wie. Ich möchte Rebecca – und auch Daniel – unbedingt vor den Folgen des Testergebnisses schützen, aber ich weiß nicht, wie.

Als ich wieder ins Haus trete, stürmt Abi gerade zurück in die Küche und holt eine weitere Schüssel aus dem Schrank. »Hatte ich vergessen«, sagt sie und schenkt mir ein nervöses Lächeln, bevor sie sich wieder abwendet.

Ich sehe ihr nach, und der Drang, ihr nachzuschreien, steigt in mir auf.

Du bist nicht meine Tochter, du bist nicht Abigail.

Oder doch?

*

DIENSTAG

DREIUNDDREISSIG

ABI

Dienstag, 13.28 Uhr

Das Warten hat sich zu einem Wesen entwickelt, zu einer Person, die in der Ecke des Raumes lauert. Einem üblen Geruch. Etwas Hässlichem. Unmöglich, es zu ignorieren.

Es zeigt sich in Michaels angespanntem Kiefer, Sarahs ständigem Blinzeln, dem gräulichen Ton von Rebeccas ohnehin schon blasser Haut und Daniels unablässigem Herumtrommeln auf dem Tisch. Abi kann sich nicht daran erinnern, wann das letzte Mal jemand gesprochen hat. Die Stille fühlt sich unangenehm und angespannt an.

Jeder Versuch, sich zu unterhalten, wurde mit den Brotkrümeln und den Tellern vom Mittagessen weggefegt. Das Einzige, was jetzt noch auf dem Tisch liegt, ist Sarahs Handy. Dunkel. Stumm. Michael sitzt neben Sarah, Rebecca auf der anderen Seite. Daniel sitzt in der Ecke, und unter dem Tisch liegt Barley. Abi streckt den Fuß aus und streichelt seinen Bauch. Er ist weich und warm, und obwohl er ein Hund ist und Abi Hunde hasst, muss sie feststellen, dass Barley der Einzige ist, der sich normal verhält, und dafür ist sie dankbar.

Aus der Küche ertönt das Klirren von Porzellan. Ryan. Er wartet auch. Seine Anwesenheit ist, wie das Warten, nicht zu überhören.

»Warum rufst du sie nicht noch einmal an?«, fragt Michael und sieht wieder auf die Uhr.

Abi sieht seine zitternde Hand und den Schweiß, der auf seiner Stirn glänzt. Es ist das erste Mal, dass Abi ihn am Nachmittag ohne einen Drink sieht, und er wirkt wie ein Mann, der dringend einen nötig hat.

»Ich habe es vor weniger als einer Stunde versucht«, gibt Sarah zurück und fährt mit einem knochigen Finger über den Startbildschirm ihres Handys, um etwas zu überprüfen – ob es auf laut geschaltet ist, vermutet Abi. »Sie wissen, dass wir auf sie warten. Der Typ, den ich am Telefon hatte, hat versprochen, sofort anzurufen, sobald die Ergebnisse vorliegen.«

Abis Mund ist trocken. Ihre Augen ebenso. Sie ist verängstigt. Versteinert. Sie vergisst immer wieder, zu atmen, und merkt es erst, als ihre Lunge nach Luft schreit. Sie beobachtet zwei Tauben im Garten, die auf dem Rasen herumpicken, bevor sie losflattern und im Himmel verschwinden. Das DNA-Kit unter der Matratze drängt sich in ihre Gedanken, und sie fragt sich zum gefühlt hundertsten Mal, ob es klappt.

»Wollen wir noch etwas spielen?«, schlägt Ryan vor, der mit einer Tasse und einem Geschirrtuch in der Hand im Durchgang zur Küche lehnt. »Vom Nichtstun geht es auch nicht schneller.«

Sarah schüttelt den Kopf.

»Ich sehe was, was ihr nicht seht«, sagt Daniel und zwinkert Abi zu, »und das fängt mit S an.«

Rebecca sieht auf und lässt den Blick durch den Raum schweifen. »Sonne?«

Daniel schüttelt den Kopf. Rebecca zuckt mit den Schultern und konzentriert sich wieder auf ihr Handy.

»Salz«, sagt Michael und nickt zu den gläsernen Salz- und Pfefferstreuern in der Mitte des Tisches.

»Smartphone.« Sarah wischt wieder mit einem Finger über den Bildschirm ihres Handys.

»Nein und nein«, sagt er. »Abi?«

Alle Augen richten sich auf sie. Zum ersten Mal, seit sie die Polizeiwache betreten hat, fühlt sich Abi wie die Hochstaplerin, die sie ist.

Sie fährt sich mit der Zunge über die trockenen Lippen und schluckt. »Schwester«, flüstert sie.

Daniels Lächeln wird breiter. Er öffnet den Mund, um zu antworten, hält aber inne. Alle Augen richten sich auf das Telefon auf dem Tisch, dessen Klingeln jetzt die Stille durchbricht.

Sarah wischt mit den Fingern über den Bildschirm, nimmt den Anruf an und hält sich das Handy ans Ohr. »Hallo ... ja, das bin ich ... Natürlich. 20. Januar 1979.«

Abi hält den Atem an und hat Mühe, über ihren laut hämmernden Puls etwas zu hören.

Sarah weicht die Farbe aus dem Gesicht. Sie schluckt. Der Raum um sie herum verschwindet. Es gibt nur noch Sarah und Abi. Große Augen, die ihr bis in die Seele blicken, und in diesem Moment weiß Abi Bescheid. Zweifelsohne hat es funktioniert. Die DNA stimmt überein.

Sie erwartet Erleichterung, spürt aber nur dieselbe Angst, die sie seit Tagen, ja sogar Monaten verfolgt. Sie ist nicht Abigail. Sie gehört nicht in diese Familie. Das hat sie nie und wird sie nie.

Was hat sie getan? Was zum Teufel hat sie getan?

VIERUNDDREISSIG

SARAH

»Was?« Meine Stimme ist kraftlos und distanziert. »Was haben Sie gesagt?«

Der Sekretär am Telefon räuspert sich. »Ich sagte, die DNA-Ergebnisse stimmen überein.«

Ich höre es, aber ich kann es nicht ... Die Worte wollen mich einfach nicht erreichen. Das ist nicht wahr. Es kann nicht wahr sein.

Abigail ist tot. Sie muss tot sein. Was habe ich sonst all die Jahre getan? Mein Leben gelebt, weitergemacht. Immer vorwärts. Die einzige Möglichkeit, zu überleben, bestand darin, mir einzureden, dass mein wunderschönes kleines Mädchen mit den kastanienbraunen Augen und dem Lachen, das mich immer aufheiterte, tot war. Wie hätte ich sonst aufhören können, nach ihr zu suchen? Wie konnte ich die Mutter sein, die Daniel und Rebecca brauchten, wenn ich mich ständig fragen musste, wo Abigail war, bei wem sie war, ob sie weinte, ob sie verletzt war? Das alles hätte kein Ende gehabt. Es wäre nur der pure Wahnsinn gewesen.

Ich musste mir einreden, dass Abigail tot ist. Es war so unvorstellbar grausam, aber ich tat es für Daniel und Rebecca, um sie vor dem Schmerz über den Verlust ihrer Schwester zu schützen, um ihnen das normale Leben zu ermöglichen, das sie brauchten.

Ich zittere. »Wie ... sicher sind Sie sich?«, frage ich.

Alle Augen sind auf mich gerichtet. Eins, zwei, drei, vier, fünf. Sie beobachten mich, mein Gesicht, meine Reaktion. Michael lehnt sich vor, will, dass ich ihn ansehe, aber ich tue es nicht. Ich kann es nicht. Das ist ein Fehler. Es muss ein Fehler sein.

»Diese Tests sind zu neunundneunzig Komma neun Prozent sicher, Mrs Wick. Die beiden Proben, die Sie uns gegeben haben, zeigen eine elterliche Übereinstimmung. Ich habe die Ausdrucke vor mir liegen. Ich schicke sie Ihnen noch heute Abend mit der Post zu.«

Neunundneunzig Komma neun. Die Zahl verflüchtigt sich, eine weitere Zahl, die mit ihren Freunden im Hinterkopf spielt, aber seine Worte bleiben haften. Und alles, woran ich denken kann, sind diese ersten verzweifelten Stunden im Ferienhaus, bevor Ryan und die Polizei eintrafen. Als es nur Janie und Michael und mich gab, wir uns an den Händen hielten und darauf warteten, dass im Radio vermeldet wurde, dass Abigail am See oder auf dem Spielplatz gefunden worden war, in Tränen aufgelöst und müde, aber gesund und munter. Aber das Radio meldete nichts. Jedenfalls nichts in dieser Richtung. Abigail wurde nicht gefunden, sie wurde nur gesehen – auf einem Überwachungsvideo, mit einem Mann, der versuchte, eine Fähre zu erwischen. Sie war entführt worden. Das hat damals nicht ins Bild gepasst, genauso wenig wie diese neue Information jetzt.

»Mrs Wick?«, sagt die Stimme in meinem Ohr.

»Ähm«, ist alles, was ich zustande bringe.

»Kann ich Ihnen sonst noch irgendwie helfen?«

Ich schüttle den Kopf, unterdrücke die Tränen, die mir unbemerkt in die Augen gestiegen sind, und flüstere: »Danke.«

Das Handy rutscht mir aus der Hand und landet auf Barleys Kopf, bevor es klappernd auf den Boden fällt. Er seufzt, bewegt sich aber nicht. Mein Blick kreuzt den von Abigail.

»Mum?« Es ist nur ein Wort, aber es trägt alle Aufregung, alle Besorgnis in Rebeccas Stimme.

DNA lügt nicht.

Abigail hat Angst. Ihre Augen sind weit aufgerissen, riesige o-förmige Gebilde. Ich studiere wieder die Konturen ihres Gesichts, so wie ich es schon seit Tagen mache. Mir schnürt sich die Kehle zu. Ich blinzle und schaue sie wieder an. Ihre Nase – warum ist mir das bisher nicht aufgefallen? Die Spitze zeigt am Ende ein wenig nach oben. Genau wie bei Michael. Genau wie bei Daniel.

Michael macht Anstalten, aufzustehen. Er klammert sich an den Tisch, als wäre es ein enormer Kraftakt.

»Lasst uns alle eine Sekunde …«, setzt er an, aber ich bin schon auf den Beinen und gehe um den Tisch herum auf meine Tochter zu.

»Es … es tut mir leid.« Die Worte bleiben mir im Hals stecken. »Ich … hatte unrecht.«

Und dann sprudeln die Tränen aus mir heraus. Wie ein Fluss, der über die Ufer tritt. Meine Schultern heben und senken sich und meine Sicht wird komplett verschleiert, aber ich will die Augen nicht schließen; ich kann nicht aufhören, sie anzustarren. Abigail.

»Ich … Ich habe mir eingeredet, dass du tot bist.«

Abigails Gesicht zeigt nur puren Schmerz und Traurigkeit. »Du musst nicht …«

»Doch, muss ich.« Ich gehe neben ihr in die Hocke. »Ich habe mir eingeredet, dass du tot bist. Ich habe mir das eingeredet, weil ich nicht weiterleben konnte in dem Wissen, dass du irgendwo da draußen bist. Ich konnte nicht aufhören, mir all die Dinge vorzustellen, die dir zugestoßen sein könnten. Ich musste an Rebecca und Daniel denken. Ich musste mir einreden, dass du tot bist. Sonst hätten sie nicht nur eine Schwester, sondern auch eine Mutter verloren.«

Stühle klappern um den Tisch herum. Michael steht auf, Daniel auch.

»Ich wusste es«, schreit Rebecca neben Abigail.

Abigail ist auch aufgestanden und überragt mich jetzt deutlich. Einen Moment lang fürchte ich, dass sie weglaufen würde. Ich weiß, dass ich es verdient hätte. Die Art und Weise, wie ich meine eigene Tochter behandelt habe, das Misstrauen, die Kälte. Frische Tränen steigen mir in die Augen.

Aber Abigail geht nicht weg, stattdessen lässt sie sich neben mir auf den Boden fallen und umarmt mich.

Meine Hände berühren ihren Rücken. Lose Wellen ihres Haares kitzeln meine Finger. Ihr Körper ist warm, und ich kann den Kokosnussduft ihres Duschgels riechen. Eine Hand berührt meine Schulter, dann eine andere. Michael schließt die Arme um uns beide. Dann ist Rebecca neben uns, und zuletzt Daniel.

Wir bleiben so, knien auf dem Fliesenboden und halten so lange einander fest, dass es sich wie ein ganzes Leben anfühlt. Ein ganzes Leben voller Trauer und Kummer, was mit jeder vergossenen Träne aus mir herausströmt. Es ist Michael, der uns aus dem Gleichgewicht bringt. Oder vielmehr Barleys eifriger Versuch, sich der Gruppenumarmung anzuschließen.

Michael stößt ein Grunzen aus. Ein »Uff«, und plötzlich schreien wir alle auf und kippen um, landen einer über dem anderen auf dem Boden. Meine Bauchmuskeln spannen sich an und verhindern, dass mein Kopf auf die Fliesen knallt. Abigail liegt halb auf mir und halb auf Michael, Daniel und Rebecca liegen rechts und links von uns.

Barleys warme, feuchte Zunge leckt unerbittlich über all unsere Gesichter. Ich weine nicht mehr, aber mein Körper zittert, ebenso wie der von Abigail. Lachen und Barleys Kläffen schallen durch den Raum.

Dieser freudige Augenblick durchströmt meinen Körper und ich sauge das ganze Glück in mich auf.

Ich weiß, dass noch Herausforderungen auf uns warten. Es werden nicht nur Freudentränen fließen. Ich werde meine Fehler akzeptieren müssen. Alle Fehler. Ich werde einen Weg finden müssen, mit den Hunderten von Fehlern umzugehen, die ich gemacht habe. Aber im Moment will ich nicht darüber nachdenken. Ich will fühlen. Ich will glücklich sein. Weil ich es kann. Abigail ist zu Hause.

»Bist du sicher, dass es dir gut geht?«, fragt Ryan, während er seine Jacke anzieht. »Ich kann trotzdem morgen vorbeikommen.« Das Silber an seinem Haaransatz und in seinem Bart spiegelt das Licht wider. Er sieht älter aus als am Freitag, als wäre er an jedem Tag in unserem Haus ein Jahr gealtert, aber vermutlich sehe ich genauso gealtert aus.

»Ist nicht nötig.« Ich lächle und verschränke die Arme vor dem Körper. In der Eingangshalle ist es kühl, jetzt da die Sonne untergegangen ist und keine Wärme mehr durch die Fenster fällt. »Danke für alles, was du getan hast. Ich glaube nicht, dass ich die letzten paar Tage ohne dich überstanden hätte.«

Dunkle Ränder haben sich um Ryans Augen gegraben. Zum ersten Mal wird mir bewusst, wie herausfordernd seine Arbeit sein muss. Der Grat zwischen Unterstützung und Einmischung ist schmal und keineswegs immer klar erkennbar.

»Ihr habt alle eine Menge zu verarbeiten. Ich kann euch dabei helfen.«

»Ist schon in Ordnung. Geh zurück in dein Leben. Ehrlich, wir kommen schon klar.«

»Rufst du mich wenigstens an? Damit ich weiß, wie es läuft?«

Ich nicke.

»Morgen?«

Ich zucke mit den Schultern. »Okay.«

Er macht eine Pause, als würde er nach weiteren Worten suchen. »Ich hoffe, ich bin nicht zu weit gegangen …«

»Du warst der Freund, den ich gebraucht habe«, unterbreche ich ihn.

Ryan will nicht gehen. Ich sehe es daran, wie zögernd er sich in Richtung Haustür bewegt. Wenn er Bestätigung braucht, dann gebe ich sie ihm gerne. Er war mein Fels in der Brandung, aber im Moment möchte ich, dass er geht. Ich will jetzt bei meiner Familie sein.

»Ich kann dir nicht genug danken.«

»Ich erlebe nicht viele Happy Ends«, sagt er nach einer Pause. »Ich freue mich für dich, Sarah. Du liegst mir sehr am Herzen, das war schon immer so.«

Seine Worte bleiben in der Luft hängen und lassen mein Herz schneller schlagen, aber ich will nicht über den Grund nachdenken. Ich schüttle den Kopf und schaue zu Boden. »Sag nichts mehr. Lass es nicht unangenehm werden.«

Er lacht, kurz und leise, und ich blicke wieder auf. »Ich wollte sagen«, fährt er lächelnd fort, »hör nicht auf, die Dinge zu hinterfragen. Es gibt noch vieles, was du nicht weißt. Du hast dich mit deinen Fragen selbst verrückt gemacht. Die Bestätigung, dass Abi deine Tochter ist, ist nur ein Teil des Puzzles.«

Meine Wangen kribbeln, als ich an meinen Irrtum denke. »Es ist, als wäre ein Schleier gelüftet worden. Ich musste die DNA-Ergebnisse hören, um es wirklich glauben zu können.«

»Ja, aber …«

»Ich weiß.« Ich nicke und gehe zur Haustür. »Du hast recht. Es gibt noch Fragen, die wir stellen müssen … und die einer Antwort bedürfen. Und dazu kommen wir noch, aber …«

»Du willst jetzt bei deiner Familie sein.« Er lächelt, während er meine Gedanken ausspricht.

»Danke«, wiederhole ich. »Für alles.«

Wir umarmen uns. Er fühlt sich warm und sicher an.

Schnell trete ich zurück, ignoriere die Reaktion meines Körpers auf seine Berührung und öffne die Haustür. Draußen ist die Sonne schon fast untergegangen und der Himmel über dem Haus leuchtet glühend orange.

»Ruf mich morgen an«, sagt Ryan im Gehen und ich nicke und schließe die Tür. Sofort fühlt sich das Haus ohne ihn seltsam an. Ryan hat seit Abigails Rückkehr darauf bestanden, jeden Tag hier zu sein. Es war offensichtlich, dass er uns nicht verlassen wollte, und dass er mich gebeten hat, ihn morgen anzurufen, erscheint mir, als erwarte er, dass ich über etwas anderes sprechen möchte als über das Happy End, das mir jetzt vorschwebt.

Seine Worte drängen sich in meine Gedanken. »Hör nicht auf, die Dinge zu hinterfragen«. Ich frage mich, ob er etwas bemerkt hat. Ob ich etwas übersehen habe. Zweifel und Misstrauen regen sich erneut, aber ich verdränge sie.

DNA lügt nicht, und ich werde meine Tochter auf keinen Fall wieder infrage stellen.

*

DONNERSTAG

FÜNFUNDDREISSIG

SARAH

Donnerstag, 21.40 Uhr

Ich bleibe auf dem Treppenabsatz vor Rebeccas Zimmertür stehen und höre, wie Teenagergekicher auf der anderen Seite erklingt. Ein Lächeln umspielt meine Lippen, als ich Abigails Lachen höre. Es ist dieses Lachen, das in ihrem Bauch einsetzt und mit einem Schnauben ihrer Nase entweicht, das sowohl sie selbst als auch Rebecca nur noch mehr zum Gackern bringt.

Ich lehne mich an den Türrahmen, schließe die Augen und lasse ihre Fröhlichkeit auf mich wirken. Fast könnte man meinen, dass die vierjährige Abigail hinter der Tür sitzt.

Seit unserem Sturz auf den Boden am Dienstag ist das Haus von Gelächter erfüllt, und ich frage mich mit einem Anflug von Schuldgefühlen, ob ich mich anders verhalten hätte, wenn ich Abigails Lachen schon bei ihrem Eintreffen vor einer Woche gehört hätte. Hätte ich ihr gleich geglaubt? Davon wäre ich gern überzeugt, aber mein Urteilsvermögen war so beschlagen wie die Windschutzscheibe meines Autos im Winter. Ich habe sie nicht wirklich gesehen.

Ich habe ihren Haarwirbel nicht gesehen, der vor allem morgens auffällt, bevor sie sich kämmt.

»Mum, wer hat mich eigentlich gewirbelt?«, fragte mich die fast vierjährige Abigail einmal kurz vor dem Schlafengehen, als sie im unteren Bett im Kinderzimmer lag, bevor sie um ihr eigenes Zimmer bat. »War das ein Wirbelsturm? Und war das draußen, oder ist er ins Haus gewirbelt?«

Ich erinnere mich, wie sie immer ihre Stirn in Falten legte, wenn sie sich fragte, ob sie gleich noch mehr Fragen stellen oder zuerst auf die Antworten warten sollte.

Ich habe nicht gesehen, wie Abigail den Kopf nach rechts neigt, wenn sie jemandem zuhört. Es ist nur noch ein flüchtiger Schatten der Art und Weise, wie ihr jüngeres Selbst den Kopf fast um neunzig Grad zur Seite kippte, wenn sie sich konzentrierte.

Ich habe die Form ihrer Nase nicht gesehen, die genau wie die von Michael aussieht. Die Dicke ihrer Haare – die hat sie von mir. Ich habe ihre süße Art nicht gesehen. Ich habe meine Tochter nicht gesehen.

Ich spüre einen Anflug von Traurigkeit. Es ist nicht die ständige tiefe Wunde der Trauer, die ich seit vierzehn Jahren mit mir herumtrage, sondern ein anderes Gefühl, das in unerwarteten Momenten hervorspringt. Wir haben so viel von Abigails Leben verpasst. Ich kann zwar den Rest meines Lebens damit verbringen, sie neu kennenzulernen, doch es wird immer Dinge geben, die ich nicht erfahre, Dinge aus ihrer Kindheit, an die sie sich nicht erinnert, die sie aber zu dem gemacht haben, was sie ausmacht.

Eines Tages wird sie mir hoffentlich mehr über ihre Zeit in Kolumbien erzählen. Jetzt, wo ich sie deutlich wahrnehme, erkenne ich, dass sie selbst emotionale Narben davongetragen hat. Ich möchte ihr helfen, aber sie braucht erst einmal Zeit. Zeit, um sich in ihrem Zuhause einzuleben und sich als Teil unserer Familie zu fühlen. Zeit, um mir wieder zu vertrauen.

Ich klopfe ein, zwei, drei Mal zurückhaltend an die Tür, bevor meine Gedanken mich weiter in die düstere Traurigkeit hinabziehen.

»O mein Gott«, sagt Rebecca und schnappt kurz nach Luft, als ich in der Tür stehe. »Du solltest wirklich zum Fernsehen. Das ist saukomisch.« Sie sieht zu mir hoch, fuchtelt mit den Händen und rappelt sich auf. Einen Moment lang lacht sie zu sehr, um auch nur ein Wort sagen zu können. »Mum, o mein Gott, das *musst* du dir anhören. Abi kann *so* gut Leute nachmachen.«

Ich lächle und lache mit den beiden. »Habt ihr kurz Zeit, um über das Interview morgen zu sprechen?«

»Klar«, sagen sie im Chor, sehen sich an und lachen wieder los.

»Ich möchte nur sichergehen, dass ihr beide damit einverstanden seid. Ich will nicht, dass ihr Angst habt, weil es live im Fernsehen ausgestrahlt wird. Ihr müsst auch nichts sagen, wenn ihr nicht wollt. Und tragt einfach normale Kleidung, Jeans und Pullover. Wir machen uns nicht schick. Die Fragen werden hauptsächlich an mich und euren Vater gerichtet sein, aber Abigail«, sage ich und schaue in ihre schönen braunen Augen, »sie werden bestimmt auch etwas von dir hören wollen.«

»Oh.« Das Lächeln auf ihrem Gesicht bleibt, hat aber seine Strahlkraft verloren.

»Ist alles in Ordnung?« Ich suche ihr Gesicht nach Hinweisen ab, um ihr nicht noch mehr Schmerz zuzufügen. »Ich kann mit dem Produzenten sprechen und dafür sorgen, dass sich die Fragen auf die Zukunft konzentrieren.«

Sie nickt und ihre Augen leuchten wieder auf. »Das wäre schön.«

»Wann sind wir denn fertig?«, fragt Rebecca. »Ich habe morgen nach der Mittagspause eine Probeklausur in Bio.«

»Wir sollten um zehn Uhr im Studio fertig sein, dann kannst du mit deinem Vater nach Hause fahren und bist mittags pünktlich in der Schule. Ich muss noch wegen ein paar anderer Presseangelegenheiten in London bleiben, die ich erledigen muss, aber ich nehme am Nachmittag den Zug zurück und bin vor dem Abendessen zu Hause.«

Rebecca nickt und verzieht das Gesicht. »Ich glaube, ich sollte versuchen, mir noch ein bisschen was ins Hirn zu hämmern«, verkündet sie seufzend.

»Du schaffst das schon«, sagt Abigail. »Ich wünschte, ich wäre nur halb so klug wie du.«

Rebecca strahlt von einem Ohr zum anderen, die Wangen von dem Kompliment gerötet. Mein Herz krampft sich zusammen, aber nicht vor Schmerz. In der kurzen Zeit, in der Abigail zurück ist, hat sie bereits etwas in Rebecca angestoßen.

Rebecca war immer selbstbewusst, hat immer das Rampenlicht gesucht, aber stets mit einem Hauch von Verzweiflung – zumindest kam es mir so vor. Sie war immer erpicht darauf, allen zu gefallen. Seit Abigail hier ist, wirkt Rebeccas Selbstbewusstsein natürlicher, und ihre Angespanntheit scheint verschwunden.

»Bleibt nicht zu lange auf.« Ich lächle sie an. »Wir müssen um sechs Uhr aus dem Haus. Euer Vater will noch Arme Ritter machen, bevor wir uns auf den Weg machen.«

»Igitt.« Rebecca verzieht wieder das Gesicht und streckt die Zunge raus. »Die sind eklig, Mum.«

Ich lache. »Früher mochtet ihr beide sie gern.«

»Na ja, jetzt nicht mehr. Bah.«

Ich trete weiter ins Zimmer und drücke Rebecca einen Kuss auf den Scheitel. »Ich sage ihm, dass er sich keine Mühe machen soll.«

Abigail entfernt sich vom Bett und stellt sich neben mich. »Ich gehe jetzt besser schlafen«, sagt sie.

Eine Sekunde lang herrscht eine unbehagliche Stimmung. Ich weiß nicht, wie viel davon auf mein Verhalten ihr gegenüber zurückzuführen ist und wie viel auf die Tatsache, dass sie eine Siebzehnjährige ist, die sich an einem neuen Ort, einem neuen Zuhause einleben muss. Aber die Sekunde vergeht, und sie streckt die Arme aus, um mich kurz zu umarmen.

»Nacht, Rebecca«, sagt sie, löst ihren Griff und dreht sich zur Tür um.

»Nacht«, ruft Rebecca mit einer albernen Stimme zurück, die Abigail zum Lächeln bringt.

Im Flur bleibt sie kurz stehen und sieht mich an. »Gute Nacht, Mum.«

Sie dreht sich schnell um und verschwindet in ihrem Schlafzimmer. Das Wort fühlt sich nicht mehr falsch an. Stattdessen erfüllt es mich mit Hoffnung, und das gefällt mir.

»Gute Nacht, Abigail«, flüstere ich.

Im Schlafzimmer finde ich Michael ausgestreckt auf dem Bett vor. Er schaut von seinem Handy auf und stößt ein kurzes Lachen aus, als er mich sieht.

Ich lächle. »Was?«

Er tut es wieder. »Nichts. Du siehst nur … glücklich aus.«

»Bin ich auch.«

Wir starren uns einen langen Moment an, bevor Michael vom Bett rutscht und aufsteht. So, etwa einen Meter voneinander entfernt, haben wir auch vor fünf Jahren gestanden, als ich ihm sagte, er solle verschwinden, unsere Ehe sei vorbei.

»Sarah«, ergreift er das Wort. »Ich … ich wollte nur sagen, dass es mir leidtut, dass wir das Statement am Samstag ohne dich abgegeben haben, und es tut mir leid, dass ich ein so schrecklicher Ehemann war. Es tut mir leid, dass ich uns kaputtgemacht habe.«

Der Schmerz bläht sich in meiner Brust auf. Mir steigen Tränen in die Augen, ich weiß, dass er es ernst meint.

»Ist es zu spät für uns?«, fragt er mit gefühlsüberladener Stimme.

Ich schüttle den Kopf. »Ich weiß es nicht.«

»Ich liebe dich immer noch. Wir haben das Schlimmste hinter uns, was man erleben kann. Ich weiß, dass sich nichts über Nacht ändert, aber können wir es nicht noch einmal versuchen? Nur noch ein Versuch? Nicht für die Kinder, sondern für uns?«

Ich spüre den Schmerz all dieser Jahre, die vielen, vielen Schichten. Schmerz wegen Abigail und wegen Michael und was er getan hat. Aber tief im Inneren weiß ich, dass der Zustand unserer Ehe vor seiner Affäre nicht allein seine Schuld war. Ich habe ihn weggestoßen, meinen Panzer aufgebaut. Ich konnte nicht gleichzeitig stark sein und mich auf ihn verlassen, ihn an mich heranlassen. Und Michael wiederum will gebraucht werden. Ich weiß nicht, was ich gerade will und ob er nicht um etwas Unmögliches bittet.

»Bitte, Sarah«, sagt Michael und macht einen Schritt auf mich zu. »Kannst du mir irgendwann verzeihen?«

»Ich weiß es nicht«, antworte ich schließlich. Sein Gesicht fällt in sich zusammen, und mir wird klar, dass das nicht die Antwort ist, die er sich erhofft hat. »Aber ich bin bereit, es zu versuchen.«

Er lächelt. Erleichtert.

Ich bin mir nicht sicher, wer von uns beiden sich zuerst bewegt, aber wir treffen uns in der Mitte, er schlingt die Arme um mich und ich meine um ihn.

»Es tut mir leid«, sagt er noch einmal.

»Mir tut es leid«, flüstere ich und verfluche die Traurigkeit, die mich schon wieder zu übermannen droht. Ich will nicht mehr traurig sein. Abigail ist zu Hause. Wir können endlich die Familie sein, für die wir uns all die Jahre ausgegeben haben. Es ist an der Zeit, dass wir aufhören, alle wegzustoßen, und die Menschen in unser Leben lassen.

*

FREITAG

SECHSUNDDREISSIG

ABI

Freitag, 9.26 Uhr

Die Luft summt vor Elektrizität und innerhalb der Crew mit ihren trendigen zerrissenen Jeans und Kopfhörern und im Publikum, das an jedem der Worte hängt, ist eine ähnliche Spannung zu spüren. Bei den beiden Moderatoren, die Abi gegenübersitzen – ein Mann und eine Frau, die Abi wiedererkennt, weil sie sich am Tag zuvor die Sendung angesehen hat, ist es nicht anders. Der Mann, Greg, ist um die vierzig und macht mit seinen silbernen Haaren und einem Bauch, der in echt noch größer aussieht als im Fernsehen, einen väterlichen Eindruck. Die Frau, Tina, ist jünger. Eine jüngere Version von Sarah. Blondes, glatt geföhntes Haar, gebräunte Beine und eine dicke Make-up-Schicht, die unter den warmen Studioscheinwerfern schimmert.

Während Michael spricht, schweift sein Blick zwischen den Moderatoren und Abi hin und her, die am anderen Ende des langen roten Sofas zwischen Rebecca und Sarah sitzt. Michael ist in seinem Element – charmant und liebenswürdig, und er lächelt auf eine Weise, die Abi noch nie gesehen hat. Aber Abi hört nur halb zu. Die Elektrizität durchströmt auch sie und macht es schwer, sich auf Michaels lange, wortreiche »unser aller Leben kann endlich weitergehen«-Rede zu konzentrieren. Es ist das gleiche Bla-bla-bla, das sie alle in den letzten zwanzig Minuten von sich gegeben haben.

Abi mag das Summen in ihrem Inneren, das Brummen und Rütteln, das Tanzen. Die Nerven, die die schlangenhafte Stimme in ihrem Kopf übertönen, die flüstert und zischt und sie mit Vorwürfen für das überhäuft, was sie getan hat, was sie dieser Familie antut.

Sie nahm an, sie könnten ihr gehören. Er hat ihr versichert, dass es so sein würde. Die lustige, nette Rebecca. Daniel mit seiner intuitiven Art, der immer genau weiß, was er ihr wann sagen muss. Michael, der sich so viel Mühe gibt. Sogar Sarah, die Abigail jetzt mit all der Liebe überschüttet, die er ihr versprochen hat.

Das ist alles, was sie wollte. Das ist der Grund, warum sie um die halbe Welt gereist ist und sich in so viele Lügen verstrickt hat, dass sie sich selbst nicht wiedererkennt. Sie hoffte, die Ergebnisse des DNA-Tests würden ihren Platz in dieser Familie festigen. Sie erwartete, es würde den misstrauischen Blicken, den Verdächtigungen und der Angst, die an ihr nagt, ein Ende setzen.

Sie ist Abigail Wick.

Aber das ist sie nicht. Und es ist überhaupt nicht besser geworden. Es ist schlimmer.

Je mehr man sie akzeptiert, desto schwieriger wird es für sie, ihre Lügen aufrechtzuerhalten. Auch die Angst ist gewachsen. Es geht nicht mehr nur um ihn und was er ihr antun wird, wenn sie versagt. Es geht um die Familie – vor allem um Rebecca, die ihr inzwischen wirklich ans Herz gewachsen ist – und darum, was er auch ihnen antun wird.

Was hat er vor? Es ging von Anfang an darum, den DNA-Test zu überlisten, um alle zu überzeugen. Sie haben nie über das Danach gesprochen, und allein dieser Gedanke schnürt ihr die Brust zu und lässt ihr Herz schneller schlagen. Sie ist genau an dem Punkt angelangt, wo sie sein sollte, aber was jetzt?

Greg, der Moderator, sagt etwas zu ihr. Abi konzentriert sich auf seine Worte, die ihre Nervosität noch verstärken.

»Wie geht es für dich weiter, Abigail?«, fragt Greg und lehnt sich in seinem Stuhl nach vorne, als wäre ihre Antwort das Einzige, was ihm im Leben etwas bedeutet.

»Viele Prüfungen, nehme ich an.« Sie erwidert sein Lächeln. Süß und engelsgleich. »Wo ich aufgewachsen bin, gab es keine guten Bildungschancen.« Sie wählt ihre Worte mit Bedacht und vermeidet alle Formulierungen, die zu Anschlussfragen nach Jhon und Caroline führen könnten. Sie möchte nicht über sie sprechen. »Ich würde gerne zur Schule gehen, oder aufs College, wenn ich kann. Und danach«, sie zuckt mit den Schultern, »weiß ich noch nicht. Ich glaube, ich bin ziemlich gut in Mathe.«

»Ich bin mir sicher, dass Abigail zum Fernsehen gehen wird«, zwitschert Rebecca neben ihr und legt eine Hand auf Abis. Sie ist feucht von der Hitze des Studios und der Nervosität.

Rebecca setzt sich aufrechter hin und grinst Abi breit an, bevor sie sich wieder den Moderatoren zuwendet. Abis Puls beschleunigt sich. Sie atmet leise und scharf ein, als sie erkennt, was Rebecca als Nächstes sagen wird, und es gibt nichts, womit Abi sie aufhalten könnte.

»Wirklich?«, fragen Tina und Greg unisono.

Abi drückt Rebeccas Hand, um sie zum Schweigen zu bringen, aber Rebecca lächelt wieder und nickt. Die Elektrizität, die sie durchströmt, verwandelt sich in glühende Panik.

Rebecca nickt. »Sie wird in einer dieser Comedyshows

auftreten. Wo man berühmte Leute imitiert. Abi ist wahnsinnig gut darin, Leute nachzumachen. Sie ist so eine gute Schauspielerin. Mach mal Mum nach, Abi«, sagt Rebecca und lacht schon.

Abis Gesichtsmuskeln tun bereits weh, weil sie die ganze Zeit krampfhaft unentwegt lächelt, weil sie gegen den Drang ankämpft, die Augen aufzureißen und den Kopf zu schütteln. Warum hat sie Rebecca ihre verschiedenen Akzente vorgeführt? Abi weiß, warum. Sie hat es getan, weil Rebecca vom Lernen gestresst und müde war und weil ein Junge, den sie mag, nichts von ihr wollte, und Abi wollte sie einfach nur aufheitern und zum Lachen bringen.

Es gibt nur einen Weg aus der Grube, die Rebecca für Abi gegraben hat. Sie schluckt und hebt die Schultern, um Sarahs Haltung zu imitieren. Sarah lacht jetzt auch, als Abi die Hände zusammenschlägt und Sarahs Eröffnung der Kochsendung nachahmt, wobei sie Sarahs Bildungsfernsehstimme perfekt imitiert.

Gelächter schallt durch das Studio, aber unter all der Schminke glühen Abis Wangen. Jetzt ist es ein harmloser Spaß. Keiner von ihnen begreift, was das bedeutet. Aber das werden sie. Und zwar bald. Abi riskiert einen Blick auf Sarah, aber die lacht nur, ahnungslos. Wie lange wird es dauern, bis sie sich an den Moment in der Küche erinnert, als Abi ihren Akzent plötzlich wechselte? Wie lange wird es dauern, bis sie anfängt, sich zu fragen, welche Stimme echt ist?

»Ich wusste gar nicht, dass du eine meiner Shows angeschaut hast«, sagt Sarah, kriegt sich wieder ein und knufft Abi an der Schulter. »Oder wie talentiert du bist.«

»YouTube«, murmelt Abi, und für eine Sekunde glaubt sie, ein Zögern in Sarah zu erkennen, einen Augenblick, in dem ihr Lächeln an Ort und Stelle erstarrt und eine Frage in ihren Augen aufblitzt.

»Sie kann jeden nachmachen«, sagt Rebecca. »Schauspieler, Stimmen, egal was, Abigail kann es.«

Abi versucht, weiterzulächeln, aber es fällt ihr immer schwerer. Ihr Körper verkrampft sich. Sie erstarrt. Er beobachtet sie. Sie spürt seinen Blick. Seine kalten, hasserfüllten Augen. Seine Wut dringt durch ihre Haut und bis in ihre Magengrube. Abi hat ihre Deckung fallen lassen und zu viel mit Rebecca geteilt. Er wird wissen wollen, welche Geheimnisse ihr noch herausgerutscht sind. Er wird sie an alles erinnern, was sie zu verlieren hat.

»Was für ein Talent.« Greg lacht. »Es ist mir ein Vergnügen, die ganze Familie Wick heute Morgen hier in der Sendung zu haben. Jetzt bleiben uns noch ein paar Minuten.« Greg richtet seinen Blick auf Daniel, der auf der anderen Seite von Rebecca sitzt. »Und ich bin mir sicher, dass unsere Zuschauer zu Hause gerne etwas von dir hören würden, Daniel. Die Erklärung, die du Anfang der Woche vorgelesen hast, war wirklich herzergreifend. Es muss doch wirklich umwerfend sein, Abigail nach so langer Trennung wieder zu Hause zu haben.«

»Das ist es«, sagt Daniel. »Es ist ein unglaubliches Gefühl, meine Schwester zu Hause zu haben. Ich wollte diese Erklärung vorlesen, weil ich etwas für meine Eltern tun wollte, besonders für meine Mutter. Wie ich in meiner Erklärung am Samstag sagte, war meine Mutter über die Jahre hinweg für uns alle ein Fels in der Brandung, und ich habe lange gebraucht, um das zu erkennen und zu schätzen.«

Daniel lehnt sich nach vorne, stützt die Ellbogen auf die Knie und richtet den Blick auf Sarah. »Ich liebe dich, Mum.« Dann steht er auf und Sarah tut es ihm gleich.

»Ich liebe dich auch«, sagt sie, während sie sich umarmen.

»Schon gut, schon gut.« Daniel klopft ihr kurz auf den Rücken, die Wangen rot angelaufen. »Wir sind hier live im Fernsehen, das ist dir klar, oder?«

Wieder schallendes Gelächter. Der Moderator ergreift wieder das Wort, das Interview ist fast zu Ende, aber Abi kann nicht über das hinausdenken, was gerade passiert ist. Er wird so wütend sein.

Was wird jetzt passieren? Was wird er mit ihr machen? Beim Gedanken daran verknoten sich ihre Eingeweide.

SIEBENUNDDREISSIG

ABI

Das Interview ist vorbei, und sofort werden sie von zwei Produzenten weg vom Set, den Kameras und dem Publikum in einen Korridor geschleust. In Abis Kopf dreht sich alles. Sie zittert, weiß nicht, wie sie weitermachen soll, wie sie mit der Angst umgehen soll, die sie so fest im Griff hat.

Die Lügen scheinen ebenso durchschaubar zu sein wie die Silberschicht auf den Rubbellosen, auf die Jhon so abfuhr. Alles, was es braucht, ist eine Münze oder ein scharfer Fingernagel, um zu enthüllen, was wirklich darunter liegt.

Sie betreten den Greenroom – einen großen Aufenthaltsraum mit Sofas und Sesseln und einem Schminktisch mit Spiegel. An der Seite steht ein Tisch mit einer Kaffeemaschine und einem Teller mit Blätterteiggebäck und Schokoladenmuffins mit einem Topping aus dicken Schokostückchen, der während ihres Interviews wieder aufgefüllt wurde. An der Wand spult ein Fernseher die Show ab. Abi blickt auf und sieht, dass die beiden Moderatoren mittlerweile mit einem Reality-TV-Star sprechen, den sie vage wiederzuerkennen glaubt.

»Abigail«, sagt Sarah und berührt ihren Arm, »das hast du wirklich gut gemacht. Wie fandest du es selbst?«

Sarah strahlt Abi an. Sie sieht jetzt jünger aus, denkt Abi. Sie ist energiegeladen und es ist ein Hauch von der Person zu erahnen, die sie früher einmal war.

»Es war gut.« Abi zwingt sich zu einem Lächeln. »Aber ich könnte das nicht jeden Tag machen.«

»Das können auch nicht viele«, sagt eine Stimme hinter Sarah.

»Don!« Sarah wirbelt herum und umarmt den Mann, der neben ihr steht. »Ich wusste nicht, dass du hier sein würdest.« Sie dreht sich wieder zu Abi um. »Abi, das ist mein Agent, Don.«

Abi lächelt angestrengt weiter und schüttelt die Hand des Mannes, der sie irgendwie an eine Bulldogge erinnert. Er hat etwas Einschüchterndes an sich, das Abi verunsichert, und sie ertappt sich dabei, wie sie ihre Hand wegzieht und einen Schritt zurückweicht.

»Du bist ein Naturtalent vor der Kamera«, sagt Don mit durchdringendem Blick zu ihr.

»Willst du jetzt meine Tochter unter Vertrag nehmen?« Sarah schüttelt den Kopf, lächelt aber dabei.

»Ich mache ihr nur ein Kompliment. Hör mal«, sagt er und legt einen Arm über Sarahs Schulter, »das ist alles noch streng geheim, aber eine gewisse Person«, er schaut in Richtung Set, während er spricht, »wird im Herbst in Mutterschaftsurlaub gehen. Sie suchen nach einer Vertretung, die die Show für ein paar Monate moderiert. Libby hat mich gerade darüber informiert. Sie fragt, ob du das in Betracht ziehen würdest. Sie hatten Du-weißt-schon-wen dafür vorgesehen, aber nachdem die Koks-Sache ans Licht kam, wollen sie einen anderen Weg einschlagen.«

»Und die wollen mich?« In Sarahs Stimme schwingt irgendetwas zwischen Freude und Unglauben mit. Sie sieht Abi mit leuchtenden Augen an. »Ich denke schon. Gib mir ein paar

Tage Zeit, darüber nachzudenken und es mit Michael und den Kindern zu besprechen.«

Don nickt. »Natürlich. Aber überleg es dir genau – du hast über ein Jahrzehnt lang getan, was für deine Familie am besten war. Jetzt kannst du dir mal Gedanken darüber machen, was das Richtige für dich ist. Das könnte deine Gelegenheit sein. Es ist noch nicht zu spät.«

»Okay. Ich lasse es mir durch den Kopf gehen.«

»Ich habe nur noch eine Frage.« Don sieht zu Abi und zwinkert ihr mit seinen scharfen blauen Augen zu, bevor er den Blick wieder auf Sarah richtet. »Die Produzenten von *Strictly Come Dancing* wollen wissen, ob du auf ein Gespräch vorbeikommen würdest?«

»Absolut nicht, Don.« Sarah lacht wieder und schüttelt den Kopf, sodass ihr Haar hin und her schwingt. »Ich kann nicht tanzen, und ich werde nicht ihre Quoten-Greisin spielen.«

»Greisin ist ja wohl hart übertrieben, meine Liebe.«

»Jede Teilnehmerin über dreißig gilt dort als Gammelfleisch. Tut mir leid, Don. Ich weiß, du würdest es feiern, wenn ich da mitmache, aber das ist ein endgültiges Nein.«

»Na gut. Du weißt, dass ich fragen musste. Hör mal, ich habe gleich um die Ecke noch ein Meeting. Bist du bereit für die Interviews?«

Sarah stöhnt, aber Abi merkt, dass sie es nicht ernst meint. »Ja. Ich rufe dich später an.«

Don nickt Abi noch einmal zu, bevor er weggeht und sie verunsichert zurücklässt.

»Alles bereit?«, ruft Michael durch den Raum. Er zieht sich bereits seine Jacke an. »Ich muss die hier schleunigst zu ihrer Biologieprüfung schaffen.« Er legt einen Arm um Rebeccas Schulter und umarmt sie. »Das hast du prima gemacht, Kleine. Das haben wir alle.«

»Ja. Auf gehts. Ich muss noch zwanzig Kurzinterviews hintereinander führen«, sagt Sarah lachend.

Michael tritt auf Sarah zu. Er hält inne, dann berührt er ihren Arm. Abi wartet darauf, dass sie zurückschreckt, aber stattdessen erwidert sie seine Berührung. Rebecca bemerkt Abis Blick, verdreht die Augen und grinst ebenfalls.

»Kommst du klar?«, fragt er.

»Selbstverständlich«, antwortet sie.

Daniel betritt den Raum, als Abi gerade denkt, dass sie das bewirkt hat. Jenseits ihrer Schuldgefühle und ihrer Angst erkennt sie, wie um sie herum die Wunden heilen, wie die Liebe dieser Menschen wieder aufflammt. Macht es das wieder gut, was sie getan hat? Sie hofft es.

»Mum«, sagt Daniel. »Wusstest du, dass Ryan im Publikum saß?«

»Ach, wirklich? Nein, das wusste ich nicht.«

»Er hat mich kurz zu sich gewunken, um zu hören, wie es läuft.«

»Wie nett von ihm, dass er gekommen ist.« Sarahs Blick wandert zur Tür, als erwarte sie, dass er auftaucht.

»Dad«, sagt Rebecca mit flehender Stimme, »können wir los? Ich will nicht zu spät kommen.«

Michael klatscht in die Hände. »Ja, natürlich. Auf gehts. Bist du fertig, Abi?«

Sie nickt, sehnt sich nach frischer Luft und danach, aus diesem Gebäude herauszukommen.

Sarah beugt sich vor, küsst Abi auf die Wange und hinterlässt eine Duftwolke ihres blumigen Parfüms. »Ich rufe an, wenn ich im Zug sitze. Michael, kannst du mich dann vom Bahnhof abholen? Ich hoffe, dass ich es vor dem Abendessen schaffe.«

»Ich mach das«, sagt Daniel.

Sarahs Lächeln wird breiter, als sie ihn ansieht. »Danke, Daniel. Auch für das, was du in dem Interview gesagt hast. Es bedeutet ...« Ihre Stimme stockt. »Es bedeutet mir sehr viel.«

»Mum, Dad.« Rebecca wedelt mit ihrem Handy vor ihnen herum. »Kann ich heute bei Ellie übernachten?«

»Oh.« Sarah sieht zu Michael. »Das ist ziemlich kurzfristig, Becca.«

»Bitte. Ich will das wirklich gerne. Einige andere Mädchen aus unserer Klasse sind auch da. Wir bestellen bei Domino's. Und die Probeklausuren sind dann auch durch.«

»Ist schon in Ordnung«, sagt Michael, zieht Sarah an seine Seite und legt einen Arm um ihre schmale Taille. »Das wird ihr guttun.«

»Okay.« Sie nickt. »Entschuldigung, natürlich darfst du. Ich müsste rechtzeitig zu Hause sein, um dich heute Abend zu Ellie zu bringen.«

»Nicht nötig.« Rebecca grinst und ist schon auf halbem Weg zur Tür. »Ich gehe direkt von der Schule aus hin. Ich kann mir von Ellie einen Schlafanzug und Klamotten leihen.«

Sie beeilen sich jetzt alle, das Studio zu verlassen – Daniel und Rebecca gehen voran, gefolgt von Michael und dann Abi und Sarah. Sie gehen einen Korridor entlang und dann noch einen, bevor sie eine Treppe erreichen. Fünf Minuten später stehen sie in der Helligkeit eines Tages, der warm zu werden verspricht, es aber noch nicht ganz geschafft hat.

Sarah umarmt Abi erneut, und dieses Mal überwältigt Abi die Angst. Tränen brennen ihr in den Augen. Sie sehen weder den Fehler, den sie gemacht hat, noch die Zerbrechlichkeit dieser neuen glücklichen Existenz, in der sie alle leben. Sie mag ihn zwar nicht allzu gut kennen, aber sie ist sich sicher, dass er das nicht auf sich beruhen lassen wird, genauso wie sie weiß, dass Sarah irgendwann heute oder morgen, wenn sie einen Moment Zeit zum Nachdenken hat, über Abis Imitation nachdenken und von Neuem an ihr zweifeln wird.

»Ich könnte mit dir zu den Interviews gehen.« Abis Worte klingen so verzweifelt, wie sie sich fühlt. »So können wir im Zug noch etwas Zeit miteinander verbringen.«

»Nein.« Michaels Antwort kommt schnell. »Du solltest mit uns kommen.«

Sarah wirft Michael einen Blick zu, verwirrt von seinem Ausbruch, wie Abi vermutet. Dann lächelt Sarah und streicht Abi die Haare aus dem Gesicht. »Natürlich würde ich mich freuen, mehr Zeit mit dir zu verbringen, aber dein Vater hat recht. Ich bin noch nicht so weit, dass ich dich den Reportern der Boulevardpresse vorführe. Es wird anders sein als heute Morgen. Ich habe keinen Einfluss darauf, was sie fragen. Es ist besser, du fährst mit deinem Vater nach Hause und wir sehen uns später.«

Abi nickt und lässt sich von Michael zum Parkplatz führen.

Ihr schießt ein Gedanke in den Kopf. Derselbe Gedanke wie vor einer Woche, als sie die Polizeistation betrat. Derselbe Gedanke wie in dem Moment, als die Leute vom DNA-Labor bei Sarah anriefen. Aber dieses Mal ist es kein leises Flüstern, keine Andeutung, kein Hinweis. Es ist ein lauter, schriller Alarm, der ein einziges Wort durch ihren Kopf peitscht.

Lauf.

ACHTUNDDREISSIG

SARAH

Freitag, 10.29 Uhr

Die Luft im Schatten der Gebäude in den Seitenstraßen von Waterloo ist kühl. Die Gebäude stehen hier dicht an dicht – riesige Betonklötze, die verhindern, dass es die Sonne bis hinunter zu den Bürgersteigen schafft. Es ist eine völlig andere Welt als die glatte, gläserne und die prächtige viktorianische Architektur der City auf der anderen Seite des Flusses.

Hier und da sind Menschen zu sehen. Büroangestellte, die vor einem Sandwich-Laden Schlange stehen, ein Lieferant auf einem Fahrrad. Ich bin nicht allein, fühle mich erschöpft, bin aber auch nervös, weil es mir scheint, jemand beobachtet mich.

Ich entscheide, dass es der Bammel vor den Presseinterviews sein muss, und biege in eine schmale Seitenstraße mit einer roten Backsteinmauer auf der einen Seite und grauem Beton auf der anderen ein. Ich habe es nicht eilig. Noch bleibt mir eine halbe Stunde Zeit, bevor ich den ersten Journalisten treffe, und das Savoy liegt lediglich gegenüber auf der anderen Seite des Flusses, aber ich habe immer noch ein ziemliches Tempo drauf, typisch London eben.

Meine Gedanken kreisen um das Live-Interview. Es ist gut gelaufen. Keine peinlichen Momente, keine Ausrutscher, keine Erwähnung von Michaels Skandal. Und doch nagt etwas in meinem Hinterkopf. Ich spüre immer noch Abigails Berührung, höre ihr Flehen, mich begleiten zu dürfen. Sie wirkte ... Ich bin mir nicht sicher. Verängstigt ist das Wort, das mir in den Sinn kommt. Aber warum?

Ich habe die Schatten der Gebäude fast hinter mir gelassen. Vor mir sehe ich die Promenade an der South Bank und die Themse im Hintergrund, Touristen, Menschen. Aber das Geräusch eines Karussells und die Rufe eines Straßenkünstlers reichen nicht aus, um die Schritte zu übertönen, die sich plötzlich schnell von hinten nähern. Ich werfe einen Blick über die Schulter und bleibe wie angewurzelt stehen.

»Hallo, Sarah.«

Ich schnappe nach Luft. Die Frau, die vor mir steht, ist groß und schlank. Ihre schwarzen Zöpfe sind mit grauen Strähnen durchzogen, aber ansonsten sieht sie noch genauso aus wie vor fast vierzehn Jahren, als ich sie das letzte Mal gesehen habe.

»Janie. Was machst du denn hier?«

»Du hast mich angerufen.« Ihr Kopf neigt sich ein wenig nach oben, sie streckt das Kinn vor, so wie ich es in Erinnerung habe. Janies Trotzreaktion. »Ich habe gehört, dass du dieses Interview gibst, und wollte dir sagen, dass du aufhören sollst, mich anzurufen. Lass mich in Ruhe.«

»Du bist den ganzen Weg hierhergekommen, um mir zu sagen, dass ich dich in Ruhe lassen soll? Warum hast du das nicht einfach am Telefon gemacht, anstatt mich zu ignorieren?«

»Ich ...« Ihr fällt die Kinnlade herunter. Sie weicht ein wenig zurück, als wäre sie sich der Antwort nicht sicher.

Durch meinen Körper pumpt noch immer das Adrenalin des Live-Interviews, also ignoriere ich die unzähligen Fragen, die mir durch den Kopf schießen. Ich ignoriere das Misstrauen und die Wut und den Wunsch, Janie anzuschreien, sie an den

Armen zu packen und zu schütteln, bis sie mir sagt, warum sie mich an diesem Tag verlassen hat, als ich sie mehr denn je brauchte. Stattdessen zeige ich auf den Fluss. »Sollen wir uns eine Bank suchen?«

Sie nickt und wir gehen schweigend weiter.

Ich finde eine ruhige Bank im Sonnenschein, ganz hinten auf einem Stück grünen Rasen hinter der riesigen weißen Konstruktion des London Eye. Wir setzen uns nebeneinander, schauen nach vorn und tun so, als würden wir die langsame Drehung der ovalen Glaskabinen betrachten.

»Warum hast du mich angerufen?«, fragt Janie dann.

»Ich weiß es ehrlich gesagt nicht«, antworte ich. »Ich nehme an, du weißt, dass Abigail zurückgekehrt ist?«

»Ja, ich habe die Nachrichten gesehen.«

»Zuerst waren wir uns nicht sicher, ob sie es wirklich ist, aber Michael und Daniel und Rebecca ... nun, es kam mir so vor, als wäre ich die Einzige, die an ihr gezweifelt hat, und ich wollte mit jemandem sprechen, der Abigail kennt. Es war dumm. Aber dann hast du nicht geantwortet, und ich habe mich gefragt, wieso, und warum du dich aus meinem Leben zurückgezogen hast ... als ich dich am meisten brauchte.« Trotz der vielen Jahre sitzt mir der Schmerz wie ein Kloß im Hals.

Ich habe mir vorgemacht, ich hätte mit Janie abgeschlossen, aber alle *Nach vorn schauen, niemals zurück*-Mantras der Welt können eine so enge Freundschaft, wie die unsere war, nicht ungeschehen machen.

Es entsteht eine Pause, die sich hinzieht, sodass ich den Kopf ein wenig drehe, um ihr Gesicht von der Seite zu betrachten. Aus der Nähe bemerke ich die Falten um ihre Augen und die Furcht, die sich in ihnen spiegelt.

»Warum bist du verschwunden?«, frage ich erneut.

»Weil ich schwach bin«, flüstert sie. »Ich bin ein Feigling, Sarah. Abigails Entführung hat mir das Herz gebrochen, und als ich hautnah erlebte, wie sehr du am Boden zerstört warst, konnte ich nicht … Ich konnte einfach nicht in deiner Nähe sein. Es war zu schwer. Ich bekam jedes Mal diese Panikattacken, wenn ich dich anrufen wollte. Am Ende musste ich an mich selbst denken und daran, was das Beste für mich war. Es tut mir so leid.«

Eine einzelne Träne rutscht mir aus dem Augenwinkel, und ich tupfe sie mit meinem Finger ab, bevor sie die sorgfältige Grundierung ruiniert, die mir heute Morgen in der Maske im ITV-Studio verpasst wurde.

»Hatte Phil wirklich einen Autounfall?«, frage ich.

»Was?« Sie klingt überrascht.

»Du hast uns an dem Abend, als wir im Ferienhaus auf Neuigkeiten über Abigails Entführung warteten, gesagt, dass du gehen müsstest, weil Phil einen Autounfall hatte.«

Sie schnappt nach Luft, als würde sie sich erinnern, und schüttelt dann den Kopf. »Es tut mir leid.«

Ich lasse mir von der Sonne das Gesicht wärmen und ihre Worte auf mich wirken. Ich denke an die Fragen, die ich mir Anfang der Woche gestellt habe, als ich mir den Kopf darüber zerbrach, ob Janie etwas mit Abigails Entführung zu tun haben könnte. Ich habe einfach nach einer Erklärung gesucht, die für mich Sinn ergab. Mehr als nur, dass meine beste Freundin schwach und selbstsüchtig war. Aber wenn ich ihr jetzt zuhöre und sie ansehe, weiß ich, dass es sich genauso verhält, wie sie es erzählt.

Es tut immer noch weh, aber nicht mehr so sehr – der Schmerz eines verblassenden Blutergusses, wenn man ihn berührt. Ich habe ohne Janies Hilfe überlebt. Wenn sie dabei gewesen wäre, hätte ich mich vielleicht zu sehr auf sie verlassen und wäre nicht in der Lage gewesen, so weiterzumachen, wie ich es getan habe.

»Habt ihr eine Tochter?«, frage ich.

»Ja. Woher weißt du das?«

»Ich habe auf deiner alten Festnetznummer angerufen.«

»Oh. Wir sind umgezogen, kurz nachdem wir Raya adoptiert hatten. Sie ... sie ist mit vier Jahren zu uns gekommen, und ... es war schwer. Ich habe mir ständig Sorgen gemacht, dass ihr etwas passieren könnte, also gaben wir London und unsere Jobs auf und zogen nach Anglesey, an die Küste von Wales. Ich betreibe dort eine Töpferwerkstatt und Phil ist in die Landwirtschaft gegangen. Raya geht im September an die Universität von Cardiff, um Ingenieurwesen zu studieren.«

Janie leuchtet auf, wenn sie von ihrer Tochter spricht, und trotz allem freue ich mich für sie.

Sie zieht ein Handy aus ihrer Tasche, entsperrt den Bildschirm und hält es mir hin. Auf einem Foto sind Phil und Janie zu sehen, die in die Kamera lachen. Zwischen ihnen steht ein junges Mädchen in einem roten Fußballtrikot und grinst in die Kamera.

»Da hat sie gerade das entscheidende Tor im Pokalspiel geschossen«, sagt Janie und steckt ihr Handy lächelnd wieder weg.

Sie atmet tief durch und dreht sich dann im Sitzen zu mir um. »Ich bin nicht den ganzen Weg hierhergekommen, um dir zu sagen, dass du mich in Ruhe lassen sollst. Ich bin gekommen, um mich dafür zu entschuldigen, dass ich die schlechteste Freundin der Welt für dich war, als du mich gebraucht hast. Vielleicht war das damals die einzige Möglichkeit für mich, damit fertigzuwerden, aber ich werde mir selbst nie verzeihen, dass ich nicht für dich da war.«

Wir sitzen eine Weile da und wissen beide nicht, wie es weitergehen soll. Das ist keine Versöhnung. Wie sehr es Janie es auch bedauern mag, wie sehr ich ihr auch verzeihen kann, dass sie mich verlassen hat, als ich sie am meisten brauchte, unsere Freundschaft lässt sich nicht wieder beleben.

»Es ist unglaublich, dass Abigail nach all dieser Zeit nach Hause gekommen ist. Ein Wunder. Ich freue mich so für dich,

Sarah. Du verdienst es, glücklich zu sein. Von jetzt an wird alles gut werden. Ich weiß es einfach.«

»Ich bin mir nicht sicher, ob das so ist.«

Meine Worte überraschen mich, und ich muss wieder an die Achterbahnfahrt der Gefühle denken, die ich in den letzten sieben Tagen erlebt habe. Ich war mir so sicher, dass das nervöse Teenagermädchen, das durch meine Haustür trat, nicht meine Tochter war. Daniel und Rebecca und sogar Michael haben sie so viel schneller akzeptiert als ich. Aber dann kam das Ergebnis vom DNA-Test, alles änderte sich damit, und ich war so glücklich.

Und doch ... ist da dieses Gefühl tief in meinem Inneren, dass etwas nicht stimmt. Ich habe es tagelang ignoriert, aber irgendetwas an dem Interview heute hat das Gefühl wieder verstärkt. Ich bin mir nur nicht sicher, was oder warum.

»Wie meinst du das?«, fragt Janie und reißt mich aus meinen Gedanken.

Ich schüttle den Kopf und erinnere mich daran, dass diese Frau neben mir sich zwar vertraut anfühlt, aber nicht mehr meine beste Freundin ist. Außerdem weiß ich nicht einmal, was ich sagen sollte, selbst wenn ich es könnte.

»Ach, nichts. Nur die ganze Presse. Ich weiß nicht, ob die Reporter uns jemals in Ruhe lassen werden.« Ich stehe schnell auf. »Ich muss jetzt los. Ich habe Interviewtermine mit verschiedenen Zeitungen.«

Janie steht ebenfalls auf und wir sehen uns einen Moment lang an. Umarmen ist falsch. Ein Händedruck auch. Schließlich hebe ich die Hand zu einem halben Winken und trete einen Schritt zurück. »Danke, dass du nach London gekommen bist, um mich zu sehen.«

»Auf Wiedersehen, Sarah.«

Erst als ich die Mitte der Brücke erreiche, halte ich kurz inne und atme tief ein und aus. Janies Auftauchen und mein eigenes Eingeständnis, dass etwas nicht stimmt, haben mich umgehauen, und ich brauche einen Moment, um mich vor den Gesprächen zu sammeln.

Die Waterloo Bridge ist wie die Gebäude, an denen ich eben vorbeigelaufen bin, eine funktionale Betonkonstruktion, aber die Aussicht ist wunderschön. Zu meiner Rechten steht die Sonne hoch über der Kuppel der St. Paul's Cathedral und der Londoner City. Ihre hellgelben Strahlen glitzern auf dem Glas des Leadenhall Building in der Ferne. Die Sonne ist warm und löst den Nebel auf, der auf unserer Fahrt am frühen Morgen die Felder und die Stadt bedeckte.

Unterhalb der Brücke sieht der Fluss ruhig aus – schwarz und an manchen Stellen dunkelblau, mit winzigen dreieckigen Wellen, die gegeneinander schwappen. Mein Handy vibriert und ich krame unter meinen hochhackigen Schuhen in der lächerlich großen Handtasche, die ich in London immer benutze, nach dem Smartphone.

Es wird Rebecca oder Michael sein, die sich auf dem Heimweg fragen, ob ich irgendetwas von Waitrose möchte. Oder Don, der mich zu einer Restaurant-Eröffnung einladen will. Ich habe vorhin das Funkeln in seinen Augen gesehen. Er will meine Karriere wieder in Schwung bringen und von Abigails Heimkehr profitieren. Ich bin nicht mehr die tragische Mutter, die ihre Tochter verloren hat; ich bin die Frau, deren Tochter nach Hause gekommen ist. Die Öffentlichkeit wird in der Magie dieses Ereignisses schwelgen wollen, und Don ist wie immer fünf Schritte voraus.

Als ich mein Telefon aus der Tasche hole, fällt mir ein, dass ich Abigail ein Handy kaufen sollte. Sie hat nicht danach gefragt. Sie hat um überhaupt nichts gebeten, aber ich bin mir sicher, dass sie sich freuen würde. Ich habe gesehen, wie sie Rebecca und Daniel dabei beobachtete, wie sie auf ihren Smartphones herumtippten. Sie wird auch ein Bankkonto brauchen, und Taschengeld. Ich fange schon an, in Gedanken eine Liste zu erstellen, während ich auf den Text auf meinem Display starre. Es ist eine Nachricht von Ryan.

Herzlichen Glückwunsch zu dem Interview! Ich musste wegen eines Meetings nach London und dachte mir, ich schaue mal vorbei. Ihr wart alle großartig!

Ich denke an Abigails Imitation von mir. Das war brillant. Ich wusste gar nicht, dass sie eine meiner Sendungen gesehen hat. Ich sollte nicht überrascht sein. Und wenn ich ehrlich zu mir selbst bin, dann war einer der Gründe, warum es mich vor die Kamera gezogen hat, etwas, das ich noch nie jemandem erzählt habe: Ich hoffte, dass eines Tages ein kleines Mädchen, das gerade seine Cornflakes isst oder mit seinem Spielzeug spielt, den Fernseher einschaltet und mich, seine Mutter, sieht und stolz davon erzählen würde. Ein lächerlicher Traum, aber das war einer von vielen Gründen.

Ich setze mich wieder in Bewegung, jetzt langsamer. Ein Gefühl beschleicht mich. Es hat mit Abigail zu tun. Diese Umarmung, das Flehen, das ich in ihren Augen zu sehen glaube, und die Art, wie sich ihre Stimme so mühelos veränderte, um meinen Tonfall und Akzent zu imitieren.

Ich höre Rebeccas Stimme in meinen Gedanken. »Sie ist so eine gute Schauspielerin.«

Eine Frage nimmt Gestalt an, drängt aus einem verborgenen Teil meines Geistes in den Vordergrund. Sie liegt mir auf der Zunge, und ich will sie gerade mit beiden Händen ergreifen, als ich einen Anruf einer unbekannten Nummer erhalte.

»Hallo?«

»Mrs Wick?«, fragt eine Frauenstimme.

»Ja«, antworte ich.

»Mein Name ist Detective Constable Cara Swain. Ich

gehöre zur Metropolitan Police und arbeite auf dem Polizeirevier Bethnal Green. Ich war die Beamtin, die letzten Freitag das erste Gespräch mit Abelia Pérez geführt hat.« Die Polizistin hält inne und ich überlege, was ich sagen soll.

»Okay«, antworte ich und füge dann hinzu: »Ihr Name ist Abigail.«

»Ich bin einigen Informationen nachgegangen, die«, sie stockt kurz, »Abi uns letzte Woche gegeben hat, und ich würde gerne noch einmal mit ihr sprechen, in Anwesenheit von Ihnen oder Ihrem Mann, wenn es möglich ist.«

»Das ist kein Problem. Wann würde es Ihnen passen?« Meine Gedanken springen zur nächsten Woche. Vielleicht hat Abigail Lust, sich eine der *Loose Women*-Shows anzuschauen. Michael auch. Wir könnten zuerst zu Mittag essen und auf dem Rückweg bei der Polizei vorbeischauen. Liebe und Hoffnung strömen durch meinen Körper.

Abigail ist zu Hause. Alles hat sich verändert. Ich habe mich verändert.

»Heute«, sagt die Beamtin. »So schnell wie möglich.«

Das klingt beunruhigend. »Oh, in Ordnung. Ist es so dringend? Ich fürchte, Sie haben sie gerade verpasst. Wir waren alle wegen einer Presseveranstaltung in London, aber Michael und die Kinder sind bereits nach Essex zurückgefahren.«

»Könnten Sie sie womöglich anrufen und sie bitten, umzukehren? Es ist wichtig, dass wir mit Abi, Michael und Ihnen sprechen. Es gibt einige«, sie macht wieder eine Pause, »Ungereimtheiten in Abis Geschichte, die wir gerne aufklären würden.«

»Ungereimtheiten? Was zum Beispiel?« Ich klinge schroff, schärfer als beabsichtigt, aber instinktiv will ich meine Tochter schützen. Ich weiß noch nicht, wovor, aber ich spüre den Drang in mir, wie eine angeborene Kraft.

»Das sind keine Details, die ich am Telefon besprechen

kann«, sagt sie. »Es wäre besser, wenn wir es persönlich besprechen würden.«

Was auch immer diese Ermittlerin wissen will, auf keinen Fall lasse ich zu, dass sie Abigail damit überrumpelt. Die vertrauensvolle Beziehung, die wir in den letzten Tagen aufgebaut haben, ist fragil wie Spinnweben. Ich darf nicht riskieren, diese zu beschädigen, indem ich sie auf eine Polizeiwache schleppe, um sie verhören zu lassen.

»Könnte ich vielleicht heute Nachmittag vorbeikommen?«, antworte ich, als ich das Ende der Brücke erreiche und über die Straße sprinte. »Vielleicht gibt es ein paar Details, bei denen ich Ihnen helfen kann. Wenn es wirklich so dringend ist, wie Sie sagen, dann werde ich Abigail selbst nach London zurückfahren.«

»Es wäre besser, wenn wir uns so bald wie möglich mit Abi treffen könnten.«

Ich spüre, wie ich unter der dienstbeflissenen Stimme am anderen Ende der Leitung ins Wanken gerate, aber dann rufe ich mir den geschockten Gesichtsausdruck von Abigail nach dem Interview heute Morgen wieder ins Gedächtnis.

»Es tut mir leid«, antworte ich in einem Ton, der das Gegenteil andeutet, »aber Abigail hat eine harte Woche hinter sich, hauptsächlich meinetwegen. Sie muss sich ausruhen. Ich bin nicht bereit, sie wegen ein paar Ungereimtheiten in einen Vernehmungsraum zu setzen und ausfragen zu lassen. Sie können sich also entweder heute Nachmittag mit mir und nächste Woche mit uns allen treffen, oder …«

»Um wie viel Uhr?«, schneidet Constable Swain mir das Wort ab, bevor ich meine Drohung ausformulieren kann.

»Halb vier.«

»Dann sehen wir uns, Mrs Wick. Polizeistation Bethnal Green. Fragen Sie an der Anmeldung nach mir.«

Eine kurze Pause, dann ist sie weg.

Ich scrolle durch meine Kontakte, bis ich Michaels Namen

finde. Mein Finger schwebt über dem Anrufbutton, aber dann überlege ich es mir anders. Unsere Beziehung ist auch so ein zarter Faden, der nur darauf wartet, zerschnitten zu werden.

Wenn ich Michael anrufe, könnte er mit Constable Swain übereinstimmen und Abigail direkt zur Polizeiwache bringen, aber das will ich ihr nicht zumuten. Ich schirme mein Handy vor der Sonne ab und schreibe stattdessen eine Nachricht an Daniel und Michael.

Schaue auf dem Heimweg kurz auf Polizeiwache Bethnal Green vorbei, um über Abigails Besuch letzte Woche zu sprechen. Kein Grund zur Sorge. Nehme mir ein Taxi vom Bahnhof.

Ich bin spät dran, stelle ich fest, lasse mein Handy zurück in meine Tasche fallen und nehme mein Tempo wieder auf. Der erste Journalist wird schon warten.

Ungereimtheiten. Das Wort setzt sich in meinen Gedanken fest. Was für Ungereimtheiten? Die Antwort spielt keine Rolle, wird mir klar. Abigail ist siebzehn, noch ein Kind. Selbst wenn ihr nichts angetan wurde – und ich bete im Stillen, dass das keine von Constable Swains Ungereimtheiten ist -, selbst wenn ihr Leben ganz normal war, musste sie den Tod der Menschen, die sie großgezogen haben, verkraften. Außerdem musste sie mit den Lügen fertigwerden, die sie ihr erzählt hatten. Was ist also, wenn sie beim Gespräch mit der Polizei irgendetwas Falsches angegeben hat? Ich bin mir sicher, dass es dafür einen guten Grund gibt. Wenn wir Abigail das Vertrauen und die Zeit geben, alles zu erklären, werden wir es bestimmt verstehen.

Mir kommt meine Anschuldigung in den Sinn: »Du bist nicht meine Tochter.« Herz und Wangen glühen, wenn ich daran denke. Ich verdränge die Erinnerung, während ich mir meine Pumps anziehe. Alles, was zählt, ist die gemeinsame Zukunft, die vor uns liegt.

Ich kämme mir mit den Fingern die Haare und straffe die Schultern, bevor ich in das Foyer des Hotels trete. Nichts, was Constable Swain sagen könnte, wird etwas für mich ändern. Meine Tochter ist zu Hause. Ich werde alles tun, um sie zu beschützen.

Es ist an der Zeit.
Zeit, das alles zu beenden. Zeit, dorthin zurückzukehren, wo alles begann.
Die Maske abzulegen, hinter der ich mich versteckt habe, und ihnen allen das Monster darunter zu zeigen; das Monster, das sie aus mir gemacht haben.
Es ist an der Zeit, dass wir alle dafür bezahlen, was wir an diesem Tag getan haben.

TEIL 3

NEUNUNDDREISSIG

SARAH

Freitag, 15.55 Uhr

Ich bin spät dran. Es ist fast vier, als ich in Bethnal Green aus der U-Bahn steige. Mein Kopf hämmert. Eine Kombination aus zu viel Kaffee und der Bemühung, ständig auf der Hut zu sein, zu lächeln und den Fragen auszuweichen, die ich nicht beantworten wollte. Der Nachmittag war anstrengend, und ich hatte keine Zeit, über Abigail oder die von Constable Swain erwähnten Ungereimtheiten nachzudenken.

Auf der Straße wimmelt es von Eltern und Kindern, Kinderwagen und Rollern. Ich beobachte die Szenerie einen Moment lang, ohne das Dröhnen des Verkehrs zu registrieren. Die Luft riecht nach Brathähnchen von einem Imbiss auf der anderen Straßenseite. Einige Teenager in Rebeccas Alter haben sich draußen versammelt, essen aus Pappboxen und starren auf ihre Handys.

Ich öffne Google Maps und folge der blauen Linie, den drei Minuten andauernden Fußweg, bis zum Polizeirevier. Dort angekommen und am Fuß der Treppe stehend, frisst mich die

Sorge erneut auf. Was hat Constable Swain mit Ungereimtheiten gemeint? Worauf lasse ich mich hier ein?

Über der Tür befindet sich die Überwachungskamera, in die Abigail vor einer Woche geschaut hat. Es muss sie so viel Mut gekostet haben, ihr Zuhause zu verlassen, um die halbe Welt zu reisen und durch diese Tür zu treten, die jetzt vor mir liegt. Der Gedanke treibt mich voran. Eins, zwei, drei, vier Schritte und ich stehe in einem kleinen Wartebereich. Eine junge Frau mit einem Kleinkind auf der Hüfte unterhält sich mit dem Beamten hinter dem Schalter über einen gestohlenen Kinderwagen.

Ich will mich gerade setzen, als sich auf der einen Seite eine Tür öffnet und Ryan in einem blauen Hemd und einer grauen Hose mir gegenüber steht. Er lächelt und winkt mich zu sich.

»Hallo«, sage ich. »Was machst du …«

»Sergeant Howard hat mich in der Mittagspause angerufen und gesagt, es gebe neue Beweise. Er meinte, du hast heute hier einen Termin, und da ich sowieso in London war, dachte ich, ich könnte vielleicht helfen.«

Als ich durch die Tür trete, rieche den Duft seines Rasierwassers. Es ist erst drei Tage her, dass ich Ryan das letzte Mal gesehen habe, aber es kommt mir wie Wochen vor. Es hat sich so viel verändert. Ich habe mich verändert. Ich denke an unsere letzte Umarmung und die Hitze, die sie in mir ausgelöst hat, und dann denke ich an Michael und das Versprechen, das wir uns gegeben haben. Das Versprechen, uns noch eine Chance zu geben. Es ist noch zu früh, aber ich spüre bereits eine Veränderung in der Art, wie wir uns jetzt ansehen, wenn wir miteinander reden, an gelegentlichen beiläufigen Berührungen, wenn wir aneinander vorbeigehen. Es ist noch zu früh, um zu prognostizieren, ob wir überhaupt eine gemeinsame Zukunft haben, aber es ist ein Anfang.

»Komm schon«, sagt Ryan, »hier gehts lang.« Er schließt die Tür hinter mir, und ich folge ihm durch einen grauen Korridor.

Die nagende Sorge bläht sich wie ein schwarzer Fallschirm auf und fällt über mir zusammen. »Ryan, was ist hier los? Weißt du mehr?«

Ryan runzelt die Stirn, auch seine Miene ist besorgt. »Es geht um Abi. Sie ist …«

Bevor er zu Ende sprechen kann, öffnet sich neben uns eine Tür und eine Frau erscheint. »Mrs Wick«, sagt sie und ich erkenne ihre Stimme wieder, »ich bin Cara Swain, wir haben telefoniert.«

Ich wende den Blick von Ryan ab. Was wollte er gerade sagen?

Constable Swain ergreift meine Hand. Wie ihre Stimme ist auch ihr Griff dienstbeflissen – kühl und fest. Sie trägt einen marineblauen Hosenanzug mit einer Seidenbluse in derselben Farbe.

»Möchten Sie sich setzen?« Sie tritt zur Seite und gibt den Blick auf einen Konferenzraum frei, in dem um einen langen, ovalen Tisch etwa zehn Stühle verteilt sind. Mein Blick fällt auf die beiden Whiteboards am anderen Ende des Raums. Beide sind leer, aber sie können umgeklappt werden, und ich frage mich unwillkürlich, was auf der anderen Seite stehen könnte.

Ich habe einen bitteren Geschmack im Mund. Zu viel Kaffee, oder vielleicht sind es auch die Nerven. Ich habe das Gefühl, vor einem Vorhang zu stehen, der gleich zurückgezogen wird, um zu enthüllen, das … Ja, was? Ich weiß es nicht.

»Was ist los?«, frage ich und werfe Ryan einen bittenden Blick zu. Seine Anwesenheit erscheint mir plötzlich beunruhigend. Zum ersten Mal kommt mir in den Sinn, dass auch er an dem Tag da war, als Abigail entführt wurde. Er war letzte Woche da, als sie zurückkam. Und jetzt ist er hier.

Constable Swain deutet auf einen Stuhl auf der gegenüberliegenden Seite des Tisches. »Bitte setzen Sie sich. Ich möchte Ihnen ein paar Fragen stellen, wenn Sie erlauben – und Ihnen etwas zeigen.«

Ich folge ihrer Aufforderung und warte darauf, dass Ryan sich neben mich setzt. Stattdessen setzt er sich einen Platz weiter an das Kopfende des Tisches, in der Mitte zwischen Constable Swain und mir. Die Sitzordnung scheint wohlüberlegt zu sein, und ich frage mich, ob die beiden sie geplant haben. Ryan ist nicht auf meiner Seite. Er ist nicht gegen mich, aber er ist auch nicht für mich. Warum?

»Möchten Sie etwas trinken? Ein Glas Wasser?«, fragt Swain.

Ich schüttle den Kopf. Mein Inneres fühlt sich an wie ein Haufen verknoteter Seile. »Würde mir bitte jemand erklären, warum ich hier bin?«

»Mrs Wick – oder darf ich Sie Sarah nennen?«, fährt sie fort, ohne auf eine Antwort zu warten. »Zunächst einmal sollte ich Ihnen erklären, dass der Fall Ihrer Tochter eigentlich von der Polizei von Suffolk bearbeitet wird. Ich hätte Abelias Auftauchen am Freitag an einen Beamten in Suffolk weiterleiten können oder sollen, aber irgendetwas an der ganzen Situation kam mir befremdlich vor. Also habe ich Teile von Abelias Geschichte selbst recherchiert.«

»Sie heißt Abigail«, mische ich mich ein. »Ihr Name ist nicht Abelia, sondern Abigail.«

Constable Swain zieht die Augenbrauen hoch und fährt fort, als hätte ich nichts geäußert. »Der Grund, weshalb ich mich heute mit … Abi treffen wollte, ist, dass ich einige Lücken in ihrer Geschichte durchgehen wollte.«

»Zum Beispiel?«

»Bevor ich anfange, ist es sehr wichtig, dass wir zu Abi Kontakt aufnehmen. Wann haben Sie das letzte Mal mit ihr gesprochen?«

»Heute Morgen, als wir uns nach dem Interview verabschiedet haben. Das muss so um kurz nach zehn gewesen sein. Michael ist mit ihr, Rebecca und Daniel nach Hause gefahren.«

Constable Swain nickt und kritzelt etwas auf ein Blatt

Papier. »Ich habe den ganzen Nachmittag über Ihr Festnetztelefon und Michaels Handy angerufen, aber niemanden erreicht.«

»Vielleicht haben sie auf dem Rückweg irgendwo angehalten.« Ich zucke mit den Schultern. »Oder sie sind beschäftigt. Ich bin mir sicher, dass es dafür einen Grund gibt.«

»Würden Sie bitte versuchen, Ihren Mann von Ihrem Handy aus anzurufen? Vielleicht nimmt er das Gespräch an, wenn er weiß, dass Sie es sind.«

Ich zögere. Der Wunsch, meine Familie zu schützen, ringt mit dem Wunsch, zu tun, was man mir sagt, und die Ermittlungen zu unterstützen.

Ryan beugt sich vor und berührt meine Hand. Seine Finger sind warm. »Das ist wichtig, Sarah.«

Das ist der letzte Anstoß, den ich brauche, und so versuche ich es auf Michaels Handy. Ich lande direkt auf der Mailbox. Bei Daniel ist es dasselbe. »Ihre Handys müssen ausgeschaltet sein, oder sie haben keinen Empfang. Warum ist es so dringend?«

Constable Swain nickt. »Dazu komme ich gleich, wenn ich darf. Zunächst möchte ich Sie zu dem DNA-Test befragen.«

»Was soll damit sein?«

»Vielleicht können Sie mir zuerst sagen, was Sie über den Test wissen? Ryan hat mir bereits erzählt, dass Sie alle selbst die Mundabstriche gemacht habt, aber er kann sich nicht daran erinnern, gesehen zu haben, dass Abigail ihren gemacht hat.«

»Natürlich hat sie das getan«, antworte ich. »Wir standen alle zusammen in der Küche. Du warst dabei, Ryan.« Ich werfe ihm einen Blick zu.

»Ich habe mit dem Mitarbeiter gesprochen. Ich habe nicht zugesehen«, sagt er.

Ich muss dagegen ankämpfen, dieser Frau ins Gesicht zu schreien, dass sie doch endlich damit herausrücken soll, wenn sie etwas weiß. Es ist, als würden wir einen Tanz aufführen, aber ich kann die Musik nicht hören. Ich bin aus dem Takt. Stolpere.

Constable Swain lässt ihren kühlen Blick zu Ryan und dann wieder zu mir wandern. »Wie war die Reihenfolge? Wer hat den Abstrich zuerst gemacht?«

Frustration breitet sich in mir aus, aber ich versuche, mich zu erinnern. »Michael war der Erste. Dann ich, dann Abigail. Warum?«

»Sie haben doch sicher Ihre Probe in die Tasche getan?«, fragt sie

»Ja.«

»Wer hat die Tasche versiegelt?«, fragt Constable Swain.

»Ich weiß es nicht. Abigail, denke ich. Aber warum? Was macht das für einen Unterschied?«

»Haben Sie Kenntnis davon, dass das Labor nur zwei Proben untersucht hat: die von Michael und die von Abi?«

»Nein.« Ich schüttle den Kopf. »Das kann nicht stimmen. Sie müssen auch meine untersucht haben. Am Telefon hat man mich informiert, dass es eine Übereinstimmung gegeben habe. Sie sagten …« Ich halte inne und wate durch das Gefühlschaos des Nachmittags vor drei Tagen, als ich meine Tochter zurückbekam. Mein Leben. »Der Herr am Telefon sagte, dass die beiden Proben übereinstimmen. Meine und Michaels DNA stimmten mit der von Abigail überein.«

»Ich fürchte, das ist nicht der Fall.«

»Vielleicht gab es ein Problem mit meiner Probe«, mutmaße ich und schaue zwischen Constable Swain und Ryan hin und her. Ich komme mir dumm vor, weiß aber nicht warum. »Ich weiß noch, dass Typ vom Labor, keine Ahnung mehr, wie er hieß, uns anwies, den Beutel schnell zu verschließen, ansonsten würde die Probe verderben. Vielleicht habe ich ihn nicht richtig verschlossen. Wie auch immer, ich weiß nicht, was das für einen Unterschied macht. Ob Abigails DNA mit meiner und Michaels oder nur mit Michaels DNA verglichen wurde, ist doch egal. Die Ergebnisse stimmen überein. Sie ist unsere Tochter.«

Constable Swain greift nach einem Stapel Unterlagen, der neben ihr auf dem Tisch liegt. Ich beobachte ihre Bewegung. Ruhig. Kontrolliert. Ich habe das Gefühl, wie in jener nasskalten Nacht vor einer Woche am Fluss zu stehen, unter meinen Füßen glitschigen, gefährlichen Boden.

»Wie erwähnt, Sarah, habe ich mich mit der Polizei von Suffolk in Verbindung gesetzt, die ursprünglich im Fall Ihrer Tochter ermittelt hat. Sie haben mir eine Kopie der Originalakte zur Verfügung gestellt, die auch eine DNA-Probe von Abigails Zahnbürste enthielt.«

Ich bin verwirrt. Ein Teil von mir denkt immer noch über die Enthüllung hinsichtlich des DNA-Tests nach – warum wurde meine Probe nicht getestet? Warum ist es wichtig, wer den Beutel versiegelt hat oder in welcher Reihenfolge wir es getan haben? Ein anderer Teil versucht, Constable Swains Gedankengang zu folgen. Will sie mich absichtlich überrumpeln?

Ich habe keine Zeit, eine Antwort zu formulieren, bevor Swain zwei Dokumente über den Tisch schiebt. Das erste stellt ein Diagramm mit Spitzen und Linien dar, die für mich keinen Sinn ergeben.

»Das ist das DNA-Profil aus der ersten Untersuchung«, erklärt sie. »Abigails DNA aus dem Jahr 2009.«

Das zweite Dokument ist eine Kopie eines Fotos. Sie ist grau, bis auf die blaue Zahnbürste mit dem Bild von *Thomas, die kleine Lokomotive* in der Mitte. Abigails Zahnbürste. Die Wände des Zimmers rücken immer näher. Die Innenseite meiner Wangen kribbelt, mein Magen dreht sich um. Ich schlucke schwer und wehre mich gegen den Kummer.

Irgendwo in meinem Hinterkopf, zwischen all den Geschichten, mit denen ich mich geschützt habe, weiß ich, dass Abigails Zahnbürste blau war. Ihre Lieblingsfarbe, zusammen mit Rot. Sie liebte *Thomas, die kleine Lokomotive* und zog die blauen Hosen mit Thomas den rosa Hosen mit *Peppa Wutz* vor. Ich strecke eine Hand aus und berühre das Stück Papier, kämpfe gegen die Tränen an.

Die Stimme von Constable Swain klingt jetzt sanfter. »Abigails Zahnbürste wurde damals zur DNA-Analyse beschlagnahmt.«

Ich nicke.

»Für den Fall, dass Kleidung abgeglichen werden musste oder …«

»Eine Leiche«, flüstere ich das Wort, um das sie herumeiert.

Jetzt ist Constable Swain an der Reihe zu nicken. »Genau.«

Sie sieht mich an, beobachtet meinen Gesichtsausdruck. Ich weiß nicht, was sie darin erkennt, aber was immer es ist, es bringt sie dazu, weiterzusprechen. »Sergeant Howard von der Polizei Essex hat mir die DNA-Testergebnisse übermittelt, die Sie diese Woche gemacht haben. Er hat auf Ihre Anweisung hin eine Kopie davon erhalten, glaube ich.«

Ich nicke wieder und nehme das weiße, gefaltete Blatt, das Constable Swain mir hinhält. Es ist ein weiteres Diagramm. Eins wie auf dem ersten Papier, aber in viel besserer Qualität. Die Linien sind schärfer, die Tintenqualität des Druckers besser.

»Bitte sehen Sie sich diese beiden Diagramme genau an.«

Mein Blick wandert zwischen den Seiten hin und her. Die Linien verschwimmen vor meinen Augen. »Ich weiß nicht, was ich da sehen soll.«

»Das hier ist der DNA-Abgleich mit der Zahnbürste – Abigails DNA von vor vierzehn Jahren. Und hier haben wir die DNA-Probe von Abi, die am Samstag genommen wurde.«

»Und?«, frage ich und mustere wieder die Zacken des Diagramms.

»Sie stimmen nicht überein«, sagt Constable Swain.

»Was? Ich … doch, das müssen sie aber. Das Labor hat uns

angerufen. Sie sagten, es gebe eine Übereinstimmung von neunundneunzig Komma neun Prozent.«

»Die DNA von Abelia Pérez stimmt väterlicherseits mit der von Michael überein. Er ist ihr Vater. Aber Abelias DNA stimmt nicht mit der Probe überein, die vor vierzehn Jahren von der Zahnbürste Ihrer Tochter genommen wurde. Es tut mir leid, Sarah, aber Abelia Pérez ist nicht Abigail Wick; sie ist nicht Ihre Tochter.«

Es rauscht laut in meinen Ohren. Ich denke zurück an den Dienstag, an das Gefühlschaos. Wie viel Freude ich diese Woche empfunden habe. Wie lebendig ich mich gefühlt habe. In Sekundenschnelle wird mir alles wieder entrissen. Das ist ein Fehler. Es muss ein Fehler sein.

VIERZIG

SARAH

Stille bricht über uns herein, die nur durch das Rascheln der Seiten in Constable Swains Notizbuch unterbrochen wird.

»Das verstehe ich nicht.« Ich schüttle den Kopf und befreie dadurch eine Träne, die mir langsam über das Gesicht kullert. »Wie meinen Sie das genau? Wie kann ihre DNA zu uns passen, aber nicht zu Abigail? Das wollen Sie damit doch sagen, oder?«

Ryan steht auf, greift nach einer Flasche Wasser und einem Glas und stellt beides vor mir ab. Ich finde, er könnte sich neben mich setzen und meine Hand nehmen, aber das tut er nicht. Er kehrt auf seinen Platz zurück, als ich dankend nicke.

»Die DNA eines jeden Menschen ist einzigartig. Ein persönlicher Fingerabdruck, der uns zu dem macht, der wir sind. Unsere DNA besteht zu gleichen Teilen aus der DNA unserer Eltern, und deren DNA besteht zu gleichen Teilen aus der DNA ihrer Eltern. Wenn wir also die DNA-Profile eines Kindes und eines Elternteils vergleichen«, fährt Swain fort und tippt mit einem Stift auf das Notebook, »dann haben sie die Hälfte der Marker, die Sie auf diesem Diagramm sehen, gemeinsam, und ein Viertel der Marker teilen sie mit ihren Großeltern. Können Sie mir folgen?«

Ich nicke. »Abigail hat die Hälfte meiner DNA und die Hälfte von Michaels DNA.« Ich nehme einen Schluck Wasser. Die kalte Flüssigkeit, die meine Kehle hinunterrinnt, bleibt fast an dem Gefühlsklumpen hängen, der sich dort festgesetzt hat.

»Genau. Nun, ich bin zwar keine Expertin für DNA-Abgleiche«, sagt Constable Swain, »aber eine Kollegin von mir ist es. Ich habe ihr die beiden Proben von Abigail aus dem Jahr 2009 und von Abelia Pérez gezeigt, nur um sicherzugehen, dass sie aus zwei verschiedenen Quellen stammen. Sie war der Meinung, dass dies der Fall sei, aber als sie die beiden Proben verglich, stellte sie fest, dass die Ergebnisse«, Constable Swain hält einen Moment inne und blickt auf eine gekritzelte Notiz am Rand einer Seite, »einige ähnliche genetische Marker aufwiesen.«

»Was wollen Sie damit sagen?« Meine Stimme klingt plötzlich unfassbar laut, fast wie ein Schrei. Ärger kocht in mir hoch.

»Ich will damit sagen, dass das DNA-Profil des Mädchens, das letzte Woche diese Polizeistation betreten hat«, Constable Swain holt die Überwachungskameraaufnahme von Abi auf den Stufen vor dem Revier hervor, »fünfundzwanzig Prozent derselben genetischen Marker aufweist wie das DNA-Profil von Abigails Zahnbürste, die die Polizei vor vierzehn Jahren in Ihrem Ferienhaus sichergestellt hat. Dieses Mädchen«, sie tippt wieder auf das Foto, »ist nicht Abigail, aber sie ist mit ihr verwandt.«

»Wie ist das möglich?« Ich schaue zwischen der Frau und Ryan hin und her und warte darauf, dass sich die Information in meinem Kopf sortiert. Sie ist offensichtlich vorhanden. Nur außerhalb meiner Reichweite. Abis DNA stimmt väterlicherseits mit der von Michael überein. »Wollen Sie damit sagen, dass sie eine Halbschwester von Abigail ist? Dass Michael ein weiteres Kind hat?«

»Ja. Das ist es, was diese Ergebnisse aussagen. Hat Michael noch andere Kinder, von denen Sie wissen?«

»Nein. Ich wüsste es, wenn er andere Kinder hätte, aber das hat er nicht. Hier liegt ein Fehler vor. Das müssen Sie doch sehen. Abigail ist zu Hause. Sie ist meine Tochter.« Ich klinge schwach, flehend. Ein letzter verzweifelter Versuch, mich ein paar Minuten in die Vergangenheit zurückzuversetzen, als meine lange vermisste Tochter zu Hause war. Mein Blick wandert zwischen Constable Swain und Ryan hin und her. Eine weitere Träne kullert aus meinem Augenwinkel.

»Sarah.« Ryan greift über den Tisch. Seine Stimme ist leise und ich weiß, dass er versucht, mich zu beruhigen. Es klappt nicht. »Bis Dienstag warst du dir so sicher, dass das Mädchen nicht Abigail ist. Erst der DNA-Test hat dich vom Gegenteil überzeugt. Wenn wir die DNA mal unberücksichtigt lassen – glaubst du immer noch, dass sie deine Tochter ist?«

»Ja«, platze ich heraus, schüttle aber schnell den Kopf. »Nein. Ich weiß es nicht. Abelia ist also Michaels Tochter, aber nicht meine?«

»Ihre DNA wurde nicht verglichen, also kann ich das natürlich nicht sagen, aber meine Theorie ist, dass Ihre Probe am Samstag gestohlen wurde, damit eben dieser Vergleich nicht gemacht werden sollte. Einer, oder beide, muss gewusst haben, dass ein Abgleich mit Ihrer DNA keine Übereinstimmung ergeben würde.«

»Gestohlen? Von wem?«

»Das wissen wir leider noch nicht. Ich kann nur sagen, dass es jemand war, der Zugang zu den DNA-Proben hatte, bevor der Beutel versiegelt wurde.«

Die Liste der Verdächtigen ist kurz, so viel ist mir klar. Michael und Abi waren die Einzigen, die an der Kochinsel standen, als wir die Tests durchführten. Ryan, Rebecca und Daniel hielten sich zwar in der Küche auf, aber ich kann mich nicht erinnern, dass sie sich uns genähert hätten.

Michael und Abi. Vater und Tochter.

»Die beiden Proben stimmen überein«, sage ich, wobei die Worte jetzt eine neue Bedeutung bekommen. »Michaels und ... die des Mädchens«, beende ich meinen Satz, nicht imstande, ihren Namen auszusprechen.

»Ja. Und da wäre noch mehr«, sagt Constable Swain. »Wir glauben auch, dass Abelia von jemandem Unterstützung erhält.«

Ich schnappe nach Luft. Ich dachte, mein Vorwurf am ersten Tag wäre Paranoia gewesen. *Du bist nicht meine Tochter*. Ich war mir sicher, dass sie etwas von uns wollte, und ich hatte recht. Aber was? »Von wem?«, frage ich.

»Sarah, fällt Ihnen jemand ein, der Ihrer Familie schaden möchte?«

»Ähm ...« Ich schüttle den Kopf. »Nein, da fällt mir niemand ein.«

»Hatten Sie jemals einen Stalker? Jemand im Zusammenhang mit Ihrer Show?«

Ich fange wieder an, den Kopf zu schütteln, halte dann aber inne. »Da gab es jemanden.«

»Wen?«, fragt Ryan.

»Es ist allerdings schon fünf Jahre her. Kurz nach dem Bekanntwerden von Michaels Affären«, berichte ich, und erröte trotz allem. »Ein Mann drang bis zu unserer Haustür vor, als die Kinder in der Schule waren, und klingelte. Er fing an, mich und Michael anzuschreien, und sagte, wir hätten sein Leben ruiniert. Er war der Ehemann einer Frau, mit der Michael geschlafen hatte. Sie hatte ihren Mann daraufhin verlassen, und er gab Michael und mir die Schuld. Er sagte, ihm wäre sein ganzes Leben weggenommen worden. Michael rief die Polizei an, die sprachen mit ihm, und er tauchte nie wieder auf. Ich weiß nicht einmal seinen Namen.«

Constable Swain macht sich eine Notiz, bevor sie die Schutzhülle eines iPads aufklappt und es vor mir platziert. »Wir haben mit den Behörden in Buenaventura gesprochen, um die Geschichte, die Abi uns letzte Woche erzählt hat, zu überprüfen, aber wie Sie sich sicher vorstellen können, geht der Informationsaustausch nur langsam vonstatten. Deshalb haben wir uns auf Abis Zeit nach ihrer Ankunft im Vereinigten Königreich konzentriert und damit begonnen, ihre Reise von Heathrow mithilfe von Überwachungskameras zu nachzuvollziehen.

Ein Kollege, der über ein richtiges Adlerauge für solche Dinge verfügt, hat etwas sehr Interessantes entdeckt.« Sie schiebt mir das Tablet zu.

Auf dem Bildschirm läuft ein Videostream. Ein, zwei, drei, vier, fünf Sekunden und er ist vorbei. Das Mädchen geht über einen U-Bahnsteig und steigt in einen Zug. Dann beginnt ein weiteres Video. Eine weitere U-Bahn-Haltestelle. Diesmal Hammersmith. Ich kann das rote Tube-Symbol im Hintergrund erkennen. Der Bahnsteig ist voll mit Pendlern und anderen Reisenden, und dem zerzausten Aussehen der Fahrgäste nach zu urteilen, muss es zur Feierabendzeit sein. Ich konzentriere mich auf das Mädchen, das aus der U-Bahn steigt. Die Kamera wechselt. Jetzt steht sie auf einem Bürgersteig.

Ich war wirklich überzeugt, sie wäre Abigail. Ich war so davon eingenommen, wir hätten unser Leben zurück. Die Erkenntnis trifft mich messerscharf.

»Ich bin mir nicht sicher, was das beweisen soll.«

»Sehen Sie es sich noch einmal an.« Constable Swain tippt auf den Bildschirm. In meinem Kopf dreht sich jetzt alles. Die Informationen, die sie mir geben, verschwimmen wie Figuren auf einem Karussell, das sich zu schnell dreht.

Constable Swain zeigt auf etwas auf dem Bildschirm. Ich blinzle und versuche, etwas zu erkennen.

»Sie sehen einander nicht an, und sie könnten sich auch völlig fremd sein, aber sehen Sie mal, hier ... und wieder ... hier, in der Liverpool Street.«

Der Mann trägt einen langen Mantel, der ihm bis zu den Knien reicht, mit großem, hochgeschlagenem Kragen, der sein Gesicht bis zu den Augen verdeckt. Darüber trägt er ein Basecap, sodass ich sein Haar nicht sehen kann – aber das muss ich auch nicht. Mein Herz schlägt so schnell, dass ich die einzelnen Schläge nicht voneinander unterscheiden kann.

Mir wird übel und mein Atem zischt scharf und laut durch den stillen Raum. Ich spüre, wie Constable Swain mich beobachtet. Mit zitternder Hand tippe ich selbst auf den Bildschirm und sehe mir eine weitere Wiederholung an, dieses Mal konzentriere ich mich auf den Mann.

»Wir haben noch keine gute Aufnahme seines Gesichts gefunden, aber wir sind noch dabei, das Filmmaterial zu durchkämmen. Wie Sie sehen, hat er die Kappe tief heruntergezogen und dreht das Gesicht von den Kameras weg, was an sich schon beeindruckend ist, weil es in der U-Bahn mittlerweile so viele Überwachungskameras gibt. Wissen Sie, wer dieser Mann ist, Sarah?«

»Nein.« Ich schüttle den Kopf und versuche, meine Stimme unter Kontrolle zu halten. Ich muss etwas sagen. »Ich war mir so sicher, dass sie nicht meine Tochter ist, und dann war ich mir so sicher, dass sie es ist. Und jetzt sagen Sie mir, dass sie nicht nur nicht meine Tochter ist, sondern dass ihr jemand dabei hilft, so zu tun, als ob.«

Constable Swain nickt. »Ich glaube, ja. Wir wissen mehr, wenn wir mit Abelia gesprochen haben. Ich würde mich auch gerne mit Michael unterhalten.«

Es wird still im Raum. Constable Swains Worte bleiben in der Luft hängen. Der Wunsch, das Video noch einmal anzuschauen, ist übermächtig, aber ich berühre den Bildschirm nicht.

Dann fällt mir etwas ein, und ich fasse es nicht, dass es mir erst jetzt in den Sinn kommt. »Die Windpockennarbe«, sage ich. »Sie haben die Windpockennarbe gesehen. Niemand sonst wusste …«

»Sie hat uns die Narbe nicht gezeigt, Sarah. Sie hat uns davon erzählt, aber wir haben sie nicht gesehen.«

»Oh.« Mir läuft ein Schauer über den Rücken.

»Ich kann mich nur für dieses Versehen entschuldigen. Ich hätte dafür sorgen sollen, dass sie die Narbe einer Kollegin zeigt, aber die Zeit drängte und …«

»Das erklärt immer noch nicht, woher sie davon wusste«, schalte ich mich ein und erspare Constable Swain den Rest ihrer Entschuldigung. Ungeachtet dieses Fehlers ist sie die Einzige, die gerade weiß, was wirklich vor sich geht. »Niemand sonst wusste von der Narbe.«

»Sind Sie sich da sicher? Wusste Michael nichts davon?«

»Er sagte, er habe es nicht gewusst.« Eine Erinnerung bricht sich in meinem Kopf Bahn. Ich starre auf das Foto von Abigails Zahnbürste. Sie liebte diese Zahnbürste. Ich sehe sie jetzt vor mir, wie sie sie im Wohnzimmer des Ferienhauses in der Hand hält, während ich Rebecca im Arm halte und Michael zwei Schritte entfernt in der Küche steht. Ich hebe Rebecca in die Luft und bringe sie zum Glucksen. Hoch und runter. Meine Arme schmerzen von der Anstrengung.

Rebeccas kindliches Quietschen hallt durch das kleine Häuschen und ich höre Michael aus der Küche lachen.

»Fertig?« Ich grinse und lasse Rebecca wieder auf meinen Oberschenkeln hüpfen. Ich spüre, wie ihre Beine wackeln und ihr Gewicht auf meine Beine drückt, während sie versucht, aufzustehen. »Eins, zwei, drei …«

»Mum?«, sagt Abigail. Ihre Stimme klingt besorgt, und ich drehe mich zu ihr um.

»Ist alles in Ordnung?«, frage ich mit einem Lächeln. Ihr braunes Haar ist noch nass vom Bad und hinterlässt feuchte Flecken auf ihrem roten Nachthemd, sie hält ihre Zahnbürste fest in der Hand. Mein Blick wandert automatisch zu ihren

Füßen und den roten Turnschuhen, die ich ihr vor dem Schlafengehen noch irgendwie ausziehen muss. Ein kleines Lächeln umspielt ihre Lippen, als sie bemerkt, dass ich auf ihre Schuhe starre.

»Mum, ich kann nächste Woche nicht in den Kindergarten gehen«, verkündet sie und zieht eine Schnute. »Ich habe wieder Windpocken.«

»Sicher, dass es Windpocken sind und nicht Filzstiftpocken?«, frage ich.

Sie schüttelt den Kopf und hebt ihr Nachthemd hoch. »Guck.« Sie zeigt auf eine weiße Narbe auf ihrer Brust, den einzigen Makel auf ihrer perfekten Haut.

Rebecca schnattert auf meinem Schoß und streckt eine pummelige Hand nach ihrer Schwester aus, im verzweifelten Versuch, sich in unser Gespräch einzubringen.

Ich lächle wieder. »Das sind keine Windpocken, Schatz. Es ist nur eine Narbe. Manchmal hinterlassen Windpocken eine Narbe. Die wird irgendwann verblassen.«

»Oh.« Abigail runzelt wieder die Stirn, schaut von dem weißen Fleck in mein Gesicht und kichert. »Kannst du uns jetzt eine Geschichte vorlesen?«

»Ja. Hol deinen Bruder und sucht euch jeder eine aus.«

Sie rennt los und trappelt mit ihren Turnschuhen über den Boden des Ferienhauses.

»Worum ging es gerade?«, fragt Michael und beugt sich herunter, um mir einen Kuss auf den Kopf zu geben und mir Rebecca aus den Armen zu nehmen.

»Nichts weiter.« Ich lächle und schüttle den Kopf. »Abigail hat eine Windpockennarbe auf der Brust. Sie dachte, es wären wieder Windpocken.«

Michael lacht und prustet auf Rebeccas Bauch. Sie stößt ein weiteres Babygiggeln aus, als Daniel und Abigail mit je einem Buch in der Hand ins Zimmer stürmen.

Die Erinnerung verblasst und ich schüttle den Kopf,

während mein Blick von Ryan zu Constable Swain wandert. »O Gott«, sage ich. »Ich glaube, er wusste es. Ich glaube, Michael wusste von der Narbe.«

Constable Swain nickt, als wäre sie nicht sonderlich überrascht.

Oh, Michael. Was hast du getan?

»Was passiert jetzt?«, frage ich.

»Da wir Michael und Abelia nicht erreichen konnten, ist es wohl am besten, wenn Sie nach Hause fahren.« Constable Swain greift in eine Tasche und holt eine Visitenkarte heraus. »Rufen Sie mich bitte an, wenn Sie dort sind. Ich möchte noch heute Abend – oder morgen früh – mit ihnen sprechen.«

»Ich ... Ich weiß nicht, was ich sagen soll.«

Ich denke an Rebecca und Daniel und wie ich ihnen die Nachricht überbringen soll. Sie werden am Boden zerstört sein. Dieses Mädchen hat etwas in unserer Familie geheilt. Wir haben diese Woche nicht so getan, als ob alles normal wäre. Es ist wahrhaftig normal. Rebecca versucht nicht mehr, jedes Schweigen zu übertönen, und Daniel ist wieder häufiger zu Hause. Wenn ich an sein »Ich liebe dich, Mum« aus dem Interview denke, bricht mir das Herz.

»Ich fahre dich zurück«, sagt Ryan und steht sofort auf. »Ich kann auch mit reinkommen und dir helfen, Michael und den Kindern alles zu erklären.«

»Danke.«

Das Karussell dreht sich wieder in meinem Kopf, während ich Ryan zu einem Parkplatz hinter dem Bahnhof folge und dabei meine Schritte zähle. »Ich weiß nicht, wer du bist oder warum du hierhergekommen bist, aber du bist nicht meine Tochter.« Diese Worte fahren mit dem Rest im Kreis. Damals war ich mir so sicher. Genauso sicher wie vor einer Stunde.

Dabei war alles eine Lüge. Ein Spiel. Das Mädchen ist nicht meine Tochter. Ich wiederhole die Worte im Kopf und bin überrascht, wie richtig sie sich jetzt anfühlen, als ob ein Teil von mir, irgendwo in meinem tiefsten Inneren verborgen, es bereits gewusst hat. Aber sie ist auch keine Fremde. Sie ist Michaels Tochter. Ich denke an die Aufnahmen der Überwachungskameras, die Abelia bei ihrer Reise durch London zeigen. Ich denke an all das, was in einer einzigen Woche passiert ist und meine Familie erst geheilt hat, um sie dann wieder zu zerstören.

Oh, Michael, was hast du getan?

EINUNDVIERZIG

ABI

Freitag, 16 Uhr

Während der gesamten Fahrt zurück nach Dedham zu ihrem Haus gingen Abi Hunderte Fragen von der Art »Was wäre, wenn« und »Was nun?« durch den Kopf. Sie dachte an alles, was sie getan hat, jede Lüge, die sie erzählt hat, auf der Suche nach einem Ausweg oder vielleicht einem Weg nach vorne, der alles besser machen würde. Aber da war nichts.

Also tat sie weiter so, als ob. Sie brachten Rebecca zur Schule, und Abi beobachtete, wie der blonde Pferdeschwanz durch das hohe Eisentor verschwand. Zu Hause machte Abi dann Kaffee und Mittagessen, während sie die ganze Zeit darauf wartete, dass alles zusammenbrach.

Und nun ist das Warten vorbei. Abi steht an der Kücheninsel und kann sich nicht bewegen. Sie ist erstarrt. Eine Statue. Irgendwo in ihrem Hinterkopf schreit eine Stimme, dass sie atmen soll, aber jeder Versuch endet in einem flachen Keuchen, während sie auf die Waffe starrt, die auf ihr Gesicht gerichtet ist.

Es ist ein großes Gewehr – ein schwarzer Metalllauf und

ein Griff aus dunklem Holz. Im wirklichen Leben sind diese Dinger größer als in den Hunderten von Filmen und Serien, die sie als Kind gesehen hat. Auch die Angst ist größer. Größer, als sie es sich je hätte vorstellen können. Die Realität der Waffe und der Kugeln, die darauf warten, abgefeuert zu werden, haben ihre Beine förmlich an den Boden zementiert. Ihr die Schreie geraubt, bevor sie entweichen konnten.

Für den Bruchteil einer Sekunde will Abi über sich selbst lachen und über all die Situationen, als sie diese Woche meinte, Angst zu haben – Angst vor Sarah, Angst vor ihm, Angst davor, was er tun würde, wenn sie einen Fehler macht. Diese Angst ist mickrig im Vergleich zu dem, was sie jetzt empfindet.

Sie kann ihren Blick nicht von der Waffe abwenden. Die kreisrunde Öffnung des Laufs starrt zurück, ebenso ruhig wie die Hand, die die Waffe hält. Die zittert nicht annähernd so sehr wie Abi.

Auch ohne hinzusehen, spürt sie die verstohlenen Blicke zwischen Michael und Daniel. Und sie spürt deren Angst.

Niemand spricht. Sie haben es mit Argumenten versucht, mit Betteln, mit Schreien, um ihn zum Aufhören zu bewegen. Nichts hat funktioniert. Und jetzt hat die Waffe das Sagen. Aber sie muss es weiter versuchen. Sie hat zu viel erreicht, als dass es jetzt so enden könnte, und es ist offensichtlich, dass weder Michael noch Daniel beabsichtigt, sie zu retten.

»Es ist noch nicht zu spät«, sagt sie zu der Waffe und ihrem Besitzer. »Es muss nicht so ausgehen. Halte dich an den Plan – hast du das nicht die ganze Zeit gesagt?«

Er lacht. Ein ruhiges Geräusch, das gar nicht wie ein Lachen klingt. »Du dummes Mädchen. Das hier ist der Plan. Das war schon immer der Plan. Gut, ich wollte, dass es an *ihrem* Jahrestag passiert. Wenn du deine Rolle so gespielt hättest, wie du solltest, hätten wir es vielleicht geschafft, aber so ist es mir auch recht.«

»Wovon redest du?«, fragt Abi.

»Alles zu seiner Zeit.« Er lächelt und streicht mit dem Finger über den Abzug, was ihr einen Schauer über den Rücken jagt. »Wir müssen erst auf Sarah warten.«

Langsam kommen seine Worte bei ihr an. Das ist der Plan. Das hier: die Waffe, der Wahnsinn. Das war schon immer sein Plan gewesen. Abi denkt an all die Dinge, die sie ihm über ihr Leben erzählt hat, ihr erbärmliches, armseliges Leben. Wie leicht er sie manipulieren konnte.

Ein weiterer Gedanke lässt ihren Puls in die Höhe schnellen. Abi weiß nicht, worum es hier geht, nicht wirklich, aber eines ist klar: Ihre Rolle endet hier. Er braucht sie nicht mehr. Sie ist so gut wie tot.

Der Gedanke lässt die Küche zusammenschrumpfen, bis die glänzenden Schränke keine Schränke mehr sind, sondern Wände, die Wände ihres Sargs, die schrumpfen und schrumpfen, bis die Klaustrophobie ihr die Fähigkeit zum Denken nimmt.

Das Telefon klingelt abermals und hallt laut durch die Stille. Es ist der dritte Anruf, seit die Waffe in seiner Hand aufgetaucht ist.

Niemand bewegt sich, um das Gespräch anzunehmen. Der Anrufbeantworter zeichnet eine Nachricht auf. Diesmal ist es Ryan und nicht Constable Swain. »Michael, hier ist Ryan. Bitte ruf mich an, sobald du das hörst. Es ist dringend.«

Die Nachricht wird beendet, und im Raum wird es wieder still. Niemand sagt ein Wort.

»Tja«, sagt er und bewegt die Waffe so, dass sie irgendwo in die Mitte zwischen ihnen zielt, »es scheint, als sollten wir uns auf den Weg machen. Die Polizei war ein bisschen schneller als erwartet. Abi, hol einen Stift. Ich möchte, dass du eine Nachricht für Sarah hinterlässt. Oh, und du kannst den Akzent jetzt weglassen, meinst du nicht auch? Bravo übrigens. Das war wirklich oscarwürdig.«

Abi senkt den Kopf und versteckt ihr Gesicht so gut sie

kann vor Michael und Daniel. Sie spürt die Blicke der beiden auf sich, sie spürt den Schmerz und den Verrat in der Luft.

»Er hat mich ausgetrickst«, murmelt sie mit ihrer echten Stimme und fühlt sich plötzlich entblößt – als hätte sie sich ihrer Kleider entledigt. Es ist Monate her, dass sie das letzte Mal ohne den Akzent gesprochen hat. Während des ganzen Aufenthaltes in Kolumbien und bereits einige Zeit davor hat sie ihn sich antrainiert – geübt und ausprobiert, ihn in größerem Ausmaß getestet.

Sie geht zur Anrichte und holt einen Notizblock und einen Stift aus einer Schublade. Unter dem Tisch im Anbau vernimmt Abi das unsichere Klopfen von Barleys Schwanz. Er hat auch Panik. Sie hofft, dass er so klug ist, still zu bleiben und sich weiterhin zu verstecken.

Sie zwingt sich, ihn anzuschauen. »Was soll ich schreiben?«

ZWEIUNDVIERZIG

SARAH

Freitag, 18 Uhr

Ein blasser Mond begleitet unsere Reise zurück nach Essex. Der Himmel ist noch hell, die Sonne versinkt gerade erst am Horizont. Die Mischung aus Tag und Nacht am Himmel wirkt wie aus einem Science-Fiction-Film oder einem Paralleluniversum, in dem alles irgendwie verdreht ist. Falsch.

Ryans Blick ist auf die Straße und den stockenden Verkehr gerichtet. Ich möchte etwas sagen, aber mir fehlen die Worte. Ich kämpfe immer noch damit, alles zu verarbeiten, was Constable Swain mir erzählt hat.

»Geht es dir gut?«, fragt Ryan.

Ich schüttle den Kopf. »Nein. Nicht wirklich.« Mir tut alles weh. Noch ist der Schmerz dumpf, wird überdeckt von dem Schock, aber ich weiß, dass ich irgendwann wieder zerbrechen werde.

»Als du vorhin im Besprechungsraum die Überwachungsvideos von Abi in London anschautest, hast du ... na ja, um ehrlich zu sein, es sah aus, als hättest du einen Geist gesehen.«

Ryan hat nicht unrecht, aber das kann ich ihm gegenüber nicht zugeben. Ich glaube es ja selbst noch nicht.

»Wenn du den Mann erkannt hast«, fährt er fort, »Hättest du etwas sagen müssen.«

»Habe ich nicht.« Die Lüge bleibt zwischen uns hängen. Ich bin mir sicher, dass Ryan es ahnt, aber ich zwinge mich, zu schweigen.

Vor uns lichtet sich der Verkehr. Ryan erhöht das Tempo. Ich zähle die Laternenmasten, an denen wir vorbeifahren, aber es sind zu viele zu schnell hintereinander, um mitzukommen.

»Constable Swain hat noch mehr Beweise gefunden. Sie hat sie nur nicht erwähnt. Ich schätze, sie wollte dich nicht überfordern, und ich vermute, sie will mit Michael und Abi darüber sprechen. Aber ...«

»Sag schon. Bitte«, füge ich hinzu, als eine SMS von Rebecca auf meinem Handy aufpoppt: *Kann ich morgen mit Ellie ins Kino? Bin zum Abendessen zurück!! xxxx*

Ich starre auf ihre Worte, bis sie vor meinen Augen zu Klecksen verschwimmen. Ich weiß nicht, wie ich Rebecca erklären soll, dass die große Schwester, die sie zu haben glaubt, eine Lügnerin ist. Ihr Schmerz wird sich zu meinem hinzuaddieren. Wenigstens wird Rebecca bei der Konfrontation nicht zu Hause sein.

Meine Antwort fällt kurz aus: *Klar. Viel Spaß. Hab dich lieb xx*

»Sie haben die Namen Jhon und Caroline Pérez in der nationalen Polizeidatenbank gesucht. Es gab einen Treffer, einen in Kolumbien geborenen Mann namens Hector Jhon Pérez, der in Birmingham lebte. Er ist vor etwas mehr als einem Jahr an Darmkrebs gestorben.«

»Abigail ...« Ich unterbreche mich und verabscheue meinen Fehler. »Das Mädchen hat gesagt, Jhon sei an Darmkrebs gestorben. Ist es derselbe Mann? Das ist ein zu großer Zufall, nicht wahr?« Ich denke einen Moment lang nach. Drehe Information in meinem Kopf wie ein Puzzleteil, das darauf wartet, an seinen Platz gesetzt zu werden. »Aber sie kam aus Kolumbien nach Heathrow. Sie hat so oft von ihrer Heimat gesprochen. Das kann sie sich doch unmöglich alles ausgedacht haben, oder?«

»Sie haben ihre Flugdaten. Sie kam mit einem Flug von Buenaventura. Aber es ist nicht so einfach, herauszufinden, wie lange sie dort war. Sie könnte erst am Vortag mit einem anderen Pass eingereist sein.«

»Ein gefälschter Reisepass? Das kommt mir alles so unwirklich vor. Wie leicht ist es, an so etwas heranzukommen?«

»Nicht wahnsinnig leicht. Aber Hector Pérez – Jhon – hat, beziehungsweise hatte einen Eintrag in der Datenbank, weil er von der Polizei in Birmingham des Drogenschmuggels für eine kriminelle Organisation in den Midlands und in Nordengland verdächtigt wurde. Er könnte ihr vor seinem Tod einen solchen Ausweis beschafft haben. Es ist unmöglich, zu beurteilen, was an ihrer Geschichte alles gelogen ist, bevor wir mit ihr gesprochen haben.«

Ich habe Mühe, Ryans Worte zu verarbeiten. Rauschgiftschmuggel. Gefälschte Pässe. Das ist eine ganz andere Welt als die meine. »Was ist mit der Frau – Caroline?«

»Zu ihr findet sich nichts. Alles, was sie haben, ist eine Randnotiz in Pérez' Akte. Unter ›Verbindungen‹ bemerkte ein Beobachter, dass Pérez etwa einmal pro Monat ein Hochhaus mit Sozialwohnungen aufsuchte. Man vermutete, dass er dort eine Geliebte oder ein Familienmitglied besuchte. Constable Swain wartet darauf, dass die Polizei von Birmingham ihr die Adresse des Hochhauses bekanntgibt und die Namen der Bewohner überprüft werden.«

Die Worte des Mädchens klingen in meinem Kopf nach. »Wo ich gelebt habe, gab es zwei Arten von Hunden – Wachhunde und Streuner -, und beide waren auf ihre Art bissig.« Könnte es sein, dass sie eher von einem Hochhaus in

Birmingham als von den Straßen einer kolumbianischen Stadt gesprochen hat?

Ich denke über ihren Akzent nach. Die Art und Weise, wie sie heute Morgen mein Englisch so perfekt nachgeahmt hat. Ist das Mädchen eine Betrügerin, eine Hochstaplerin, wie ich zuerst vermutete? Ist sie in das organisierte Verbrechen verwickelt? Wurden wir ins Visier genommen?

Ich habe das untrügliche Gefühl, dass es hier um mehr als nur Geld geht, als wir auf die Landstraße nach Dedham einbiegen.

Die Fragen drehen sich immer weiter und weiter. Ich weiß nicht, was ich denken soll. Aber dann erinnere ich mich an die Aufnahmen der Überwachungskamera von dem Mann, der Abi angeblich hilft, und es offenbart sich mir. Hier geht es nicht um organisiertes Verbrechen. Es geht nicht einmal wirklich um das Mädchen. Es geht um die Vergangenheit. Es geht um das, was Abigail vor vierzehn Jahren zugestoßen ist.

Ein Schauer läuft mir über den Rücken.

DREIUNDVIERZIG

SARAH

Ryan hat kaum vor unserem Haus gehalten, da springe ich schon aus dem Wagen. Ich tippe den Code ein, um das Tor für ihn zu öffnen, schlüpfe hindurch und laufe zur Haustür. In Sekundenschnelle stehe ich in der Eingangshalle.

»Michael?«, rufe ich, aber es kommt keine Antwort. »Daniel? Abi?«

Stille. Das Haus ist so still, als würde hier niemand leben. Ich brauche nicht von Zimmer zu Zimmer zu eilen, um zu wissen, dass sie nicht hier sind. Es ist kalt und dunkel, kein Licht brennt, im Kamin im Wohnzimmer brennt kein Feuer.

Ich gehe in die Küche, schalte das Licht an und lasse den Blick über die Oberflächen schweifen. Neben der Spüle stehen ein Teller und ein Glas, die da seit dem Frühstück stehen. Alles ist noch so, wie ich es heute Morgen zurückgelassen habe, und doch liegt etwas in der Luft, ein ungewohnter Geruch, oder vielleicht das Gefühl, dass etwas nicht stimmt.

»Barley?«, rufe ich plötzlich und merke, warum sich das Haus seltsam anfühlt. Wo ist Barley?

Es folgt kein Lebenszeichen. Ich erwarte auch keins. Wenn er hier wäre, wäre er bereits herbeigestürmt, um mich zu begrüßen. Dann nehme ich plötzlich ein leises, ersticktes Bellen wahr. Ein Jaulen.

»Barley?«, rufe ich erneut, diesmal mit einem Pfiff, und folge dem Bellen bis zum Anbau und den Flügeltüren, die in den Garten führen. Barley steht auf der anderen Seite der Scheibe, wedelt mit dem Schwanz und lässt die Zunge heraushängen. Der untere Bereich der Glastüren ist mit Schlamm und Sabber verschmiert, und als ich ihn hereinlasse, frage ich mich, wie lange er schon da draußen steht.

Barleys Krallen machen klickende Geräusche auf dem Fußboden. Er tanzt um meine Beine herum, und als ich mich bücke, um ihn zu streicheln, bemerke ich den Zettel auf dem Tisch. Ich nehme ihn in die Hand und überfliege die Worte.

Sarah,

habe Abigail und Daniel mit auf eine Reise in die Vergangenheit genommen. Ich dachte, es wäre schön, dorthin zurückzukehren, wo alles begann, an jenem Tag an der Küste.

Du musst unbedingt herkommen.

Michael

»Sarah?«, ruft Ryan durch das Haus.

»Hier bin ich«, rufe ich zurück und trete zu ihm in die Küche. »Ich habe diesen Zettel gefunden.« Ich halte ihm den Brief hin, und während Ryan liest, überfliege ich die Worte selbst noch einmal, auf der Suche nach einem versteckten Hinweis, aber alles, was ich sehe, ist die krakelige Handschrift, die nicht die von Michael ist – und die Drohung: *Du musst unbedingt herkommen.*

»Das Ferienhaus«, murmle ich. »Sie sind zum Ferienhaus gefahren, aber Michael hat diesen Zettel nicht geschrieben.«

»Wer dann?«

Ich zucke mit den Schultern. »Abelia, schätze ich. Die Schrift ist ziemlich kindlich und stammt ganz sicher nicht von Daniel oder Michael.«

Ryan nickt und verschwindet bereits im Flur. »Ich benachrichtige die dortige Polizei.«

Ich nicke. Jede Zelle in meinem Körper schreit danach, zum Auto zu rennen und ihnen hinterherzufahren, denn genau das wird in dem Brief von mir verlangt. Und ich werde es tun, brauche aber einen Moment zum Nachdenken.

Zwei, vier, sechs – ich zähle die Stufen, immer zwei auf einmal. Drei Minuten später habe ich Jeans und einen dicken Pullover angezogen und stehe in Michaels Arbeitszimmer, wo ich auf eine Reihe roter Aktenordner starre, in denen alle Hinweise über Abigail, die Michael von seinen Privatdetektiven erhalten hat, gut sortiert abgeheftet sind. Ich habe keine Ahnung, wonach ich suche, oder ob ich hier Antworten finde. Ich weiß nur, dass das, was gerade geschieht, mit dem zusammenhängt, was vor dreizehn Jahren, zehn Monaten und sechzehn Tagen passiert ist. Das muss es einfach.

Ich nehme den ersten Ordner aus dem Regal. Er ist schwer. Er ist mit einem Etikett mit der Aufschrift Mai bis Juni 2009 gekennzeichnet. Es sind die ersten Hinweise, die Michael gesammelt hat, und ich bin sicher, das meiste davon ist mir bekannt.

Der Rest der Ordner ist nicht etikettiert, also nehme ich zufällig einen aus dem Regal. Er ist genauso schwer wie der erste, aber als ich ihn öffne, sehe ich nur leeres Papier. Hunderte von Seiten, gelocht und leer.

»Was zum …«, sage ich und schlage einen weiteren Ordner auf und dann noch einen. Sie sind alle gleich. Alle von ihnen sind mit leeren Blättern gefüllt.

»Sarah?«, ruft Ryan die Treppe hinauf.

Ich werfe einen letzten Blick auf die Ordner, schnappe mir den ersten und gehe zur Treppe. »Ich komme schon.«

Wir laufen gemeinsam zum Auto. »Die Polizei von Aldeburgh wird so schnell wie möglich jemanden schicken. Allerdings haben sie gerade mit einem Verkehrsunfall zu tun und noch keine freien Beamten zur Verfügung. Ich habe auch Constable Swain Bescheid gesagt. Sie ist bereits auf dem Weg und wird sich dort mit uns treffen. Aber selbst wenn sie mit Sirene fährt, wird sie ein paar Stunden bis nach Suffolk benötigen.«

»Wir werden in weniger als einer Stunde dort sein.« Ich werfe einen Blick zum Himmel, während ich mich anschnalle. In den paar Minuten, die wir im Haus waren, ist die Sonne untergegangen. Der Himmel ist nicht mehr orange und dämmrig, sondern dunkelblau und klar.

Wir fahren los, und Minuten später sind wir auf der Überlandstraße, die zu dem einen Ort führt, an den ich eigentlich nie wieder zurückkehren wollte. Ich starre auf den Ordner auf meinem Schoß. Ich hätte auch nie gedacht, dass ich diesen Ordner jemals aufschlagen würde, aber jetzt, da es so weit ist, frage ich mich, ob und welche Antworten er enthält.

»Sind das die Unterlagen von den Privatdetektiven?«, fragt Ryan, während er auf die äußere Fahrspur wechselt. Das Auto ruckelt ein wenig, als er zu schnell hochschaltet.

»Das ist das Einzige, was wir haben«, sage ich. »Michael hat mir erzählt, dass er seit Jahren Privatdetektive bezahlt und alle Hinweise und Interviews sammelt und sie in den roten Aktenordnern in seinem Arbeitszimmer abheftet. Aber ich habe gerade nachgesehen, dies ist der einzige Ordner mit Unterlagen. Alle anderen sind leer. Darin sind nur leere Seiten. Das ergibt doch keinen Sinn. Warum sagt er mir, dass er Ermittler anheuert, und tut so, als würde er Informationen archivieren?«

»Ich weiß nicht. Was ist in dem da drin?«

Mir tut der Hals weh von all den Emotionen, die sich in mir

aufbauen. Wir nehmen immer mehr Tempo auf. Die Lichter der Autos, die wir überholen, verschwimmen zu Streifen. Meine Vergangenheit rast auf mich zu, oder ich auf sie, in demselben Tempo. Ich habe die Vergangenheit weggesperrt und mich auf den Alltag konzentriert. *Nach vorn schauen, niemals zurück.* Ich redete mir ein, das Motto würde mir guttun, mir helfen, zu überleben, aber jetzt bin ich mir nicht mehr so sicher.

Ich schlage den harten Plastikdeckel des Ordners auf. »Ich weiß nicht, wo ich anfangen soll oder wonach ich suche …« Meine Stimme stockt, als ich Abigails Foto sehe. Das Foto, das wir im Urlaub gemacht haben und das Michael in all seinen Kampagnen verwendet hat, das Foto, das die Polizei damals an die Medien weitergegeben hat.

Es wurde am Strand aufgenommen. Abigail steht bei den riesigen Felsbrocken, einen Eimer und eine Schaufel in der Hand. Sie grinst in die Kamera, den Kopf ein wenig zur Seite geneigt, das braune Haar weht im Wind.

Ihr lächelndes Gesicht grinst zu mir herauf und ich habe das Gefühl, dass mir ein Blitz in die Brust einschlägt. Ich schließe die Augen, bis der Schmerz nachlässt, und blättere dann weiter zu einem anderen Foto. Es ist ein Screenshot von der Überwachungskamera von dem Fremden mit Abigail im Kinderwagen. Die Szene, die die Frau beobachtet und daraufhin die Polizei gerufen hat. Ich blättere weiter. Die nächste Seite ist ein Zeitungsartikel über Abigails Entführung und dann noch einer und noch einer. Hier erfahre ich nichts Neues. Ich blättere weiter und lande auf einer leeren Seite. Nichts. Und so sieht es auch auf der nächsten und der übernächsten Seite aus. Genau wie in den anderen Ordnern, die ich zurückgelassen habe.

Wo sind die Protokolle der Sichtungen von Abigail? Wo sind die Befragungen der Privatdetektive?

Ich denke zurück an den Abend vor einer Woche, als ich

neben Michael im Bett lag, in der ersten Nacht, als Abi ins Haus kam. Ich fragte ihn nach den Aktenordnern. Er unterrichtete mich sofort, dass es keine Spuren gebe. Ich hätte eindringlicher nachhaken sollen. Aber er war so verletzt, als ich Abi »dieses Mädchen« nannte. War das alles nur ein Ablenkungsmanöver, damit ich keine weiteren Fragen stellte?

Dann frage ich mich, was Michael all die Jahre gemacht hat. Er hat eindeutig nicht nach Abigail gesucht. Aber letztlich ist das nicht die drängendste Frage, die Frage, die mir auf den Magen schlägt und mir die Galle hochkochen lässt: Warum hat er fast vierzehn Jahre lang gelogen?

VIERUNDVIERZIG
SARAH

Freitag, 19 Uhr

»Er ist leer. Der ganze Ordner. Dort drin sind nur leere Seiten wie bei den anderen.« Meine Stimme klingt schrill und zu laut in der Stille des Autos.

Ryan blickt auf die Mappe hinunter. Das Auto schlingert für den Bruchteil einer Sekunde nach links, bevor er sich wieder auf die Straße konzentriert. »Könnte jemand den Inhalt ausgetauscht und mit leeren Seiten gefüllt haben, damit du oder Michael es nicht bemerkt?«

»Ich weiß nicht. Michael hält den Schrank verschlossen. Wir wollten nicht, dass die Kinder die Ordner zufällig in die Hände bekommen. Er hat den Schlüssel in der Schublade in seinem Nachttisch versteckt.«

Meine Schläfen pochen vor Wut. Was ist hier eigentlich los? Warum hat er mich angelogen?

Ich will den Ordner gerade schließen, als mein Finger gegen die runde Kante einer CD stoßen, die ganz hinten eingesteckt wurde.

»Hier ist eine CD«, sage ich und ziehe sie heraus. »Befragung von Eleanor Geary«, lese ich die deutlichen, mit schwarzem Filzstift geschriebenen Worte vor.

»Wer ist das? Kennst du sie?«, fragt Ryan.

Ich nicke. »Sie ist die Frau, die die Polizei in den ersten paar Stunden nach Abigails Entführung angerufen hat. Sie hat ausgesagt, dass sie einen Mann gesehen habe, der mit einem Kinderwagen am Strand entlanggelaufen sei, und so ist die Polizei auf die Videoaufnahmen von dem Fremden in dem Boot gestoßen.«

»Spiel sie ab«, sagt Ryan und tippt auf eine Stelle auf dem Armaturenbrett.

Ich suche das Auto ab. »Es hat noch einen CD-Player?«

Er lacht schnaubend. »Das ist ein Poolfahrzeug der Polizei. Nicht auf dem neuesten Stand der Technik, aber für unsere Zwecke gerade total passend, also mach es nicht schlecht.«

Ich suche den dünnen Schlitz und schiebe die CD hinein. Einen Moment lang passiert nichts, aber dann knistert es in einem Lautsprecher und eine tiefe Männerstimme erklingt.

»Mrs Geary, danke, dass Sie sich noch einmal die Zeit genommen haben, mit mir zu sprechen. Ich nehme unser Gespräch auf, damit ich und die Wicks es uns später noch einmal anhören können.«

Ich stelle mir vor, wie der Privatermittler am Küchentisch von Mrs Geary sitzt. Er war ein drahtiger Mann mit schütterem, kurzem, braunem Haar. »War früher bei den Sondereinsatzkräften«, sagte er direkt bei seinem ersten Besuch im Ferienhaus, als ich mich noch an die Hoffnung klammerte. Sein Unternehmen war uns empfohlen worden. Er hatte bei einem anderen Fall mit einem vermissten Kind Erfolge verzeichnet.

»Oje«, ertönt Mrs Gearys zitternde Stimme aus den Lautsprechern. »Werden sie das hören? Ich fühle mich einfach schrecklich. Ich hätte etwas tun müssen. Wir hätten ihn aufhalten können, wenn wir es gewusst hätten, aber Roy hat mir ins Ohr geflüstert, ich solle mich um meine eigenen Angelegenheiten kümmern, also habe ich nichts gemacht. Damit muss ich für den Rest meiner Tage leben.«

Ich fühle mich schuldig. Die ältere Dame schickte mir einen Brief, kurz nachdem wir wieder nach Hause gefahren waren. Zwei handgeschriebene pfirsichfarbene Seiten, auf denen sie ihre Traurigkeit über das, was sie gesehen hatte, zum Ausdruck brachte und sich wünschte, sie hätte mehr beobachten und mehr tun können. Ich bin mir sicher, dass sie auf einen Antwortbrief hoffte, auf eine Art Vergebung. Diese »Es war nicht deine Schuld«-Rede, wie ich sie mir von so vielen Leuten anhören durfte. Aber ich habe ihr nie geantwortet. Wenn ich jetzt die Emotionen in der Stimme der Frau höre, wünschte ich, ich hätte es getan.

Porzellan klirrt auf der Aufnahme, dann spricht der Ermittler. »Können Sie mir bitte beschreiben, was passiert ist, Mrs Geary? Von Anfang an, wenn es Ihnen nichts ausmacht. Jedes Detail ist wichtig.«

»Nennen Sie mich ruhig Eleanor«, antwortet sie. »Nun, wir saßen auf der Bank mit Blick auf das Meer an dem kleinen Strandabschnitt beim Fort in Felixstowe. Das Restaurant war voll, also haben wir uns ein paar Pommes zum Mitnehmen geholt und wollten die Frachtschiffe im Hafen beobachten. Wir raten gerne, was sich in den Containern befinden könnte.

Roy ist letztes Jahr die Prostata entfernt worden, also ging er nach den Pommes direkt zur Toilette. Jetzt geht alles direkt durch ihn durch. Als er weg war, habe ich den Mann gesehen.«

»Haben Sie auch ein Auto gesehen?«

»Nein, nur ihn, wie er den Strand entlanglief, mit dem armen kleinen Mädchen im Kinderwagen. Er hob eine Hand in die Luft, um das Boot herbeizuwinken, und der Kinderwagen kippte fast um. Ich weiß noch, wie ich dachte: *Das kleine Mädchen sieht viel zu groß für einen Kinderwagen aus.* Das erkannte ich daran, dass ihre Knie so weit herausschauten und anhand dieser knallroten Gummischuhe auf der Fußstütze, die meine Tine auch trug. An der Art und Weise, wie sich ihre Beine bewegten, erkannte ich, dass sie schlief, und ich dachte: *Mensch, da schläft aber jemand gut durch.*«

»Gummischuhe?«

»Ja, diese Plastiksandalen, die Kinder so toll finden.«

»Ich glaube, in Ihrer Aussage bei der Polizei haben Sie sie als rote Schuhe bezeichnet.«

»Meine Güte, ich glaube, ich habe der Polizei nicht gesagt, dass es Gummischuhe waren. Das hielt ich nicht für wichtig. Aber es waren auf jeden Fall die gleichen wie die von meiner Tina. Soll ich die Polizei anrufen und es ihnen sagen?«

»Ich werde Mr und Mrs Wick auf dem Laufenden halten. Sie können das für Sie tun, und die Polizei wird sich bei Ihnen melden«, sagt er.

»Die Männer auf der Fähre zogen schon die Rampe hoch, aber er rief ihnen zu, sie sollten warten.«

»Hat er das Wort ... ›warten‹ benutzt?«, fragt der Ermittler.

»Ich bin mir nicht sicher ... Ich denke, das ist möglich. Die Männer auf der Fähre haben ein wenig den Kopf geschüttelt, als wüssten sie, dass dieser Mann dafür sorgen würde, dass sie sich verspäten, aber sie ließen die Rampe trotzdem wieder herunter und halfen ihm, den Kinderwagen auf das Schiff zu bringen.«

»Es hätte auch ein Vater mit seiner Tochter sein können, der von einem Ausflug zu den Arkaden zurückkommt. Es war die letzte Fähre des Tages, soweit ich weiß«, sagt der Privatdetektiv.

Sie schnieft. »Das hat Roy auch gesagt. Fast hätte ich nicht angerufen. Können Sie sich vorstellen, was wäre, wenn ich das nicht gesehen hätte? Die armen Eltern hätten nichts in der Hand gehabt.«

»Was hat Sie dazu bewogen, sich bei der Polizei zu melden?«, fragt der Ermittler, um die Frau wieder auf Spur zu bringen.

»Es waren diese Beine. Sie waren einfach zu lang für den Kinderwagen. Ich habe richtig Gänsehaut bekommen. Wenn ich gewusst hätte, dass das kleines Mädchen gerade entführt wird, hätte ich ihn aufgehalten. Ich hätte alles getan, um die kleine Abigail Wick zu retten.«

»Mrs Geary, verzeihen Sie mir die Frage, aber ich habe mit Ihrer Nachbarin gesprochen, und die erwähnte, dass Sie die Angewohnheit haben, die Polizei anzurufen und seltsame Vorgänge zu melden. Sie sagte, Sie hätten sie für eine Prostituierte gehalten.«

»Ehrlich gesagt, war das ein Irrtum.« Mrs Geary erhebt verletzt und entrüstet die Stimme. »Bei ihr kamen im Stundentakt Männer zu Besuch. Woher sollte ich wissen, dass sie Sporttherapeutin ist, was auch immer das sein soll? Ich bin ein aufmerksamer Mensch, das ist alles. Wenn ich nicht die Polizei gerufen hätte, wüssten diese Eltern nichts ...«

Mrs Geary redet und schluchzt und schnieft zwischendurch, aber ich höre nicht mehr zu. In meinem Kopf dreht sich wieder alles, aber ich weiß nicht, warum. Mein Herz hämmert. Ich sehe die gelben Straßenlaternen vorbeiflackern und spüre eine weitere Welle der Übelkeit. Ich werfe die CD aus und im Auto wird es wieder still.

»Alles in Ordnung?« Ryan wirft mir einen kurzen Blick zu.

Ich schüttle den Kopf. »Irgendetwas, das sie gesagt hat ... hört sich nicht richtig an.«

Eine Sekunde später fällt es mir ein. Die Schuhe. Rote Gummischuhe. Keine Turnschuhe.

Die Zeit wäre zu knapp gewesen, um es von den Ferienhäusern bis zum Hafen zu schaffen. Beinahe unmöglich. Aber Mrs Geary hatte nur wenige Minuten, nachdem die Meldung an die Polizeizentrale eingegegangen war, dass ein vierjähriges Mädchen aus einem Ferienhaus in Thorpeness, Suffolk, verschwunden war, den Notruf gewählt.

Ich klappe den Ordner auf und ziehe das Überwachungsfoto von dem Mann und dem Kinderwagen heraus. In dem Café am Strand gab es nur eine Kamera, die auf den Parkplatz gerichtet war. Das war kein guter Winkel. Jemand, möglicherweise von der Spurensicherung, hat versucht, an die Person mit dem Kinderwagen heranzuzoomen. Die Qualität ist schlecht. Ich kann all die winzigen quadratischen Pixel sehen.

In den ersten Wochen schaute ich mir den kurzen Clip immer wieder an, starrte auf den Mann und hoffte, dass er mir irgendwie bekannt vorkam. Ich wühlte in meinem Gedächtnis nach jedem, den ich irgendwann mal getroffen hatte, sei es auch nur für eine Sekunde, und der irgendetwas mit Abigails Verschwinden zu tun haben könnte.

Aber ich sah mir nie den Kinderwagen an. Nicht wirklich. Es gab nichts zu sehen außer einem Paar Beine. Ich hielt das Foto gegen das Licht und starrte auf die Beine und die Schuhe. Sie sind nur als roter Fleck zu erkennen, und wir dachten, es wären Abigails Turnschuhe, aber Mrs Geary erinnerte sich, dass es Gummischuhe waren, weil ihre Tina so ein Paar besessen hatte.

Mein Puls rast. Wie konnte ich das nur übersehen?

»Sarah, was ist los?«, fragt Ryan.

»Abigails Schuhe. Mrs Geary sagte ›rote Gummischuhe‹. Das Foto ist unscharf, deshalb konnten wir nur die Farbe erkennen.«

»Und?«

»Abigail hatte an diesem Tag rote Turnschuhe an, keine Gummischuhe.« Bei der Erinnerung daran läuft mir eine Gänsehaut über die Arme. Was für eine Erkenntnis.

»Bist du sicher?«, fragt Ryan.

»Ich hatte sie extra für den Urlaub gekauft. Sie waren ein Geburtstagsgeschenk. Rot und Blau waren Abigails Lieblingsfarben. Sie hat die Turnschuhe so sehr geliebt, dass wir sie mit zusätzlichen Gutenachtgeschichten bestechen mussten, damit sie sie überhaupt jeden Abend auszog.«

»Könnte der Mann irgendwo angehalten und neue Schuhe für sie gekauft haben? Oder vielleicht hatte er sie in seinem Auto und konnte sie gegen ihre Schuhe austauschen.«

»Vielleicht. Aber die Zeit war von Anfang an so knapp bemessen. Vom Ferienhaus nach Felixstowe ist es eine knappe Stunde. Viel länger war Abigail noch gar nicht vermisst, als Mrs Geary bei der Polizei anrief. Und warum sollte er es riskieren, eine Fähre zu nehmen? Er hätte doch auch nach Harwich oder zu einer der anderen Fährstationen fahren können. Das hätte nur dreißig Minuten gedauert.«

»Und du weißt nicht mehr, ob der Privatdetektiv euch von den Gummischuhen erzählt hat?«

»Nein. Er muss es nur Michael erzählt haben.«

Meine Bemerkung bleibt in der Luft hängen. Die Andeutung, die Frage, unausgesprochen, aber immer noch präsent. Hat der Privatdetektiv es Michael erzählt? Wusste er, dass das kleine Mädchen auf dem Überwachungsfoto keine roten Turnschuhe trug? Warum hat Michael nicht mit mir darüber gesprochen? Oder mit der Polizei?

»Die Polizei hatte den Verdacht, dass er irgendwo ein Boot vor Anker liegen hatte«, sagt Ryan.

»Ich weiß«, flüstere ich. »Aber was, wenn ...« Ich halte inne und ringe nach den Worten. Ich will sie nicht aussprechen. Ich will nicht zugeben, dass alles, was ich vierzehn Jahre lang geglaubt habe, falsch war, und der Beweis die ganze Zeit vor unseren Augen lag. »Was, wenn das Kind nicht Abigail war, Ryan? Du hast den Detektiv gehört. Es war nicht das erste Mal, dass Mrs Geary die Polizei angerufen hat.«

Ryan widerspricht mir nicht. Er weiß, dass es möglich ist. Sogar mehr als möglich. Weder der Mann mit dem Kinderwagen noch Abigail wurden jemals wieder gesehen. Die Männer, die die Fähre betrieben, wussten auch nicht mehr, an welcher Haltestelle der Mann ausgestiegen war. Sie erinnerten sich kaum noch an ihn. Was auch immer Mrs Geary in diesem

Moment gesehen hatte, das sie dazu veranlasste, die Polizei zu rufen, die Fährmänner schenkten ihm keine Aufmerksamkeit.

Ryan nimmt eine Hand vom Lenkrad und legt sie auf meine. »Vielleicht ist es an der Zeit, darüber zu reden, was passiert ist? Was weißt du noch von dem Tag, an dem Abigail verschwand?«

Wieder kriecht mir eine Gänsehaut über den Körper. Ich zittere, presse die Arme an mich und schließe die Augen. »Ich erinnere mich an alles.«

FÜNFUNDVIERZIG

SARAH

Damals

Ein Rinnsal warmen Wassers läuft unter den Ärmel meines Pullovers an meinem Arm hinunter, während ich einen weiteren Teller auf dem Abtropfbrett balanciere. Es überrascht mich, wie wenig ich unsere Spülmaschine vermisse. Vielleicht wäre es gar nicht so schlecht, wenn ich den Abwasch zu Hause an einem Fenster mit Blick auf einen Garten mit weißem Lattenzaun und einem Kiesstrand dahinter erledigen könnte.

Doch nicht der Strand oder das Meer, das wie tausend Spiegelscherben im Sonnenlicht glitzert, ziehen meine Blicke auf sich, sondern Daniel und Abigail. Sie spielen im Garten mit den Eimern voller Steine, die sie am Strand gesammelt haben. Janie geht zwischen den beiden in die Hocke. Sie hat ihre langen schwarzen Zöpfe im Nacken zu einem Dutt zusammengebunden, und sie begutachtet die Steinsammlung und tut so, als würde sie einen davon essen, was mich zum Lachen bringt.

»Es war ein schöner Urlaub, nicht wahr?«, flüstert Michael und küsst meinen Hals.

»Ja, das war es. Wir sollten das öfter machen.«

»Jetzt, wo das Geschäft läuft, ist es einfacher, mir Zeit dafür zu nehmen.« Er lässt die Hände über meine Hüften gleiten. »Wie sieht der Plan jetzt aus? Wenn du und Janie für einen Mädelsabend in den Pub wollt, kann ich hier die Stellung halten. Rebecca sollte noch mindestens eine Stunde schlafen, nach all der Seeluft heute.«

»Du meinst damit, dass du keine Lust auf unsere Frauengespräche hast, oder?«

Michael lacht. »Erwischt. Ich kann uns später auch was vom Chinesen holen, wenn du zurück bist.«

»Lass uns das entscheiden, wenn die Kinder im Bett sind. Ich bin immer noch satt von den Pommes vorhin. Ich wünschte, ich hätte jetzt nicht so viel gegessen.« Mein Magen fühlt sich schwer an. Das zusätzliche Gewicht aus meiner Schwangerschaft verschwindet nicht so schnell wie nach den ersten beiden. Das ganze Gewicht liegt auf meinem Bauch, und ich bin sicher, dass die Klatschspalten spätestens Ende der Woche spekulieren werden, dass ich wieder schwanger bin.

»Niemand erwartet, dass du perfekt bist, Schatz.« Michael schlingt die Arme um mich. »Die Zuschauer lieben es, dass du so normal bist. Wenn du wieder dünn und gestriegelt vor die Kameras trittst, um deine eigene Fitness-DVD anzupreisen, dann kannst du davon ausgehen, dass sie dich hassen.«

Er hat natürlich recht, aber das war nicht ganz das, was ich hören wollte.

»Wie wär's mit einer Runde Laufen?«, fragt Janie durch die offene Hintertür. »Du weißt, dass du dich danach besser fühlst. Wie in alten Zeiten, nur ohne Kater.« Sie grinst und erinnert mich an unsere samstäglichen langen Läufe an der Themse zu Studienzeiten, um den Wein und die Schnäpse einer durchfeierten Freitagnacht auszuschwitzen. Es fühlt sich an, als wäre das eine Ewigkeit her.

Ich lache. »Bin dabei. Solange es dir nichts ausmacht, für mich ein bisschen das Tempo zu drosseln.«

»Nichts da. Du bist doch diejenige, die den ganzen Tag hinter diesen Schönheiten herläuft.« Sie nickt zum Fenster, hinter dem draußen die Kinder spielen. »Dazu braucht man Ausdauer.« Sie verzieht das Gesicht, und ich merke, dass sie an ihre eigenen verzweifelten Versuche, schwanger zu werden, und an ihre Beziehungsprobleme mit Phil denkt.

»Dann mal los«, sage ich, und ein paar Minuten später stecke ich in Leggings und T-Shirt und schlüpfe in meine Turnschuhe. »Es sind noch ein paar Brötchen für das Abendessen für die Kinder übrig«, sage ich zu Michael. »Die können wir genauso gut aufbrauchen, anstatt sie morgen mit nach Hause zu nehmen.«

»Verstanden«, sagt Michael und salutiert albern vor mir.

Ich trete ans Fenster und schaue mir noch einmal das Spiel von Daniel und Abigail an. »Sie amüsieren sich prächtig.«

»Ja.« Michael nickt. »Das ist es doch, was wir wollten, nicht wahr? Eine medienfreie Woche, in der die Kinder keine andere Wahl haben, als miteinander zu spielen.«

»Abgesehen von den paar Malen, die du zum Auto geschlichen bist, um auf dein Handy zu sehen und im Büro anzurufen, meinst du.«

»Wieder erwischt.« Er hebt seine Hände in gespielter Kapitulation. »Ich verspreche, dass ich nicht mehr telefoniere, bis wir zu Hause sind.«

»Bist du sicher, dass es dir nichts ausmacht, hier auf alles aufzupassen?«

»Natürlich macht es mir nichts aus«, sagt er.

»Ich weiß, es ist nur ... Daniel ...«

Michael seufzt und lässt mich wünschen, ich hätte nichts gesagt. »Die ganze Sache mit den Wutanfällen hatte mit seiner Lese-Rechtschreibschwäche zu tun und damit, dass er nicht mit seinen Mitschülern mithalten konnte. Jetzt geht es ihm gut. Wir haben es früh genug erkannt. Er bekommt jetzt die Unterstützung, die er braucht. Wie du gesagt hast, sie amüsieren sich prächtig. Es gibt nichts, worüber man sich Sorgen machen müsste.«

Sie hatten vor ein paar Monaten auch viel Spaß im Park, denke ich, sage aber nichts. Bis ich Abigail und Daniel sagte, dass es Zeit sei zu gehen. »Rebecca braucht ihr Abendessen.«

An diesem Tag war es ein Stock gewesen. Er hatte ihn über den Spielplatz geworfen, dabei den Buggy um einen halben Meter verfehlt und stattdessen einen Baum getroffen. Ich glaube nicht, dass er auf den Kinderwagen gezielt hatte, aber es war knapp gewesen. Allerdings hat Michael recht. Es war der Frust darüber, dass er nicht verstand, was seine Klassenkameraden mit den Wörtern in ihren Büchern anfingen. Mittlerweile hat er schon extreme Fortschritte gemacht.

Mein Blick richtet sich auf Daniels Gesicht, als er sich mit vom Wind geröteten Wangen zu mir umdreht. Er hat den Arm um Abigails Schulter gelegt und beide kichern über irgendetwas.

»Bereit?«, fragt Janie.

»Absolut.« Ich grinse und schaue ein letztes Mal aus dem Fenster. Ich zögere kurz und überlege, ob ich mich von Daniel und Abigail verabschieden soll, aber ich möchte ihr Spiel nicht unterbrechen, und wahrscheinlich würden sie dann auch mitkommen wollen.

Also wende ich mich stattdessen ab und gehe mit Janie zur Haustür.

Wenn ich in dieser Sekunde des Zögerns gewusst hätte, dass ich Abigail zum letzten Mal sehen würde, hätte ich sie in die Arme geschlossen und sie festgehalten. Ich hätte sie nie wieder losgelassen.

SECHSUNDVIERZIG

SARAH

Damals

Das Ferienhaus ist nicht besonders hübsch. Ein einstöckiger Block, weiß gestrichen, mit einem roten Dach. Es liegt etwas abseits von der Straße in einer Reihe mit sieben anderen Häusern am Meer. Einige sind so schlicht wie unseres, andere sind größer und haben Balkone mit Blick aufs Meer. Das Innere des Hauses ist winzig, mit einer Wohnküche, die durch ein beigefarbenes Zweisitzer-Sofa geteilt wird. Es gibt ein Badezimmer mit einem Duschkopf über der Badewanne und einem dünnen Duschvorhang, der seinen Zweck, den Boden vor dem Wasserstrahl zu schützen, kaum erfüllt. Auf beiden Seiten des Badezimmers befinden sich zwei kleine Schlafzimmer – ein Zweibettzimmer für Abigail und Daniel und ein Doppelbettzimmer für Michael und mich. Mit Rebeccas Reisebettchen neben unserem Bett haben wir kaum Platz, uns zu bewegen.

Die Lage und der Garten machen den Platzmangel aber wett. Der Garten liegt, wie das Haus selbst, höher als der Meeresspiegel. An einem Ende befindet sich ein weißes Gartentor, von dem aus sechs Holzstufen zum Strand hinabführen. Janie und ich umrunden das Grundstück und begeben uns in Richtung Küste und Küstenwanderweg, bevor wir in einen Joggingschritt verfallen und nach rechts auf den Weg in Richtung Aldeburgh abbiegen. Das Meer liegt zu unserer Linken, verdeckt von einem Hügel aus Kieselsteinen, den man hochklettern muss, um den Strand und das Ufer zu erreichen.

Der Wind ist erbarmungslos. Es gibt keine Böen oder zwischenzeitige Flauten. Er weht einfach konstant. Er ist kalt und warm zugleich, peitscht mir ins Gesicht und dröhnt mir in den Ohren wie ein leises Donnergrollen, aber wir verfallen in einen Rhythmus, und es fühlt sich wirklich wie in alten Zeiten an, mit ausreichend Luft zum Reden.

Ich beginne das Gespräch. Ich spreche über meine Schuldgefühle wegen meiner Rolle bei *This Morning* und darüber, wie oft ich von den Kindern getrennt bin, mich auf zusätzliche Betreuungsangebote in der Schule und im Kindergarten verlassen muss und häufiger, als mir lieb ist, auf unsere Nachbarin, Mrs Dillinger. Trotz dieser Schuldgefühle möchte ich beruflich noch mehr erreichen. Ich erwähne eine Samstagabend-Quizshow, für die Don mich vorgeschlagen hat, und Janie jubelt.

»Du wärst perfekt dafür«, sagt sie.

Unsere Turnschuhe trommeln über den ausgetretenen Pfad, und mein Blick wandert in die Ferne – zu den roten Dächern von Aldeburgh und dem Kirchturm, der alles überragt. Der Weg schlängelt sich vom Strand weg und führt in offenes Grasland. Es geht ein wenig bergab, was uns eine kurze Pause vom Wind verschafft. Plötzlich steigt mir Zigarettenrauch in die Nase. Mein Atem geht schnell und schwer und ich ziehe den Geruch in meine Lungen. Ich kenne mich nicht gut mit Zigaretten aus, aber es riecht stärker als die üblichen Tabakmarken. Camel oder irgendetwas Fremdes, schätze ich. Mein Blick schweift über den Weg vor mir, aber er ist leer.

Wir kommen wieder in Schwung und jetzt erzählt Janie.

Sie sagt, dass sie und Phil momentan nicht miteinander sprechen. Dass er kalt und distanziert sei und ihr die Schuld dafür gebe, dass sie noch kein Kind bekommen haben. Und ehe ich mich versehe, streiten wir uns. Ich habe das Falsche gesagt, vorgeschlagen, dass sie Phil verlassen soll. Ich bin zu weit gegangen.

»Lass«, zischt Janie mir zu. »Lass mich einfach wütend sein.« Sie dreht sich um und läuft zurück nach Thorpeness, ohne auf meine Entschuldigungsrufe zu hören.

Ich bleibe einen Moment stehen, schaue ihr hinterher und weiß, dass sie sich abreagieren muss, also laufe ich weiter nach Aldeburgh, wo der Duft von frischem Fisch in der Luft liegt und die Möwen über meinem Kopf lautstark schreien.

Ich drehe eine Runde um einen kleinen Teich, bevor ich umkehre. Der Wind schlägt mir jetzt entgegen, sodass meine Beine mit jedem Schritt mehr wehtun. Ich sehne mich nach einer heißen Dusche und einem Glas Wein und danach, Janie zu sehen und mich zu entschuldigen.

Ich bin etwa zwanzig Meter vom Ferienhaus entfernt, als ich Michael auf dem Steinhügel direkt vor dem Haus stehen sehe. Ich lächle und rufe: »Hey«, in der Erwartung, dass er sich umdreht und lächelt, aber seine Augen sind groß, sein Gesichtsausdruck angespannt.

»Abigail!«, schreit er und dreht sich im Kreis. Die Angst in seiner Stimme lässt mich erschaudern.

»Michael, was ist passiert?«, rufe ich und vergesse meine schmerzenden Beine, als ich über den Kiesstrand auf ihn zustolpere.

Er rutscht den Hügel zu mir herunter. Während er spricht, lässt er die Umgebung nicht aus den Augen. »Abigail ist weg.« Seine Worte klingen hastig und zittrig. »Sie war im Garten. Ich habe ihr nur kurz den Rücken zugewandt. Daniel hat sich die Hand an einem Stein geschnitten. Ich habe ihn mit ins Haus genommen, um ein Pflaster zu holen. Als ich zurückkam, war Abigail verschwunden.«

Ein Geräusch verlässt meine Kehle. Ein ersticktes Lachen zwischen Unglauben und Panik. »Sie wird sich wieder unter ihrem Bett verstecken, das ist alles. Daniel wird wissen, wo sie ist. Ich frage ihn.«

Ich drehe mich in Richtung Ferienhaus, aber Michael hält meinen Arm so fest, dass es wehtut. »Sie ist nicht da, Sarah. Ich habe überall nachgesehen.«

Die Erkenntnis braucht schmerzhaft lange. Ich realisiere es und gleichzeitig auch nicht. Ich glaube es und glaube es nicht. Abigail ist weg. Sie hat im Garten gespielt, und jetzt ist sie weg.

»Sie wird am Strand sein, bei den Felsen, über die sie gerne klettert, oder sie sammelt noch mehr Kieselsteine.« Ich bin sofort erleichtert. Dort ist sie – dort muss sie sein. Ich drehe mich zum Strand und mache einen Schritt.

»Von dort komme ich gerade«, schreit Michael jetzt und hält meinen Arm fest. »Sieh du dich im Dorf um. Vielleicht ist sie in den Park gelaufen. Ich rufe die Polizei an.«

»Daniel und Rebecca«, sage ich, während wir gemeinsam in Richtung Ferienhaus sprinten – ich, um mich auf den Weg ins Dorf zu machen, und Michael, um sein Handy zu holen.

»Denen geht es gut. Geh einfach, Sarah. Abigail muss doch irgendwo sein.«

Aber das war sie nicht.

SIEBENUNDVIERZIG

SARAH

Freitag, 20 Uhr

Das Ticken es Blinkers holt mich wieder zurück in die Gegenwart. Mein Mund ist trocken vom Reden. Mein Körper tut weh, als würde er sich daran erinnern, wie schnell ich damals durch die Straßen gerannt bin und Abigails Namen gerufen habe.

Ryan biegt von der zweispurigen Straße auf eine einspurige ab, auf der in beiden Richtungen der Verkehr rollt. Urlauber, Wochenendausflügler, Pendler auf dem Weg nach Hause – unsere Geschwindigkeit wird von einer Reihe von Scheinwerfern in der Dunkelheit diktiert.

»Wir sind bald da. Fünfzehn Minuten«, sagt Ryan, der wohl meine Ungeduld spürt, während wir durch verstreute Dörfer fahren und kaum mal fünfzig Kilometer pro Stunde erreichen.

»Irgendetwas stimmt nicht«, sage ich und beiße auf meiner Unterlippe herum.

»Wie meinst du das?«

»Ich weiß es nicht. Ich versuche, mich zu erinnern.«

So lange habe ich die Erinnerungen unter Verschluss gehalten, versteckt. Jetzt sind sie frei und wirbeln in meinem Kopf herum. Ich denke an die Angst in Michaels Gesicht am Strand. Sein Beharren darauf, dass ich mich im Dorf umschauen sollte. Er übernahm die Kontrolle, sage ich mir. Und doch ... Irgendetwas ist da am Rande meiner Gedanken ...

»Michael hat der Polizei erzählt, dass er Tee für Abigail und Daniel gemacht habe. Dass sie hereingekommen seien, um etwas zu essen, und anschließend draußen weitergespielt hätten. Er selbst will ins Schlafzimmer gegangen sein, um Rebecca zu wecken, als Daniel weinend hereinkam, weil er sich an einem Stein in die Hand geschnitten hatte. Als Michael das Pflaster gefunden und Daniel beruhigt hatte, war Abigail schon verschwunden.«

»Richtig«, sagt Ryan und wirft mir einen kurzen Blick zu. Es ist nur eine Sekunde, aber ich spüre seine Unruhe, seine Fürsorge in diesem Blick. »Was bedrückt dich daran?«

»Ich weiß es nicht.« Ich fühle mich wie ein Schnellkochtopf, in dem der Frust zu explodieren droht. »Es ist, als könnte ich es fühlen, aber nicht sehen. Ich komme nicht heran. Erzähl du mir, woran du dich erinnerst – vielleicht hilft das.«

Ryan sieht mich einen Moment lang an, bevor er spricht. »Ähm ... es war ungefähr halb sieben, als ich ankam. Die Polizei hatte euch schon die Videoaufnahmen des Mannes gezeigt, den sie für Abigails Entführer hielten. Du hast gezittert und warst fast hysterisch, und ich weiß noch, dass ich dachte, ich müsste irgendetwas tun, um dir zu helfen. Also habe ich ein paar Käsebrötchen gemacht und sie auf den Tisch gestellt. Ich war so nervös. Es war mein erster Auftrag. Keine noch so gute Ausbildung kann dich darauf vorbereiten, wie es ist ...«

»Die Brötchen.«

»Was soll damit sein?«

»Du hast Käsebrötchen gemacht.« Die Worte purzeln nur so aus mir heraus. Ich muss sie loswerden, bevor sie mir wieder entgleiten. »Die Brötchen waren noch da. Du hast sie zubereitet. Aber was hat Michael Daniel und Abigail dann zu essen gegeben? Wie sollen die Kinder sie gegessen haben, wenn sie noch in der Küche lagen, als du später gekommen bist?«

Das ist nur eine Nebensächlichkeit, denke ich. Vielleicht hat Michael ihnen etwas anderes zu essen gegeben, irgendetwas, das ich im Schrank vergessen hatte. Vielleicht stimmt die zeitliche Abfolge auch nicht. Oder vielleicht hat er einfach gelogen. Vielleicht weiß Michael mehr über Abigails Entführung, als er je zugegeben hat.

Brötchen, Gummischuhe, DNA, die nicht lügt. Ein Mädchen, eine Halbschwester. Fünfundzwanzigprozentige Gemeinsamkeit mit Abigails vierzehn Jahre alter Zahnbürste. Michaels Tochter, von der ich nichts wusste. Leere Aktenordner. Seine Lügen stapeln sich.

Ich weiß nicht, was Abigail vor fast vierzehn Jahren zugestoßen ist, aber ich spüre, dass ich den Antworten näherkomme, und das jagt mir furchtbare Angst ein.

Ich starre aus dem Fenster in die Schwärze der Nacht und versuche erfolglos, die Puzzleteile zusammenzufügen. Trotz all der Jahre, die seit meinem letzten Besuch hier vergangen sind, kommt mir die Umgebung langsam bekannt vor. Auf der rechten Seite befindet sich ein Campingplatz mit Reihen von Wohnwagen, die von großen blauen Sicherheitsleuchten erhellt werden. Ein Stück weiter kommt eine Tankstelle und dann ein Kreisverkehr. Wir sind fast da. Die Angst brennt wie Säure in meinen Adern. Plötzlich bin ich mir nicht mehr so sicher, ob wir uns beeilen sollten. Ich bin mir nicht sicher, ob ich die Wahrheit wissen will.

Das Ferienhaus liegt an einer einspurigen Straße, die parallel zum Meer am Rande von Thorpeness verläuft. Die Straße ist gerade breit genug für zwei Autos, wenn sie langsam durchfahren, aber wir sind allein auf der Strecke.

Die Scheinwerfer von Ryans Auto heben die wackeligen Lattenzäune hervor, die die Grundstücke an der Küste umgeben. Ein großes Glashaus und einige andere neue Häuser füllen jetzt viele der Lücken, die früher unbebaut oder Gärten waren.

»Hier geht es rein.« Ich zeige auf einen Feldweg, aber Ryan ist schon abgebogen.

Michaels Auto steht vor dem Haus. Etwas Schweres sackt mir in den Magen und mir wird klar, dass sich trotz der Notiz und allem, was ich jetzt weiß, ein winziger Teil von mir immer noch an die Hoffnung klammert, dass dies alles ein Fehler, ein Missverständnis ist.

»Wenigstens wissen wir, dass sie hier sind«, sagt Ryan und schaltet den Motor ab.

Der schwache Mondschein beleuchtet das Grundstück, und ich weiß, ohne näher herantreten zu müssen, dass das Ferienhaus leer und verschlossen ist. Der Wind trägt den Salzgeruch des Meeres heran und streicht durch meine Kleidung hindurch meine Haut.

Der Anblick des Hauses lässt mich ebenso frösteln wie die Kälte, der Geruch des Strandes und all die geweckten Erinnerungen.

»Was meinst du, wo sie sind?«, fragt er.

»Sie müssen am Strand sein.« Ich gehe auf den Weg zu, der am Haus vorbeiführt.

»Sarah, warte«, ruft Ryan mit leiser Stimme hinter mir her. »Wir wissen nicht, was uns erwartet.«

Ich zucke mit den Schultern. »Welche Wahl habe ich denn?« »Lass mich außen herum gehen. Sie wissen nicht, dass ich bei dir bin. Wenn du in eine Falle gerätst, kann ich wenigstens telefonisch Verstärkung anfordern.«

Er hat recht, trotzdem frage ich: »In eine Falle?«

»Wie du gesagt hast, vieles passt nicht zusammen, und wir wissen, dass jemand Abi geholfen hat. Derjenige könnte auch bei ihnen sein.«

Das Bild des Mannes mit Abi in der U-Bahn taucht vor meinem inneren Auge auf.

O ja, er ist bei ihnen.

»Wo ist der nächste Zugang zum Strand?«, fragt Ryan.

»Ich glaube, es sind ein paar Minuten in diese Richtung.« Ich zeige in Richtung Dorf. »Dort gibt es einen öffentlichen Parkplatz und man kann direkt zum Strand gehen.«

Er nickt, wendet sich ab und lässt mich im Mondlicht allein zurück. Ein Adrenalinstoß kribbelt mir in der Magengrube, als ich zwischen den Häusern hindurchschlüpfe.

Dunkle Wolken ziehen über meinen Kopf hinweg und drohen, den Mondschein zu verschlucken, aber ich sehe das Licht einer Taschenlampe, das direkt vor mir hin und her schwingt. Meine Füße knirschen auf den Steinen und kündigen meine Anwesenheit so gut an, als würde ich laut schreien. Das Geräusch klingt fast wie das Knirschen meiner Räder in unserer Einfahrt, aber diesmal ist es nicht mit Ruhe verbunden, und es gibt keine pawlowsche Reaktion. Jedes Härchen auf meinem Körper stellt sich auf, als ich den Kieshügel hinaufstolpere und mich den Antworten nähere, auf die ich vierzehn Jahre lang gewartet habe.

ACHTUNDVIERZIG

ABI

»Keine Bewegung.« Seine Stimme schallt über den Strand. Laut und wütend. Der Gewehrlauf schwingt wild zwischen ihnen hin und her, und jedes Mal, wenn er Abi streift, kann sie nicht anders, als zusammenzuzucken. Sich kleiner zu machen.

Ihr Körper zittert, als würde er von elektrischem Strom durchflossen. Es sind die Angst und die kalte Nachtluft, die durch ihre Haut dringt und ihre Knochen durchschüttelt. Seine Bewegungen haben mittlerweile etwas Drängendes an sich. Seine ruhigen Kommandos sind Geschichte. Er verliert die Beherrschung, denkt sie. Diese Erkenntnis versetzt sie erneut in Panik, und sie kann den Blick nicht von der Waffe abwenden.

Er wird sie umbringen. Da ist sie sich sicher. Drei Kugeln, hat er gesagt, als er sie zu den Felsen geführt und sie gezwungen hat, sich zu setzen. Eine dieser Kugeln ist für sie.

Stumme Tränen fließen ihr über das Gesicht. Auch ihre Nase läuft. Die Wärme des Tages ist komplett verflogen. Obwohl sie ihre Hände in die Ärmel ihres Pullovers zwängt, sind Abis Finger taub. Ein stechender Schmerz zieht sich von ihrem unteren Rücken bis hinunter zu ihren Oberschenkeln.

Wie lange sitzt sie jetzt schon auf diesem Steinhaufen? Es kommt ihr wie Stunden vor.

Wo ist Sarah? Sie sollte schon längst hier sein, und trotzdem betet Abi, dass sie nicht kommt. Sobald sie eintrifft, ist es vorbei.

Er marschiert im Schein der Taschenlampe vor ihnen hin und her. Lange Schritte, verstohlene Blicke zu ihnen und zu den Häusern. Abi folgt seinem Blick. Von dort, wo sie am Ufer sitzt, kann sie nicht mehr als ein paar Fenster in der zweiten Etage erkennen. Die Grundstücke sind schwarz und wie ausgestorben. Sie sind völlig allein, nur das rhythmische Rauschen der Wellen am Ufer durchbricht die Stille.

Die Angst greift auf ihren ganzen Körper über. In ihrem Kopf fühlt sich die ganze Situation so absurd an. Wie ist es möglich, dass immer noch Freitag ist? Derselbe Tag, an dem sie Abigail Wick war, mit ihrer Familie auf dem roten Sofa von *This Morning* saß und der Welt erzählte, dass sie wieder zu Hause war.

Etwas ändert sich. Ein Geräusch in der Ferne. Knirschende Kieselsteine. Er dreht sich um, das Gewehr schwingt mit, tastet den Horizont ab und verharrt, als sich eine einsame Gestalt schnell auf sie zu bewegt.

Sarah ist hier.

Abis hat das Gefühl, als würde ihr die Luft aus den Lungen gepresst. Sie hat keine Zeit mehr. Sie ist tot. Sie will schreien, will Sarah zurufen, sie solle fliehen, solange sie noch kann, aber die Angst hat ihr die Stimme geraubt. »Sarah«, ruft er, seine Stimme ist schrill, fast unmenschlich. »Ich bin so froh, dass du dich zu uns gesellst.«

»Was ist denn hier los?«, antwortet Sarah und schaut erst zwischen ihnen allen hin und her und dann auf die Waffe. »O mein Gott.« Die letzten Worte sind kaum zu hören.

»Was hier los ist?«, ruft er. »Wonach zum Teufel sieht es aus?«

Einen Moment lang scheint niemand zu wissen, was er sagen soll. Sarah macht noch zwei Schritte, um die Felsen zu erreichen. Ihr Blick wandert von Michael zur Waffe, zu Daniel und schließlich zu Abi.

»Du bist nicht meine Tochter, oder?« Die Frage hat den anklagenden Ton verloren. Es ist einfach nur eine Frage. Eine einfache Frage.

Endlich bleibt das Rouletterad in Abis Kopf stehen. Sie schüttelt den Kopf. »Nein, das bin ich nicht. Es tut mir leid.« Tränen steigen ihr in die Augen.

»Es tut mir leid«, sagt sie noch einmal. Ich wollte ... ich wollte euch nicht wehtun.« Sein Blick ist jetzt auch auf sie gerichtet, aber das ist ihr egal. »Er hat mir gesagt, ihr würdet mich nicht kennenlernen wollen. Dass ihr mich zum Teufel jagen würdet, wenn ich euch die Wahrheit sage. Ich hätte ihm nicht glauben sollen, aber ich habe es getan.«

Abi holt tief Luft und versucht, die Emotionen aufzuhalten, die sie übermannen. »Ich ... Ich wollte nur das Leben sehen, das ich hätte haben können. Ich wollte spüren, wie es ist, eine Familie zu haben, die sich um mich sorgt. Er ... Er wusste es auch. Er hat mir gesagt, wenn ich vorgeben würde, Abigail zu sein, würde ich alles bekommen, was ich wollte.

Ich ahnte ja nicht, dass er das hier tun würde.« Abi sieht ihn dann an, ein Blick. Wenn er irgendetwas fühlt – Schuld, Hass – dann lässt er es sich nicht anmerken. Seine Augen sind weit aufgerissen, aber sein Blick ist abwesend. »Er hat mir eingeredet, dass ich euch helfe, wenn ich euch eure Tochter zurückgebe, und ich ... ich wusste, dass es falsch ist, aber ich war verzweifelt. Er gab mir Geld und hat sich diesen ganzen Plan ausgedacht, so zu tun, als würde ich aus Kolumbien kommen. Ich dachte, ich hätte keine Wahl. Entweder das oder auf der Straße zu landen. Ich ... habe mich geirrt.«

»Genug jetzt«, schreit er.

Ein Klicken ertönt, und Abi braucht eine Sekunde, um zu erkennen, woher das Geräusch kommt. Die Waffe. Er hat etwas getan. Er macht sich bereit. Es ist vorbei.

»Es tut mir leid«, stammelt sie wieder und wieder. »Es tut mir so leid.«

NEUNUNDVIERZIG

SARAH

Mein Herz klopft wie wild. Mein Mund ist trocken. Mein Blick fällt immer wieder auf das Gewehr mit dem langen, dünnen Lauf. Ich kann es nicht begreifen. Woher kommt diese Waffe? Wie ist er daran gekommen? Dumme Fragen. Das Wie ist nicht wichtig. Es geht um das Warum.

Ich zwinge mich, Abelia anzusehen, das Mädchen, das sie ist. Verloren. Alleine. Verwirrt. Es gibt so viel, was ich nicht weiß, aber ich habe die Antwort, kenne die Wahrheit über sie. In ihrer Stimme schwingt nicht mehr die Mischung aus Amerika und Spanisch mit, als sie flüstert: »Es tut mir leid.«

Ich drehe mich zu Michael um. Im Fackelschein wirkt sein Gesicht aschfahl. Und trotz der Gefahr, die wie ein Blitz in der Luft liegt, der Waffe, der Bedrohung und der Angst, die mein Blut pulsieren lässt, spüre ich, wie die Wut in mir hochkocht.

»Was hast du getan, Michael? Was soll das alles?«

Er lässt den Kopf hängen, bis sein Kinn fast auf der Brust ruht, und am liebsten möchte ich ihn anschreien, ihn zwingen, mich anzusehen. Aber ich kann den Blick nicht von dem Gewehr abwenden. Ich ertappe mich dabei, wie ich die Hand ausstrecke und nach vorne trete, um nach der Waffe zu greifen.

»Nein.« Er weicht zurück und richtet den Lauf auf mich. »Genug.«

Ich nicke. Ich versuche, mich zu beruhigen und die Person zu sein, die er braucht – eine Mutter. Ich schaue von dem Lauf zu den Händen, die es umklammern, immer weiter nach oben, bis ich meinem Sohn in die Augen sehe. In Daniels Gesicht spiegelt sich eine Wildheit, einen Zorn, wie ich ihn seit vielen, vielen Jahren nicht mehr gesehen habe. Ich frage mich erneut, woher er ein Gewehr hat und warum wir hier sind. Warum hat er Abelia in unser Leben gebracht und uns vorgetäuscht, dass sie Abigail ist? Warum sollte unser Sohn so etwas tun?

Ich wusste es natürlich. Sofort, als ich die Gestalt in dem langen schwarzen Mantel in Abis Begleitung auf den Überwachungsvideos sah, die Constable Swain mir zeigte. Ich konnte zwar sein Gesicht nicht sehen, aber ich erkannte den langen, langsamen Schritt meines Sohnes, und ich schloss daraus, dass er etwas damit zu tun hatte.

Michael mag im Laufe unserer Ehe viel gelogen haben, aber hier und jetzt geht es um Daniel, und obwohl ein Teil von mir Angst vor der Waffe hat und davor, was er als Nächstes tun könnte, möchte ein anderer Teil von mir ihn in die Arme nehmen und ihm sagen, dass alles gut wird. Aber als Daniels Hände ruckartig das Gewehr bewegen, um auf Michael zu zielen, bin ich mir nicht mehr sicher, ob das stimmt. Ich weiß nicht, wie Daniel an eine Waffe gekommen ist, aber es wird nicht einfach gewesen sein. Und der einzige Grund, der mir dafür einfällt, ist, dass er vorhat, sie zu benutzen.

»Sag schon.« Ich setze mich in Bewegung, meine Beine wollen sich ihm nähern, was ich auch versuche, aber die Steine unter meinen Füßen sind locker und ich rutsche aus. »Daniel, was soll das alles? Kannst du mir bitte sagen, was hier los ist? Wie hast du Abelia gefunden?«

»Oh, Mum.« Daniel versucht zu seufzen, als hätte er alle

Zeit der Welt, aber ich bin seine Mutter, und ich erkenne, dass er unter seiner vorgetäuschten Ruhe genauso verängstigt ist wie ich. »Warum fangen wir nicht am Anfang an, mit deinem pflichtbewussten Ehemann, der herumvögelt, lange bevor du aufgehört hast, Interesse an ihm zu zeigen? Oder, Dad?«

In Daniels Stimme schwingt Verachtung mit, und ich zucke zusammen und sehe meinen Sohn an.

»Es war ein einziges Mal.« Michael hebt den Kopf. »Ein One-Night-Stand mit einer Frau in einem Pub, als ich auf einer Marketingkonferenz in Birmingham war. Ich war betrunken. Es war ein einziges Mal, ich schwöre. Daniel war ein Baby und du warst so auf ihn fixiert.«

Ich lache, ein weinerlicher Lacher vor Schreck und angesichts der erbärmlichen Ausrede. Selbst jetzt, nach all den Jahren, rechtfertigt er seine Fehltritte immer noch vor sich selbst.

»Du wusstest von Abelia, nicht wahr?«, frage ich.

Er schüttelt den Kopf. »Nicht wirklich. Caroline hat mich angerufen, als sie schwanger war. Irgendwann muss ich ihr meine Nummer gegeben haben. Sie hat mir gesagt, dass sie ein Kind von mir bekommt, aber ich habe ihr nicht geglaubt. Sie war eher ein wilder Typ. Ich war nicht der einzige Mann ...« Er zuckt mit den Schultern. »Ich sagte ihr, sie solle verschwinden.«

Meine Gedanken spulen die letzte Woche und Michaels Verhalten noch einmal ab. Der Schreck, als er Abis Foto zum ersten Mal sah. Nicht mich erkannte er in diesem Gesicht, sondern Caroline. Ich schaue den Mann an, mit dem ich zwanzig Jahre meines Lebens geteilt habe, und sehe nur einen Fremden.

»Aber das ist nicht alles, was du getan hast, nicht wahr, Dad? Du hast ihr nicht nur gesagt, dass sie verschwinden soll, du hast ihr gedroht. Du hast ihr gesagt, dass du sie und das Baby umbringst, wenn sie dich jemals wieder kontaktiert. Toll gemacht, Dad. So konntest du dich vor den Unterhaltszahlungen drücken und davor, einem deiner Kinder das Leben zu geben, das es verdient.«

Daniels Stimme bricht am Ende. Es ist nicht nur Wut und Angst, die ich jetzt in ihm sehe. Er ist verletzt.

»Daniel …«, beginne ich und suche nach Worten, die ich nicht finde, »was auch immer dein Vater angestellt hat, das …«

»Stopp«, unterbricht er mich. »Es wird Zeit.«

»Wozu?« Mein Blick fällt wieder auf das Gewehr.

»Um darüber zu reden, was mit Abigail passiert ist.«

Alles um mich herum versinkt in Lautlosigkeit. Ich kann weder die Wellen hören, die ans Ufer schlagen, noch das Knirschen der Steine unter unseren Füßen. Ich sehe nur noch Daniel. »Du weißt es?« Ich schnappe nach Luft. »Du weißt, was passiert ist? Sag es mir.«

Er seufzt wieder und zieht die Augenbrauen hoch. »Können wir das Theater jetzt bitte lassen? Abi ist damit herausgerückt, aus Birmingham zu stammen, Michael hat zugegeben, der *schlechteste* Vater der Welt zu sein. Kannst du jetzt nicht ehrlich sein, Sarah?«

Ich schüttle den Kopf. Die Trauer holt mich ein und Tränen brennen in meinen Augen. »Sag es mir, bitte, Daniel. Wo ist Abigail? Was ist passiert?«

»Warte … Du weißt es wirklich nicht?« Daniels Blick schweift zu Michael, bevor er sich wieder auf mich konzentriert. »Schwöre, dass du es nicht weißt.« Der spöttische Ton ist verschwunden. Sein Gesicht fällt ein, sein Adamsapfel hebt sich und sinkt wieder herab. Die Waffe zittert in seinen Händen. Er senkt sie ein wenig, hebt sie dann wieder an und zielt direkt auf mich, aber das ist mir egal.

»Bitte sag es mir«, rufe ich. Flehend.

»Du …«, setzt Daniel an, aber dann bewegt sich etwas neben ihm und Ryan erscheint. »Nimm die Waffe runter, Daniel«, sagt er mit lauter und ruhiger Stimme. Er tritt an die Felsen heran und stellt sich zwischen Abi, mich und den Lauf der Waffe. »Du brauchst sie nicht.«

Daniel zuckt zurück, die Augen weit aufgerissen. »Du solltest nicht hier sein.« Er richtet die Waffe auf Ryan. »Geh zurück«, schreit er. »Das hat nichts mit dir zu tun.«

»Okay, Daniel. Ich gehe zurück ... siehst du? Lasst uns alle ruhig bleiben. Die Polizei ist auf dem Weg.«

Eine Finsternis legt sich über Daniels Gesicht. Eine Wolke. Ich kenne sie von den Wutausbrüchen, die er als Kind hatte. Dieser Stock im Park. Diese Momente, in denen nichts seinen Zorn durchdringen konnte.

Er wendet sich an Michael. »Du hast es ihr nicht gesagt?«

Michaels Gesicht ist hinter seinen Händen verborgen. Seine Schultern heben und senken sich.

»Hör auf, zu flennen!« Daniels Kreischen hallt über den Strand. »Du hast kein Recht zu heulen. Sei doch einmal in deinem Leben ein Mann.«

Einen Moment lang ist es still. Abi wimmert neben mir, aber meine ganze Aufmerksamkeit gilt jetzt Michael.

Er lässt die Hände sinken und hebt das Gesicht, um Daniel anzusehen. »Ich habe versucht, dich zu beschützen«, sagt er.

»Mich beschützen? Du hast mein Leben ruiniert. Du hast mir alles genommen. Du hast mich gezwungen, eine Lüge zu leben.«

Daniel tritt näher. Die Waffe hört auf zu zittern. Er drückt den Abzug leicht durch und lässt ihn dann los. Ich bemerke kaum, wie Ryan sich bedächtig seitwärts an Daniel heranpirscht.

»Michael, Daniel, bitte.« Ich schaue zwischen ihnen hin und her, will, dass Ryan sich zurückhält. Ich muss die Wahrheit erfahren. »Erzähl mir von Abigail.«

Daniel dreht sich zu mir, bis die Waffe auf Höhe meines

Kopfes schwebt. Er ist nur einen Meter entfernt. Nah genug, dass selbst ein schlechter Schütze mich töten könnte. Mein Herz klopft, aber ich weiche nicht zurück oder ducke mich. Ich muss es einfach wissen. Sein Gesicht verzieht sich, und ich sehe das Kind, das er einmal war.

»Ich habe sie getötet. Ich habe Abigail getötet.«

FÜNFZIG

SARAH

Daniels Worte treffen mich mit der gleichen Wucht wie eine Kugel aus seinem Gewehr. Der Wind flaut ab. Die Welt bleibt stehen. Mir ist nicht mehr kalt und ich habe keine Angst mehr.

»Daniel«, sage ich. »Wie meinst du das?«

Er stößt ein Geräusch aus, ein heulendes Schluchzen, dann ein Keuchen und ein weiteres Schluchzen. »Ich bin im Garten hingefallen und sie hat mich ausgelacht. Ich ... hob einen der Steine auf, die wir am Strand gesammelt hatten, und ... ich warf ihn. Ich war so wütend, dass ich sie umbringen wollte. Er ... traf sie am Kopf, und das war es. Er hat sie wirklich getötet. Ich habe sie getötet. Ich habe Abigail getötet.«

Daniels Schluchzen wird immer lauter, aber ich höre es kaum. Meine Welt bricht in sich zusammen. Abigail ist tot. Mein wunderschönes Mädchen. Tot. Getötet, nicht entführt. Kein Fremder hat sie aus dem Garten gelockt. Kein Kinderwagen, keine Fährfahrt.

Der Schmerz breitet sich von meiner Brust über meinen ganzen Körper aus, und doch gibt es noch mehr, was ich wissen muss.

»Aber die Polizei – warum hat sie ...« Ich halte inne. Ich

kann die Frage nicht stellen und muss es auch nicht, denn Michael ergreift bereits das Wort.

»Ich wusste nicht, dass dir klar war, dass sie tot ist«, schreit er Daniel an, sinkt auf die Knie und fällt unserem Sohn zu Füßen.

Daniel springt zurück, die Waffe zeigt auf Michaels Kopf, als der sich an mich wendet.

»Daniel kam mit einer Schnittwunde an der Hand ins Haus. Er zitterte und weinte und erzählte mir, er hätte einen Stein nach Abigail geworfen. Ich sagte ihm, er solle sich die Hand im Bad waschen und ging nach draußen. Sie lag auf dem Boden, mit dem Kopf auf den Pflastersteinen. Zuerst dachte ich, sie tut nur so, aber dann …«

Er hält inne, schluckt, und ich unterdrücke sowohl einen Schrei als auch den Wunsch, mir die Ohren zuzuhalten, um nicht mehr zuhören zu müssen. »Ich ging näher heran und sah, dass ihre Augen offen standen. Sie war fort. Ich glaubte, vom Stein, den Daniel geworfen hatte, war sie ohnmächtig geworden, war hingefallen und dann mit dem Kopf auf den Pflastersteinen aufgeschlagen. Niemand hätte mehr etwas tun können, Sarah. Es ist so schnell passiert. Sie kann nichts gespürt haben.«

Ich erzwinge die nächste Frage, jene Frage, auf die wir die ganze Zeit hingearbeitet haben. »Was geschah dann?«

Tränen fließen über Michaels Gesicht. »Ich wollte nicht, dass Daniel erfährt, dass er sie getötet hat. Ich wollte nicht, dass das sein ganzes Leben lang an ihm klebt. Es hätte ihn zerstört. Also … ging ich wieder rein und ich beruhigte ihn, dass es Abigail gut geht, dass sie noch draußen spielt und alles in Ordnung ist. Ich beschloss, es anschließend so aussehen zu lassen, als wäre ein Unfall passiert, damit Daniel nicht die Schuld am Tod seiner Schwester tragen musste. Ich habe den Fernseher für ihn eingeschaltet und ihm gesagt, er soll nicht nach draußen gehen …«

»Vergiss nicht den Teil, in dem du mir das Versprechen

abgerungen hast, niemandem von dem Stein zu erzählen, den ich geworfen hatte. Erinnerst du dich daran, Dad? Du hast deinem sechsjährigen Sohn ins Gesicht gezischt, wenn er irgendjemandem davon erzählen sollte, ganz besonders wenn er seiner Mum etwas davon erzählen würde, was er getan hat, dass dann die Polizei kommt und ihn für sehr lange Zeit ins Gefängnis steckt.«

Ich schüttle den Kopf und kann nicht glauben, was ich da höre. »Michael?«

»Ich dachte, wenn er jemandem von dem Stein erzählt, realisiert er vielleicht, was passiert ist. Ich konnte es nur wie einen Unfall aussehen lassen, wenn niemand herausfinden würde, was er getan hat.« Er dreht sich wieder zu Daniel um. »Ich habe versucht, dich zu beschützen.«

»Aber ich bin wieder nach draußen gegangen«, schreit Daniel. »Ich habe dich über Abigails Leiche weinen sehen. Ich habe ihre Augen gesehen. Sie hat sich nicht bewegt. Ich habe gesehen, was ich getan habe.«

»Das wusste ich nicht«, schluchzt Michael. »Ich nahm immer an, du hast geglaubt, was ich dir gesagt habe. All die Jahre war ich überzeugt, dass du die Wahrheit nicht kennst.«

Ich blinzle, und alle Teile des Puzzles fügen sich plötzlich zusammen. Ich sehe das Bild, aber ich kann es trotzdem nicht glauben. »Also ... Also ...«, wiederhole ich das Wort, immer lauter, um meine Stimme zu zwingen und mich der Wahrheit zu stellen, vor der ich mich vierzehn Jahre lang versteckt habe. »Du hast also so getan, als wäre sie entführt worden? Du hast mich glauben lassen, dass ein Mann mein Kind mitgenommen hat?«

»Das war nicht so geplant«, stößt Michael hervor. »Ich wollte, dass es so aussieht, als wäre sie aus dem Garten gelaufen, gestürzt und hätte sich den Kopf angeschlagen. Ein tragischer Unfall. Ich habe versucht, unseren Sohn zu schützen. Ich sprach mit Daniel und ließ ihn versprechen, niemandem von dem Stein zu erzählen, den er geworfen hatte, dann sorgte ich dafür, dass er fernsah, und dann ... hob ich Abigails Leiche auf und trug sie zum Strand. Genau hierhin.« Er deutet auf die Felsen. »Ich war völlig aufgewühlt. Ich habe nicht mehr klar denken können, und dann bist du früher von deiner Laufrunde zurückgekommen.« Michael sieht kurz zu mir auf, bevor er wieder zu Boden blickt. »Ich geriet in Panik und sagte, sie sei verschwunden. Ich habe dich nach ihr suchen lassen und die Polizei angerufen. Ich wusste, sie würden den Strand absuchen und ihre Leiche finden, und es würde so aussehen, als wäre sie ausgerutscht.

Aber dann rief diese Frau die Polizei an, und sie sprachen plötzlich von einer Entführung. Niemand hat den Strand abgesucht, und dann kam die Flut und ... Abigail ... sie muss ins Meer hinausgeschwemmt worden sein.«

Ich schließe die Augen und versuche, einen schweren Atemzug nach dem anderen zu machen.

Die ganze Zeit, in der ich mit Janie auf der Straße Abigails Namen schrie. Die ganze Zeit, in der Michael und ich uns aneinandergeklammert und auf Neuigkeiten warteten. All diese Zeit, und mein kleines Mädchen befand sich nur weniger als hundert Meter von mir entfernt. Tot. Es blubbert sauer in meiner Kehle. Ich schmecke es in meinem Mund und schlucke schwer.

»Aber du hättest doch etwas sagen können«, werfe ich ein. »All die Stunden, die wir zusammensaßen und auf Neuigkeiten gewartet haben. Du hättest sie dazu bringen können, am Strand zu suchen. Du wusstest doch, dass die Flut kommen würde.«

»Es war zu spät.« Michael schüttelt den Kopf. »Sie nannten es bereits eine Entführung. Es hätte verdächtig gewirkt, wenn ich ihnen gesagt hätte, sie sollen den Strand absuchen.«

Ich bin fassungslos. Wie erstarrt in dieser Hölle, aber ich zwinge mich, zu sprechen. »Du hast mich also weggeschickt, mich davon überzeugt, dass Abigail verschwunden ist, und unseren sechsjährigen Sohn gezwungen zu lügen …«

»Es tut mir leid. Ich habe getrauert und war in Panik und wusste nicht, was ich tun sollte.«

Getrauert. Das Wort weckt einen Hass in mir, der stärker ist als alles, was ich je zuvor empfunden habe. »Du hast getrauert?«, schreie ich. Meine Stimme gellt über den Strand. »Was ist mit mir? Was ist mit deiner Familie? Du hast uns gar nicht die Chance gegeben, zu trauern.«

Das Gewicht seiner Lügen drückt auf mir. All die Jahre vermutete ich, dass er immer noch auf der Suche nach Abigail wäre. Die Stiftung und die Selbsthilfegruppen waren … was? Eine Tarnung? Eine Methode, seine Schuld zu beschwichtigen? Nichts davon war echt. Weitere Teile des Puzzles fügen sich zusammen.

»Deshalb wolltest du den DNA-Test nicht. Es hatte nichts damit zu tun, dass du geglaubt hast, dass sie unsere Tochter ist, denn du wusstest es. DU WUSSTEST«, schreie ich wieder, »dass sie es nicht ist. Du wusstest, dass Abigail tot ist. Was dachtest du denn, wie das ausgehen würde, Michael?« Ich winke Abi, die immer noch auf den Steinen kauert, und Daniel, der über uns steht, mit den Händen zu. Sein Gesicht ist gespenstisch, zerknittert vor Wut. Das Gewehr ist immer noch auf Michaels Kopf gerichtet.

Ich blicke zum Haus, in dem meine Tochter starb, und auf das Meer, das sie fortgetragen hat. Ich spüre, wie meine Beine unter mir langsam nachgeben. Ich möchte verzweifelt zu Boden sinken und mich der Trauer hingeben, die mich wie Rasierklingen von innen aufzuschlitzen droht, aber zugleich will ich es nicht. Noch nicht. »Was hast du denn erwartet? Dachtest du, ich würde dieses Mädchen als Abigail akzeptieren, und wir würden alle glücklich bis ans Ende unserer Tage leben?«

Michael schnieft und hebt den Kopf. Seine Augen sehen im Schein der Taschenlampe wässrig und reuevoll aus, aber alles, was ich sehe, ist ein Mann, den ich mit jeder Faser meines Seins hasse.

»Ja. Es tut mir leid, aber ja. Ich wusste, dass es nicht Abigail war, aber nach all den Jahren, in denen ich sie gesucht hatte …«

»In denen du so getan hast, als würdest du sie suchen«, schreie ich. »Ich habe die Ordner gesehen.«

Er nickt, ein gebrochener Mann. »Ich habe den ersten Privatdetektiv angeheuert, weil ich wusste, dass das alle erwarteten, aber ich geriet in Panik. Ich dachte, er könnte etwas herausfinden …«

»Die Wahrheit, meinst du?«

Michael nickt, sein Adamsapfel schiebt sich nach oben und dann nach unten. »Ich konnte weder dir noch sonst jemandem sagen, dass dieses Mädchen nicht Abigail ist. Ich dachte, es wäre irgendein Mädchen, das sein Glück versucht, und ich wusste, dass der DNA-Test beweisen würde, dass wir nicht unsere Tochter zurückbekommen haben. Aber dann bekamen wir das Ergebnis und ich wusste nicht, was ich tun sollte. Der Tod von Abigail war wieder präsent. Ich konnte niemandem sagen, dass sie nicht Abigail ist, ohne zu erklären, woher ich das wusste. Ich vermutete, dass sie Carolines Tochter sein musste und dass sie herausgefunden hat, dass ich ihr Vater bin. Ich dachte, sie bräuchte ein Zuhause, und mir kam die Idee, sie könnte vielleicht … dafür sorgen, dass wir heilen.« Er schluchzt, ein schluckendes, hustendes Geräusch.

»Daniel«, sage ich. Er sieht gespenstisch blass und zu Tode erschrocken aus. Mein Herz fühlt sich an, als würde es von einer Faust zerquetscht. Die Last, die er die ganze Zeit getragen hat, zerreißt mich. »Du hättest es mir sagen können«, sage ich zu ihm.

Daniel schüttelt den Kopf hin und her, aber er wendet den Blick nicht von seinem Vater ab, der jetzt zurückweicht, bis er sich an den Felsen presst. Ryan steht immer noch neben Abi, aber mein Blick ist nur auf Daniel gerichtet.

»In der ersten Nacht, nachdem Abigail fort war, kam Dad, um mir einen Gutenachtkuss zu geben. Er sagte: ›Ich habe deiner Mutter erzählt, dass du einen Stein nach Abigail geworfen hast. Sie ist sehr böse auf dich, also sag nichts zu ihr, sonst erzählt sie es vielleicht einem von diesen Polizisten, und dann kommst du ins Gefängnis, und wir verlieren zwei Kinder statt einem.‹«

»Und deswegen hast du aufgehört zu sprechen.« Ich schüttle den Kopf und befreie meine Tränen, die mir endlich über die Wangen rinnen.

»Ich dachte, du wüsstest, dass Abigail tot ist«, sagt Daniel wieder, seine Stimme ist jetzt nur noch ein Quietschen. »Er sagte, ich dürfe es niemandem verraten.«

Der Schmerz ist aus seinem Gesicht gewichen, und alles was übrigbleibt, ist blanke Wut. Er bewegt die Waffe und richtet sie auf Michaels Gesicht. »Ich dachte, ihr beide hättet die Welt, mich und Rebecca all die Jahre belogen. Ihr habt so getan, als wärt ihr die Leute, deren Tochter entführt wurde. Als sie«, Daniel nickt Abi zu, »sich bei mir meldete, sah ich eine Möglichkeit, mich an euch zu rächen. Ein Mädchen fast im gleichen Alter wie Abigail, gleiche Haare, äußere Ähnlichkeit. Ich wollte sehen, ob ihr euch weiter verstellen würdet, und das habt ihr. Also tat ich es auch. Ich wollte, dass ihr für den Schmerz bezahlt, den ihr mir zugefügt habt. Ich habe Abi dazu gebracht, deine DNA-Probe zu stehlen«, sagt er und plötzlich zielt die Waffe auf mich.

Ich schüttle den Kopf und versuche, meine Stimme wiederzufinden. »Daniel, das hätte ich dir nie angetan. Es tut mir so leid, dass ich das alles nicht wusste und dir nicht helfen konnte. Ich dachte, dir geht es gut.«

»Nun, das ging es nicht«, schreit er. »Ich habe nur so getan. Ich habe von den Besten gelernt.« Er wirft mir einen Blick zu und schwenkt dann die Waffe zurück zu Michael.

Ich schreie auf. »Daniel, es war nicht deine Schuld. Nichts von alledem war deine Schuld. Bitte tu das nicht.«

»Es ist zu spät.« Er verlagert sein Gewicht, stellt sich breitbeinig hin, stützt sich ab. »Du, ich und Dad. Drei Kugeln.«

»Nein!«

Mein Schrei geht im Lärm der in der Nacht explodierenden Waffe unter. Ein donnernder Knall, ein Dröhnen, das in meinem Körper widerhallt. Alles verlangsamt und beschleunigt sich auf einmal.

Abis Hand liegt auf meinem Arm und sie zieht mich nach unten. Ich schlage hart auf dem steinigen Strand auf. Ryan schnellt durch die Luft und wirft sich auf Daniel. Ich warte auf den nächsten Knall, die nächste Kugel, aber sie kommt nicht.

Eine Sekunde vergeht und noch eine. Ich schaue zu Michael. Er ist gegen den Felsen gesunken und hält sich das Ohr. Aber es ist kein Blut zu sehen. Seine Brust hebt sich. Daniel hat ihn verfehlt. Mit Absicht? Ein Fehler? Ich weiß es nicht.

Daniel liegt mit dem Gesicht nach unten auf dem Strand, Ryan auf ihm. »Es tut mir leid«, schluchzt er und lässt die Waffe los. »Es tut mir leid, Mum. Es tut mir leid. Ich dachte, du wüsstest es. Ich wollte euch beiden wehtun, weil ihr gelogen habt und mich zum Lügen gebracht habt. Es tut mir leid, Mum. Es tut mir leid.«

Ich löse mich von Abi und kraxle über den Strand zu Daniel. Ryan schüttelt den Kopf und fordert mich auf, zurückzubleiben, aber ich kann nicht. Ich nehme meinen Sohn in den Arm und tröste ihn, während meine eigenen Tränen auf seinen Kopf tropfen.

Ich nehme die Polizei erst wahr, als sie schon auf uns zukommt. Ein Dutzend Uniformierte und Constable Swain. Ich frage mich, wie viel sie gehört hat.

Alles, wird mir klar, als sie Michael vom Boden aufliest.

»Michael Wick«, sagt sie, »ich verhafte Sie wegen Strafvereitelung im Zusammenhang mit dem Tod von Abigail Wick. Sie haben das Recht, zu schweigen, aber es könnte sich nachteilig auf Ihre Verteidigung auswirken, wenn Sie bei der Vernehmung etwas verschweigen, auf das Sie sich später vor Gericht berufen wollen. Alles, was Sie sagen, kann als Beweismittel gegen Sie verwendet werden. Haben Sie das verstanden?«

Er nickt, und sein Blick sucht den meinen. Was ich darin sehe, ist keine Trauer oder Reue, sondern Akzeptanz. Die Wut kocht wieder in mir hoch und für den Bruchteil einer Sekunde möchte ich nach dem Gewehr greifen und ihn für alles, was er uns angetan hat, für das, was er Daniel und Rebecca angetan hat, umbringen.

Aber das tu ich nicht. Daniel braucht mich. Rebecca braucht mich. Ich denke auch an Abi, und an alles, was sie durchgemacht hat. Wir sind ihre Familie.

Es ist vorbei.

Ich kenne die Wahrheit. Meine Tochter starb vor vierzehn Jahren. Ihre Leiche ist weg, ins Meer gespült. Ich starre hinaus auf die schwarzen Wellen. Mein Kummer zieht mich wie eine Flut unter Wasser.

Es tut mir leid, meine süße Kleine. Es tut mir so leid.

EINUNDFÜNFZIG

ABI

Freitag, 22 Uhr

Abi erinnert sich an das Rauschen des Windes in ihren Ohren. Sie erinnert sich an die Waffe, die wild zwischen ihnen Dreien hin und her schwang, und an das allgegenwärtige Gefühl, gleich zu sterben. Sie erinnert sich an die rutschenden Kieselsteine unter ihren Füßen, als sie die Hand ausstreckte und Sarah herunterzog, und an den Tumult durch die heranstürmenden Polizisten.

Aber jetzt, hier, in einem anderen Warteraum einer anderen Polizeiwache, auf einer anderen Reihe blauer Plastikstühle, weiß Abi nicht mehr, wie sie vom Strand zur beigefarbenen, einstöckigen Polizeiwache in Aldeburgh gekommen ist. Diese Erinnerung ist verschwunden, als hätte sie einen Blackout, aber sie ist sich sicher, dass sie keinen hat.

Zwei Stühle weiter beugt sich Sarah nach vorne, stützt den Kopf in die Hände und stößt ein rasselndes Keuchen aus, das Abi den Magen so sehr zuschnürt, dass sie sich zurück an den Strand wünscht, nur um sich vom Wind betäuben zu lassen.

Abi versucht, die erdrückende Verzweiflung heraufzubeschwören, die sie vor einem Jahr spürte, als Jhon starb, die letzte lebende Seele, die sich um sie gesorgt oder überhaupt gewusst hatte, dass sie existierte, die fort war. Aber die Verzweiflung ist nicht greifbar, ebenso wenig wie das Gefühl der Rechtschaffenheit, das Daniel ihr mit all seinen »Es ist Zeit, dir das Leben zukommen zu lassen, das dir zusteht«-Reden eingeflößt hat. Das Leben, von dem sie meinte, dass sie es verdient hätte. Aber jetzt erkennt Abi die Wahrheit, ein Nebel lichtet sich in ihrem Kopf. Alles, was sie verdient, ist das Gefängnis.

Sie hat die Polizei belogen. Sie hat das Gesetz gebrochen. Aber für das, was sie Sarah und Rebecca angetan hat, verdient sie wirklich eine Strafe. Abi lässt den Kopf hängen. Die dicken Büschel ihres zerzausten Haars fallen ihr ins Gesicht und verbergen die Tränen, die ihr leise über die Wangen laufen.

Die Tür zum Polizeirevier öffnet sich und lenkt Abis Gedanken zurück in den Warteraum. Sie hebt den Kopf ein wenig.

»Ryan«. Sarah stürzt nach vorne und bricht in seinen Armen zusammen; ihre zierliche Gestalt wirkt so zerbrechlich, dass sie an seiner kantigen Statur zerschellen könnte.

»Was ist los? Wo ist Daniel? Geht es ihm gut?« Sarah reißt sich los und sieht Ryan mit verzweifelter Miene an.

»Er ist bei einem Bereitschaftsarzt«, antwortet Ryan, führt Sarah zurück zu den Stühlen und setzt sich neben sie. »Er war einverstanden, ein Beruhigungsmittel verabreicht zu bekommen. Er muss dringend von einem psychologischen Facharzt untersucht werden. Es wird eine Weile dauern, bis die Polizei mit ihm sprechen kann.«

»Ich sollte bei ihm sein.« Sarahs Blick wandert von Ryan zur Tür. »Er braucht mich.«

Ryan nimmt Sarahs Hand, bevor er spricht. »Das geht nicht, Sarah. Daniel ist zwanzig. In den Augen des Gesetzes ist er erwachsen.«

»Kannst du wenigstens da sein?«, fragt Sarah, der die

Tränen in den Augen stehen. Er braucht jemanden an seiner Seite, der schaut, dass es ihm gut geht.«

»Ich bin zu sehr in die Sache verwickelt, um unparteiisch zu sein. Ich war auch am Strand, schon vergessen? Das Beste, was wir tun können, ist, ihm einen Anwalt zu besorgen, aber im Moment sagt Daniel, dass er das nicht will.«

»Woher zum Teufel hat er diese Waffe?«

»Das ist ein Luftgewehr«, sagt Ryan. »Man kann einen Schein beantragen und eine bekommen, wenn man über achtzehn ist. Sie sind nicht so stark wie echte Waffen, aber sie können durchaus Schaden anrichten. Auf jeden Fall können sie aus nächster Nähe töten.«

»Aber ...«

Die Eingangstür des Polizeireviers öffnet sich und bläst kalte, salzige Luft in den Warteraum. Ein massiger Mann im Anzug hievt sein Gewicht zum Infoschalter. Sein Hemd ist frisch, sein Anzug sitzt perfekt, sein Blick ist scharf, als er Abi begutachtet.

»Kann ich Ihnen helfen?«, fragt der Schalterbeamte am Tresen.

»Freddie Adams«, antwortet der Mann mit seiner tiefen, dröhnenden Stimme in dem kleinen Raum. »Anwalt von Michael Wick.«

Der Schalterbeamte drückt einen versteckten Knopf und deutet auf die graue Tür. »Hier entlang bitte.«

Sarah holt zitternd Luft. »Dieser Mistkerl«, flüstert sie. »Hat dieser Mistkerl wirklich schon einen Anwalt?«

Ryan nickt und drückt Sarahs Hand. »Versuch jetzt nicht, daran zu denken.

Ich muss zurück zu meinem Bericht«, fährt er fort. »Ich bin nur gekommen, um euch zu sagen, dass Daniel okay ist, und um zu fragen, ob ihr etwas trinken möchtet.«

Sarah schüttelt den Kopf. »Ich habe alles, was ich brauche.«

»Abi?«, fragt er.

Sarah erschrickt bei dieser Frage, als würde sie gerade erst merken, dass Abi auch anwesend ist.

Abi schüttelt den Kopf und senkt ihren Blick auf den dunkelblauen Boden. »Nein, danke.«

»Sie sprechen zuerst mit Michael«, fügt Ryan hinzu, seine Stimme klingt leise und tief. »Dann, je nachdem, wie es Daniel geht, sprechen sie vielleicht mit dir, Abi.«

Abi schluckt die aufkommende Panik herunter und nickt erneut. Sie hat es verdient, sagt sie sich.

»Ich werde mich bald wieder bei euch melden.« Ryan verschwindet durch die graue Tür und lässt Abi und Sarah wieder allein.

Sarah tritt zurück, aber anstatt sich auf ihren Platz zu setzen, setzt sie sich neben Abi. »Erzähl mir alles«, sagt sie.

»Alles?« Abi wischt sich mit den Fingern über die Wangen und zwingt sich, aufzublicken.

Sarahs Augen sind gerötet, ihr Gesicht mit Schlieren übersät, wo ihre Tränen das Make-up weggewaschen haben, aber in ihrem Gesichtsausdruck liegt dieselbe Entschlossenheit und Stärke, die Abi schon immer in ihr gesehen hat.

»Ich möchte verstehen, was du getan hast, und vielleicht kann ich sogar verstehen, warum. Du hast am Strand gesagt, du hättest keine andere Wahl gehabt. Warum nicht? Diesmal bitte die Wahrheit«, fügt Sarah in eisigem Tonfall hinzu.

Abi denkt an ein imaginäres Parallelleben – ein Haus mit Innenhof am Rande der Stadt, Mutter und Vater, die sie liebten. Das Bild löst sich in ihrem Kopf in Luft auf.

»Ich wuchs in einer Einzimmerwohnung im dritten Stock eines vierzehnstöckigen Hochhauses in Birmingham auf«, sagt Abi. »Meine Mutter hieß Caroline. Sie kam aus Amerika. Ich weiß nicht, woher genau sie kam, und ich weiß auch nicht, wie sie nach England kam. Sie litt an Depressionen und hasste es, die Wohnung zu verlassen. Sie hatte außerdem Angst davor, allein zu sein, also behielt sie mich bei sich. Jeden Tag lag sie auf dem Sofa und sah sich amerikanische Filme und Fernsehsendungen an.

Ich bin nicht zur Schule gegangen. Der einzige Besucher war der Freund meiner Mutter, ein Mann namens Hector. Caroline nannte ihn Jhon, also tat ich das auch. Als ich noch sehr klein war, kam er einmal in der Woche vorbei und blieb über Nacht. Sein Name stand auf meiner Geburtsurkunde. Bis zum letzten Jahr war er für mich mein Vater.

Ich dachte immer, wenn er nicht bei uns war, würde er arbeiten. Er brachte immer Kaffee mit, und deshalb ging ich davon aus, er wäre Kaffeeverkäufer und würde durch die Welt reisen. Aber das war er nur in meinem Kopf. Er hatte eine andere Familie. Wenn er zu Besuch kam, gab er mir Schularbeiten auf und brachte mir Spanisch bei. Als ich etwa sieben Jahre alt war, fing Jhon an, uns immer seltener zu besuchen und nicht mehr bei uns zu übernachten, und die Depressionen meiner Mutter wurden schlimmer. Ich war immer der Ansicht, er besuchte mich, weil ich seine Tochter war, aber jetzt bin ich mir da nicht mehr sicher. Vielleicht war es nur Mitleid, das ihn dazu brachte, meine Mutter zu besuchen und die Miete zu zahlen.

Ich fing an, allein rauszugehen. Aber nur eben zum Laden und zurück, weil es nichts zu essen gab. Eine alte Frau auf der Etage über uns gab mir ein paar Kleider. Dann wurde meine Mutter krank. Es ging sehr schnell, aber ich glaube, sie war schon eine ganze Weile angeschlagen. Sie hat oft über Schmerzen geklagt.«

»Deine Mutter starb also, als du zwölf warst. Stimmt das?«, hakt Sarah nach.

»Ja.« Abi nickt. Ihre Kehle schmerzt vor Schmerz über die Wahrheit, die sie jetzt erzählt, aber sie kann nicht mehr aufhören. Alles, was sie noch hat, ist die Wahrheit, und die ist sie Sarah schuldig. »Sie ist wirklich gestorben, als ich zwölf war.«

»Das tut mir leid. Das muss sehr schwer gewesen sein.«

»Danke«, sagt Abi. »Danach hat Jhon die Miete weiterhin bezahlt und ist ab und zu vorbeigekommen. Ich dachte ... ich dachte, ich wäre frei. Ich dachte, ich könnte ein Leben haben, ohne dass meine Mutter mich zurückhält. Jhon half mir, eine Schule zu finden, und meldete mich an. Ich habe versucht, eine Weile hinzugehen, aber ich weiß nicht ...« Abi zuckt mit den Schultern. »Ich hatte eine Menge zu verkraften. Es gab so viel, was ich nicht wusste, und ... ich bin nicht dumm, aber sie hatten eine Art, Mathe zu machen, die ich nicht verstand. Der Lehrer schimpfte mich aus, weil ich im Kopf rechnete. Niemand sprach wirklich mit mir, und das war irgendwie schlimmer, als den ganzen Tag allein in der Wohnung zu sein.

Eines Tages ging ich nicht mehr hin, und niemand kümmerte es. Also suchte ich mir einen Job als Tellerwäscherin in einem Café, und als ich alt genug aussah, ließ mich der Besitzer auch kellnern. Ich verdiente genug, um etwas zu essen und ein paar gebrauchte Kleider zu kaufen, und da Jhon die Miete für die Wohnung bezahlte, konnte ich überleben. Dann ist auch er gestorben«, flüstert Abi

»Letztes Jahr?«, fragt Sarah.

Abi nickt. »Dann bekam ich einen Brief. Jemand anderes muss ihn abgeschickt haben, denn er kam erst nach seinem Tod an. Ich wusste, dass er krank war, aber er hat mir nie gesagt, wie schlimm es war.«

Tränen drohen ihr aus den Augen zu laufen, aber sie blinzelt sie weg. Wenn sie jetzt zusammenbricht, wird sie nie wieder aufhören.

»Er schrieb, wenn ich ihn lese, bedeutet das, dass er tot ist. In dem Brief stand, er liebt mich, aber dass er nicht mein richtiger Vater ist. Es hat ihm leidgetan, dass er es mir nicht früher gesagt hat, aber Caroline hatte ihm das Versprechen abgenommen, mir nicht zu sagen, wer mein richtiger Vater ist. Aber nun verriet er in dem Brief, dass mein richtiger Vater ein Mann namens Michael Wick ist. Ein Marketing-Typ, den Caroline ein paar Mal getroffen hatte. Jhon wusste nichts weiter über ihn, außer dass Caroline Jhon erzählt hatte, dass Michael gedroht hatte, sie und mich zu töten, wenn sie ihn jemals wieder kontaktieren sollte. Jhon war sich nicht sicher, ob das stimmte oder nicht, aber er riet mir in dem Brief, vorsichtig zu sein.«

»Also hast du uns kontaktiert?«

Abi schnieft. »Zuerst nicht. Ich habe zuerst gar nichts getan. Es kam mir einfach so unwirklich vor. Aber dann kam ein Brief mit einer Mietforderung und ich geriet in Panik. Ohne Jhons Hilfe hatte ich nicht genug Geld, um irgendwo zu wohnen. Jhon war alles, was ich hatte, und er war weg.

Ich googelte Michael Wick und Marketing, und nur ein Name tauchte auf, aber ich hatte Angst, ihn zu kontaktieren. Ich habe ein paar Dinge über Abigail und dich und Rebecca und Daniel herausgefunden. Auf YouTube zum Beispiel. Ich habe versucht, eine Nummer oder eine E-Mail zu finden, um dich zu kontaktieren, aber da war nichts.«

»Stattdessen hast du Daniel gefunden?« Sarah fährt sich mit der Hand durch die Haare und schiebt sie sich hinter die Ohren.

»Ja, auf Facebook. Das war die einzige Möglichkeit, die mir einfiel, um mit euch Kontakt aufzunehmen. Ich habe ein Konto eingerichtet, ihm eine Nachricht geschickt und ihm alles erzählt. Er hat mir sofort geantwortet. Er erzählte mir, wie gebrochen ihr alle seid, dass ihr nie Abigails Entführung überwunden habt und dass ihr Rebecca so sehr beschützen wolltet, dass ihr mich nie akzeptieren würdet. Er schrieb mir, dass es ihm leidtut, aber es gibt nichts, was er tun könnte. Aber dann, ein paar Tage später, schrieb er noch mal und schlug vor, dass wir uns treffen sollten. Er hatte eine Idee, einen Plan, wie ich die Familie und das Leben bekommen könnte, das ich mir wünschte, und wie ich euch allen helfen könnte.«

»Indem du vorgibst, Abigail zu sein?«

Ein Schluchzen entweicht Abis Mund. Sie schlägt sich die Hand vor den Mund und nickt. Ein Geflecht aus Erleichterung und Entsetzen sitzt ihr wie ein Stein im Magen. »Es tut mir leid.«

»Was ist mit Michael? Wusste er etwas davon?«

Abi schüttelt den Kopf. »Nein. Ich habe ihn ein paar Mal dabei erwischt, wie er mich angeschaut hat und befürchtete, er würde vielleicht etwas sagen, aber das hat er nie. Ich wusste nichts von Abigail«, sagt sie schnell. »Das schwöre ich. Daniel hat mir nie von seinem Plan erzählt. Ich dachte, es ginge darum, dass ich ein Zuhause finde und ihr alle eine Tochter und Schwester bekommt. Als ich merkte, dass es um mehr ging, war es schon zu spät. Ich habe versucht, ihn auszufragen. Ich fragte ihn immer wieder, warum ich nicht einfach auftauchen und ich selbst sein konnte, Michaels uneheliche Tochter. Dass ein Vater sein Kind doch nicht wegschicken würde, aber er lachte mich aus. Er ließ mich dumm dastehen. Er meinte, du würdest nie zulassen, dass ich zu deiner Familie gehöre. Er war der Ansicht, ich könnte diejenige sein, die dich heilt. Ich könnte diejenige sein, die geliebt wird, und ich könnte alles haben, was ich jemals wollte. Das Leben, das ich gehabt hätte, wenn Michael mir nicht den Rücken zugekehrt hätte, als ich ein Baby war. Ich müsste nur so tun, als wäre ich Abigail.«

»Ich hätte dich nicht weggeschickt. Ich will damit nicht sagen, dass ich dich mit offenen Armen empfangen hätte, aber ...«

»Das weiß ich jetzt«, sagt Abi. »Ich weiß, das ist keine Entschuldigung, aber ich hatte kein Geld und keine Familie. Keine Freunde. Daniel gab mir Geld und das Gefühl ... wichtig zu sein. Als würde ich etwas bedeuten. Es war das erste Mal, dass mir jemand dieses Gefühl gegeben hat.«

»Was ist mit deinem Namen? Heißt du wirklich Abelia?«

»Ja. Die alte Frau in der Wohnung oben hat ihn zu Abi

verkürzt, und das hat mir gefallen. Es ist nur ein Zufall, dass er dem von Abigail so sehr ähnelt.«

»Nachdem du Daniel kontaktiert hast, was ist dann passiert?«, fragt Sarah. »Warum hast du ein Jahr gewartet?«

»Daniel riet mir, meinen Job aufzugeben und mich bedeckt zu halten. Ich war so daran gewöhnt, auf mich allein gestellt zu sein, da war das kein Problem für mich. Ich nahm etwas ab und färbte mir die Haare dunkler. Daniel kam mich manchmal besuchen, brachte mehr Geld mit und sagte mir, was ich tun sollte. Wir haben einen DNA-Test gemacht, um sicher zu sein, dass Caroline die Wahrheit gesagt hat.«

»Du hast also nie in Kolumbien gelebt?« Sarah schüttelt den Kopf.

»Nein. Ich war einen Monat lang dort. Daniel hat mir geholfen, einen Pass zu bekommen und mich in seinem Auto nach Frankreich gebracht. Ich musste mich stundenlang im Kofferraum verstecken. Ich hatte solche Angst, dass mich jemand entdecken würde. Er sagte, dass es für sie schwieriger wäre, mich anhand meines Passes aufzuspüren, wenn ich aus einem anderen Land komme. Wir sind den ganzen Weg nach Spanien gefahren und ich bin von dort nach Buenaventura gereist. Ich habe mit meiner Geburtsurkunde einen kolumbianischen Reisepass beantragt, was möglich war, weil Jhons Name darauf stand und er Kolumbianer war. Und dann habe ich darauf gewartet, dass der Pass ausgestellt wurde. Ich wusste, dass es verrückt war, aber Daniel redete mit ein, dass mir niemand abkaufen würde, dass ich Abigail bin, wenn ich erzähle, dass ich die ganze Zeit in Birmingham gelebt habe, und dass sich bestimmt jemand melden und behaupten würde, dass er sich an mich als Baby erinnert.«

»Und die Windpockennarbe?«, fragt Sarah.

»Daniel hat mir von der Narbe auf Abigails Brust erzählt.« Abi schließt die Augen, als eine Welle der Übelkeit in ihr aufsteigt.

»Ich wusste nicht, dass er sich daran erinnert«, seufzt Sarah. »Ich habe eine Zigarette benutzt.«

Sarah schnappt nach Luft. »Du hast dir eine Narbe verpasst?« »Daniel sagte ... er sagte, dass ich das tun soll. Er dachte, du würdest sie vielleicht sehen wollen.«

Abi beißt sich auf die Lippe und wartet auf Sarahs nächste Frage. Eine Minute vergeht in Stille.

Dann dreht Abi den Kopf und sieht Sarah an. »Tief im Inneren wusste ich, dass alles zusammenbrechen würde. Ich wusste, dass sie herausfinden würden, wer Jhon war und dass er in Birmingham lebte, aber Daniel meinte, das sei egal. Er war sich sicher, sie würden es nicht überprüfen, sie würden mir glauben. Er sagte mir, ich soll so nah wie möglich an der Wahrheit bleiben. Jetzt verstehe ich, dass es nicht so war, dass sie nicht nachschauen würden, sondern dass es Daniel egal war. Er dachte, wenn die Wahrheit ans Licht kommt, wäre sein Plan längst ausgeführt. Ich glaube, das Treffen am Strand war von Anfang an Teil seines Plans«, fährt sie fort. »Er hat vorhin gesagt, dass er drei Kugeln habe und sie alle benutzen werde. Ich dachte, sie wären für mich, dich und Michael, aber ...«

»Sie waren für mich, Michael und für ihn selbst«, beendet Sarah ihren Satz. Frische Tränen laufen über ihr Gesicht. »Er muss den Tod von Abigail all die Jahre in sich verschlossen haben. Er dachte, Michael und ich würden ihn zwingen, zu lügen. Es ist kein Wunder, dass er wollte, dass wir bezahlen. Ich wünschte nur ... ich hätte es gewusst.«

Sarahs Gesicht verzerrt sich vor Schmerz, und Abi spürt, wie sich ihr eigenes Inneres verkrampft.

»Es tut mir leid wegen Abigail. Wegen allem«, flüstert Abi. »Du brauchst dir meinetwegen keine Sorgen zu machen. Ich werde dir keine Probleme bereiten. Wahrscheinlich werde ich ins Gefängnis gehen, aber wenn nicht, dann mach dir keine Sorgen – du wirst mich nie wiedersehen.«

Sarah schüttelt den Kopf. »Nein.« Sie atmet tief ein und

richtet ihren Rücken auf, bevor sie Abi ansieht. »Du bist Michaels leibliche Tochter, und ob es dir gefällt oder nicht, das macht dich zu Rebeccas und Daniels Halbschwester, was bedeutet, dass du immer ein Zuhause bei uns haben wirst.«

Ein Kloß ballt sich in Abis Hals, als sie Sarahs Worte aufnimmt.

»Ich kann dich nicht davon abhalten, wegzugehen, wenn wir hier fertig sind, und ich würde es dir nicht verübeln, wenn du es tun würdest, aber ich hoffe, du tust es nicht. Ich hoffe, du stehst zu den Fehlern, die du gemacht hast. Wir haben eine schwere Zeit vor uns. Rebecca wird deine Unterstützung brauchen.«

Abis Sicht wird von den Tränen getrübt, die ihr jetzt in die Augen steigen. »Danke«, flüstert sie. Aber Worte reichen nicht aus.

»Dank mir nicht zu früh. Die britischen Medien werden uns bei lebendigem Leibe auffressen, wenn diese Geschichte herauskommt, und das gilt auch für dich.«

Die graue Tür öffnet sich erneut, aber dieses Mal steht nicht Ryan in der Tür, sondern Constable Swain. »Abelia?«

Abi nickt und steht auf.

»Wir würden jetzt gerne mit Ihnen reden«, sagt Constable Swain und hält Abi die Tür auf, damit sie hindurchgehen kann.

Sarahs Stimme hallt in Abis Kopf wider, als sie sich mit einer Hand über das Gesicht wischt und einen Fuß vor den anderen setzt. *Ich hoffe, du stehst zu den Fehlern, die du gemacht hast.*

Abi weiß nicht, ob sie jemals in der Lage sein wird, wiedergutzumachen, was sie getan hat, aber wenn Sarah und Rebecca es zulassen, dann wird sie es versuchen. Sie hat all das getan, weil sie sich ein Zuhause und eine Familie wünschte, und auch wenn es schiefgegangen ist, hofft sie, dass sich dieser Wunsch eines Tages doch noch erfüllt.

DREI MONATE SPÄTER

ZWEIUNDFÜNFZIG

SARAH

Dienstag, 14 Uhr

Der Speisesaal ist kleiner als erwartet. In der Mitte steht ein Eichentisch und auf einer Seite ein silberner Wagen mit Tabletts neben einer Durchreiche zur Küche.

Dr. Hall führt mich zu einem Stuhl und bietet mir einen Platz neben einem Tablett mit Getränken an. Sie ist kleiner als die Frau, an die ich mich erinnere, als ich Daniel vor Jahren zum ersten Mal zu ihr brachte. Dickes graues Haar hängt ihr ins Gesicht, und alle paar Minuten schiebt sie ihre Brille hoch.

»Wir haben feste Essenszeiten«, sagt sie und setzt sich Sarah gegenüber. »Frühstück, Mittagessen und Abendessen. Wir ermutigen alle unsere Gäste, mit den Angestellten gemeinsam zu essen. Wir sind der Meinung, dass dies das Vertrauen fördert und dem Haus ein familiäres Flair verleiht.«

Ich spüre Reue im Magen. Warum haben wir aufgehört, Daniel zu Dr. Hall zu schicken? Sie hat ihm geholfen, nach einem Jahr des Schweigens wieder zu sprechen. Hätte er weiter mit ihr gesprochen, wäre die Sache vielleicht anders ausgegangen. Noch etwas, das ich bedaure, ein weiteres Vielleicht in meinem Kopf.

»Kaffee?«, fragt Dr. Hall und nimmt eine silberne Kanne in die Hand.

Ich nicke. »Danke.«

Sie schenkt mir eine Tasse ein und schiebt die Milch über den Tisch. »Daniel wird in ein paar Minuten hier sein, aber ich wollte erst mit Ihnen sprechen.«

»Wie geht es ihm?«, frage ich und wiege die Tasse in den Händen. Die Hitze verbrennt meine Finger, aber ich setze sie nicht ab.

»Ich bin Daniel gegenüber zur Verschwiegenheit verpflichtet, weshalb ich Ihnen nicht alles sagen kann. Ich kann nur versichern, dass er sehr offen über die jüngsten Ereignisse spricht. Da sind viele Schichten, die wir abtragen müssen, bevor wir die Vergangenheit ansprechen können. Er hat eine Menge Schmerz und Wut unterdrückt. Das Gedächtnis ist eine seltsame Sache, Sarah. Manchmal verdrängen kleine Kinder Dinge, die passiert sind, und manchmal erinnern sie sich an jedes noch so kleine Detail. Ich glaube, Daniel gehört zur zweiten Kategorie, aber er kämpft mit einer Menge Schuldgefühlen.«

Der Schmerz schnürt mir die Kehle zu, und Fragen drängen sich in meinen Kopf. Ich atme tief ein und versuche, mich zu beherrschen. Dies ist nicht der richtige Zeitpunkt, um zusammenzubrechen. Mein Blick fällt auf die Holzbretter auf dem Boden, und ich beginne, sie zu zählen.

Dr. Hall legt die Hand auf meine. »Er ist vielleicht nicht freiwillig hier, aber er ist am richtigen Ort. Es wird Zeit brauchen. Dass er zugestimmt hat, Sie zu empfangen, ist ein großer Schritt.«

Ich blinzle die Tränen zurück. Es sind drei Monate seit dem Vorfall am Strand vergangen. Drei Monate, seit ich meinen

Sohn das letzte Mal gesehen habe. »Gibt es irgendetwas, was ich sagen oder nicht sagen sollte?«

»Wir beschränken den Kontakt zur Außenwelt so weit wie möglich. Keine sozialen Medien. Keine Zeitungen. Kein Zugang zu Nachrichtensendern. Es gibt zwar ein paar kleine Informationen von Besuchern, aber wir tun, was wir können, um unsere Patienten abzuschirmen. Für Daniel ist es besonders wichtig, dass er sich in der Lage fühlt, das, was er getan hat, in seinem eigenen Tempo anzusprechen, mit seinen eigenen Augen zu betrachten und nicht mit denen anderer.«

An ihrem Gesichtsausdruck erkenne ich, dass sie die Schlagzeilen gelesen hat. Die, in denen er als Monster bezeichnet wird. Sie möchte ihn davor schützen. Das wünsche ich mir auch. Ich wünschte, es gäbe eine Möglichkeit, sie auch vor Rebecca zu verbergen. Die Wahrheit über ihren Vater hat sie schwer getroffen. Sie ist aufgewühlt und wütend. Sie versucht nicht mehr, alle glücklich zu machen, und oft richtet sich ihre Wut gegen mich. Das verstehe ich. Sie kann sie nicht gegen Michael richten, der sich irgendwo versteckt und sie nicht sehen will.

Ich beiße die Zähne zusammen, unterdrücke die neue Welle der Wut auf Michael und konzentriere meine Gedanken auf Rebecca. Sie ist auch wütend auf Abi. Sie fühlt sich verraten, obwohl ich schon festgestellt habe, dass sie gegenüber ihrer Halbschwester ein wenig auftaut. Ich glaube, eines Tages werden sie sich wieder nahestehen. Nur Daniel ist von Rebeccas Wut verschont geblieben. Sie hat ihm einen Brief geschrieben. Ich habe ihn in meiner Tasche, um ihn ihm zu geben.

Rebecca wird Zeit brauchen, um zu heilen. Ich habe sie gefragt, ob sie einen Therapeuten aufsuchen möchte. Sie zieht es in Betracht. Abi genauso. Sie sind beide stark. Sie werden es schaffen. Daran muss ich glauben.

»Daniel wird Ihnen vielleicht Fragen stellen,« fährt

Dr. Hall fort. »Achten Sie bitte darauf, ihm nicht mehr zu sagen, als er wissen muss, aber lügen Sie auch nicht. Er steht erst am Anfang seines Genesungsprozesses. Ich habe ihm ein Notizbuch gegeben, in das er schreiben kann. Er hat ein paar Mal gesagt, dass er alles in einer Geschichte zusammenfassen möchte. Ich glaube, das könnte ein guter Weg für ihn sein, die Vergangenheit zu bewältigen.«

Irgendwo schlägt eine Tür zu. Dr. Hall steht auf und lächelt, als Daniel auf uns zukommt. Sein Haar ist kürzlich gewaschen worden. Es sieht eine Nuance heller aus und ist oben wuschelig. Er hat ein paar rote Zornesflecken auf der Stirn und dunkle Ringe unter den Augen, aber mir geht das Herz auf, als ich ihn sehe.

Auch ich stehe auf, unsicher, ob ich ihn umarmen soll und ob er mich lässt.

Daniels Schultern ziehen sich zusammen und sein Blick bleibt auf dem Boden haften. Ein, zwei, drei Schritte und er sitzt auf dem Stuhl, den Dr. Hall gerade verlassen hat. Ich setze mich und schlinge meine Arme um mich selbst.

»Es ist schön, dich zu sehen«, sage ich

Es entsteht eine Pause, bevor er spricht. »Ebenso«, murmelt er.

Dr. Hall räuspert sich. »Ich lasse Sie jetzt allein. Sie haben bald eine Sitzung in der Turnhalle, Daniel, also halten wir es heute kurz.« Daniel nickt und stellt die leere Tasse von Dr. Hall auf das Tablett. Er kümmert sich um die Kaffeekanne und die Tassen, wobei er die Henkel so anordnet, dass sie alle in dieselbe Richtung zeigen.

»Die Turnhalle?« Ich ziehe die Augenbrauen hoch. Ich bin mir nicht sicher, wie oder wo ich anfangen soll. Ich suche in meinen Gedanken nach einem neutralen Thema, aber es gibt keins.

Er schüttelt den Kopf, und ich sehne mich danach, dass er aufschaut und meinen Blick erwidert. »Es ist mehr ein Freizeitraum. Ich muss mit einem Therapeuten einen Ball auf einer Tischtennisplatte hin und her schlagen. Sie denken, wenn wir auf einen Ball einschlagen, bemerken wir die Fragen, die sie stellen, vielleicht nicht.«

»Geht es dir gut?«, platze ich heraus. »Ist es in Ordnung hier drin?«

Er zuckt mit den Schultern und fängt an, die Becher so auszurichten, dass sie in die andere Richtung zeigen. »Wo soll ich denn sonst hingehen?«

Ich öffne den Mund, um zu antworten, halte aber inne. Ich habe keine Antwort für ihn.

Er greift nach einer der sauberen Tassen und schenkt sich einen Kaffee ein. »Was ist mit Dad los? Sie wollen mir nichts sagen.«

Die Warnung von Dr. Hall geht mir durch den Kopf, aber ich kann nicht lügen. Lügen haben uns fast zerstört, und ich kann keine weitere hinzufügen. Daniel war fast sein ganzes Leben lang gezwungen zu lügen. Wenn jemand jetzt die Wahrheit verdient, dann er.

»Er wurde wegen Strafvereitelung angeklagt«, sage ich. »Er ist bis zur Verhandlung gegen Kaution auf freiem Fuß. Ich weiß nicht, wo er ist.« Ich halte inne und überlege, ob ich noch mehr sagen soll. »Ich treffe mich nächste Woche mit meinem Anwalt und reiche die Scheidung ein.«

Er sagt nichts. Wie Rebecca akzeptiert er dies als den unvermeidlichen nächsten Schritt.

»Er schreibt ein Buch«, fahre ich fort. »Diesmal wirklich, glaube ich. Er hat einen Vertrag mit einem Verlag unterschrieben, um seine Sicht der Dinge zu schildern.«

Daniel atmet aus und schüttelt den Kopf. Er starrt den Kaffee in seiner Tasse so intensiv an, als wollte er ihn mit der Kraft seiner Gedanken bewegen. »Glaubst du, er wird ins Gefängnis gehen?«

»Ich weiß es nicht.« Das ist die Wahrheit. »Ich hoffe es. Er verdient es, für den Rest seines Lebens in einer Zelle zu verrotten, für das, was er dir angetan hat, Daniel. Uns allen.«

Daniel hat uns belogen und manipuliert, aber es ist die Ungeheuerlichkeit von Michaels Lügen, die mich beschäftigt, jedes Mal, wenn ich daran denke. Der Schmerz ist auch wieder da und frisst mich von innen auf. Es ist nicht nur die erste Lüge über das, was mit Abigail passiert ist, oder auch das, was er zu Daniel gesagt hat – obwohl das sehr tief sitzt -, sondern alles, was danach kam. Vierzehn Jahre voller Lügen und Blendwerk. Er hat uns die Chance genommen, um Abigail zu trauern. Was für ein Mensch kann das denen antun, die er liebt? Ich habe keine Antwort darauf. Und ich werde nie eine bekommen.

Der Druck droht mich zu zerquetschen, aber ich kann es mir nicht erlauben, jetzt darüber nachzudenken.

Daniel zupft an der Haut um seinen Daumen herum. Sie ist rot und sieht wund aus, und ich möchte seine Hände nehmen und sie in meine eigenen legen, aber ich tu es nicht.

»Das Gewehr. Woher hast du das?«, frage ich.

»Ich war auf einem Schießstand und habe einen Waffenschein gemacht. Es war ein Luftgewehr, aber man kann damit trotzdem Menschen töten.«

Ich möchte ihn fragen, ob er Michael am Strand verfehlen wollte, aber ich weiß nicht wie. Die Frage quält mich in den frühen Nachtstunden, wenn ich nicht schlafen kann, aber jetzt ist nicht die Zeit dafür. Vielleicht wird nie der richtige Zeitpunkt sein. In meinen Träumen bin ich es, die die Waffe in der Hand hält. Ich bin es, die abdrückt, und ich schieße nicht daneben, und Michael ist tot.

»Hast du gut zu tun?«, frage ich stattdessen.

»Ryan hat mich gestern besucht«, murmelt Daniel als Antwort.

»Das wusste ich nicht.« Ryans Name lässt etwas in mir aufflackern, aber es ist so tief unter dem Schmerz begraben, dass ich mir nicht sicher bin, was es bedeutet.

»Er wollte sich dafür entschuldigen, dass er mich am Strand überwältigt hat. Nun, das hat er gesagt, aber eigentlich hat er die meiste Zeit über dich geredet.«

Daniels Miene ist immer noch abwesend, aber ich glaube, ich sehe den Anflug eines Lächelns auf seinen Lippen. Es ist nur ein Schimmer, aber ich erkenne den frechen Jungen in Daniel, der sich losreißen will.

»Er mag dich.«

Jetzt bin ich an der Reihe, mit den Schultern zu zucken. Ich erzähle Daniel nicht von den tränenreichen Telefonaten, die ich mitten in der Nacht mit Ryan geführt habe. Oder von dem Frieden, den ich gefunden habe, als ich mich auf dem Sofa zusammengerollt und meinen Kopf an seine Brust gelegt habe. Sollte ich eine Zukunft mit Ryan haben, dann ist sie weit weg.

»Wird Abi angeklagt?«, platzt er heraus. Er blickt erst nach links, dann nach rechts und anscheinend überall hin, nur nicht zu mir.

»Nein. Nach deiner Aussage ... haben sie beschlossen, keine Anklage zu erheben.«

Er nickt. »Gut. Sie hatte nichts damit zu tun. Sie war verletzlich und ich habe sie manipuliert. Ich möchte mich bei ihr entschuldigen. Weißt du ... weißt du, wo sie wohnt?« »Sie ist jetzt bei Becca. Sie packen.«

»Du kannst sie nicht rausschmeißen, Mum. Es war nicht ihre Schuld«, sagt er mit einer Eindringlichkeit, die mir körperlich wehtut. »Das war alles meine Schuld. Sie stand kurz vor der Zwangsräumung und auf der Straße. Sie hatte niemanden, an den sie sich wenden konnte, und das habe ich ausgenutzt. Sie kann sonst nirgendwo hin. Du kannst nicht ...«

Ich strecke die Hand aus und lege sie auf seine. Er verkrampft sich und verstummt, aber er weicht nicht zurück.

»Ich weiß«, sage ich. »Abi hat mir alles erzählt. Sie packen beide. Wir ziehen aus. Ich will mich verkleinern.« Irgendwohin, wo nicht in jedem Zimmer Erinnerungen an Michael hängen.

»Wir werden nicht weit wegziehen. An einen Ort, wo es eine Busverbindung nach Colchester gibt, damit Rebecca weiter zur Schule gehen kann, und Abi fängt in ein paar Monaten am College an, um für ihren Schulabschluss zu lernen.«

Ich erzähle ihm nicht, dass ich bei *Loose Women* und meiner Kochsendung aufgehört habe. Ich habe gekündigt, bevor ich entlassen werden konnte. Ich verschweige Daniel, dass meine Karriere als Moderatorin vorbei ist. Die Boulevardpresse, eigentlich alle Zeitungen, haben Michael bei lebendigem Leibe durch die Mangel gedreht, Abi und Daniel ebenso. Aber auch ich bin nicht davongekommen. Wie Rebecca können die Leute nur schwer verstehen, dass ich nicht wusste, was Michael getan hat. Ich kann es ihnen nicht verdenken. Das ist etwas, womit ich selbst kämpfe. Wie konnte ich nur so blind sein?

»Bist du wütend auf sie?«, fragt er mit ruhiger Stimme.

»Manchmal.«

Ich denke an das Wartezimmer der Polizei in Aldeburgh und daran, wie ich neben Abi saß. Manchmal liege ich wach und versuche, mir vorzustellen, wie es gewesen sein muss, mit einer depressiven Mutter aufzuwachsen, die ihre eigene Tochter wochenlang bei sich einsperrt. Ich überlege, wie einsam Abis Leben ohne Schule, Freunde oder Familie gewesen sein muss. Ich weiß nicht, wie sie durch die Maschen des Jugendamts gerutscht ist, aber die einzige Person, die sich um sie kümmerte, war ein Kleinkrimineller, der von Zeit zu Zeit vorbeikam.

»Sie hat es schwer gehabt«, sage ich. Die Lügen, die Abi erzählt hat, was sie und Daniel getan haben – ich weiß, dass mich das beschäftigen sollte. Vielleicht wird es das eines Tages auch. Daniel ist nicht der Einzige, der am Anfang seiner Genesung steht. Aber im Moment kann ich nur daran denken, wie ihre Lügen mir zur Wahrheit über Abigail und Michael verholfen haben. Ich kann sie nicht so hassen, wie ich Michael hasse. »Sie ist immer noch Beccas Schwester – und deine. Ich werde sie nicht rausschmeißen.«

»Würde es dir etwas ausmachen, mir die Adresse mitzuteilen, wenn du umziehst?«, murmelt Daniel. »Ich möchte ihr schreiben.«

»Natürlich werde ich dir die Adresse geben, Daniel. Ich weiß nicht, wie es für dich weitergeht, aber du wirst immer ein Zuhause bei mir haben. Immer.« Tränen brechen sich Bahn und kullern über mein Gesicht.

Für mich ist es unerträglich, dass Daniel hier drin hockt und Michael frei ist und irgendwo in London lebt, das vermute ich zumindest. Es ist einfacher, sich irgendwo unter viele Leute zu mischen. Er ist zu feige, Rebecca direkt zu kontaktieren. Wir haben Nachrichten über einen Anwalt erhalten. Halb gare Entschuldigungen und Erklärungen. Jammernde Briefe, in denen er um Vergebung bettelt, die er nie bekommen wird. Irgendwann in der Zukunft werde ich darüber nachdenken müssen, wie ich Michael so lange so falsch einschätzen konnte.

Daniel hat sich der Bedrohung mit einer scharfen Waffe schuldig bekannt. Sie haben versucht, eine Entführung daraus zu drehen, aber sowohl Michael als auch Abelia sagten aus, dass sie freiwillig zu ihm ins Auto gestiegen seien. Es war ein letzter Akt der Freundlichkeit von Michael, aber nicht genug, um ihm irgendeine Art von Vergebung zu verschaffen. Und da Daniel sich schuldig bekannte, machte die Staatsanwaltschaft keinen Druck.

Ein Schuldeingeständnis hieß, keine langwierige Verhandlung. Ein Richter wies ihn auf Anraten der Ärzte in diese Einrichtung ein. Abschnitt 37 des Gesetzes zur psychischen Gesundheit – Krankenhaus statt Gefängnis. Keine Verurteilung. Ich weiß nicht, wie lange er hierbleiben muss. Monate oder Jahre. Ich weiß nicht, ob er jemals frei sein wird. Es liegt jetzt an den Ärzten, über sein Schicksal zu entscheiden.

Wir sitzen eine Zeit lang schweigend beieinander. Eine

Frage drängt sich mir auf, und obwohl ich weiß, dass ich sie nicht stellen sollte – und dass seine Antwort letztlich nichts ändern wird – tu ich es trotzdem. »Wusstest du schon immer die Wahrheit über Abigail? Dass Michael über die Entführung gelogen hat?«

Daniel zuckt mit den Schultern. »Irgendwie schon. Es ist, als hätte ich es gewusst, aber irgendwie aufgehört, darüber nachzudenken. Als hätte ich einfach angefangen, die Lügen zu akzeptieren, obwohl ich wusste, dass Abigail nicht entführt worden war. Als ich dann herausfand, dass Dad dich mit all diesen Frauen betrogen hat, wurde ich richtig wütend und bin irgendwie aufgewacht. Ich erinnerte mich daran, was passiert war. Ich dachte, dass ihr beide in Bezug auf Abigail gelogen habt und dass du ihn deshalb nicht verlassen hast.« Daniels Stimme bricht und sein Satz verklingt.

Tränen vernebeln mir die Sicht und das Schlucken fällt mir schwer. »Tut mir leid, ich hätte nicht fragen sollen.«

»Ist schon gut. Doc Hall und die anderen Seelenklempner sagen, ich soll nicht vermeiden, über alles nachzudenken. Sie meint, ich hätte nicht verarbeitet, was mit Abigail passiert ist, als ich jünger war. Was ich getan habe.«

»Daniel, es war nicht deine Schuld.«

»Wirst du mich wieder besuchen?«, fragt er plötzlich.

»Ja«, antworte ich und versuche zu lächeln. »Jeden Tag, wenn du mich lässt.«

Wieder Schweigen.

»Es tut mir leid«, flüstert er.

Ich spüre einen schmerzhaften Stich in der Brust. Ich atme tief ein, bevor ich spreche. »Daniel. Ich habe dir etwas zu sagen, und ich möchte wirklich sicher sein, dass du mir zuhörst, okay?«

Er nickt.

»Was mit Abigail passiert ist, war nicht deine Schuld. Du warst ein kleiner Junge.« Meine Stimme bricht, verrät die Emotionen, die sich in mir aufstauen, aber ich fahre fort. »Es war ein tragischer

Unfall. Ich kann nicht begreifen, warum Michael das getan hat, was er danach getan hat, aber das hatte nichts mit dir zu tun, okay?«

Er nickt und eine einzelne Träne tropft auf den Tisch zwischen uns.

»Michael hat uns alle der Möglichkeit beraubt, über Abigails Tod zu trauern oder zu versuchen, darüber hinwegzukommen. Ich werde ihm all die Dinge, die er dir und uns angetan hat, nie verzeihen, aber vor allem nicht das. Wenn du so weit bist, werden wir eine Trauerfeier für Abigail abhalten und uns angemessen verabschieden.«

Schließlich hebt Daniel den Kopf, und seine weichen braunen Augen sind nass und schwer, als sie in meine blicken. Ohne ein Wort zu sagen, rutscht er von seinem Stuhl und geht um den Tisch herum. Ich stehe auf und gehe ihm entgegen. Wir treffen uns in der Mitte, und er schlingt die Arme um mich und drückt mich fest an sich.

»Du warst noch ein kleiner Junge.« Meine Stimme flüstert durch den Kummer hindurch, den ich nicht mehr zurückhalten kann. »Ich hätte mehr tun müssen, um dir zu helfen. Es tut mir leid, Daniel.«

Seine Tränen sickern durch mein Oberteil und auf meine Schulter. Ich drücke mich fester an seinen Körper und spüre, wie sich sein Schmerz, seine Trauer mit meinen eigenen Gefühlen vermischen.

Von irgendwo im Gebäude ertönt eine Glocke. Ein einzelner Glockenschlag. Ich weiß nicht, was das bedeutet, aber Daniel löst sich von mir und wischt sich mit dem Ärmel über das Gesicht. »Ich muss los.«

Ich stehe da und sehe zu, wie mein Sohn weggeht, und der Gedanke lässt mich nicht los, dass ich mehr hätte tun müssen, um ihm zu helfen. Ich habe mir geschworen, meine Familie zu beschützen, egal was passiert, und ich werde mir nie verzeihen, dass ich versagt habe.

Mein Name ist Daniel Steven Wick. Meine Eltern sind Sarah und Michael Wick, und als ich sechs Jahre alt war, habe ich meine Schwester getötet.
Es war kein Unfall.
Ich erinnere mich an die blendende, heiße Wut, und ich erinnere mich an ihr Lachen – ihr spöttisches, dummes Kichern.
Ich erinnere mich daran, wie sich meine Hand um den Stein schloss und wie jeder Muskel in meinem Körper mich dazu zwang, ihn zu werfen, um das Lachen zu ersticken. Um sie zu ersticken. Ein und für allemal.
Die Seelenklempner hier sagen, dass ich zu jung gewesen sei, dass ich es nicht so gemeint habe. Aber ich bin der Einzige, der wirklich weiß, was an jenem Tag geschah, der sich an den Vorsatz erinnert, der mich in jedem wachen Moment heimsucht.
Meine Mutter behauptet, sie habe nichts gewusst, aber sie hat absichtlich weggesehen. Sie hat das Offensichtliche nicht bemerkt. Ich habe sie gebraucht, aber sie war nicht da.
Sie sagen, mein Vater wäre der Schuldige.
Sie sagen, ich wäre nicht kaputt, nur geschädigt. Sie verstehen, warum ich Abigail auf diese Weise zurückgebracht habe.
Ich wollte meine Eltern bestrafen. Ich wollte, dass jeder die Wahrheit erfährt.
Manchmal glaube ich den Seelenklempnern. Manchmal glaube ich den Zeitungen.
Ich bin unschuldig.
Ich bin ein Ungeheuer.
Ich habe meine Schwester getötet. Es war kein Unfall,

aber mittlerweile sage ich mir, dass ich es nicht gewollt habe.

Ich habe auf meinen Vater geschossen. Die Kugel hat ihn nur um ein paar Zentimeter verfehlt. Ich hätte mir noch eine Sekunde Zeit nehmen sollen, um genauer zu zielen. Ein bedauernswerter Fehler. Ein Fehler, den ich nicht mehr machen werde, wenn sie mich hier rauslassen. Und das werden sie. Ich spiele mit. Ich bin gut darin, so zu tun, als ob. Und wenn ich frei bin, werde ich die drei Kugeln finden, die ich brauche, und es noch einmal versuchen.

Beim nächsten Mal werde ich nicht versagen.

MEHR VON BOOKOUTURE DEUTSCHLAND

Für mehr Infos rund um Bookouture Deutschland und unsere Bücher melde dich für unseren Newsletter an:

deutschland.bookouture.com/subscribe/

Oder folge uns auf Social Media:

facebook.com/bookouturedeutschland
x.com/bookouturede
instagram.com/bookouturedeutschland

EIN BRIEF VON LAUREN

Liebe:r Leser:in,

vielen Dank, dass du *Sie sagt, sie ist meine Tochter* gelesen hast. Wenn du über meine neuesten Veröffentlichungen und Angebote auf dem Laufenden bleiben möchtest, kannst du unter dem folgenden Link meinen Newsletter abonnieren. Deine E-Mail-Adresse wird niemals weitergegeben, und du kannst dich jederzeit wieder abmelden:

deutschland.bookouture.com/subscribe/

Manchmal fangen Buchideen als leises »Was wäre, wenn?« an, das sich mit der Zeit zu einer ganzen Geschichte entwickelt. Und manchmal, wie bei *Sie sagt, sie ist meine Tochter*, klopft es an der Tür und die Idee für das Buch ist geboren. Ich habe die Tür geöffnet, und vor mir stand die Familie Wick. Sie hatten mir eine Geschichte zu erzählen, eine tragische und düstere Geschichte, aber ich hoffe, ich bin ihr gerecht geworden. Sarah mit ihrem Zählen wird mir immer in Erinnerung bleiben, weil sie das Schlimmste, was einem Menschen zustoßen kann, überlebte. Und Abi, weil sie sich mehr von ihrem Leben erhoffte und aus Verzweiflung bereit war, alles dafür zu geben.

Ich freue mich immer über Rückmeldungen von meinen Leser:innen, sei es durch Rezensionen, Tags in Beiträgen oder in Form persönlicher Nachrichten. Die Links zu meinen Social-Media-Kanälen findest du unten. Meistens bin ich auf Instagram und X unterwegs. Wenn dir *Sie sagt, sie ist meine Tochter* gefallen hat, wäre ich dir sehr dankbar, wenn du eine Rezension auf Amazon oder Goodreads hinterlässt oder das Buch deinen Freund:innen weiterempfiehlst.

Vielen lieben Dank und herzlichste Grüße

Lauren

www.Lauren-North.com

facebook.com/LaurenNorthAuthor
x.com/Lauren_C_North
instagram.com/Lauren_C_North

DANKSAGUNG

Ein großes Dankeschön an dich, liebe:r Leser:in, dass du es bis hierher geschafft hast. Ich hoffe sehr, dass dir die Geschichte der Familie Wick gefallen hat. Mir hat es großen Spaß bereitet, dieses Buch zu schreiben und in die Welten von Sarah und Abi einzutauchen.

Ein riesiges Dankeschön geht an Lucy Frederick für ihre tollen Anmerkungen und dafür, dass sie immer an dieses Buch geglaubt hat. Ein besonderer Dank geht auch an das gesamte Bookouture-Team für all eure Mühen. Hinter den Kulissen leistet ihr so viel gute Arbeit. Besonders erwähnen möchte ich Jess Readett, Mandy Kullar, Donna Hillyer und Laura Kincaid in Vertretung des gesamten Teams. Danke auch an Emily Scorer und das Bolinda-Team sowie Amanda Preston für ihre großartige Unterstützung.

Danke an alle Blogger:innen und Testleser:innen, die so unermüdlich daran arbeiten, Bücher zu verbreiten und uns Autor:innen in den sozialen Medien immer den Rücken stärken. Ihr seid der Hammer!

An Tanera Simons, die immer an dieses Buch geglaubt hat! Es jetzt in den Händen zu halten bedeutet uns beiden so viel. Und an Laura Heathfield dafür, dass du immer voll am Ball geblieben bist!

Laura Pearson, Nikki Smith und Zoe Lea – ihr seid die besten Freundinnen, die ich mir vorstellen kann, und die größte Stütze beim Schreiben und Nicht-Schreiben. Ich danke euch!

An Maggie, Mel, Pauline, Kathryn und Andy, die dieses

Buch schon vor langer Zeit gelesen und etwas darin gesehen haben. Ich bin euch auf ewig dankbar.

Andy, dieses Buch ist dir gewidmet, weil »das mit dem Fremden auf dem Boot« immer dein Lieblingsbuch war. Danke, dass du immer an mich geglaubt hast! Und Tommy und Lottie: Ihr seid einfach die besten Kinder der Welt!

Jedes Mal, wenn ich ein Buch schreibe, erstelle ich ein Dokument, in dem ich all die Menschen aufliste, bei denen ich mich bedanken muss, um nicht zu vergessen, sie in den Danksagungen zu erwähnen. Und im Endeffekt vergesse ich immer, dieses Dokument zu nutzen. Wenn dein Name hier fehlen sollte, verzeih mir bitte. Ich bin trotzdem unendlich dankbar für deine Unterstützung!

Printed in Poland
by Amazon Fulfillment
Poland Sp. z o.o., Wrocław

45866733R00219